王冰 著

散文的传统

平凹题

作家出版社

目录

第一章　色彩缤纷、异彩纷呈的散文新世纪

时间进入21世纪以来，伴随着国家的发展与整体文学状况的繁盛，促成了人文精神背景下的散文写作者个人生活经历、个性特征、思维形式、审美理想和写作方式等诸方面的转变，由此推动了这个时期散文创作的再度繁荣。这一时期，散文写作者生活空间的扩大，写作精神的相对自由，写作主体意识的提升与写作心态的相对从容平和，无疑对散文创作产生了很大的影响。新世纪以来，很多散文家从他们自己的内心出发，经过精心的辨别和筛选，盯准了自己精心挑选的某个领域，进入到生活的深处和思想的深处，进入到其中的细部中去，用思想的利器将它剖开，在生活繁杂无序的物象中剥离出自己散文创作中所需要的东西，然后用自己的情感、自己的文字将它们锻造成一篇篇的精品文章，显示了他们对于散文创作的把握能力和继续成长的潜力。虽然他们的成长背景、文化积淀，以及个人主体意识的自觉等诸方面，存在个体的差异，但他们的创作依旧力图在继承中国散文传统的进程中，进入到更为深广的创作领域和更为精致的审美艺术中，体现出作为新世纪散文作家对于个体生命知性的独特的价值判断和智性表达，于是必然出现了一个色彩缤纷、异彩纷呈的散文新世纪。

应该说，新世纪的散文创作，是承接了新时期以来巴金、萧乾、杨绛、施蛰存、贾植芳、冰心、孙犁、柯灵、黄裳、吴冠中、黄永玉、黄苗子、郁风、谷林、钟叔河、季羡林、汪曾祺、金克

木、王蒙等老一辈作家的散文创作精神，在这种精神的滋养和带动下成长并成熟起来的，且出现了一大批重要的散文作家，比如张承志、李存葆、史铁生、贾平凹、周涛、刘长春、周同宾、朱增泉、肖复兴、卞毓方、王充闾、王宗仁、石英、韩小蕙、张抗抗、斯妤、马丽华、王英琦、王小妮、筱敏、赵玫、铁凝、残雪、于坚、冯秋子、苇岸、海男、张立勤、孙郁等；同时有穆涛、张锐锋、祝勇、钟鸣、庞培、蒋蓝、彭程、止庵、刘亮程、王开岭、李敬泽、南帆、杜丽、潘向黎、何向阳、邱华栋、敬文东、周晓枫、洁尘、黑陶、杨献平、杨永康、黄海、谢宗玉、吴佳骏、沈念、李晓君、习习、江子、范晓波、傅菲、茱萸、冯唐、鲍鹏山、叶梅、格致、帕蒂古丽、苍耳、艾云、闫文盛、张生全、陈洪金、阿贝尔、玄武、陈蔚文、王族、马叙、桂苓、耿立、陈启文、安然、任林举、周闻道、塞壬、阿慧、红孩等一批富有创作力的散文作家。这些作家，以一以贯之的精神，关注人的心灵，关注自己生存的现实，用散文来表达自己对于世界人生的理解，最终汇成了一条散文的河流，浩浩荡荡，散发着一道道集体的光亮，汇入文学的海洋，成为中国当下文学创作不可或缺的重要组成部分。尤其要提及的是，在大多数散文写作者遗忘了散文写作的精神传统之时，仍有不少散文家在散文的领域中开疆扩土，创作出了一批令人满意的优秀之作。

新世纪散文之所以能如此发展，得益于很多因素。其一在于中国社会的安定、发展与繁荣，这是散文写作大背景。正是新世纪以来时代的发展和时代的变迁，为散文创作的前行注入了新的内容和基本动力。社会层面的丰富多彩和巨大体量，为散文写作提供了无限延展的可能。而且，在创作的进程中，散文家对于时代认识的充足和自信，使得他们的散文在关注现实的能力方面有所提升，由此使得自己笔下的散文变得深刻，变得饱满，变得有了厚度。从这一点出发，众多作家写出来的散文，真挚、热诚、忧郁，有诉说、辩解、剖析时的战栗和激动，有心灵的煎熬与疼痛，更有现实生命的激情，体现着自己独特的写作价值，于是就有一批很有智慧和深度的散文作品展现在了我们面前。

其次，个体主体性的普遍兴起是新世纪以来散文家的独特要素，正是散文家自身修养的提升带来的主体性的强化，使得这个时期的很多散文在境界上是有所提升的，于是一种厚重之气开始在整体的散文创作中慢慢产生，有一种特有的情怀从这些散文中渗透出来。这就使得散文作家在创作中能够处于相对主动的地位，有足够的能力把对象包含在自身之中，溶解它，渗透它，并且也有能力从自己的内心深处吐露出那些和对象发生冲突时所激起的感受。由此，很多散文家的作品充满着对人生存的苦难意识、忧患意识和终极关怀，从而使自己文章的内蕴丰富，具有一种强大的冲击力，以此促成了散文一种新的力量，这也成为了新世纪散文发展的重要因素之一。

第三，新世纪以来的散文作家的审美标准发生了很大的变化，这是新世纪散文呈现出与以前时代散文不同面貌的原因之一。我们知道，在任何文学作品的创作过程中，作家对客体对象都不是简单的摹仿，它都必须是内化于心的一个审美意识过程。一个优秀的作家，必然要在对生命的体验和对自身的自省中，在自己的灵魂核心中保持住某种超越的要求，从而提升自己的审美标准，并在作品中去加以寻找与对接。当然，散文所要求的诸多审美要素，不仅包括形式的美感，更包括情感的浓度、思想的厚度、道德的亮度、题材的宽度等，以及散文中隐忍的忧伤之美、猛烈之后的冲淡之美、调侃之下的血性、悟彻生死的豁达等，这是一个作家在岁月的洗礼和磨砺中才会渐渐形成的。而新世纪以来社会各方面的发展，以及由此带来的很大的宽容度，使得散文作家能够全面深入地将一个作家作为知识分子的精神和情感，用较为自由的存在方式和书写方式表达出来。这也是新世纪散文发展的重要因素。

就创作的个体而言，新世纪以来产生了众多优秀散文作家和散文作品。其中，贾平凹先生的散文开朗、豁达、劲健、安谧，并有幽默情趣不时流露。他散文中的这些特色应该与其生活的地域特色相关，而更重要的是与其独特的人文情怀和人格修养的境界有关。他的散文中有一种佛气、鬼气，还有一种儒家和道家之气，而在灵悟妙觉之间，平凹先生又能从一种直觉感性进入到一种四者一体的融合，并由此达到了一种化境。比如《〈老生〉后记》，这是贾平凹先生一部长篇小说的后记，也是一篇很好的散文。作者在文中带着道家的烟气娓娓道来，认为命运是一条无影的路，有太多的变数，沧海桑田，沉浮无定，其中有参悟，有达观，有担心，有希望，在烟气腾腾中，一切恍如梦境，又真实闪烁。

王蒙先生近年的散文创作不断，作者文思接续不断，写作手笔之大一看便知。比如他的《秋水的余响》《文学中的诗与数》，写出了作者参悟到的很深的人生哲理。其中后者，作者从“天数”开始讲起，联系着汉语中的“气数已尽”“三十年河东，三十年河西”等俗语，讲到了文学中的数字，然后由此引出了一个数字的游戏，延伸到了数学上的悖论，认为“数学和文学这么亲近，因为它们都是用精神缔造的世界，是用智能缔造的世界，一个人在高度的文学创作和研究的活动中，会感到一种喜悦，会感到一种升华，会感到给自己找到了另外一个家园。在数学的活动中，他也同样会体会到这样的感受，这是高度的精神活动的一种享受”，可谓满是禅机，处处见到作者在时间流逝之后领悟到的智慧，见到作者看山还是山、看水还是水的人生境界。

铁凝先生的散文之所以韵味微婉，正而有礼，重情志而归于无邪，能使我们为之动心，肯定是与她写作的内心秩序相关的。这种内在的秩序在她的散文中化成了文字的外在表达，这就是文学写作的秩序了。可以说，铁凝先生散文的秩序就是她内心天性向善的秩序，是她后天秉持文化传承的秩序，因此她散文的方向就是心灵的方向，她散文的内在秩序就是心灵的秩序，这在她的《会走路的梦》中体现得很是明显，文中体现出的美学及价值取向，无不显露着作者思想的真实丰富，文字所关怀的领域的深入宽广。

《皋兰夜语》是一部宏阔的散文著作，作者雷达。在这部作品中，作者既能站在高处俯视，又能将山川景色拥入怀中，其中抒写更多的还是那些世事的变幻，人间的沧桑，渺远的情思，整篇文章情感质朴自然深厚，其中那些对世态人情的揣摩，对人对物的情深意厚的表达，对风土人情的热爱，对一些人生的疼痛和人性的深处思索，对文学和作家的关注的脉络和痕迹，都使之走到了文学创作的高地之上。

李敬泽的《壶碎——一个宜兴故事》为一篇精致小品，看似清闲，实则用心独到。他的《小春秋》也体现了作者的智慧，其中的《寤生二三事》《二子同舟》《一盘棋》亦庄亦谐，是作者智慧的外显。文章表面写的是历史，矛头却是指向当下的诸多现状，里面有作者面对古人的倾慕和对今人今世的叹息，或让人触目惊心，或让人忍俊不禁。在《春秋的老实人和天真汉》中，作者用历史中那些人物的老实和天真，来影射现实中人的聪明与诡诈，让人知道了一些有意思也有意义的事情。

马丽华是由东海之滨走向西藏那片神秘的土地的，是由诗歌转入散文写作的，她的散文也秉承了这一点。神奇美丽的西藏给她带来了新的灵感，西藏的山山水水、风土人情以及藏文化，都给了马丽华一种新的存在和把握命运的方式以及写作方式。可以说，西藏独特的风情物性和人文精神，造就了马丽华散文中鲜明的地域特色和真实色彩。

张承志的散文真挚、纯洁、深邃、博大、慈爱、忧郁，有心灵的煎熬与疼痛，有诉说、辩解、剖析时的战栗和激动，他的散文充满着热情却非常敏感，稳重却又带有孩子气，行文果敢却时有冲动。他相信人的善，但又总是发现人们的灵魂中带有的那些瑕疵，因此他的散文掩盖着的，常常是对于来自于外界的对自己民族的亵读的痛苦、挣扎和奋争，因此他的散文承载了一个民族更多更大的痛苦，其实这更是一种晴朗明亮、深邃和高雅的境界，而这最终成了他的散文之根。

筱敏在散文中倾听着从历史中慢慢传过来的回声，并用尽全力把它用散文的形式做成了一座精神的雕塑，而这不是一座普通的雕塑，而是一种历史的回忆、艺术的凝聚、良知的感悟。她以一种慎重而准确的方式，体验着现存的和已经逝去的各种残酷的秘密，她用她的散文写出了在历史发展的进程中，种种精神被一点点毒化的过程，并进行了深入的剖析，让我们从中体验到了一种喷射而来的苦痛的撕扯，甚至是一种精疲力竭的疲乏和诅咒。

杜丽的散文是她本人智慧的彰显，她用自己的散文与自己的心灵对话，阐述自己对这个世界的看法。她在散文中显现的智慧有其文学实用性的一面，但其中更多的应该是作为文本的内敛性、道德性的外在表露，它超脱、聪明，甚至有些冷峻，如此才能使得她的散文变得远大、深广，有力度，有美感，有探索内心世界的深邃，有面对人类苦难的悲悯。

斯妤的散文写作是从爱开始的，她的散文流淌着一种爱的暖流，也是一种爱意的呈现和回归。她是在用自己的真实情感来抒写一种朴素的爱，抒写一种简洁的爱，抒写一种爱本身的魅力。可以说，斯妤在她的散文世界里，对自然的推崇，对生活的热爱，对生命的赞颂，无不与爱相关，这应该是她真实心态的外在体现。

洁尘习惯用警觉而迷离的一瞥，来打量面前的读者和这个社会，她在把生活转换成艺术的同时，也把艺术转换成生活，酒杯、吊带、墨镜、影碟、街车、口红、黑眼圈、泡泡糖、事件、逻辑、爱情、喜悦、性感、抑郁、快乐药、暗物质、遮蔽的天空，一一渗透到其散文里，让我们觉得艺术与现代生活之间的界限正在消失。她总是从内心体验出发，拨开纷乱的生活表象，通过观察人生、描摹世态，对于人的存在、人的心灵世界进行探寻和追问。她写出了灵魂的悸动、精神的痛楚，其间的文字和情感柔美而又不乏理性。

格致在创作中稍稍一转身，把自己的笔锋稍微一偏转，就写出了一篇篇在体制和范式上令人耳目一新的散文，给人展现了一片新的天地和生机。她在自己的散文中，将自己选择的内容重新组合、规定、安排，使之达到一种别样的状态，从而给了我们一种震荡，一种新的穿越散文美的途径，并由此在散文体式上获得了一种崭新的风格和意义。

周晓枫是站在一个彼岸世界来对我们的这个现存的空间进行理性审视的，她一直在试图解读诸多精神领域的疑惑，比如人活着就必然要遇到困窘的原因，比如无论如何挣扎、以何种方式生活，人总要背负无奈悲哀的困惑，因此周晓枫散文的意义和启示是在于她开启了一扇反方向思考的理性之门，引领着人们进入一个熟悉或者说是习惯了的世界，却又能走在一条变迁了的道路之上。

史铁生从《务虚笔记》《我与地坛》到《病隙碎笔》，一直都在“思索活着”“活着思索”，他有能力静观和俯察尘世的一切，真实地感受着自己能够感受的一切，并认真地加以抒写。他的散文犹如看护般精心，如书记员一样忠实，原原本本地再现了自己从肉体到精神的整个体验的过程，因此他的散文里有一种宗教一样的平静和通透。其中，他所谈论的主题以及从中体现出来的一种心态，可见他由身体的苦痛到智性思索的痕迹。

周涛所追求的是一种对于苍茫生命的解读，他具有时间的纵深性，也具有空间的广阔性，因此进入他的写作中的，不是一种细密细腻的东西，而是一种更为广阔的领域在他的思想中渗透出的东西，这也是他散文的内心的光线以及所及的景象。

祝勇的天性中有一种对历史真相、文化真相的向往，也有一种对于真相探究的能力，他对历史和文化有一种解剖的欲望，有一种还原细节的冲动，并能够从中获得一种快感。他努力在其中游弋，将枯燥的历史生动化，将史料进行合理的想象与推测，在时间和空间的行走中寻找出其中蕴含的秘密，试图拼接出一幅真实的图景，以此来构筑自己的散文王国，这点是他进入创作、结构散文的关键。

就写作的内容和题材而言，很多散文家是触及了各种领域的，比如农村题材依旧是众多散文家所钟爱的。同样的，在十几年来的散文创作中，农村题材依旧占有很大的比例，其中的优秀之作也很多。比如周晓枫的《纸艺里的乡村》，傅菲的《南方的忧郁》，刘醒龙的《像诗一样疼痛》，郭文斌的《望》，陈忠实的《我经历的“鬼”事》，任林举的《上善若水：粮食与大道》，吴佳骏的《河岸上游荡的生灵》，彭学明的《流年》《湘西年味》，苍耳的《乡村琴师》《那飘忽的微咸气息》，南帆的《火车驶过田埂》，李晓君的《乡村爱情故事》，石彦伟的《残花时节》，刘亮程的《树倒了》，阿慧的《迷失乡野》《雪地胎羊》《泥娃》等等，这些作家都怀揣着对于乡村的怀恋，将在时间深处湮埋的与农村相关的往事翻了出来，并在自己的创作中更加突出主体的感受色彩，力图寻找出乡村中那些被人忽视的事物和故事来进行创作。尤其要提及的是，任林举在《美文》发表了长篇散文《上善若水：粮食与大道》，文章是专门来写粮食的。作者从人类历史的脉络和背景中来观察粮食，围绕我们曾经的灾难来写粮食对于我们的意义。粮食如此重要，但那些真正的粮食生产者却不能把握自己那起伏不定的命运，因此，甚至可以这样说，人的命运就是粮食耕种和获取的命运，粮食经历的岁月就是人经历的岁月。粮食里有惊涛骇浪，但现在的我们似乎已经不知道了，所以作者能这样专门去写粮食就很有意义了。

《我们在稻谷上睡了一个冬天》是帕蒂古丽的散文作品，文章的语言很具有灵气，比如开篇一句：“那一年，地里的稻谷还没有收回来，大雪就像盗贼一样从南山那边扑过来，抢夺了村庄里收割的喜悦。”比如写人们从稻田里回村的时候，是“一步一回头，好像那些稻谷会在他们哪一次回头时，一下子从雪窝里蹿出来，蹿到他们跟前”。这些都是很有灵性的句子，是长时间的写作实践之后才能得到的。

历史题材也是新世纪以来散文创作的重要组成部分，有很多散文作家把历史视为自己的金矿，通过进入历史、还原历史、叙述历史、解析历史展示自己进入散文创作的能力。这些作品贯穿着作者对于历史和现实的独有认识和深入思考，有些甚至试图通过还原历史的真实细节和真实的情景来进行创作，从而避免陷入对于历史进行陈述和对于故事进行演说的创作迷局。曾获得鲁迅文学奖的穆涛在《美文》扉页上发表过一些精短散文，是写自己一些读史的感悟的，比如《董仲舒说冰雹》《东汉末年的两次文化大清洗》《礼仪之邦的底线》《给力的细节》《谈何容易》《董仲舒的查史方法》等，都是精致短小，寓意深邃，借古讽今，鞭辟入里。

冯秋子的《1962：不一样的人和鼠》，将记忆中封存的情景又展示出来。那个年代，人民带着饥饿和无法解决的恐慌去挣扎着生存，甚至是“活耗子吃死耗子，在饥饿难耐的时代，在我们旗，已经成了司空见惯的事”，所以双腿浮肿、面色苍白的母亲只能去挖黄耗子洞里的粮食——莜麦和黄豆。粮食都被人挖走了，百般无奈中，“耗子们纷纷选择了绝望之旅：上吊”。鼠都到了这般田地，在那个年代，人的境遇也就可想而知了。

冯六一的《指模》是一篇让人惊心扼腕的文章，虽然“很多字迹耐不住南方潮湿岁月的侵蚀，模糊不清了”，我们依然透过那些汉奸的躲躲闪闪的眼睛，看到了他们心中所透出的那种冷冷的阴沉和凶残，内心深处的狡诈、不甘、无奈、猥琐和惊恐。

其他的，比如蒋蓝的《为天空命名》、耿立的《悲哉，上将军》、陈恭怀的《闪亮的白帆》、崔济哲的《滹沱河的记忆》、北岛的《父亲》、刘心武的《好一趟六合拳》、苏叔阳的《不会忘却的师友》、王安忆的《我的阿姨们》、马识途的《难得的欢会》、陈洪金的《清驿：远去的宦影》、庞培的《童年册叶》、祝勇的《文渊阁：文人的骨头》，都是积极探入历史的个性化写作，其中透出的不仅仅是一种沉重的气息，更有一种从远处凝视的特有光泽。可以说，这些历史题材的散文作品也是这些散文作家笔下绽放出的一朵朵文学的花朵。

一般说来，无论是什么内容的写作，作为一篇好的散文，必须体现出作者的某种智慧。散文之所以为散文，与其他文体比较的话，其优势和特长就是能够直接抒发感情和展示智慧，所以散文对于智慧的要求是必须的。新世纪以来的散文创作，有一种特色就是一些散文作家对于这种智慧的展现，这种散文的数量和质量也是新世纪以来重要的成绩之一。

谢宗玉作为一名优秀的散文作家，他在《随笔》和《文学界》发表了一系列的文章，他将自己的创作集中到了更为理性的认识和思考上面。比如他的《〈死囚漫步〉：死刑之辩》《活着和抒写都是奇迹》《残酷风俗的价值》《灵肉相搏的〈苦月亮〉》《无效的“道德死刑”》，篇篇都是很有自己见地的文章。比如他这样写道：“几千年来中国简直就没有知识分子，包括惟皇权是尊的屈原在内，都不算什么知识分子。”这让我们在惊悸之余，似乎也感到了作者文章中某种偏执的合理性。

蒋子龙的文章总透出他作为前辈优秀作家的质感和智慧，他的文章像贴了一层布幔，不知不觉就将人的思维给盖住了。他的《人书俱老》写出了自己的大师兄陈国凯先生的性格特点，文中更多的是写了作者与失去说话能力的陈国凯之间心灵的交汇与动人的交流，写出了两人不需要语言的喜悦与友情；《近十年来的花边》里面有三篇文章：《天下美事》《金玉良言》《气死人不偿命》，也是非常老到的文章，透彻耐读。

陈希米的《让“死”活下去》是长歌当哭的一篇文章，是作者追问和思考并重的一篇文章，是一篇怎么都难以化解作者心中之痛的文章。其中对于生死、爱情、诚实、孤独、时间、永恒、生存意义等问题的追问，时时闪烁在字里行间，散发出炫目的智慧之光。

其中的很多体悟，都是作者在经历了切肤之痛、心灵的大悲伤之后才有的。

王彬的散文是他长期潜心琢磨切磋、颇得创作要义的结果。他的散文严正、充盈，充满了生活的意趣与参悟，比如他的散文集《旧时明月》，就写得兴味盎然。这种兴味，应该源于他的淡定圆融。如此，他才能对于笔下的景物、人情、事理，不愠不火，审视玩味，娓娓道来。

另外，敬文东的《肠胃的精神分析》《悲悯与诅咒——关于鲁迅的絮语》《失败的偶像——有这样一个战士》、张承志的《红叶的暗示》、茱萸的《凝视与谛听》、王开岭《一个人的精神地理》、王跃文的《我们把肉体放在何处》、白描的《被上帝咬过的苹果》、安然的《哲学课》、雷达《今天怎样看帝王之爱》、王学泰《“康雍乾”三朝对于士人的驯化——再说清代有经学无儒学》，也是很好的散文之作。这些作品在岁月蹉跎中打开了人生的隐秘之路，这是一种历经白云苍狗之后，揭示生命本真的写作。在这类散文中，散文作者随着生命的沉浮而沉浮，随着自己的体验而思索行走，以人心的景致和思想的景致为描写对象，并将自己融化在其中，沉浸在其中，于是文中的每一个文字都蕴涵着写作者滚烫的生命血液和深刻的生命思索。

对人的关注和表现也一直是散文写作中的主题之一，在新世纪以来的散文写作中，对于人物的描写依旧能够体现散文家对于生命本身的思考和悟力所能达到的程度。从散文中所回溯和抒写的人物来看，其中，既有对历史深处人物的重新解读，也有对现代背景下的人物的判断和展示，它所体现出来的是散文创作中应该具有的宽度。阎晶明的《鲁迅：故人云散尽，余亦等轻尘》《鲁迅：起然烟卷觉新凉》两篇文章同样精彩，是散文创作中难得的佳作，作者抓住了鲁迅的穴位和脉络，写了鲁迅一生交缠在他身上始终不能去除的两点：死亡和烟卷，内容相当翔实确凿。作家以对鲁迅的深入研究，写出了鲁迅面对友人死亡时的悲伤和敬重，是很结实的文章，需要用力去读的。

杨献平的《身体内的闪电与玫瑰》是来写身体的，对于身体这个感觉四周的唯一渠道，作者是敏感的，当然这源于他附在身体之上的思维是敏感的，所以他能感受到身体内的那种病态一样的巨响，像一块岩石，又像一团棉花，会在面对自己的身体之时，恐慌、惊悸、恐惧，会在看到所有事物面目诡异之时，体验到一种无力、无奈与苍凉的快乐。

另外，迟子建的《落红萧萧为哪般》，叶尔克西·胡尔曼别克的《新娘》，江子的《井冈山往事》，薛忆沩的《一个年代的副本》，陈希米的《让"死"活下去》，孙郁的《〈民报〉拾趣》《〈奔流〉琐记》，叶兆言的《万事翻覆如浮云》，李晓君的《山静日长读鹤林》，丁三的《精卫填海》，都是可以圈点的散文作品。

有些散文作者举着现实的旗帜，把社会现实的状态或直接或隐语性式地加以表露，于是那些不可遏制的生存欲望、生存的快乐与痛苦，便在其间突现出来，对此，对城市题材的抒写与创作是有所收获的。比如吴佳骏，他在《在重庆的码头上流浪或飞奔》一文中，写了自己从农村走向城市的艰难，写了自己像游魂一样飘荡在城乡之间，感受到的那种周围的景色的灰暗与寒冷。另外还有一些好的文章，其中有塞壬的《匿名者》、安黎的《农民工》、周闻道的《企业病·阵痛史》、宋唯唯的《深圳简笔》、郑小琼的《东莞生存词》、江子的《歧路上的孩子》、张生全的《城市变形词》、谭延桐的《城市的心脏》、纳兰妙殊的《租客》、闫文盛的《职业所累》等，这些作品都写出了城市的真实生活。

新世纪以来，散文之所以呈现出如此繁盛的面貌，原因很多，除了上面所谈论的，其中还有一种，就是这些散文作家对于中国散文的精神的继承和发扬，以及对于这种精神加以散文展示的能力。我们知道，中国散文的精神来源主要为三个，其一为儒家的，并由此形成了“载道”一派；其二为道家的，由此促成了“言志”一派；还有一个因素为西学东渐后的现代性。可以说，就是这些因素支撑着中国当下的散文创作，并成为其中的那颗跳动不息的心脏。中国散文在探索宇宙、思索人生、关注生命意识和理性精神上，应该得益于这些文化精神因素，并应成为众多散文作品思想和艺术上的根据。因此，中国新世纪的散文，既有中国传统文化中的“气韵”，强调儒家的“中庸之道”，推崇“中和之美”，注重整体结构的和谐与均衡，追求真善美的人生境界等诸多颇具东方色彩的价值取向和审美趣味；又有道家那种化解心灵块垒的方式，最终会因体验化为妙悟，从而进入那种出世之后的超然与达观，表达出在形而上的宗教与哲学层面上的对人生价值与生命意义的追问、彻悟与超越；也包含自五四新文化运动而来的现代性，以及由现代性的奠基带来的启蒙思想理性、进步的价值观，所以这个时期的散文体现出超越历史与文化传统差异的精神力量。

可以说，新时期以来，现实生活日益多元化，随之，人们的观念日益复杂，进一步分化，这使这个时期的文学创作包括散文创作更加立体、多元和纵深，于是众多散文家在力图有所突破和创新的过程中，从对散文创作的实际贡献当中获取了自身的意义。由此我们看到的是诸多散文作家在岁月的缝隙里游走的身影，他们将自己步履所经的苍茫，眼光所及的景象以及心灵在时光照射下的变化，尽力地用散文的方式加以呈现，慢慢前行、不断探索，力求拓宽散文的写作路径，寻找出更适合当下需要的散文的写作方式。这个时期，老中青三代散文作家一直在岁月的缝隙里绽放或者游走，写出了许多耐读的优秀之作，由此呈现出了一个色彩缤纷、异彩纷呈的散文新世纪。

第二章　给散文写作一个文学的起点

第一节　给散文写作一个文学的起点

如果稍微留心一下，对近十年散文创作加以研读判断，我们就会得出一个并不令人提气的结论，就是很多散文家在创作之初就集体溃败与倒毙了。可以说，很多散文作家并没有真正开始进行文学意义上的散文写作，一个原因是他们并没有找到一个适合进入散文创作的题材，二是散文写作的随意性让他们失去了对于散文创作的基本尊重，其中的体现就是文字的陈旧、文意的陈腐、文气的朽败。作为一个作家，如果他既没有发现新的题材，也没有新的思路，既没有新的视角，也没有更深地掘进的力度，其结果就是一落笔就已经失败了。他停留在别人所能到达的地方，原地彷徨徘徊，四顾茫然，口中满是呓语，笔下全是老套，然后拉下一大堆文字的垃圾，臭气熏天，却也能自我玩味，颇是让人瞠目。

如今，中国散文写作的巨流汪洋恣肆，加入其中的人成群结队，过江之鲫一般，这也许是好事，因为散文的海洋越宽，里面能养出大鱼的可能性就越大。但在这样巨大的文字海洋里，很多散文写作者是从不是开始的地方出发，来进行散文创作的旅程的，他们还没有见到散文的边界，文学行程就已经结束。他们混沌而且盲目，手忙脚乱，被文字不知就里地裹挟进去，然后就不见了踪影，于是散文的海洋就成了一锅散文的糨糊。

因此，对当下的散文写作者而言，散文写作如何开始，已经成为横在他们面前的一个巨大难题。

其实这还是一个写什么、如何写的老话题，但既然是老话题，肯定就有它的死结，不是一下就能冰释的。

那么散文写作写什么、如何写呢，这是任何一个写作者写作之初就要首先面对的。当然，其中似乎也有讨巧的方法，就是充分运用我们熟知的“陌生化”理论找一个领域，打开一个缺口。什克洛夫斯基在其《作为手法的艺术》一书中，树立起那杆形式主义文学观的大旗，在这面旗帜上写着：文学的本质在于手法技巧的创造形式，而其关键又在于陌生化，有了陌生化，才会增加文学感受的难度和时延。于是我们拿来了这个词，并认为放之文学的四海而皆准，但是问题是，长期以来，陌生化，作为形式主义的经典理论，已经被我们误读了半个多世纪了吧。我们对于这个词语的理解对不对呢？片面不片面呢？似乎没有人更多地去研读思考。

其实陌生化主要是指相对于历史上既有的文学成规而言的，要求文学创作要把文学语言从日常语言中分离出来，从陈旧的传统形式中脱颖而出。而不是做出狭隘的理解与解释，认为一个人写了为外人不熟悉的行业行规与工作流程，就是文学所说的陌生化。那么原因何在呢？因为每个人的知识面都是有限的，不可能哪个行业的事情都知道，如果认为将陌生的领域写出来就是陌生化了，这肯定是误读了。如此一来，做医生的就写如何做手术，做钢厂工人的就写如何炼钢，做泥瓦匠的就写如何和泥砌墙，等等，以此来对散文创作陌生化一把，着实让人觉得幼稚可笑。因此“陌生化”这一招在这样片面的理解中，对散文创作只能是有百害而无一利，所以我们就要对散文创作的开始重视一下、两下或者三下，乃至更多下才好。

我们知道，文学是通过语言来透视人类情感的心路历程，展示人类理性认识能力和活动的发展进程，从而来抒写人的生存状态、心理状态，人的价值取向和人存在的意义的。由此，一个作家首先要选定一个承载这些的题材，给这个或新或旧的题材一个文学的起点、文学的朝向，就成为写作的第一件事情。当然，我们必须明白的是，人作为只有几千年文明滋养的一个物种，思维实质上没有太大变化，至少在关注的东西上不会与古人有太多不同，于是我对于人为地区分出50年代、60年代、70年代、80年代、90年代来，并强调十年跨度的“大区别”，说句实话，觉得不是傻了就是疯了。因为不要说十年，五十年，就是三千年，即使是长在人身上的毛，多少、长短、粗细也相差不了多少，哪里来的那么多不同？这话扯得似乎有点远，我主要的意思是想说，在人文领域我们现在想的东西早就被前人想过了，我们要写的东西也早被前人写过了，即使出现一些新领域，我们要做第一个关注它的人，估计也很难，不论用什么语言，只要内容不变，失乐园还是失乐园。因此，我们可以对进入我们写作视野的题材进行自己的判断和理解，进行文本的重新叙述。

因此，面对被前辈作家咀嚼了不知多少遍的一些题材，作为一个散文作家，既然找不到一条崭新的路，那只能往四处挖，往深里挖，只能在别人挖左边的时候，我们挖右边，在正的时候，我们斜一点。这就像种庄稼，将一块地来来回回翻耕、播种，如果别人种麦子，我们就种稻子；如果别人种蓖麻，我们就种豆子。也许这样还能折腾出点意思来。如果按照先前的图谱和规程来操作，也许就糟了，亦步亦趋的结果就是陷到前人的泥潭里爬不出来。

在这个方面，主题学的研究成果对散文写作者似乎提供了一种思路。主题学属比较文学研究的范畴，是比较文学的一个分支，它源于19世纪以来对民俗学的研究，其中重点探讨民间传说和神话故事的演变，以及这些题材在不同作家笔下的处理，应该说，对于它的思考和借鉴还是能给我们一些帮助的。其中一条是我们要知道

“母题”与“主题”的概念和区别，知道母题是从故事情节中简化抽离出来的、不是有任何主观色彩的，带有普遍存在并且广泛推广意义的文本中的最小元素；而主题是从作品的题材结构中抽象出来的带有作者主观情感色彩的观点、倾向；母题是有限的，但主题无限。这些理论会给我们的写作一个无限的可能，开启我们的写作思路，再不用担心没有什么东西可写了。比如在中国的传统文学中，从大的角度说，仅仅有四大母题，就是对死亡的思索，对情爱的追寻，对隐逸的倾心，对故乡的思念，但是，写这四个方面内容的诗词作品却不止千万。所以理清了这个问题，会解决我们写作中的一大困惑，也会给我们以信心。

对于主题，还是有必要多说几句。主题是文学作品中的中心和支配性的观念，处于一个作品文本结构中意义层面的核心，是一个作家文化涵养的精髓和价值尺度，是文化心理、民族性格和时代精神在人体中的结晶与审美凝聚，体现了一个作家的基本功和写作高度。我们只有确认了写作的主题，才能确认写作的方向，才能在创作中以此牵引我们写作的思路，才能写出属于自己的作品，而不是在重复别人的老路。欧阳修在《六一诗话》中记梅尧臣语说：“诗家虽率意，而造语亦难。若意新语工，得前人所未道者，斯为善也。必能状难写之景如在目前，含不尽之意见于言外，然后为至矣。”说的就是对于旧题材如何出新意的问题。周振甫《诗词例话》“立意”篇中也谈到了相近的意思，在说起老杜的《茅屋为秋风所破歌》、白乐天的《新制布裘》时，认为：“或谓子美诗意宁苦身以利人，乐天诗意推身以利人，二者较之，少陵为难。然老杜饥寒而悯人饥寒者也，白氏饱暖而悯人饥寒者也。忧劳者易生于善虑，安乐者多失于不思，乐天宜优。或又谓白氏之官稍达，而少陵尤卑，子美之语在前，而长庆在后。达者宜急，卑者可缓也；前者唱导，后者和之耳。同合而论，则立意老杜之仁心差贤矣。”可见同样的内容，一个作家倾向于什么、要写成什么还是很关键的，这个开始决定了最终到达的终点，但这点在文学创作中尤其困难。于是，要让一篇散文有个真正文学上的开始；做不好开始，一篇散文行走的脉络就其文学意义而言，即使不是南辕北辙，也不会有什么好的效果。

因此，最后我要说的是，给散文创作一个文学的起点。

第二节 散文：旅游，还是宦游

在1928年，住在北京的周作人为俞平伯的《杂拌儿》写了一个序，内容有些淡忘，但“杂拌儿”这个词我一直记得。如今要说说散文之内与散文之外的话题，很自然地就想借用一下，因为要说的内容有些琐碎，也容易搅成一团，还真有点杂拌儿的味道。

先说说“宦游”。对“宦游”一词，很多人至少是不陌生，因为我们从小就记诵王勃的《送杜少府之任蜀州》，诗曰：“城阙辅三秦，风烟望五津。与君离别意，同是宦游人。海内存知己，天涯若比邻。无为在歧路，儿女共沾巾。”而我对这个词的重视和重新认识，还是与《美文》主编穆涛先生的一席话相关，所以在此虽有窃取之意，但不禁还是想说一说。

一般而言，宦游就是古代士子为求官而出游，比如《汉书·司马相如传》中的“长卿久宦游，不遂而困”，指的就是这样的经历。其后的很多诗歌同样写到了宦游之后的感受，如唐代杜审言在《和晋陵陆丞早春游望》中写道：“独有宦游人，偏惊物候新。云霞出海曙，梅柳渡江春。淑气催黄鸟，晴光转绿蘋。忽闻歌古调，归思欲沾巾。”韩愈也曾在《此日足可惜赠张籍》中写道：“我友二三子，宦游在西京。”韦庄《菩萨蛮》的“人人尽说江南好，游人只合江南老。春水碧于天，画船听雨眠。垆边人似月，皓腕凝霜雪。未老莫还乡，还乡须断肠”。明着是写思乡，思乡的背后却有一个正客居他乡、宦游在外的人。明代张居正《初秋》诗之三也写：

“摇落怜乡思，居诸感宦游。”还有我们熟知的张继的《枫桥夜泊》：“月落乌啼霜满天，江枫渔火对愁眠。姑苏城外寒山寺，夜半钟声到客船。”

古代这么多文人写宦游，而且写成了千古名文，其中的原因是什么呢？我想重要的原因之一确实如穆涛先生所言，古代士子的内心都怀有一种政治抱负和政治理想，从而行走在了宦游的路途上，他们背后所倚靠的是儒家学说所涵养出来的一种修养或一种境界。历朝历代的士子外出游学、拜师、读书、考取功名、在异乡为官，抒写自己的生存状况和复杂心态，内容也许稍有区别，但背后有一种共同的东西，就是宦游背后的带有功利的修身齐家治国平天下的理想。也就是说，历朝历代，士为求官，外出游历大川名山，投拜经师硕儒，至京都求贵显者引荐，抛别双亲妻子，多年不归，风尘困顿，虽历经坎坷困苦，依然毅然决然，很少回头，就是为了去实现儒家所提倡的那种理想，为了达到儒家对士人阶层所要求的那种境界。

对于什么是境界，《辞海》有解释几种，这里选其中两种，其一指的是疆界，《诗·大雅·江汉》中的“于疆于理”，指的就是国土的疆界；其二是讲的景象，比如耶律楚材《和景贤》诗“吾爱北天真境界，乾坤一色雪花霏”就是一例；我们现在所说的境界乃是指人的思想觉悟和精神修养。当然还有佛家从“看山看水”的不同，表现出的境界的迥异，也有王国维先生所说的为文时的三种苦境，以及冯友兰先生谈到的自然境界、功利境界、道德境界、天地境界等等。但对于古代的士大夫而言，他们所讲的境界，肯定与儒家所崇尚的“内圣外王”的内心修为和文治武功相关。

我们知道，儒家生死观的基本观点是“死生有命，富贵在天”，即儒家所讲求的是生前，而非死后。孔子说：“未知生，焉知死。”讲的就是在活着的时候就要去修炼自我，使家族兴盛和睦，进一步去治理国家，平定天下，实现“天下有道”的人生社会理想，所以要“存其心，养其性，所以事天，夭寿不贰，修身以俟之，所以立命也”（《孟子·尽心上》），要“自强不息”，要维护本心，修身养性，修养自己的道德与学问，以实现天道的要求，最终达到“天人合一”的境界，使得社会和谐、国泰民安，由此也就有了儒家所谓“三不朽”之说，即“太上有立德，其次有立功，其次有立言，虽久不废，此之谓不朽”。明朝的儒者罗伦有言：“生必有死，圣贤无异于众人。死而不亡，与天地并久，日月并明，其惟圣贤乎！”因此，一般说来，古代有政治理想的知识分子基本能在道德、事功和学问上去追寻。为此目的，虽有“父母在，不远游”（《论语·里仁》）的古训，但也有“游必有方”的调和。而实现这一目的的途径就是宦游，于是众多士子就在父母乡亲的期盼中上路了。对于他们而言，最痛苦的不是个体肉身所经受的苦难，更多的是“德之未修，学之未讲”的内心痛苦，是来自其社会理想之未能实现的痛苦，是“德业之未能竟”的痛苦。由此，文天祥才会临刑时在衣带上写道：“孔曰成仁，孟曰取义，唯其尽义，所以仁至，读圣贤书，所学何事，而今而后，庶几无愧。”就是儒家的精神和理想让他能够“杀身成仁”“舍生取义”，古代的士子大多数是怀有这种理想和持有这种境界的，至少在宦游阶段是有的。

《大学》在开始一段，文曰：“古之欲明明德于天下者，先治其国；欲治其国者，先齐其家；欲齐其家者，先修其身；欲修其身者，先正其心；欲正其心者，先诚其意；欲诚其意者，先致其知。致知在格物，物格而后知至，知至而后意诚，意诚而后心正，心正而后身修，身修而后家齐，家齐而后国治，国治而后天下平。自天子以至于庶人，壹是皆以修身为本。其本乱而末治者，否矣。其所谓厚者薄，而其所薄者厚，未之有也。此谓之本，此谓之至也。”对此，曾国藩在两千多年后的一天，即道光二十二年十月二十六日，在给家乡的亲人写信时透露出他的理解：“然则既自名为读书人，则《大学》之纲领皆已立身切要之事明矣。”“《大学》之纲领有三：明德、新民、止至善，皆我分内事也。若卖书不能体贴到身上去，谓此三项，与我身毫不相涉，则读书何用？虽使能文能诗，博雅自诩，亦只算得识字之牧猪奴耳，岂得谓之明理有用之人也？朝廷以制艺取士，亦谓其能代圣贤立言，必能明圣贤之理，行圣贤之行，可以居官莅民，整躬率物也。若以明德、新民为分外事，则虽能文能诗，而于修己治人之道实茫然不讲，朝廷用此等人作官，与用牧猪奴作官，何以异哉？”并说：“吾人只有进德、修业两事靠得住。进德，则孝悌仁义是也；修业，则诗文作字是也。”记得宋代大儒朱熹在注《孟子·尽心下》“充实之谓美”的时候说：“力行其善，至于充满而积实，则美在其中而无待于外矣。”我们写文章的都知道“先器识而后文艺”，有了这个理想和境界，写出来的文章也就不一样了，后人是能从文中想见一个作家的心术、行己、境遇、学问的，由此我们也能体察出上面所举的那些诗句所写的宦游背后的心境。如此，写作就有气了，也就不至于太鄙陋琐屑，不至于浓红重绿，陈言剿句，万篇一篇，万人一人，了不知作者为何如人也，以致到了明代吴乔所说的“有词无意”和“直是木偶被文绣”的那个地步了。

本文最后再吊一次书袋，就是明代人评价说，中唐的诗歌赶不上盛唐，认为其“雅淡则不能高浑，雄奇则不能沉静，清新则不能深厚，至贞元以后，苦寒、放诞、纤缛之音作矣”。钱谦益在批拟古派的时候，说他们“不养气，不尚志，剪刻花叶，俪斗虫鱼，徒足以佣耳借目，鼠言空，鸟言即，循而求之，皆无所有，是岂可以言文哉”，认为其中性情，都是鄙夫鄙妇、市井猥媟之谈，我想其中的原因乃是“气力减耳”，气力减的原因之一，当然是因为少了一种思想的境界和更为远大的理想在文章背后做支撑，这也是当下散文与五四散文的差别。

说了这么多，其实我想说的就是，当下的散文家还是要学学古代士大夫们，“宦游”一下，而不是站在一个听风看景的“游客”

心态上去进行创作，这也是穆涛先生所认同和提及的。

写到这，还有一段没有用的材料，在这里也一并抄录出来，算是附录吧。

其一，梁启超曰：“就纯粹的学者之见地论之，只当问成为学不成为学，不必问有用与无用，非如此则学问不能独立，不能发达。其志专一，虽苦不周于世用，然每一时代文化之进展，必赖有此等人。”

其二，王国维在《教育小言》说：“今之人士之大半，殆舍官以外无他好焉。其表面之嗜好，集中于官之一途，而其里面之意义，则今日道德、学问、实业等皆无价值之证据也。夫至道德、学问、实业等皆无价值，而惟官有价值，则国势之危险何如矣。”

第三节　向散文中有价值的真人致敬

在当下的散文创作中，有不少回忆旧人旧事的散文，这类散文的主要问题，在于那些进入到文章中的人物，他们本身具有价值吗？他们的经历和经历带出来的个人苦痛，里面有时代的大悲欢吗？这种悲欢有足够的理由进入到散文写作中去吗？一个作家将一些人物写入自己的散文中，如果仅仅是抒发了自己的小小的喜悦与忧愁，那么这些喜悦与忧愁与我们相关吗？我们为什么去读它？他们能唤醒我们对于过往的记忆吗？他们能带给我们一种启示吗？或者能够满足我们小小的阅读快感吗？如果没有，那么为什么要在散文中写这些人物？于是我就觉得更有必要来说说散文中的人物。

一直以来，散文中记人的写作占了很大比例，往前推，比如鲁迅的《藤野先生》《范爱农》《记念刘和珍君》《为了忘却的记念》，比如丰子恺的《怀李叔同先生》、叶圣陶的《两法师》、梁衡的《觅渡》、季羡林的《我记忆中的老舍先生》、史铁生的《二姥姥》、冰心的《小桔灯》等；近年来的，比如蒋子龙的《人书俱老》、李敬泽的《小春秋》、江子的《井冈山往事》、从维熙的《浪人传奇》、孙郁的《〈民报〉拾趣》、吴克敬的《放生法度猿臂翁》、陈恭怀的《闪亮的白帆》、程绍国的《黄宗江二题》、闻舞的《丹柿小院与老舍的割舍》、周树山的《我的父亲母亲》、冯渊的《小簟轻衾各自寒》、北岛的《父亲》等。如果说这些散文作品中所写的人有一个共同的特点，这就是我们所共知的一个常识，它们写的都是真人。而这些真人的历史价值、文化价值、情感价值、道德价值都是能够在一定程度上给人足够的冲击、警醒或者感动的。在散文中，这样的人物就是有价值的真人，正是他们对于散文的进入，使散文有了自身本就具有的重量，散文写作是需要这一类真人的出现的。

为了更清楚地将这个问题说清楚，我们先说说散文中的真人。一般而言，对于上面所说到的散文中的真人，大体有显性的真人和隐性的真人之分。

显性的真人，就是散文作品中所写的人物，都是在现实中真实或者活过的人，都是真人。既然是真人，那么他们的真生活真经历是不能杜撰的，对于他们生平经历的抒写就是对于这个人物个人史的描述，散文只能在回望的系统中真实记录，最多在一些细节上在尊重真实的基础上做出一些想象，进行合理的细节还原，所以散文中的真人只能描述，无法塑造，虽然它也必须经过取舍和艺术化，否则文章就会写成真人的生平介绍，而不会是作为艺术品的散文了；当然散文对于显性的真人的需要并不是迫切和必须的，是可以疏离甚至没有的，散文中即使没有这些真人，也一样能够成型，它能够靠情感、靠描述、靠景物等来完成整篇散文的创作，而且是很完整、很优秀的散文创作。

散文中隐性的真人，是指在散文的有限时间和空间里并不出现的那个人。谢有顺教授有一篇谈散文的文章，题目就叫《散文的背后站着一个人》，隐约记得也是发表在十年前的《美文》上，虽然类似的观点早在清初，著有《围炉诗话》的昆山吴乔就提出来了，吴乔认为，诗文要“有人”，“诗中亦有人也”，但我依然一直觉得谢教授写得好。应该说，隐性的真人虽然在一篇散文中是隐在文字之中的，但他又确实是无所不在的，他的修养品质的高下决定着文章的品质品位。如果在散文中呈现出的文字是一片为人所见的水域的话，那这个人就是隐藏在水面之下的芦苇，那是一棵有着思想根基和文化根基的芦苇。因此，散文的字里行间到处都弥散着这个人的气息，隐藏着这个人的背影。比如郁达夫的《感伤的行旅》中的那个隐性的人，是一个走在江南、感怀人世的人；《钓台的春昼》中的那个隐性的人，是一个胸中有山水神奇的人；冰心的《到青龙桥去》中的那个隐性的人，是一个难以忍受压抑的人。“文如其人”在这类散文中体现得尤为明显，文章的价值在于这个隐性真人的价值，文章的境界在于这个隐性真人的境界。

在这两类散文中，还有一个尤其重要的因素是，散文中的时间和空间也必须是真实的，散文中的时空都是不能设计的，而是真实的存在。如果说散文中的人物只能是真实的人物，那么这个真实人物必须活在真实的空间里，否则真人生活的土壤就会失去，最终也将失去散文中的这个真人。应该说，一篇散文是由这些真人和真实时间、空间合成一张真实的生活场景。

如同文章开始所谈到的，对于真人的散文写作相伴而生的一个问题是，散文中所写的真人都有价值吗？比如自己的父母，比如自己的朋友，也许对于个体而言是有的，可以寄情托意，但对于别人呢？估计很难说，我们为什么要读一篇散文，它给我们的启示是什么？这个真人给我们提供了什么吗？因此，写好一个被人喜欢、被人记住的真人确实很难，但大多数作家在散文中写了很多人物，我们却再也找寻不到他们任何的踪迹，这确实也是散文写作者值得反思的事情。

对于一个散文写作者而言，如何写出有价值的真人，这是一个基本难题，但往往越是基本的问题，越是无人去认真思考。一般来说，散文是来记述旧物的，写散文基本都是往回看，但是，就像不是所有的老东西都是古董，不是任何古董都值银子一样，能进入散文的人物也不是所有的都合适，也许有例外，但要看写作者的本事，看他是怎么去对这个人物进行写作上的处理了，这是另外一个问题，在此先不谈。

纵观近十年的记人类散文，几乎进入到散文的，不是一些脸谱化的形象，就是一些个人化太重的人物，他们与读者是没有多大关系的。所以当作者或激情满怀、或悲伤落泪的时候，读者对此却觉得没有意思得很，原因在于读者期待看到的是散发着价值气息、艺术气息的散文作品，而不是与己无关的作者的个人幸福史和苦难史。因此，我们要在散文中描摹怎样的人物，为什么这个人物会进入我们的视野和作品中去，也是考一个作家的眼力和审美标准以及判断标准的。

在散文创作中，无论是以上哪一种，我们是要通过真人去找寻真人的，所以这个真人在散文中，不是鲁迅先生所说的，“杂取种种人合成一个”，不是别人的合成品或者替代品，不是抽象化了的形象、代码或者符号，不是像小说一样塑造一个前所未有的新人，而是写一个有价值的真人。这个真人在现实世界中或者体现人所追寻的理想和境界，或是给人一种警示作用，这个人物对于人的破坏与修正，都是有着现实存在意义的，他体现着写作者一种独特的写作价值，我们将用这个真人来塑造后世的人的精神，因此我们要向这样的真人致敬，因为他们有价值、有思想、有肉身，体现着我们对于自身的认识和把握。

与之相关的，最后来说说我们的肉身。散文中写到的真人是真实的，所以他首先具有真实的肉身，这是一具能够承担现实苦痛酸甜的肉身，这是很关键的。但是在当下的写作中，真正去关注和抒写人体肉身的作家依然不多，也似乎还不到位。身体是多么重要啊，装满我们的血脉、思想和灵魂，但身体却都被我们健康的散文家忽略了，常常被忘记在那流淌的时间深处。那么，当我们的身体渐渐干瘪瘦弱，当我们的肉身随着时间逝去，还有地方承载我们的各种想法和欲望吗？于是有些散文家开始关注我们存在的关键也是作为基础的身体，开始了对生命和时间、身体与魂魄的思索，并有所体察和觉悟：身体太重要了，但确实又是太切近了，切近到了它会用时间将我们渐渐压弯，但我们现在似乎麻木到无力去做丝毫认真的思考。于是应该是到了我们的散文家将眼光适当地收回的时候了，去直接面对我们的眼睛本身、胸膛本身、四肢本身、肝脾本身、心脏本身、大脑本身，这对于我们肉身的写作也许会有更为切实的意义。

我们要选取一些有价值的真人去写，让我们向散文中的有价值的真人致敬！

第四节　一字立骨

进入2015年，文学刊物上发表的很多散文依旧迟滞不前，文风松垮，立意肤浅陈旧，没有棱角和骨感，几乎还是一摊文字的横肉，那么根源何在？我想原因有很多，比如散文特有的抒情本就容易导致的绵软和无力，比如一些散文写作者在写作之初，并没有想清楚自己要表达什么，要用什么方式进行表达，表达的效果会是怎样的，等等，如此创作出的散文很多时候就少了一种筋骨。因此，一个写作者要将散文写得让人有所触动，除了要选好材，抒好情，更要让散文里放置一节或横或竖的骨头。也许有时候，它会有点硌人，甚至有时候会穿破文字的表面，刺了出来，让我们觉得难受，但是，若非如此，就不能使散文充满锐气和硬气，从而让我们为它或歌或哭、或喜或悲、或怒或骂、或爱或恨。

我们知道，古代文艺理论和批评有“风骨”一词，最初是指的人的品藻，比如夸一个人，可以说他器识高爽、风骨魁奇。作为文学上的一个词，是刘勰在《文心雕龙》开始提出的一个概念，其中就有“风骨”篇，比他稍晚的钟嵘承继了此种说法，在评曹植之诗的时候，说他“骨气奇高”。后人由此推演，于是就有一种叫“一字立骨”的写作方法。按照通常的说法，这里的“骨”即一篇散文之“本”，所谓“一字立骨”法，就是散文由一字、一个词，或者一个短语生发开去，从而让这篇散文长出骨头，有了骨头才会生成真正让人难以忘怀，或者久久不能释怀的散文来。据说苏轼说过：“读《出师表》不下泪者，其人必不忠；读《陈情表》不下泪者，其人必不孝；读《祭十二郎文》不下泪者，其人必不友。”（此文说法我没有考证过，在茅坤编的《唐宋八大家文钞》中《宋大家苏文忠公文钞》里，苏轼倒是写过《诸葛亮论》和《潮州韩文公庙碑》两篇散文，但我最终没有找到相关文字，愿有学识者教我。）如果从“一字立骨”这个角度看，使我们难以忘怀的就是《出师表》中长出的那一节“忠”的骨头，就是《陈情表》中长出的那一节“孝”的骨头，就是《祭十二郎文》中长出的那一节“友”的骨头，所以写散文就要先找到这个能成为“骨头”的要素，我们说字不立则骨不立，骨不立则文不成，就是这个道理。

记得五代宋初人文彧的《文彧诗格》中有“论诗有所得字”一章，认为诗词作者冥搜意句，全在一字，有了这一个字，散文的立意，包括大义也自然就分明了，其中举到了贾岛的诗，“秋江待明月，夜语恨无僧”，认为诗句中的“僧”字是诗歌的立骨之字；还说郑谷的《咏燕》诗，“闲几砚中窥水浅，落花径里得泥香”中的“香”字也是一字立骨。可见古代文人是很重视这个方面的，在创作中自己也很清楚是哪个字能够使诗文长出骨头来。

当然还有很多实例可以佐证这种理论，十年前我曾经写过一篇有关贾平凹先生散文的评论，如果要去找他散文中能“立骨”的文字的话，我到现在依旧觉得是个“异”字，这个“异”使他的散文延展出了佛气、鬼气，还有了一种儒家和道家之气，使他的散文一下就在我们的面前立了起来；再说史铁生，他的“病”成就了他散文的“骨”，生命的“骨”，从《务虚笔记》《我与地坛》到《病隙碎笔》，史铁生一直都在病中“思索活着”，“活着思索”，原原本本地再现了自己从肉体到精神的整个体验的过程，几乎篇篇都是当代散文中的精品，而其中是凭着一个“病”字，才使他的散文长出了一节坚硬的骨头来的，使我们去重新审视他以及我们自己的生命。

当然“一字立骨”，这个“字”也有文眼或者诗眼的意思，用通俗一点的话说，写诗，诗眼要明亮。古人讲相题命意，即所谓认题旨，要先于心中酝酿出所欲表达之诗意，如作画必始于构图，心中先有丘壑，然后才能形诸笔墨，就是这样一个道理。那么同理，写散文，就要先把文眼弄得明晰深邃才好。陈与义在《放慵》中写“暖日薰杨柳，浓春醉海棠”，我觉得这两句里“薰”字和“醉”字就用得好，就是诗歌的诗眼，有了这，作品就能慢慢在我们的心中生长起来。我们熟知的朱自清，他《荷塘月色》中的“心里颇不宁静”，鲁迅《故乡》中“本无所谓有”“无所谓无”的“希望”，都是能印证散文用字立骨乃是结构成篇的关键所在这一讲法的。当下的散文作家却对此忽视了，有时候过于散漫，文字就疏松了，文字之骨也就不太讲究，都成了一篇篇没有树干的漂亮的花朵。老子说：“朴散则为器。”古代缘情，言理，发乎情，止乎礼义，这些还是要靠文字、靠语言来实现，并由此来生成文章的骨骼的。

因此，某种意义上说，散文写作的难度之一，在于一个作家对于自己所思所想的筛选与确立，对于用准确精妙的词语加以表达的追求，这两个方面都要讲求一个“立”字，“一字立骨”解决好了，散文也就成了一大半了，否则，散文只会像一支没有目标的箭，拉满弓，却不见靶心在什么地方，干着急，却找不到办法。大家都知道的，后蜀何光远有一本书叫《鉴诫录·贾忤旨》，其中记有关于贾岛和韩愈“推敲”的故事，我认为“推”和“敲”不仅仅是“用字”的问题，也是“立骨”的问题，是散文能写到何处去的大道理，其背后涉及的还是一个作家要在散文中讲究什么，去了哪里，到了没有，等等，这些是涉及散文成败的关键问题。

唐代范摅的笔记小说《云溪友议》卷中《贤君鉴》记载了一个故事，唐宣宗十二年，在博学宏词科的遴选结束后，有关部门考定了诸生的名第，同时把他们作的诗、赋、论进呈给皇帝。皇帝在延英殿诏中书舍人李潘等商量事情，于是就问了谁写的诗歌重视用字，李潘回答说，钱起所作的《湘灵鼓瑟》诗有两个“不”字，是典型的用字高手。这两句诗大概我们都知道，就是“冯夷空自舞，楚客不堪听”和“曲终人不见，江上数峰青”，当然后面的事情我们不去推究，但从一个方面说了写作诗文时用字的作用。这个关键的“字”找到了，用好了，散文就有了长成参天大树的可能性。苏轼在《答谢民师推官书》中曾言：“夫言止于达意；即疑若不文，是大不然。”其实，散文不论是“达意”还是讲究文采，都要从“立骨”开始，就像一个人的身体，没有筋，人的骨骼就立不起来，心脏和肌肉都摊在一起，这样的文章是没有什么锋刃的。应该说，“骨”这东西能够将一摊肉泥给撑起来，让人在动物界中成为一个人样；让具体的一个人在芸芸众生之中成为一个面目与别人不一样的人。因此，从这一点来看，这是如今的散文写作所缺乏的，这也是让人担心了许久的事情。

当然，我今天说到的“一字立骨”的“骨”除了刚才说的这个“本”，或者“风骨”“骨架”，我主要的一个意思，是指的散文中那根硌人的“骨”，那根类似于棒喝的“骨”，那根能够划破人的皮肉、直刺人的内心的“骨”。这两个东西在散文中少不了，少了的话，散文肯定出问题了。因此，一个写作者还是要在自己的散文中，加上这么一根体现写作者的品性和脾气的骨头的。当然，如果没有如椽的骨架，即使文章中有一小段骨刺也是好的，我的想象这是个尖锐的东西，比如鱼刺，能卡到喉咙里，让人骨鲠在喉，难受之极。据说人身体的某些部位也有骨刺，一旦得了就会让人坐卧不安，这东西虽然不好，但也起到引人重视和警醒的作用，对于写散文倒也是一种借鉴。我们可以看看鲁迅的作品，其散文骨骼饱满，还有不少骨刺夹杂在文中，时不时就能硌人或者扎人一下，比如他对封建礼教的一字之骨就是“吃人”,《药》里面吃人血馒头,《狂人日记》里吃孩子，有了这个骨刺把我们扎疼了，效果也就出来了。因此，写作之前要多去做一些功课，将一些东西想得尽量明白一点，将笔刃磨得再锋利一些，将一篇散文作品之所以立住的那个凭借抓出来，让它最终成为这些文字卓然挺立的关纽。

当下的散文的骨头大多确实是被抽没了，只剩下了一堆文字的肉泥，它包裹我们，淹没我们，但就是不会刺痛我们，所以我们很难记起它来。有一个我们都知道的词叫“寒风刺骨”，如果散文中没有这样的骨头，即使再冷，也不会刺骨，只能是如明代宋濂《送东阳马生序》中所写到的“足肤皲裂而不知”。散文的皮肤都龟裂了，还会指望它是一篇好散文吗？因此，要使一篇散文刺得读者生疼，其中就必须先有一节让人心灵生疼的骨头才行。

第五节　散文也叙述

散文写到现在，理论上本来很明晰的一些看法，似乎越来越扯不清了，其中就包括散文中的叙述问题。一个问题是散文中叙述的成分多些好，还是抒情的成分多些好；第二个问题是散文中的叙述是不是不需要技巧，只要顺着事件发生的过程来写就可以了。这两个问题解决不好，同样也阻碍着散文的发展。

一般说来，在散文写作中，源于对散文抒情属性的定义，我们对于叙述有一种天然的偏见，就是认为散文以抒情为主，即使是以叙述为主，也是为抒情服务的，而叙述的技巧，似乎更是小说中必不可少的要素，与散文写作无关。

其实不然。

我们知道，散文中有一种按照表达方式进行的分类，在这种分类中，记叙散文与抒情散文、议论散文是一个层级的概念。其中，记叙散文是以记叙人物、事件、景物为主的散文，这类散文在所有散文中也还占有很大的比重，它对于写作方式的要求之一，就是文中的叙述是必需的，由此也需要叙述的技巧，但这点似乎偏偏被很多散文家忽视了。很多散文写作者认为叙事是小说的事情，在散文中只要按照事件发生的过程顺着写就行了，如此一来，造成的结果就是散文写作中如果有叙述的话，那就只有一种叫“顺叙”，这让很多散文写作者和评论家认为散文几乎是不需要技巧的，是最没有技巧的文体，所以由此也往往看轻了散文写作，散文反而成了一个跟在“小说”这个大哥屁股后面的小老弟了，就像鲁迅在《中国小说史略》中所谈到的“小说”最初被认为的那样，是个只能用来“街谈巷语”的小东西，所以才造成了现在似乎只要会写汉字的人都会写散文，所以我对于一些前辈作家所说的“只要把你心里想的写出来就是散文”，不但感到奇怪，更是深恶痛绝，因为这不但不能写出一篇好散文，还误导了多少后来的散文写作者，也让众多小说方面的批评家看轻了整个散文写作队伍，真是“罪莫大焉”，一样的“使乱大从，杀嫡立庶，又披其邑”(《左传·昭公五年》)。

其实散文也是需要叙述的，需要叙述的技巧的。

我们知道，叙述的结构是语言产生意义的形式，语言通过叙述拥有了一个完整的世界。这里所说的叙述的结构包括叙述的层级、与周边语言的关系、叙述的顺序等很多方面，比如鲁迅的《从百草园到三味书屋》就是双层的叙述结构，其中写到“赤练蛇”的故事，就是通过长妈妈的叙述完成的，而不是自己直接记述，文中是这样写的，“长妈妈曾经讲给我一个故事听”。鲁迅先生的故乡，对于小时与闰土的交往，如果按照时间排序来写的话，那肯定是要放在第一段写，鲁迅却先写了回故乡时的严寒与四周的萧瑟：“时候既然是深冬；渐近故乡时，天气又阴晦了，冷风吹进船舱中，呜呜地响，从篷隙向外一望，苍黄的天底下，远近横着几个萧索的荒村，没有一些活气。我的心禁不住悲凉起来了。”所以清代方东树谈到写作有“三法”，“不过一叙（叙题）、一议（议论）、一写（写景）三法耳”。认为：“颠倒顺逆、变化迷离而用之，遂使百世下目眩神摇，莫测其妙，所以独掩千古也。”“一叙也，而有逆叙、倒叙、补叙、插叙，必不肯用顺用正。一议也，或夹叙夹议，或用于起最妙，或用于后，或用于中腹。一写也，或夹于议中，或夹于叙中，或用于起尤妙，或随手处生姿。”“此非细故，乃一大门径，非哲匠不解其故。”所以在散文写作中要想使散文成为一件艺术品，而不是一篇流水账，叙述这个方面是必须谈的。散文不是来了情绪就顺着写下去，还是需要一些叙述的技巧，否则就显得散文写作太不讲究了，门槛太低了，似乎只要一个会写字的人都会写散文一样，所以我对于“将自己想的写出了”就是散文一直觉得不可思议，对于非专业化的散文写作一直持怀疑态度。我在之前的一篇文章中谈过，不是随便一个人就能做出一把紫砂壶的，也不是任何一个人拿起手术刀就可以做手术，所以散文还是要有散文写作的基本训练，刻苦训练。这于每一个艺术门类都是一样的，但放在散文这里，这个铁定的道理似乎就行不通了，确实奇怪得很。

似乎题外的话说多了，那就话说回来，接着说。其实“接着说”也是今天叙述的一个大话题，因为它是与“照着说”“反着说”相对而言的。当然在写作中都有这样的方式，其中“照着说”的占大多数，所以写父母的作者都是一个爹生的，“接着说”的似乎聪明一些，有点主体抒发的意思，“反着说”倒是直接，截然不同，但是给人的感觉总是愣愣的。由此，我认为还是“错着说”好一些，对此成书于汉初的《周礼·考工记》有言："青与白谓之文，赤与白谓之章。"清代学者、经学家、文学家阮元在《文言说》，也讲"……于物两色相偶而交错之，乃得名曰文"，可见谈叙述问题说得简单点就是一个文字交错的问题。周振甫在中国青年出版社编选的《诗词例话》中，谈到了古代文论中的承转、进层、倒插、逆挽、反接、突接等技法，就是这样一个方面的最好阐释。我们说为文要有叙述，叙述就要控制，若没有控制住，是写不好的，控制好了，叙述就有力量了。

因此，从某种程度上说，叙述之趣在于插曲和节外生枝，而不是可以去区分相关或者不相关的事件，让多重情节一起呈现，共同完成作品的叙述框架。在中国古代，史官不据事直书，有意掩盖真相的记载，写文章时故意离开本题，而不直书其事的笔法，这就是人们常说的以蓄为曲的"蓄笔"。其中的核心，结合西方文学理论来看，就是一个事件推导另外一个事件的产生，是从复杂症结到解开症结、从失衡到平衡的过程，其中叙述自身的行进力量和内在的矛盾形成了作品中叙述的动力，叙述的永动过程中有一种逻辑连贯，叙述中的生活逻辑和小说逻辑的不一致性，由此带来事件的连贯性与情节的不稳定性。当然，其中的事件进程是必须的，因为叙述可以缺乏其他特征，但必须包含进程，否则就不能视其为叙事。也就是说，在叙述表层结构中，叙述过程通过语言做实质性的表达，并为特定的要求所约束。在叙述的深层结构中，有一个共有的结构主干，在具体表达之前就已存在并得到了组织。

散文中叙事的作用在于它充当了论证过程的手段，其实最好的结论是我们早就得出的结论，解决了我们却不知道为什么是这样的结论的困惑。其中基本有三种模式，一是块式叙事模式：板块式的叙事结构是与传统的线性叙事结构完全相悖的"非线性结构"模式；二是圆形叙事模式：指文本叙事从起点出发，经过一个叙事过程，达到叙事终点，由起点到终点并不是按时间顺序自然发展的一种直线性叙事，而是终点又回归到起点，并对起点有所超越而形成一个螺旋式上升的近似的“圆”；三是多线索交叉叙事模式：是一种以空间代时间，以多维代单一的叙事模式。不论是哪种模式，基本的要求是满足人们的好奇心理，保持住读者对于下一个环节的期待，保持住读者对于结果的迷恋，满足读者对于时间的消费。

总之，对于不稳定因素（紧张因素）的引入，会加深行动的纠葛，是散文作品文学化产生的手段之一。作为记人记事的散文，如果是一件艺术品，基本面同小说一样，就是把这个人或者事情讲好。虽然故事是一件真事，一个序列上（时间或者因果）排列的事件，但作品必须对这个故事进行可能和必要的安排，使之成为作品中一个独立于现实历史事实的故事，否则没有加工的故事会在作品中出现吗?

小说理论中有一种叫作可靠叙述和不可靠叙述。可靠的叙述路径是作家在理论上的追求，但是如果一个作家的叙述路径太可靠了，反倒不是好事。祝勇说要做散文的叛徒，还是有道理的，因为散文的结构和思想、语言都栖息在叙述中。有时候作家的差异往往在于叙述的差异。清沈德潜在《说诗晬话》中云：“一首有一首章法，一题数首又合数首为章法，有起、有结、有伦序、有照应，若阙一不得，增一不得，乃见体裁。”并认为“后人一题至十数章，甚或二三十章，然意旨辞采，彼此互犯，虽构多篇，索其旨归，一章可尽，不如割爱之为愈已”。清顾龙振于《诗学指南》也说：“起句之叙法共有十五：实叙、状景、问答、颂扬、吊古、伤今、怀愁、感叹、时序、直入、引端、虚发、联句、反题故事、顺题故事。”这些还是要读一读的，对于我们的散文写作也许有好处。

第六节　要做一个“四有散文家”

这里说的“四有散文家”是从我们熟知的“四有新人”来的，要做一个“四有散文家”，指的是要做一个有理想、有道德、有文化、有纪律的散文家。对此，也许有人会要嗤嗤一笑，或者目瞪口呆，或者要口诛笔伐了，但问题是，现在的大多数散文写作者，确实几乎已成了一个无写作理想、无道德的理解力、无文化知识、无天性智慧、无为文规则的“五无”写作者了，所以今天是到了讲一讲这几个方面的时候了。

首先，一个散文家要有写作的理想或者说写作的野心，要有创作大作品的心理准备、技术准备和素材准备，唯有如此，写作才会从一个高起点上出发，抵达一个至少是高原的所在。一个只能流连于低唱浅吟的作家，行走的道路是既不会宽也不会远的。

但是，散文的写作现状是怎么样的呢？

我们看到的是一群没有散文写作理想的写作者。写了这么多年，他们关注的依旧是一些被人咀嚼了无数遍的残渣剩物，这些残渣剩物除了依旧只有旧，确实也没有什么新鲜和更深入的内容被发现和注入。比如写农村题材的，还是写自己的苦难的爹娘（我的意思不是不能写，是如何写），还是写田野的小草和露珠，甚至有些散文的题目，直接就是几十年前用了无数遍的“春”“夏”“秋”“冬”；比如写城市题材的，散文中的城市与大多数小说中所写的一样，满是肮脏和邪恶。那么，我要问一下，城市如此令人作呕，为什么又有那么多散文写作者要走向邪恶的城市呢，而且他们还如此义无反顾？他们为什么舍弃了那个在他们心中如此幸福美好的乡村，毫不留恋地离开呢？只能说，他们在散文中所设定的一切都是虚假的，这就像五四以来的一些所谓知识分子，预设了西方是先进的一样虚假。他们在散文创作中，没有办法和渠道去获知一个城市的真实和精神，只能以回想中的美好乡村作为背景，将目光集中在城市的邪恶上面了。比如写历史题材的，他们习惯了将历史典籍翻译一下，然后凑成一篇似乎磅礴无限的散文。智性写作的更是一塌糊涂，自己都搞不清楚的东西，或者思考不深的东西，甚至没有思考的东西，却要大言不惭地拿出来给人，不笑掉我们的大牙才怪呢。因此，说他们毫无写作理想一点也不为过，特别是缺乏远大的写作理想，否则他们不会如此对待自己的写作。一个没有写作理想的人很容易胡写、乱写、随意写，最终的结果是既浪费了自己的时间，又浪费了别人的时间。

其次，文学家包括散文家要有与之相匹配的道德，因为文章既然总归是要人来看的，作家既然是人类发声的嘴巴，他们就要能够代表人类平均的道德水准，这是作为作家的一个基本前提。因此，在散文创作中，即使不去讲一些仁义礼智信的道理，但起码要知道“道德”中的“道”是与天相关的，而“德”是与品性相关的，有了这个，心里就会有敬畏，就会强化自己的修养。而且，既然散文是最显露一个人的修养和道德水准的，在这方面的要求也是必需的。

也许有人觉得在这里讲“道德”显得生硬些，但我想，读者在阅读之前，应该对作家的基本道德素质是有所期待的，肯定会要求作家们比自己至少要高尚一点、纯粹一点，应该说，没有读者愿意看到比自己道德水准低，甚至是龌龊的作家和作品的。为此，一个散文家要想着去修身，修身则道立，《孟子·离娄上》说：“诚者，天之道也；思诚者，人之道也。”其中的天之道就是自然之道，或自然的规律；人之道，是指做人的道理或法则。中国传统文化认为人道与天道一致，人道本于天道。《中庸》说的“天命之谓性，率性之谓教”，《老子》说的“人法地，地法天，天法道，道法自然”，《周易》说的“天行健，君子以自强不息；地势坤，君子以厚德载物”，都反映了这种思维方式。讲到“诚”也是这样，既然“诚”

是天之道，人之道就应该思诚；思诚就是追求“诚”。思“诚”者，人之道，就是说追求“诚”是做人的根本要求，“诚”是道德的首位，但有些散文作者在“诚”上，是做得不尽如人意的，他们总喜欢将无知伪装成有知，然后写一些没有道德感的文章来糊弄大家，如此就想获取读者的认可无异于痴人说梦。

第三，要做一个有文化的散文家。有文化，其实就是有知识。一个散文写作者，不要什么也不知道就开始胡诌，什么也不通就开始装大师。作为一个散文家，如果实在是没有多少文化、多少知识，也必须有点智慧吧，就算是天性中的小聪明也可以。最怕的是连这点聪明都没有，还要硬着头皮去写，那真是难为自己和难为读者了。记得前几天去一个剧院看一个从网络小说改编的话剧，是与青春有关的，据说是被一个女明星导演拍了电影，还大赚了一笔的一个东西。当时，我是怀着期待去的，因为自己也想追忆一下青春，但十分钟之后，追忆没有成功，但是激起了我青春的火气，开始是悄悄地大骂，之后便愤而离席。由此我是感受颇多，基本一点就是编剧千万不要比观众还傻，观众的笑点也千万不要比导演还低，否则，编剧和导演还以为自己弄了一个讨人喜欢的东西呢，所以写作者是要有点文化的，至少要有点小聪明的，散文对此的要求也是。

如果要做一个有文化的散文写作者，路径之一就要去研读一些古代典籍，至少要去浏览一下，知道古人思考了什么，思考到了什么程度，要懂得古代与现世的人情世故。对此，南怀瑾在《论语别裁》中曾说现在人们把“人情世故”给想歪了，把它当成了贬义词，认为那些油腔滑调、溜须拍马之徒才应该背着“人情世故”这四个字。其实“人情”就是人与人的性情，人与人融洽相处的方式与情感，用现在的专业词语表达叫作“人际关系”；“世故”指的是（过去的、现在的、将来的）社会百态的变迁，包括文化的变迁、风俗的变迁、道德的变迁等等。综合来说就是了解人的特性，知道社会的发展趋势，了解各个层面细微的变化。如此一来，真若能做到“人情世故”，那么又还有什么事情是做不了的呢？但是现在的散文写作者几乎是对此不通的，不通的原因在于很多写作者成了一群没有多少文化的人，他们之中，傻傻地妄想的多，有根有据有理有力思考的少了，即使是空想和冥想的都很少，更不要说去做一个认真思考、能在前人的肩膀上来观察社会百态的写作者了。我们知道，五四以来的写作者大多数是有文化的，但是他们屈就了大众，于是就有了大众文化，可以说那个时期的大众文化是从精英文化来的，它所追求的目的虽然是大众化，但大众化文化的写作者是有文化的，但是现在的写作者却是没有多少文化的。当然，大众化写作不是没有好处，但作家的知识水准也大众化了，实在不是一件令人高兴的事情。

最后，讲一讲“有纪律”，这里说的“有纪律”，是指要懂得文学创作的规律，要遵从它，否则就是瞎写。对此，以前我写过相关的文章，似乎并没有引起多大注意，所以我在此就直接引述其中的一部分，再次重申一下，如下：

> 我们要知道散文是门技术活。散文既然是文学的一种，文学既然是艺术的一类，艺术既然是讲究技术的，必然地，从事这项写作的人必须具有相应的写作技艺或技术，比如语言，比如构思，比如结构，比如走向，等等。如果没有训练和技术，就必然会词不达意，这就如同画家说，我脑中有一幅绝美的图画，但没有经过艰苦技术训练的人，是决然不能成型的，即使画出来了，也是一幅儿童画，天然是天然，但绝对是不能成为艺术的。在这样情境下写出的东西也可以勉强叫文章，但终究不能归到文学之列。因此，散文作为一种艺术形式，必定要求具备从事这种艺术形式的积淀和修养才行，这就像能跑步的并不都是

运动员一样，只有具备一定条件和素养的人才可以。但是，目前错误认识是，只要会写字的人把心中的感想写出来似乎就是散文了，或者能够将自己所经历的写出来就是散文了，这是一种不容易被人察觉的谬误，只能是使散文创作越来越混乱，让更多的初学者脑袋混乱、无法适从，对散文发展而言，这是罪莫大焉的事情。

因此，我们还是要做一个“四有散文家”才好！

第七节　细节以及细到何处

如今，很多散文家的大多数作品写得是越来越粗陋了，原因之一在于他们对于细节描写的忽视，因此有必要重新说一说文学包括散文创作中的细节描写了。

细节是对客观表现对象的某些局部或微小变化所进行的细腻描写，其中有对人物的细节描写，有对物件的细节描写，有对事件的细节描写等。在散文写作中，细节描写确实是必须的。细节的选择和使用，对于揭示人物的内心世界，表现人物细微复杂的感情，都是至关重要的。细节是散文创作中具有强大表现力的手法之一，它可以使文章的表现力得到更大的发挥和延展，因此也就成了作品具有文学性的几个关键因素之一。

我们知道，古今众多优秀篇章往往都用了细节描写，如元稹的《闻乐天授江州司马》所写到的“残灯无焰影幢幢，此夕闻君谪九江。垂死病中惊坐起，暗风吹雨入寒窗”，其中的“惊”就是一个富有表现力的细节，它将作者对朋友际遇的深切关切，在病重中突闻朋友音讯陡然一惊的神态，都写了出来，耐人寻味。再比如鲁迅先生的《故乡》中也有这样的细节描写：第二日清早晨“我”到了家门口了，看见“瓦楞上许多枯草的断茎当风抖着”，短短一句就写出了“我”回乡时的自然景色和人物心理，因此写好细节是很关键，也是很重要的。

关于细节的定义，有不同的表述，但综合起来看，关键词有这样几个，“细枝末节”“最小的描写单位”“细微”。为了说明这个问题，我们还是稍微多拿出些篇幅，并不限于小说来讲。比如鲁迅的《中国小说史略》第十五篇“元明传来之讲史（下）”，讲到一百十五回本《忠义水浒传》，说“前署‘东原罗贯中编辑’，明崇祯末与《三国演义》合刻为《英雄谱》”，“惟文词蹇拙，体制纷纭，中间诗歌，亦多鄙俗，甚似草创初就，未加润色者”，其中说到第九回《豹子头刺陆谦富安》，是这样写的：“……却说林冲安下行李，看那四下里都崩坏了，自思曰，‘这屋如何过得一冬，待雪晴了叫泥水匠来修理。’

在土炕边向了一回火，觉得身上寒冷，寻思‘却才老军说（五里路外有市井），何不去沽些酒来吃？’便把花枪挑了酒葫芦出来，信步投东，不上半里路，看见一所古庙，林冲拜曰，‘愿神明保佑，改日来烧纸。’却又行一里，见一簇店家，林冲径到店里。店家曰，‘客人那里来？’

林冲曰，‘你不认得这个葫芦？’店家曰，‘这是草场老军的。既是大哥来此，请坐，先待一席以作接风之礼。’林冲吃了一回，却买一斤牛肉，一葫芦酒，把花枪挑了便回。已晚，奔到草场看时，只叫得苦。原来天理昭然，庇护忠臣义士，这场大雪，救了林冲性命：那两间草厅，已被雪压倒了。”

而对于前署“钱塘施耐庵的本，罗贯中编次”（《百川书志》六）的一百回本《忠义水浒传》，鲁迅认为其“描写亦愈入细微”，如述林冲雪中行沽一节，即从247个字扩展成了611个字：“……只说林冲就床上放了包裹被卧，就坐下生些焰火起来，屋边有一堆柴炭，拿几块来生在地炉里；仰面看那草屋时，四下里崩坏了，又被朔风吹撼摇振得动。林冲道，‘这屋如何过得一冬，待雪晴了，去城中唤个泥水匠来修理。’向了一回火，觉得身上寒冷，寻思‘却才老军所说五里路外有那市井，何不去沽些酒来吃？’便去包里取些碎银子，把花枪挑了酒葫芦，将火炭盖了，取毡笠子戴上，拿了钥匙出来，把草厅门拽上，出到大门首，把两扇草场门反拽上，锁了，带了钥匙，信步投东，雪地里踏着碎琼乱玉，迤逦背着北风而行，——那雪正下得紧。行不上半里多路，看见一所古庙，林冲顶礼道，‘神明庇佑，改日来烧钱纸。’又行了一回，望见一簇人家，林冲住脚看时，见篱笆中挑着一个草帚儿在露天里。

林冲径到店里，主人道，‘客人那里来？’林冲道，‘你认得这个葫芦么？’主人看了，道，‘这葫芦是草料场老军的。’林冲道，‘如何？便认的。’店主道，‘既是草料场看守大哥，且请少坐，天气寒冷，且酌三杯权当接风。’店家切一盘熟牛肉，烫一壶热酒，请林冲。又自买了些牛肉，又吃了数杯，就又买了一葫芦酒，包了那两块牛肉，留下些碎银子，把花枪挑了酒葫芦，怀内揣了牛肉，叫声‘相扰’，便出篱笆门，依旧迎着朔风回来。看那雪，到晚越下的紧了。古时有个书生，做了一个词，单题那贫苦的恨雪：

广莫严风刮地，这雪儿下的正好，扯絮挦绵，裁几片大如栲栳，见林间竹屋茅茨，争些儿被他压倒。富室豪家，却道是‘压瘴犹嫌少’，向的是兽炭红炉，穿的是棉衣絮袄，手拈梅花，唱道‘国家祥瑞’，不念贫民些小。高卧有幽人，吟咏多诗草。

再说林冲踏着那瑞雪，迎着北风，飞也似奔到草场门口，开了锁，入内看时，只叫得苦。原来天理昭然，佑护善人义士，因这场大雪，救了林冲的性命：那两间草厅，已被雪压倒了。……”（第十回《林教头风雪山神庙》）

我之所以如此不厌其烦地加以引述，是要告诉一些散文写作者，对于同样一个人、一件事的记述，有细节和没有细节，文学的感染程度是不同的。而关于细节，单从量上来看，对于同一个人物或者事件的描述，字数多的一般会比字数少的要写得细腻。但是，当下的诸多散文作家，也包括一些已成名的散文作家，只是会粗疏地记述，缺少更多的细节刻画，这会大大影响一篇作品的表现力和感染力。

古代的诗词、小说是这样，在中国古代占有很大比重的史传文学也是如此。记得孙犁在《澹定集·与友人论传记》中讲到："古代史家，写一个人物，并不只记述他的成败两方面的大节，也记述他日常生活的细节。"这话其实有意无意中，将史传文学中的文学因素与史学因素做出了区分，也就是说，在史传文学中，其中有细节描写的部分是文学的，其余的部分则是史学的。比如我们熟知的《史记·苏秦列传》，其中写道："苏秦之昆弟妻嫂侧目不敢仰视，俯伏侍取食。苏秦笑谓其嫂曰：'何前倨而后恭也？'嫂委蛇蒲服，以面掩地而谢曰：'见季子位高金多也。'"比如《史记》中对于刘邦的描述，"高祖常繇咸阳，纵观，观秦皇帝，喟然太息曰：'嗟乎，大丈夫当如此也！'"唐代张守节"正义"解释说："正义，包恺云：上音馆，下音官。恣意，故纵观也。"而对于项羽，《史记》中是这样描述的，"秦始皇帝游会稽，渡浙江，梁与籍俱观。籍曰：'彼可取而代也。'梁掩其口，曰：'毋妄言，族矣！'"这些描写肯定不是从史学的角度来真实记述的，而是从文学角度对于人物的描摹与刻画，"纵观"和"掩其口""毋妄言"肯定是文学的构成因素，因此在文史不分家的抒写时代，细节是区分其中文学与史学部分的关键之一。由此我们可以推演得知，细节是一段文字成为文学的基本要素。

还有一个关于细节的问题，似乎并没有引起写作者和批评者的注意，就是细节要细到什么程度才是细节，即作为细节：细到何处？对此，文学理论上的探讨是很模糊的，甚至是被忽略了，对于细节一般定义中的因素，我们的认识和理解也是不到位的，比如如何理解"最微小的"，如何理解"基本构成单位"这个判断。我们说文字细到一定程度就会产生细节，但是细节需要细到什么程度呢，是不是要无限地细下去呢？也就是说，如果单纯追求细，可以无限制地细下去，但为何要停止这样无限度的细化呢？比如鲁迅的《阿Q正传》中所写的阿Q，“也脱下破夹袄来，翻检了一回，不知道因为新洗呢还是因为粗心，许多工夫，只捉到三四个。他看那王胡，却是一个又一个，两个又三个，只放在嘴里毕毕剥剥地响”，还有作品最后所写到的，“阿Q要画圆圈了，那手捏着笔却只是抖。于是那人替他将纸铺在地上，阿Q伏下去，使尽了平生的力气画圆圈。他生怕被人笑话，立志要画得圆，但这可恶的笔不但很沉重，并且不听话，刚刚一抖一抖地几乎要合缝，却又向外一耸，画成瓜子模样了”。如果我们将文字再细下去，“只放在嘴里”一句就可以继续无限细下去，它可以写如何将虱子放到嘴里，是用什么样的手，左手还是右手，写这是一张什么样的嘴，然后写左手或者右手又是怎样的手，等等；“向外一耸”一句，也可以继续写，是向的哪边，耸到了什么程度，等等。由此，细节文字的表达是有一定的规约的，是一种规约性的表达，如果再细就违反这种表达方式。也就是说，更细的东西是可以无限地延展和推导出来的，但是，为什么我们不再去继续细下去了，是因为更细的细节不是没有办法表达，而是没有必要表达。《红楼梦》第十八回中，写林黛玉“说着，赌气上床，面向里倒下拭泪。禁不住宝玉上来‘妹妹’长‘妹妹’短赔不是”，也就是这样的例子。可见细节的“细”是细腻的细，而不是细枝末节的“细”，作为细节，要细得有价值和方向。那么，上面的细节是如何产生的呢？一般说来，这与叙述的速度和叙述的时间是有关系的。如果文字的叙述时间少于动作发生的时间，就是粗疏的，反之，如果文字的叙述时间超过它实际表现的时间，作品就很容易出现细节描写，限于篇幅，在此就不展开说了。

同小说创作一样，散文创作也非常需要细节对于作品的雕刻，散文同其他文体一样，也需要成为一种微雕艺术。我们要想在散文作品中，尽可能地将人物、事物细腻地加以展示或者揭示，就需要各种细节的描摹与刻画；我们要想用文字去尽可能地接近一个事物的内核，发现并书写出其中独特的地方，细节描写是不可缺失的。明代刘基的《卖柑者言》中的“剖之，如有烟扑口鼻，视其中，干若败絮”，清代方苞的《书左忠毅公逸事》中的“庑下一生伏案卧，文方成草，公阅毕，即解貂覆生，为掩户”，现代郁达夫《故都的秋》中的“著着很厚的青布单衣或夹袄的都市闲人，咬着烟管，在雨后的斜桥影里”，当代贾平凹《冬景》中的“早晨起来，匆匆到河边去，一个人也没有，那些成了固定歇身的石凳儿，空落着，连烫烟锅磕烟留下的残热也不存，手一摸，冷得像烙铁一样地生疼”，当代周涛《猛禽》中的，一只年轻的鹰，在“像是哈尔巴企克这怪物脸上的一颗长得歪歪斜斜的大门牙，龇着，突出去好远”的“悬空巨石的顶端”，正一动不动地站着，“凝着神，敛着翅”，等等，这都是一些细节用好写好的例子，需要后来的散文写作者去好好体悟和学习。

在散文创作中，只有将细节写好了，才有可能将文章写得好，就让我们写好细节吧！

第八节　1918 年的缝隙与剩余
——从散文说起

近日读到洪迈的《容斋随笔》卷十五，有“唐诗人有名不显者”一章，其中说，“《温公诗话》云：‘唐之中叶，文章特盛，其姓名湮没不传于世者甚众，如河中府鹳雀楼有王之涣、畅诸二诗。二人皆当时所不数，而后人擅诗名者，岂能及之哉？’予观《少陵集》中所载违迢、郭受诗，少陵酬答，至有‘新诗锦不如’‘自得随珠觉夜明’之语，则二人诗名可知矣，然非编之杜集，几于无传焉。又有严恽《惜花》一绝云：‘春光冉冉归何处，更向花前把一杯。尽日问花花不语，为谁零落为谁开？’前人多不知谁作，乃见于皮、陆《唱和集》中。”

读完此段之后，突然就想起1918年，并由此推想，在1919年这个具有划界意义的重要年份的前一年，在这个文化结构的变化慢慢接近峰值，并将最终构筑1919年五四运动这个巨大事件的年度，到底发生了什么，并最终导致了一个具有“现代”特征年代的出现？尤其是，当我们将此种考量缩小到文学方面，或者具体到散文创作方面，是怎样的状况呢？1918年度对于文学尤其是散文的记忆，是否过于粗粝，从而遗忘或者遗漏了什么？而文学包括散文对于那个时代是否又过于木讷，并没有过多地去关注和发现什么呢？

时代真的具有披沙沥金的作用，对于1918年，载于历史甚至是文学史的文学记忆似乎不多，到如今只剩下了很少的一点，比如：1918年1月，沈尹默写出中国现代文学史上第一首白话诗《月夜》，发表在了《新青年》杂志第四卷第一号上；5月，刘半农在《新青年》发表了中国现代最早出现的无韵诗《卖萝卜的人》，是年7月他又发表了中国最早的散文诗《窗纸》和《无聊》；同月，中国现代白话小说的开山之作《狂人日记》发表于《新青年》第四卷第五号上；6月15日《新青年·易卜生专号》出版；尤其要说的是，新文化运动的主将胡适在1918年刊发了《建设的文学革命论：国语的文学——文学的国语》一文，重在提倡文学革命。

如上所述，时代对文学的记忆，尤其是对这一年的散文，并没有过多地加以记录，对“散文”这一中国古老的文体几乎没有特意提及，甚至给人的感觉是归于沉寂，那么中国文学包括散文在现代性的开始阶段是如此的荒疏与凋敝吗？它是滞后的吗？那么为什么滞后，难道这一年就没有人去写散文吗？虽然1918年4月，《新青年》开辟了散文的品种之一“随感录”专栏；10月19日，蔡元培在北大“国际研究”演讲会上的演说词——《大战与哲学》，以及之后写于11月10日，并在《北京大学月刊》第一卷第一号发表的《〈北京大学月刊〉发刊词》，现在看来也应该就是很好的散文，但除此之外，似乎没有更多与文学相关的事情在这个年份产生，并没有更多文学或者散文创作的踪迹被留存下来，那么，它们是确实没有，还是被时代遗漏了？

我们读《古文观止》知道，其中收录的几乎都是古典散文的典范之作，文章选录的篇目从《左传》中的《郑伯克段于鄢》到明代张溥的《五人墓碑记》，而《续古文观止》，选录的篇目从顾炎武的《复庵记》到梁启超的《跋周印昆所藏左文襄书牍》，其中至少有一个主观判断出来的起点，也隐含有一个选择的范围，以及在这个框架和标准下精心选出的诸多优秀文学作品。但在1918年，这个之后就被命名为“现代”的前一年，就我们能够看到的具有现代意义的散文而言，与其他的文体不一样的是，其起点似乎并不如此确定，选择也失去了一个可信的标准和范围，乃至于让我们觉得这个年度除了遗失了很多作家和作品之外，尤其是遗失了更多的散文作家和散文作品。那么，原因何在？

我想可能的原因之一，首先，应该归于1918年这个年代的散文，在“现代性”行进之路上无意中的远离。也就是说，1918年的散文应该是顺着传统的文脉在行走，并没有刻意因为现代性潮流的到来而有大的转变，如此也就没有要特意记叙的必要，因为社会学家和历史学家对于重大事件的叙述，多是战争、宫廷、征服、叛乱、改革、王侯将相、宗教复兴等，传统的叙述史学并不会看着这样一个无关紧要的文体，这符合常理；即使在文学史家那里，散文也不被认为像小说等文体一样，1918年是其存在巨大变化的一个大的节点，需要重点指出其中的变化来。可以说，散文直到1918年这个年份，依旧在固有的轨道上行进，其中的文脉并不像诗歌、小说一样，一到1918年前后就产生了截然不同的样态。散文在文学的传承中没有断绝，传统意义的本质要求没有变化，一直在传统文学的脉络中静水深流，绵延不绝，于是散文在文学史那里的受关注度就会明显减弱，这也正常。于是，人们有意无意地将散文的变化忽略，也是在正常的范围之内，即使散文有些表达上的变化，也是如此。因此，寻找和确认现代意义上的第一篇散文，就失去了必要的基础。

对于此点，也就是对散文在一个什么都变化的时代里，并没有过多变化这一现象的确认，却有着非常重要的意义。它至少在中国现代文学的范围内告诉我们，中国现代散文的脉络是从自己的土壤中长出的，它的根在我们的传统文学，而不是所谓西方蒙田的随笔之类。明白了这一点，现在的我们就不会像今天这样，在写散文时总是思前想后，犹豫不决，左右顾盼，最终西不西、中不中的，不成样子。

其次，在 1918 年，包括其他年代与年份，我们的作家虽然在使劲写，但是，不管愿不愿意，作为时代这个巨量事物的一部分，有些人有些作品成了花，被人关注，有些却成了叶，落下来就化成了土，或者就是单从幸运与否这个角度看，有人有幸踩到时代的那个点上，于是被留下了，有人不幸被踩到了一边，于是就成了时代的剩余或者浮落飘散的一部分，即使有谁抱怨其中的不公，也没有用，因为不公本身就是时代的巨大体量之一。于是一个无奈残酷的现实是，在文学史中流传的文字，只是全部文学中极小的幸运的那一部分，它们被我们剥离出来，让我们知道了当时文学作品的本来面貌，并成为文学史中重要的文明碎片，而对于文学发展的长河中其他的作品，我们就必然是一无所知了，它们都停滞在历史的深处，而且永远不能为人知道。那一部分其实也是文学的一部分，是文学的剩余部分。因此，我们的文学或者文明肯定是不条理、不系统的，是残缺不全的，它只是浩瀚文学之海中的一些微小的残片，被历史一条华丽的金线串在了一起，并且被更华丽地命名为文学史，于是那么巨大的资源就被我们有意无意地弃之不顾了。那么，1918 年的很多散文是否也遭遇了如此不幸呢？乃至于为我们现在所知的也仅仅是十几篇文章而已；那么，在那时，除了他们，还有谁？除了我们所知道的与我们默默相视的几个人以外，还有谁？这似乎是这个问题的关键，难道在几个走走停停的刊物上的几个作家和几篇作品之外，真的就一无所有了吗？是不是时代对于文学的记忆出现了偏差和疏漏？我宁愿相信是这样的，否则1919年的五四运动就来得太没有准备了。因此，文学史中的1918年的文学肯定是有很多问题的，其中包括时代对于一些作品的忽略与遗失这个方面。

与之相关的，对于这样一个重要的节点年代，从上面的材料可以看出，文学呈现的样态是虚弱的，尤其是从文学作品数量上来衡量的话，文学创作的成果与时代变化的巨大是不匹配的，两者存在巨大的差距。可以说，从我们知道的文学篇目的数量来看，文学对于1918年这个重要时代分界之年有着严重的漠视。这个问题带出的风气一直流传到现代也没有改变，直到现在，人们不还是沉浸在自己的小情绪里呻吟，缺乏对于时代大情怀的抒写吗？大多数的文学家包括散文家除了写自己的小忧伤之外，对于现在国家的发展繁盛、曲折问题有自己的观察和声音吗？也就是说，作为一种文学品性，文学家包括散文写作者，对于大时代的大特征的关注与热衷，是否从那个时期乃至往前推到魏晋三曹之时，就渐渐消失了呢？虽然在某些关键的时期有所恢复，但在文学史中，散文中的个人小品实际上是占有大部分比重的。我不是说小品文不好，抒写性灵也是我们传统的文脉之一，但个体化的沉吟依旧代替不了金戈铁马的家国情怀，这肯定也是一个缺点。而1918年，文学家对这个时代重大事件和特征的记述或者抒写的缺失，是显而易见的，如果不是那个年度创作的身影被集体遮蔽了的话。

那么1918年的时代是怎样的时代呢？让我们看看除了我们熟知的几篇文章外，这一年是否还有其他的事情呢？前几天偶然看到一张图片，是一个人拿着1918年的一张《诚报》，人的模样已经忘记了，反正是一张旧中国的脸，没有特别之处，但上面的大炮确实使我想起中国近代百年与西方的常规联系物，这东西其实很关键，我们的近代史、现代史，乃至当代史的思想都是这东西逼迫出来的；1918 年 2 月 25 日《晨报副刊》创刊，李大钊任主编，这是文学的大事，不得不计，当然这是后话了，估计当时也就能发个豆腐块；15 日，鲁迅在《新青年》杂志上发表《狂人日记》，是国内首次发表白话小说；20 日，孙中山辞去大元帅职务，乘船离开广州赴上海；6 日，北京证券交易所开业，这是中国人自己创办的第一家证券交易所；1918 年 3 月 4 日一处位于美国堪萨斯州的军营发生流感，接着中国、西班牙、英国都发生了流感，也说明中国“融入”到世界潮流中了，这是一件让人“兴奋”的事情；8 月 21 日，吴佩孚要求段祺瑞停止内战，说明中国打得厉害；10 月 5 日，邵飘萍创办《京报》，说明封锁的消息随时可能走漏，就像现在的网络；这一年的 10 月 10 日，六十三岁的徐世昌被选为国家总统，这当然是大事，因为政治一直关乎经济民生；12 月 15 日，周作人撰文《人的文学》，打出“人的文学”的旗号，反对“非人”的文学；22 日，陈独秀创办《每周评论》，新文化运动的主将胡适在其刊发的《建设的文学革命论：国语的文学——文学的国语》一文中指出，“我们所提倡的文学革命，只是要替中国创造一种国语的文学”，这表明新文化运动所倡导的是文学革命；尤其是诺贝尔奖已经颁发近十年了，但是就是 1918 年的诺贝尔文学奖出现了空缺，似乎也是在给中国文学腾地方吧，这使中国文学从那时起在冥冥中似乎有了与世界的联系。

越是列举这些，越觉得 1918 年的文学与当时的社会似乎离得远了些。如此，1918 年，文学包括散文对于时代而言，就出现了一个巨大的缝隙，而这个缝隙之外肯定存在着一些被人为忽视的巨大内容。我想，这么重要的一个年份，不会仅仅因几篇被后世认为是重要的文章就能填满吧，尤其是，没有其他文学家的支撑或者作品的支撑，仅仅靠这几篇文章就能造成五四新文化运动的发生吗，如果有谁这样相信，那其中的逻辑是有严重的缺陷的。那么还有其他的文学家在写作吗，他们起到了什么样的作用，为什么我们见不到他们的作品，甚至也不知道他们的名字呢？他们的作品与这个年份有多大的疏离与缝隙呢？这么大的缝隙被我们察觉并发现了吗？为我们带来启示并引起警惕了吗？1918 年真是一个被当时的文学家遗失的年代，也是被后人遗忘的一个年代吗？

我的意思是，在上面所列举的仅仅是 1918 年的部分事件而已，很多事情肯定也发生了，在数量上肯定大大超过了这些，这个时代赋予一个作家的力量本来应该不可估量，但可惜的是，后来才发现，我们对此竟都没有过多的反应和回应。这样想来，1919 年的新文化运动是多么的突兀，似乎时代的爆发力并不需要聚集，它会导致我们对于历史的误判和文学的误判，就像前文所述的，我们难以想象，仅仅凭借 1918 年几篇豆腐块一样的文章，就能导致一个时代的开始吗？于是我想，文学和文学史家是不是一直习惯将自己见识之外的东西慢慢都排除掉，这很是让人担心和怀疑。因此，作为一个作家，我们确实要深入生活、扎根人民和社会，能够真实地反映一点点现实，记录一点东西给后人，否则后人看我们，就像今天我们看 1918 年一样模糊。如果将这个道理推延到散文中去，作为一名散文作家，不论这个年份被命名得如何热闹或者如何沉寂、如何被忽略，张开眼，看准时代的脉搏，扩大自己的视野，实实在在写出好散文来，才是正事。

那么，最后，我要问的是，当下散文盲点太多的原因，是不是至少在文学对时代的关注程度这个方面，与 1918 年的判断习惯与筛选习惯相接呢？但是，如今的散文创作与那个年份不同的是，现在被遮蔽的文学包括散文作品似乎没有；相同的只是文学家包括散文家与时代依旧存在着一个巨大的缝隙，这是我们在解读 1918 年时心头一惊的原因之所在。

注：写完此文，搁置一周有余，拿来再看，似乎写得不太清

晰，但要表达的意思估计只能到此了。我对于人类的智慧是悲观的，对于个人的智慧尤其如此。因此，我们对于1918年，对于任何一个时代的记录、回忆和梳理，都将是在有限的资料中的一种猜想，这是我们的宿命，也是我们的无奈。

第九节　伪现实

在艺术创作中，夸一个人画得好，或者写得好，特别接近所画所写的事物，往往用“逼真”一词，或者说是“辋川笔法”。关于“逼真”一词的来源，虽然没有确切的考证，但北魏晚期郦道元的《水经注·沔水》就有相关的记载了，云：“有白马山，山石似马，望之逼真。”宋代洪迈的《容斋随笔》卷十六也道：“江山登临之美，泉石赏玩之胜，世间佳境也，观者必曰如画。故有江山如画、天开图画即江山、身在画图中之语。至于丹青之妙，好事君子嗟叹之不足者，则又以逼真目之。”到了清代，况周颐在《蕙风词话续编》卷二中谈道：“情景逼真，非老于醉乡者不能道。……人见佳山水，辄曰‘如画’，见善丹青，辄曰‘逼真’。”(《染香庵跋画》)直到朱自清那里，还专门讨论过逼真的问题，写成了《论逼真与如画》一文，所以“逼真”在文学艺术的范围内确实是一个被人重视的词语。但是，如今的散文家对此的认识却是越来越模糊了，所以有必要重新来说一说。

既然是逼真，就不是百分之百的真，逼的意思是接近，所以能够达到百分之八十的真，就已经是作家能够追寻到的目标了。因此，这个词确实也暗含了一个道理，就是在文学创作中无论怎么写，即使是极像一个事物，但仍旧不会是那个事物的原样，只是无限接近而已，能够做到宋朝梅尧臣说的“状难写之景，如在目前”就已经不错了。确实，“如在目前”中的“如”字用得很准确，指的是好像，而不是就是，所以古人讲的逼真是形影无定，真假不拘，写得活像，能使人如见其人、如闻其声，有生气，有生意，就可以了，这点对我们的散文创作还是具有启示作用的。

当然文艺要反映真实生活，这是肯定的，真实性作为美学的范畴，也是我们在文学创作中所要遵循的，也就是说，写真实是我们追求的美学目标之一，当然，能不能真正做到却是另外的事情。有时候，在写作中，“真实”的要求会让艺术家无所适从，所以我一直以为“三贴近”的提法，真是一个对于艺术创作懂得彻底、能够把握艺术创作规律的人，才能提出的。因为“三贴近”说的是贴近实际、贴近生活、贴近群众，是说在艺术创作中要面向真实，无限接近真实，而不是写出一模一样的生活，这符合艺术规律归于写真实的要求。

那么，为何如此呢？我的考虑是，因为现实永远是作为一个有局限的人的局部的发现，它与个人的眼光、视角和生活经历甚至方法论、世界观有关。也正因为如此，对于同样的事物，在不同作家的笔下才有了截然不同的表达，比如对于长江，古人看到的是“无边落木萧萧下，不尽长江滚滚来”，刘白羽看到的是“船随山势左一弯，右一转，每一曲，每一折，都向你展开一幅绝好的风景画”；再比如对于秦淮河，“一九二三年八月的一晚”，朱自清和俞平伯同游秦淮河，之后中国现代文学史上就出现了绝少同题的两篇经典散文，一是一九二三年八月二十二日俞平伯在北京写出的一篇，一是一九二三年十月十一日朱自清写于温州的一篇，但两者是完全不同的，那么谁写出了当时的真实呢？都写出了，但是又都没有写出；还有，对于同样一个陶然亭，清代江皋《陶然亭记》、张恨水的《陶然亭》、俞平伯的《陶然亭的雪》也都不一样，那么哪一个才是真正的陶然亭呢？都是，又都不是。所以散文创作的目的肯定不是描述事物的真实，而是表达情感的真实，是情感典型性的真实。

也就是说，在文学创作中，是没有作家能够从真正现实中挖出完整的一块原封不动地植入其作品之中的，因为限于时空的关系，要做到这点，也是不可能的。比如你今天在看一棵树，另外一个人也在旁边看，如果你看到的是正面的，他就永远不可能在同一个时间在同样的位置去观察，就是位置一样，时间也不一样了，也许这时一阵风吹过，花或者叶就此变了形状。因此，文学创作要忠实于现实，但绝不是等同于现实，现实永远是作家观察到的片段式的现实，是局部的，是被作家改变了的现实。如此，作家永远只能无限地靠近和贴近现实和生活，写作的真正途径也只能是从现实的真实走到艺术合理的真实，而不是其他。为此，萨特就在《审美对象的非现实性》中指出过，文学作品是一个非现实的综合体，因为现实本就具有欺骗性。因此，如果我们想去呈现或者还原其真实面貌，不但不可能，也是一件费力不讨好的事情。

我们知道，文学的认定有两个方面的要素，一是将文学视为一种社会现象，它的特殊性是在社会现象的一般性中来认定的，由此导致的是对文学的社会本质的揭示；二是将文学视为一种美学现象，由此导致的是对文学的美学本质的揭示。一般而言，艺术家强烈地争取获取真实，可另一方面又渴求非真实，因为艺术的终点是审美，而不是实用，需要创作一种艺术的幻象，其中涉及的问题包括：有秩序的情感与情感的幻象，这是写作的起点；语言表达的幻象，这是写作的具体操作；人的幻象，这是写作的终点。当然，其中有一点需要注意，其他文体一般是用虚拟的世界来表达，而散文是无法完全靠虚拟来进行表达的，这是由其文体特性决定的，当然，散文在写真实的基础上也是需要对于真实的事件进行艺术处理的。因此，散文同其他门类的文学作品一样，都带有巫术的味道，都有对于真实世界的另外的想象和拓展，比如《史记》中对于历史事件的记录，就有很多将史实进行文学化处理的内容。

我们知道，文学创作，包括散文在内，其中文学的价值主要是指文学的审美价值，即文学要满足人的需要并因此导致人的自我实现，并实现人的自我塑造，其中，对于真实的描绘或者追述仅仅是实现这一目标的一种渠道而已。因此，对于前些年热了一阵的所谓“打工文学”，我一直是持怀疑态度的，对于那些想完全真实描摹现实生活的写作手法是极不赞成的。因为在这条道路上，对于现实真实很容易产生误解甚至是认识错误，由此，在文学追求美、非功利、自律、超越、解放与自由中，会导致两个方向，并由此形成两个极端，一是唯美主义的纯粹的美，它与认识和道德无关；一种是延续的亚里士多德文论传统，在对前者的抵制中，片面地奉认识价值和政治价值为文学的最高标准，使文学走向了政治化。这也是我们一百年散文的大问题，其中很多人被牺牲掉了，比如杨朔等人，别人批评他不真实，但是也许他已经够真实的了，比如他最为人知的《荔枝蜜》，其中写道：“今年四月，我到广东从化温泉小住了几天。四围是山，怀里抱着一潭春水，那又浓又翠的景色，简直是一幅青绿山水画。刚去的当晚，是个阴天，偶尔倚着楼窗一望，奇怪啊，怎么楼前凭空涌起那么多黑黝黝的小山，一重一重的，起伏不断？记得楼前是一片比较平坦的园林，不是山。这到底是什么幻景呢？赶到天明一看，忍不住笑了。原来是满野的荔枝树，一棵连一棵，每棵的叶子都密得不透缝，黑夜看去，可不就像小山似的！”难道这不是写出了当时的情景吗？当然可以说是，但后来的很多人觉得在那样的时代背景下，他写作的情感似乎不真实，所以我们一直不认同。但是，我有时候会想，也许他只是写出了我们不认同的一种真实罢了，也就是说，如果他写作此文时真是那么想的，但后来的人觉得他不应该那么想，我们是不是有点故意了，在文学上有点冤枉他了，我们和他，谁更真实呢，真是说不清楚。因此，既然文学展开的是一个非现实的世界，这个世界一方面是虚幻的，另一方面是由生气贯注的形象所构成，是一个彼岸性的、具有乌托邦性质的世界；既然文学世界的虚拟自在性与现实世界的离异性、对抗性、文学彼岸性和乌托邦主义是文学的重要特点；既然生活杂乱无章，但是文学又要使之整齐有序，那么，我们认为写作就是一种置身于地狱却梦寐以求天国的行为。由此，我们就不要对文学创作苛求真实，或者认为真实就是进入写作的唯一入口。我很喜欢一段话，记得是贝多芬说的，“晚间，当我惊奇地静观太空，见那辉煌的众星在它们的轨道上不断运行，这时候我的心灵上升，越过星座千万里，直上升到万古的泉源，从那里，天地万物涌流过来，从那里，新的宇宙万象将永远涌流。”文章中有这个就足够了，心灵的真实是散文创作中的关键，作为作家，我一直觉得不能进入到自然主义里，在所谓的真实与非真实的纠缠中挣扎。

因此，文学的要求肯定不是呈现现实，而是表现现实，否则，我们去亲身体验一个作家在作品所写到的一个事件或者一个场景，估计真实的效果会更好，那么为什么还要去读一个作家所写的呢？原因就是这样的东西是带着人类观照的艺术品。这就像照相机的发明使毫发毕现的真实绘画成为历史一样，无论一个画家画得如何像，都不会比得上照出的照片，因此时代的发展使得写真实已经不再是一个作家、艺术家的真本事了，如何理解现实、表现现实，才考量一个作家的水平和功力。所以无论你想怎么展示一段真实的生活和现实，都比不上你去透彻地理解它、表现它来得好。所以我对近年一个作家所写的一个什么村庄记，觉得特别没有意思，原因就在这里。因为从根上来说，文学是与主体的人相关的，是与表达的形式相关的，是与体现的价值相关的，是与心灵感知到的虚幻世界相关的，是与主体间性相关的，而文学与现实世界相关仅仅是其中的一个维度而已，但是现在的散文作家却把它当成了创作的全部，确实还需去补一补这一方面的基础课程的。进一步说，文学与现实之间强调的是关联性，而不是一致性，谁认为文学需要和现实一致，估计他对于文学的理解还有待深入。《西清诗话》记载有王安石和欧阳修关于菊花的一段争执，曰：“欧公嘉祐中见王荆公诗：‘黄昏风雨瞑园林，残菊飘零满地金。’笑曰：‘百花尽落，独菊枝上枯耳。’因戏曰：‘秋英不比春花落，为报诗人仔细看。’荆公闻之曰：‘是岂不知《楚辞》‘夕餐秋菊之落英’，欧九不学之过也。’”后来史正志在《菊谱后序》里指出，菊花有落有不落的：花瓣结密的不落，盛开之后，浅黄的转白，白的渐转红，枯于枝上；花瓣不结密的多落，盛开之后，遇风吹雨打，就飘散满地，从而分别给两人打了一板子。看来，两人是过于纠缠所谓的什么是真了。

福楼拜在 1857 年 3 月 18 日《给尚特比女士》中写到：“《包法利夫人》没有一点是真的，这完全是一个虚构的故事。”客观主义美学家玛克斯·德索在《美学与艺术理论》也说，“一件艺术品，无论你怎么去称呼它，它总与真实相去甚远。”所以我觉得文学创作包括散文创作的过程，是一个略去作品中那些不需要的东西，留下能够表达作家感情和思想的过程，而不是要在与现实生活的像与不像的比较中，区分优劣高低。当然，至于略去哪一些，如何略去，就是一个艺术家的个性问题了。

第十节　散文家都被情感宠坏了

在散文写作中，情感被无端强调得厉害，甚至有人直接告诉年轻一辈散文写作者，说只要把你心中的真情实感写出来就是散文了，情感越强烈，越是好散文。对此种说法，一直以来，我不但觉得奇怪，而且觉得这样的观点害人害已，流毒颇深。因为我们都知道，写文章有的以美为目的，有的以智为目的，但是很少以情感为目的，原因在于情感人人都有，浓烈的情感同样人人都有，作家的情感不一定比一般人更强烈，而且比别人更为强烈的情感，并不会使一个作家在写作中更加出类拔萃。况且，如果艺术包括文学不是首先以技艺比高下，而是以情感强弱为标准，那么艺术家和一般读者之间的差别就消失了，这就如同一个骂街的泼妇，估计她骂街时候的情感是强烈的，但没有谁会认为她就是艺术家吧，因此现在很有必要来谈谈文学创作中，尤其是散文写作中，情感到底是怎么一回事。

在散文写作中，情感当然很重要，有历朝历代的文论可以为证。如，庄子曰：“不精不诚，不能感人”；《诗·大序》曰：“诗者，志之所之也。在心为志，发言为诗，情动于中而形于言。言之不足，故嗟叹之。嗟叹之不足，故咏歌之。咏歌之不足，不知手之舞之，足之蹈之也。”陆机《文赋》中也有“缘情而绮靡”的话；张戒在《岁寒堂诗话》提出，“情真味长气胜”，并引用刘勰的话云，“因情造文，不为文造情”，“情在词外曰隐，状溢目前曰秀”；韦居安也说，“因所感而发”，白居易提到，“感人心者，莫先于情”，李峤在《评诗格》也曾谈到，“诗有十体”，“九曰情切”，等等，由此可见情感确实在文学创作中有举足轻重的作用。

一个作家如果能把情感写好了，确实可以写出好作品。比如李斯的《谏逐客书》、诸葛亮的《出师表》、韩愈的《祭十二郎文》、欧阳修的《泷冈阡表》、李密的《陈情表》、归有光的《项脊轩志》、袁枚的《祭妹文》、林觉民的《与妻书》等，都是因为文章中的真情感才流传下来的。前几日又读平凹先生的《读书示小妹十八生日书》，觉得也是这样的文章，其文曰：“我是男儿老八，你是女儿最小，分家后，众兄众姐都英英武武有用于社会，只是可怜了咱俩。我那时体单力孱，面又丑陋，十三岁看去老气犹如二十，村人笑为痴傻。你又三岁不能言语，哇哇只会啼哭。父母年纪尚老，恨无人接力，常怨咱这一门人丁不达。从那时起，我就羞于在人前走动，背着你在角落玩耍；有话无人可说，言于你你又不能回答，就喜欢起书来。书中的人对我最好，每每读到欢心处，我就在地上翻着跟斗，你就乐得直叫；读到伤心处，我便哭了，你见我哭了，也便趴在我身上哭。但是，更多的是在沙地上，我筑好一个沙城让你玩，自个躺在一边读书，结果总是让你尿湿在裤子上。你又是哭，我不知如何哄你，就给你念书听，你竟不哭了。我感激得抱住你，说：‘我小妹也是爱书人啊！’东村的二旦家，其父是老先生，家有好多藏书，我背着你去借，人家不肯，说要帮着推磨子。我便将你放在磨盘顶上，教你拨着磨眼，我就抱着磨棍推起磨盘转，一个上午，给人家磨了三升苞谷，借了三本书，我乐得去亲你，把你的脸蛋都咬出了一个红牙印儿。你还记得那本《红楼梦》吗？那时你到了四岁，刚刚学会说话，咱们到县城姨家去，我发现柜里有一本书，就蹲在那里看起来，虽然并不全懂，但觉得很有味道。天快黑了，书只看了五分之一，要回去，我就偷偷将书藏在怀里。三天后，姨家人来找，说我是贼。我不服，两厢骂起来，被娘打过一个耳光。我哭了，你也哭了，娘也抱住咱们哭。你那时说：‘哥哥，我长大了，一定给你买书！’小妹，你那一句话，给了兄多大安慰，如今我一坐在书房，看着满架书籍，我就记想起那时的可怜了。”在这里，我引用其中的文字是过多了，但非如此，就不能显示文章整体展示出的情感，以及由此带来的心灵的冲击与感动。

但问题是，当散文的抒情性慢慢被确定，并成为散文写作的圭臬之后，情感就在散文创作中成为怎么也逃不脱的东西了，成为散文家一个最为熟悉的概念，也成为被前辈作家一遍遍谆谆教导告诫的散文写作的要素之一了。这个教导确实有好处，因为可以促使我们写出情感浓厚、感人至深的作品来；同时它也有害处，在于这会导致散文也就只能在情感这个圈子里跑来跑去了，脱不出去，然后就沉浸在情感的海洋里，直到溺毙。

我们都知道，作为一个正常的人就会有人的情感，而且人的情感肯定是自发的，不会那么理性，那么文字中的情感是吗？并且我们写出的散文是要表现这些自发的情感吗？我的答案——肯定不是。理由是，现实情感并非艺术情感，现实情感的真实，也并非艺术情感的真实。比如一个散文家在写高兴的时候，我们并不要求他一定高兴，这个散文家也没有必要一定高兴；一个散文家在写害怕的时候，我们并不要求他一定害怕，这个散文家也没有必要一定害怕；一个散文家在写悲伤的时候，我们并不要求他一定悲伤，这个散文家也没有必要一定悲伤。我们对他的要求不是对他的情感要求，而是对他写出的作品有所要求，要求他写出的这个作品能使读者感到高兴、害怕、悲伤就可以了。对于这点，一个散文家不但要有意识，而且在创作中要有对此的把握能力。

这就牵扯到另外一个话题，就是描述情感与表现情感是不一样的，比如在文章中直接写“我愤怒”这句话，就是描述，但作为一个成熟的作家，在文章中要表现“我愤怒”的意思，应该基本不会直接用这三个字来表达；同样的，表现人的“恐怖”，高明的散文家也绝对不会去用“可怕”这个词。有时候在写作中，使用形容词是一件危险的事情，越谨慎越好，这样的形容词，不但无助于表现，反而是有害的。因此在写作中，表现一种情感不是描述这种情感，也不是宣泄这种情感，就是在现实中，人悲伤了，几乎也没有人大呼“我悲伤”，只是愁容满面，流泪满面，啜泣或者号啕大哭吧。如果有谁那样大呼的话，几乎没有人会认为他是真悲伤，写作散文更是，感情肯定不是喊出来的。因此，在文学创作中，情感表现是要有载体的，古诗词中就有很多，如“柳”和“留”就是典型的一种，于是也才有了“灞桥折柳”的千古吟唱，也就是说这个载体是可以将情感呈现为表象的东西，空喊绝对不是散文写作中所说的情感。宋人魏泰曾在《临汉隐居诗话》中说道：“诗者述事以寄情，事贵详，情贵隐，及乎感会于心，则情见于词，此所以入人深也。如将盛气直述，更无余味，则感人也浅，乌能使其不知手舞足蹈；又况厚人伦，美教化，动天地，感鬼神乎？”说的就是这个意思。因此，在写作中，有了理智把控的情感，才能让读者在阅读的时候，体验到具有审美价值的情感。进一步说，进入作品和在作品中完成的情感首先都是作为审美的，而不是作为道德的情感。

一般说来，情感具有家族相似性这样的特点，而且大多数被我们贴上了“喜怒哀乐愁”的标签，由此导致的结果是，我们表达出的有限的感情往往不过是其外在的表现罢了，我们能抓住的我们的所谓情感，不过是它与人相同的部分，又是被定义好的一面，而且必须是言语能够加以表达的那一部分。也就是说，人与人的情感类型基本是一致的，如果以此作为衡量文章高下的标准，是有很大的问题和难度的，因此文学作品肯定不是以作家情感的强弱与否，作为判断散文作品优劣的标准。而且情感是没有高低优劣之分的，只有强弱之分，情感背后的道德取向才使之具有了高尚与龌龊之分。比如人的悲伤高兴是一样的，只是为了什么事情悲伤高兴才具有了道德的判断；比如一个汉奸死了，我们高兴，我们即使算不上高尚，但至少我们在道德上是没有问题的，但如果我们替他悲伤，道德上无论怎样也是讲不过去的。因此，就像上文谈到的，在文学创作中，作品中的情感首先是作为审美的情感，而不是作为道德的情感，我们往往在这上面出现一些问题。很多时候我们对于杨朔等散文的判定就是，后人多是以道德角度的情感写作来对它加以审视了，这点在道德领域似乎没有问题，如果放在艺术创作领域来看，就不太公允了。因为艺术创作虽然涉及道德问题、价值问题，但它不是伦理学，并不首先是一种道德活动，并不是来比赛见义勇为，或者评选道德模范的。也就是说，艺术并不起于意志，善良可以造就一个诚实的人，却不能造就一个真正的艺术家，包括散文家。当然，艺术对于道德是有所要求的，没有什么豁免权，但是，文学作品包括散文，肯定首先不会是在道德上论上下，比高低，于是我们在潜意识中是允许文学创作搞一些与道德无关的事情的，于是就有了更侧重娱乐化的通俗文学，这种文学排除了道德的难题，扩大了文学的疆域，这是合理的。不能像很多正统的评论家一样，要全然否定，一棍子打死。

不可否认的是，一个作家在作品中所写的情感，原则上要经得起任何人去体验它，因此它是有组织的、可以塑造出来的具体化的情感，或者说是理性化的情感，否则就避免不了写作起点上和判断上的诸多难题，就像我在文章开始谈到的，艺术家与非艺术家的区别在于表现情感的技艺，而不是情感本身。因此在具体的写作操作中，作为一个散文家首先要知道的是，理论上说情感都是可以来表现的，但是真正的写作实践中，情感又确实是有适于被作家表现和不适于表现的，也就是说，不是所有的情感都适合公开或者写入文章之中，散文家对此必须有能力判断和甄别，这是写作起点上的一个大问题。而且如果说散文家的写作就是将情感表达出来，这对于谁来说都很困难，因为这首先要求他必须绝对坦诚和坦率。但是，事实真是如此吗？理论上要求的坦诚与写作中的拘谨肯定是不一致的，如果要求一个作家在绝对坦诚的时候才进入写作的状态，我想他是无法完成对于情感写作的选择和抒写的，于是，作为作家的写作，就绝对不是像有些人所说的，只要将心中的所思所想所感写出来就是一篇好散文了。这既在理论上说不通，又在实际中行不通，不可能实现，所以一个作家能找到一种能够进入审美的情感，并有能力把这种情感放进自己的文字中，就已经是很大的奢望了。

于是，我不禁想到，当今的散文家也许都被情感给宠坏了，对情感问题，反倒一直没有弄明白，直到现在还糊涂着，在这样的状态下要写好文章，真是痴心妄想啊。

第十一节　任何开头都是从中间开始写起

据说，托尔斯泰在写作《安娜·卡列尼娜》的时候，总写不出理想的开场白，最后是从“奥勃朗斯基家里，一切都混乱了”开始的。对此，我们除了看出一名作家对于作品开头的重视之外，引起我们更多思考的是，一个作品是从什么地方开始的？同样的问题，在散文创作中，在我们下笔将要开始写作时，一般是从哪里开始的？这个问题看似简单，但是几乎没有人做过认真的思考。假如说好的开始是成功的一半这句话是对的话，我们对此的漠视是不是就是对自己散文创作的蔑视？因此我们在写作之初要知道创作的一个基本常识，这就是，文学作品包括散文作品中的任何开头都是从中间开始写起的，也就是说，任何散文的内容都是从一个大的生活中任意切割下来的一个片段。

明确了这一点，对我们的散文创作大有裨益，因为有很多散文创作者在写作时总是瞻前顾后，唯恐遗漏了什么，总觉得前面还有无数需要写的内容没有写，于是就不自觉地硬拽着文章的开始，往更前面的那些内容走，于是越是往前拽，作品的开头越是成了一堆糨糊、一团乱麻，使得散文作品的开头总是拖拖拉拉，一点也不干脆清爽。

对此，在诸多文学前辈的一些诗论中是有所论述的，只是被我们后辈给忽视或者忘记了。周振甫的《诗词例话》中，其中一节谈到怎样的开头才算好，举出了两种好的开头，一种是“极苍苍莽莽之致”，即意境深远阔大；一种是“突兀”，像“高山坠石，不知其来”，即出人意外。并举到了曹植的《赠徐幹》中“惊风飘白日，忽然归西山”一句，以及岑参的《陕州月城楼送辛判官入奏》中“送客飞鸟外，城头楼最高”一句，来加以说明。我想其中的第二种其实就暗含了“任何开头都是从中间开始写起”的意思，否则诗文中怎么也不会有突然坠下的高山之石。

在古代的散文名篇中，也有很多从时间或者事件中间开始写起的例子，比如，王羲之的《兰亭集序》，开篇是“永和九年，岁在癸丑，暮春之初，会于会稽山阴之兰亭，修禊事也。群贤毕至，少长咸集。此地有崇山峻岭，茂林修竹；又有清流激湍，映带左右，引以为流觞曲水，列坐其次”。那么如果像现在某些作家的写法，就要往前推究了，永和九年之前，作者怎么认识的那些毕至的群贤、咸集的少长的呢？但在此文中却并不去多说，否则追溯一下估计要写一万字也不为过，但如果继续推究下去，一万字之前估计还会有一万字的之前，如果一直往前追溯，是不能穷尽的。因此，此文就从“永和九年”而不是“八年”“七年”开始了，可见文章确实是从中间开始写起的。柳宗元的《钴鉧潭西小丘记》的开头也是，其开篇是“得西山后八日，寻山口西北道二百步，又得钴鉧潭。西二十五步，当湍而浚者为鱼梁。梁之上有丘焉，生竹树。其石之突怒偃蹇，负土而出，争为奇状者，殆不可数”，文章的这个开始确实是干脆利落，一下就进入了作者要写的内容中去了，而不是生怕读者读不明白，交代了后七日，又后六日，或者又后五日等等。韩愈的《送李愿归盘谷序》同样也是，一开始就写“太行之阳有盘谷。盘谷之间，泉甘而土肥，草木丛茂，居民鲜少”，而并不多去涉及太行的内容，否则又会将文章摊成一张大煎饼，比如太行在哪里，太行之阴如何等等。这些都是开头从中间写起的例子，也都是中国传统散文的经典篇目。

中国现代散文中也有很多这样的例子，比如郁达夫的《还乡记》，开始是这样写的，“大约是午前四五点钟的样子，我的过敏的神经忽而颤动了起来。张开了半只眼，从枕上举起非常沈重的头，半醒半觉的向窗外一望，我只见一层白色的云丛，密布在微明空际，房里的角上桌下，还有些暗夜的黑影流荡着，满屋沈沈，只充满了睡声，窗外也没有群动的声音”。文章是从“午前四五点钟”这个时间点开始的，其他的时间并没有进入到文章要写的内容中去。巴金的《爱尔克的灯光》的开篇是这样的，“傍晚，我靠着逐渐黯淡的最后的阳光的指引，走过十八年前的故居。这条街、这个建筑物开始在我的眼前隐藏起来，像在躲避一个久别的旧友。但是它们的改变了的面貌于我还是十分亲切。我认识它们，就像认识我自己”。文章的开头是限定在“傍晚”这个时间点上的，这个点肯定不是一个事件的开始点，只是文章写作的开始点罢了。胡适《庐山游记》的开篇所写到的是，“昨夜大雨，终夜听见松涛声与雨声，初不能分别，听久了才分得出有雨时的松涛与雨止时的松涛，声势皆很够震动人心，使我终夜睡眠甚少”，这个开头也都是从一个事件的中间开始写起的。

也正是因为这样，每个作家在写作的时候，选取的节点才不会一样，才使得每个作家所写出的开头是不一样的，才使得作品有了更加不同的特色。如果不顾这个，只是一味地往前推，推到的源头可能几乎是一样的，雷同的情况就有很大的概率。所以在写作散文时，开头从中间开始才是必须遵循的道理之一。

我们知道，在散文创作中，对于散文的总体结构总要有一个设计，这就必然首先要有个开始，有了这个开始，然后将其他的因素加以固定，使之美观和有序，如此才能使整个创作机制开始运动，像一股水流一样直奔而下，朝着一个目标前进，才能写出一篇像样的文章。如果不是这样，如果文章的开始部分不是将这个事件作为整体的一个有机部分，散文创作就很难开始了。记得白居易在其《金针诗格》中谈到，写作要讲究“破题”，要“欲似狂风卷浪，势欲滔天”，落句要“欲似高山放石，一去不回”；唐代日本僧人遍照金刚的《文镜秘府论》中，也提到“诗头皆须造意，意须紧；然后纵横变转”。两者讲到的意思也都是，好的文章须有一个好的开头。这是共识，开头开不好，估计接下去的文字也很难出彩。如果一个作家在开头用的功夫很多，琢磨半天，删改几次，总不满意，总觉得开头之前还有要写的东西，于是文章就会被不断地往前推，开头很容易就变成了“无头”。任何故事的开头都是从中间开始叙述，明白了这点，很关键。

古代诗歌也有很多这样的例证，比如《诗经》中四言开头的“关关雎鸠”，五言开头的“旄丘之葛兮，何诞之节兮。叔兮伯兮，何多日也”，六言开头的“俟我于著乎而。充耳以素乎而，尚之以琼华乎而”，后世七言开头的“嗟君此别意如何，驻马衔杯问谪居”，等等，都是这样的例证。否则，以诗歌这样的体量，如果没有一个从中间开始写起的开头，几十字的诗歌就很容易写成动辄万言的诗史了。其实，巨大的诗史也是从中间开始的，如《荷马史诗》中的《伊利亚特》也是，其开头就是从希腊大军和特洛伊人的战斗进入了第十个年头开始写起的。《七月》是《诗经·国风》中最长的一首诗，也是从中间开始的，“七月流火，九月授衣”，我们看到，它并没有从一月开始写起吧，为什么？原因就是我们上面谈到的这些。

就像前面谈到的，这个问题其实涉及的是一个散文写作的结构问题，什克洛夫斯基在《散文理论》一书中提出了结构的封闭性、整体性问题。我的理解是，文章要有一个必要的起点和完满的终点，这个起点不可避免地总会是一个事件的中间部分，否则就不能画成一个封闭性的圆圈，很难产生好的文本。我们知道，大凡为诗作文，乃是积字以成词，缀词而成句，累句而成章，就要有一个能够开始的开头，《故事开始了》的作者阿摩司·奥兹说：“开始讲一个故事。就像在餐馆和一个素昧平生的人调情。几乎每个故事的开头都是一根骨头，你用这根骨头逗引女人的狗，而那条狗又使你接近那个女人。”因此，不管怎样，散文的开头就是一个门槛，是分隔现实世界与散文家虚构的世界的界线，而这个开头应该就是那个可以“把我们引进门”的那个中间点。

宋代大文学家欧阳修曾有诗曰：“文章看落笔，议论驰后先，破石出至宝，决高泻千川。”明朝诗人谢榛也说：“起句当如爆竹，骤响易彻。”他们都看中文章的开头，也应该都明白，任何开头都从中间开始的。因此，文章要写的不是一个内容的全部，而是这个内容的一个部分，是整个要写的时间、事件或者世界的一个部分。明白了这个道理，才能够开始自己的写作，否则任何文章都永远不能开始。

第十二节　一堆游客，还是一个游子？

在文学作品中，虽然游记的源头众说纷纭，但在其发展中，它在文学的百花园中一直绽放至今，却是无可争议的。特别是五四新文化运动近一百年来，游记的写作与其他门类的写作一起，已经成为散文创作中的重要一支。比如周作人的《游日本杂感》，徐志摩的《翡冷翠山居闲话》，孙伏园的《伏园游记》，郁达夫的《还乡记》，钟敬文的《西湖漫拾》，许地山的《上景山》，林语堂的《春日游杭记》，俞平伯的《山阴五日记游》，沈从文的《湘行散记》等等。那么时至今日，游记写作又如何呢？

可以说，当下的游记基本都写成旅游的说明书和日程表了，基本应该不算在文学之类了。说得严重一点，游记已经成为当下散文写作产生的诸多文字垃圾中的主要一种了。

按照中国文学的传统，游记是古代文人游历山川之后抒发情怀的文字，按说，并不是从一开始就是文字的垃圾。但是，随着现在旅游事业的发展，越来越多的人有了出门旅游的条件和机会，于是有些略懂文字或者稍通笔墨的人，就学着古人的样子，开始大发感慨了，不断挥毫泼墨，写下一堆出去游玩的文字。我这里用的是"游玩"一词，而不是"游历"，如此才有了堪比"某某到此一游"的文章，然后一些报刊竞相发表，似乎游记文学一夜之间就兴盛起来。事实如何呢？当然不是，这只是在一堆游客中的一个玩得很嗨的人的一乐而已，与文学压根就没有什么关系。

那么文学中的游记是什么样的呢？能写真正游记的人是怎样的一个人呢？如果从古代的游记写作来看的话，这个人肯定是个游子，而不是一个到处瞎晃荡的人。当然，其中并不包括徐霞客等人，因为按照古代游子的标准，他不是一个真正的游子，所以著名的《徐霞客游记》才被我们更多地定义为地理学方面的优秀之作，而非文学著作，原因就在这里。那么游子是一个什么样的人呢？一般说来，游子与游客一样也外出游历大川名山，但两者的目的是截然不同的。一个真正的游子，其内心都怀有一种政治抱负和政治理想，从而行走在了路途之上。他们外出游学、拜师、读书、考取功名、在异乡为官，背后所倚靠的是儒家学说所涵养出来的一种修养或一种境界，在他们的游历背后，是带有功利的修身、齐家、治国、平天下的理想。也就是说，历朝历代，士为求官，外出游历大川名山，是为了去实现儒家所提倡的那种理想，为了达到儒家对士林阶层所要求的那种境界的。那么现在的游客还有这样的心态吗？肯定已经没有了吧。

对于一个在景区游玩的旅游者而言，玩高兴了才是目的，所以才出现了共同的上车睡觉，下车撒尿，到了景区一阵乱照这样的宏大局面。恰恰与之相反，古代士子的游历都是苦涩的，而不是欢快的，他们的游历不仅仅是地理概念上的，而更是生命旅途上的跋涉，他们的旅途具有隐喻的意义。在他们的旅程中，更多的是《汉书·高帝纪下》中写到的“游子悲故乡”，杜甫《梦李白》中写到的“浮云终日行，游子久不至”，《古诗十九首·凛凛岁云暮》中写到的“凉风率已厉，游子寒无衣”的状态。这里的“游子”都是为了实现自我的价值而离开故乡的人，而现在的游客，是没有这两个因素在其中的。

如果作为一个作家也没有这样的心态，却要去写游记，那他的文章也只能是如今这样的写法了：第一天的上午到了一个地方看见一条河，于是就写河；下午看见了一座山，于是就写山；看到一条溪流，就写溪流中的小鱼或者碎石；等等。第二天同样如此，第三天也是如此，写的文章完全就像景区的说明书一样，实在没有意思。这样的作家在游记中，只是将在旅途中所看到的记录下来罢了，他有对这个地方的深入理解吗？他知道一棵树为什么长成这样，而不是那样吗？为什么同样的落日，在宋代李觏的《乡思》里是“人言落日是天涯，望极天涯不见家”，在李白的《送友人》中是“浮云游子意，落日故人情”呢？因此，我认为当下的游记写作，只是一个腹中尽是草莽的外乡人，在好奇心的驱使下，喋喋不休地写出了一段极不准确的事情而已。而且，如果一个人在国内的、国外的某个景点过几天，走一圈，就能写出一篇关于这个地方的好文章，我倒是真佩服他的才气和能力了。因为一个外乡人是很难真正走进一个地方的血肉里的，仅是这点，就与古代的游子有很大的不同，他写出的只是一条游玩的路线图罢了。

除了游子，古代长期在外的人还有一种就是征夫。这类人的学识与游子也许不在一个水平线上，但他们有一个共同之处，就是漂泊与流浪，所以也才有了“征夫怀远路，游子恋故乡”的诗句。其中充满了各种束缚、牵绊，这是与游子具有近似的心态的，而与现在旅游中的那种逍遥自在的漫游有很大不同，于是转蓬、浮云、孤舟、流水、飞鸟都成了其中的意象，由此出发，写出来的诗句也就与现在的游记截然不同了。从大范围来看，比如岑参去戍守边关，他的《碛中作》中写的“走马西来欲到天，辞家见月两回圆。今夜不知何处宿，平沙万里绝人烟”，是与杜甫的“飘飘何所似，天地一沙鸥”应该是一样的。正是因为他们都没有忘记从何处来，于是总是对来处魂牵梦绕，所以每个人才都会从“仰天大笑出门去”，走到“孤舟一系故园心”，所以征夫和游子一样，他们的生命旅途中充满艰难危苦，而当他们不能实现自己预设的理想，倦于跋涉时，自然就具有了怀乡的情怀，在此情景下写出的文章，肯定不可能如今天的游客写的游记一般。如同王粲所感叹的“虽信美而非吾土兮”，虞集感叹的“江山信美非吾土，飘泊栖迟近百年”。正是因为异乡并不属于自己，也才有了人们对家的思念，有了“锦城虽云乐，不如早还家”“人归落雁后，思发在花前”，以及“慈母手中线，游子身上衣”的经典诗句。

进一步说，在古代，君臣、父子、兄弟、夫妇、朋友，这五大人伦中，其中父子、兄弟、夫妇、朋友这四个是与家相关的，儒家学理影响下的游子，经年在外，在异乡，必然感受到一种异客的味道，这是旅游几天的当今游客所不能体会的。也正是这点，他们写出的作品才大多是精神性、内质性的，才具有文学价值，而这是与现在旅游中玩得痛快的快感无关的。从这个角度看，一个如何优秀的作家，如果没有古代的那种儒家的梦想和为这种梦想去跋涉追求的经历，仅凭去一个景区待那么几天，就幻想写出一篇像样的文章来，真是一件痴人说梦的事情，如此写就的游记文章也绝对不能算在文学之内的。我想，对于大多数写游记的作者来说，还需要补上这一课才好，否则是写不好游记类散文的。

因此，要写出好的游记散文，就不要去做一堆游客中的一个，而是要去尝试做一个真正的游子。

第十三节　政治无意识：当下散文创作的集体强迫症

本文谈到的政治无意识，既不是荣格的集体无意识，也不同于杰姆逊的政治无意识，而是想说，当下的一些作家对于政治生活有些不敏感了，不在意了，不思考了，不关注了，不表现了，甚至将政治当成文学中的沙子了，其实这是很不应该的。原因在于，一个作家应该不只是一个能写作的人，不仅要有独立的精神和原创的能力，而且他应该与其他作家一起，作为一个群体，共同为国家的文化和伦理标准负责，成为普遍的人类价值准则的承担者，如此，他就有必要更多地去关注政治生活，并使之更多地成为自己的写作对象。

对照一下，今天的作家类似于古代的“士大夫”，但比“士大夫”这个范围要小很多，为了方便，我们姑且将就着将两者混成一起说。有了这个前提，我们可以这样说，自古以来，作家，就是古代作为“国士”的“士大夫”阶层，是一直活动于或者说是活跃于中国文化历史的长河中的，而且国士以及国士的文章，对于一个国家，是“所关兴亡甚大”的。记得叶适在《习学记言序目》就谈道：“齐氏变风，属诸弦管；梁时变雅，在夫篇什。弦管之乱，时移则息；篇什之变，事往犹存。弦管止诱闾巷淫人，篇什能蛊山林正士，害之大小，固不同也。自文林馆设，齐人风靡，然不旋踵而亡，其俊秀者，尽为周隋之用；士之离合，岂与国之废兴相关哉！”《诗经·大雅·文王之什》也有“殷士肤敏，祼将于京”的话，意思是殷朝灭亡了，归顺的臣子，不论是漂亮的，聪明的，都行祼献之礼，助祭在周王京城。那么为什么灭亡了呢？是因为纣王“醢九侯，脯鄂侯，剖比干，囚箕子”（《史记·殷本纪》）了，没有真正的国士了，由此我们能够看出，士林阶层对于一个国家是如何关乎兴亡的。同时，这个事例也说明了一个道理：一个国家的兴盛与否，一个重要的指标就是看这个国家对知识分子的态度；一个知识分子尤其是作家是否合格，也要看这个国家的知识分子当然尤其包括作家对政治的关注程度、参与程度如何。对此，当下的很多作家却迷糊了，于是时常有人问到文学与政治的关系，并且大多数认为文学应该把政治搁到一边，自己作自己的文章，而且慢慢地，有一种不好的意识在扩大，就是谁的创作扯上了政治，似乎就写不出好作品了，而且离得越近越不能写好，甚至有不少作家表现出一种姿态，就是想以与政治的脱离，来显示自己是真正意义上的知识分子，而不是从学理和认识上去理性地加以判断和行动。依据上面的史实来看，这样的想法其实是大谬也，因为在他们那里，政治作为社会生活的重要一种，被无端地漠视甚至丢弃了，以至于在很多作家那里，觉得文学传统中谈到的文学与时代的关系、与社会的关系，似乎跟政治一点关系也没有。其实他们忘了一点，社会生活基本都是政治塑造出来的，他们谈世事，谈时代，谈世界，其实就是在谈政治。因此知识分子或者说作家，对政治的漠视、恐慌、躲避，甚至仇视，会让自己在写作中变得无所适从。

关于文学与时代与社会的关系，在古代文论中已经谈得太多了，比如刘勰在《文心雕龙》里说到的，“时运交移，质文代变”“歌谣文理，与世推移”“文变染乎世情，兴废系乎时序，原始以要终，虽百世可知也”等等，看似是在谈时代，谈世事，谈社会，其实是在谈政治，是包括社会在内的政治，可见文学历来是离不开政治的。这个道理本来很浅显，但到了现在，反倒不容易被人看见了，就像是将一片树叶贴近了自己的眼，反倒看不出什么来了，这就是一叶障目。对于熟知的道理突然间就出现了短路，让我们在“正朔屡移，文质更变”（唐代康显贞语）中忘记了历来文章都是“事系时治”的，便又都如元结在《箧中集序》中说的那样，“近世作者，更相沿袭，拘限声病，喜尚形似。且以流易为词，不知丧于雅正”了。因此，我们耐心地去读读古代文人对于文章与国政的关系，对于这方面是有匡正作用的，是可知历代“雅正未衰，事系时治，忽非细事也”的。

记得魏文帝在《典论·论文》中说：“盖文章，经国之大业，不朽之盛事。”《隋书·文学传序》云：“《易》曰：‘观乎天文，以察时变；观乎人文，以化成天下。’……故尧曰则天，表文明之称；周云盛德，著焕乎之美。然则文之为用，其大矣哉！上所以敷德教于下，下所以达情志于上。大则经纬天地，作训垂范；次则风谣歌颂，匡主和民。”但是，对此，当下的很多作家似乎开始不明白了，将社会和政治做了很大的区分，然后强迫自己笔下的文字尽量不沾政治的边，又搞了一出文学上的“白马非马”论，真是自编自导自演了一出自欺欺人的闹剧。因此，政治无意识已经成了当下散文创作的集体强迫症了。

我们知道，“政治无意识”是杰姆逊在《政治无意识》一书里提出的一个重要概念。其核心的阐释是，日常生活的意识形态体现为政治的存在，表现为社会制度、政治学说和种种文化设施，这种意识形态构成了对人们深层无意识的压抑。他提出，在文本的意识与政治无意识之间的关系上，艺术文本实际上是作为社会政治无意识的象征结构而存在的。但是，我在这里要说的政治无意识，是指当下的中国作家在历经政治的逼迫与拷打之后，就像前文所说的，对政治的文学表达在潜意识中产生了一种敌意，至少是一种躲避或者漠视吧，都想在创作中撇开与政治的关系，但稍微有一点创作常识的人都知道，这只是一种妄想罢了。

在现实生活中，我们每一个人都是一条鱼，都活在具有不同生态特点的一片水域里，并依靠这种生态而活，离开了就会死掉。也就是说，假如我们是一条热带鱼，把我们放进冷水中，估计活不了几天就会死去，我们在这样的水里呼吸、捕食、摄取能量，我们的一切，包括心肺都浸染在其中，然后如鱼得水，反之亦然。如果突然有一天我们觉得自己是深陷其中的，然后想脱离出去，游到另外的一片水温、水藻都不同的区域，除非我们自身出现了变异，否则是不能存活的，即使后来侥幸存活下来，我们也会发现这里的一切已经浸染到自己体内最微小的细胞了，我们依旧不能脱离这一切独立存在。而政治就是这样一片水域，我们就是那一条鱼，这是我们的宿命，谁也摆脱不了。《诗序》曰：“情发于中，声成文而谓之音。理世之音安以乐，其政和；乱世之音怨以怒，其政乖；亡国之音哀以思，其民困。正得失，动天地，感鬼神，莫近于诗。先王以是经夫妇，成孝敬，厚人伦，美教化，移风俗。”因此，对于古人所说的“文章者，所以经理邦国，烛畅幽遐，达于鬼神之情，交于上下之际。功成作乐，非文不宣；理定制礼，非文不载”，我们还是要重视的。

回想一下，我们在政治的一张一翕之间活了五千年，古代的“士林”也在自己相对独立的价值体系和判断标准，比如“三军可夺帅，匹夫不可夺志”“富贵不能淫、贫贱不能移、威武不能屈”

的古训中，确立着自己赖以立身的道德准则，从而铸就了读书人的骨气，历经朝代更迭而不变。但是，历来所讲的“士人”的这些品质，比如重名节、讲骨气，最终都是与政治贴在一起的。在古代，他们自认为是儒家道统的承续者和维护者，比如顾炎武在明朝败亡之际就讲“天下兴亡，匹夫有责”，更是有意把“天下”和“国家”分开，这难道不是在谈政治吗？比如古代士人总喜欢将爱国与忠君合二为一，“虽九死其犹未悔”，认为“皇恩浩荡”“天王圣明”，并“感知遇之恩”，“肯将衰朽惜残年”，难道这不是也在谈政治吗？即使大多数士人在面对朝代更迭时，无能为力，也会努力成为维护作为精神支柱的儒家道德体系的一分子而存在，难道这不是政治吗？

但是，突然间，中国的作家对此很反感了，开始觉得没有意思了，开始回避了，于是就出现了所谓的纯文学的命名与划分，对于文学中的审美意识形态的定义也开始批驳了，想把政治与哲学、宗教、伦理学、历史学、法学等共同构成社会上层建筑的精神力量，做楚河汉界的区分。但是，即使是唯美主义的纯粹的美，其实也是政治的表现而已，依旧还是脱离不了。

如此，就导致中国的知识分子概念跟西方有很大的区别。在西方，“知识分子”主要是个集合名词，指一个愿意承担社会公正和道义的阶层或集团；而在中国，我们多是通过知识的多少来界定知识分子的，如此，就把“知识分子”跟个人的私有身份更多地联系在了一起。这是由中国与西方的政治体制的不同而造成的，也必然与政治相关。由此，当我们的作家在说“我是个知识分子”的时候，总会在无意识中就导致了关于知识分子的中国式的解释困境。而且在现实生活中，时至今日，不论是知识分子在更多地塑造舆论，还是市场化的舆论在更多地塑造知识分子，其实这本身就是知识分子自身最大的政治，对此不了解，就不能通透地理解我们当下的这个社会，这也是政治。我们知道，古人有所谓“诗之正经”的说法，指的是那些产生于殷周太平盛世，体现了古代先王功德的作品。汉儒认为，这类诗歌显示了巨大的政治教化作用，是统治者用来建设政教人伦秩序的有效工具，其实这是从政治的角度来说文学；我们谈经夫妇、成孝敬、厚人伦、美教化、移风俗、发乎情止乎礼，其实是从文学的角度来说政治。上颂先王盛德，下化天下万民，从兴、观、群、怨，走到梁启超所说的“熏浸刺提”，再走到后来的革命化、政治化，这也是一条与政治紧贴的创作道路。

梅尧臣在其《梅氏诗评》中谈到一直为人所重视的“诗禀六义”，从这一点出发，苏辙在《诗病五事》中就对李白颇不以为然，认为李白诗并不知义理，言曰：“李白诗类其为人，骏发豪放，华而不实，好事喜名，不知义理之所在也。语用兵，则先登陷阵，不以为难；语游侠，则白昼杀人，不以为非。此岂其诚能也哉？白始以诗酒奉事明皇，遇谗而去，所至不改其旧。永王将窃踞江淮，白起而从之不疑，遂以放死。”在后来的诗论中，有评述者认为，“唐人工于为诗而陋于闻道”，就把李白当成了一个很好的例子来说了。因此，作为一个有责任心的作家，我们要铭记“诗之气象系乎国之兴衰”(《隐居通议》三十一卷，元代刘埙撰)，而不是“甘雨过闲田”，“虽有为霖之志，而终无济物之泽”(北宋王辟之《渑水燕谈录》)，因此，好的作品都是站在政治的高点上，而不是想脱离，脱离政治的想法其实就是在文学上的溃败。政治性作为社会性和人性的一种，几十年前，鲁迅在《文学与出汗》中也已经体现得很明白了，可见政治性并不就是说教性。因此，不想去了解政治，也不想去写，这才是一个作家的大毛病。

第十四节　大悲凉

前几天受邀与一帮作家谈散文，说着说着就聊到生死上了，于是我前前后后、古古今今说了一通，然后就冒了汗，心却越来越凉。因为像往常一样，只要一想到人是必有一死的这个结局来，我，我想包括其他人，每个人心里就凉了半截，因此，在平时的日子里，我们中的大多数都尽量让生的诸多事情填满每一天，以便尽量使自己不去想这个话题，然后就会安心地很幸福地生活了。在这点上，就连孔老夫子也不能免俗，在谈及这一点的时候，总是支支吾吾，顾左右而言他，所以当樊迟来问他的时候，他就说了一句模棱两可的话，“务农之义，敬鬼神而远之，可谓知矣”（《论语·雍也》）；而当季路“问事鬼神”的时候，夫子是这样回答的，“未能事人，焉能事鬼”（《论语·先进》）；《论语·述而》也记述到：“子不语怪、力、乱、神。”对此，鲁迅曾在《坟·再论雷峰塔的倒掉》中评价道：“孔丘先生确是伟大，生在巫鬼势力如此旺盛的时代，偏不肯随俗谈鬼神。”我的理解倒是与鲁迅先生的不同，孔夫子应该也是在回避，能不谈就不去谈罢了。因为无论是谁，一旦触及这个话题，就像刚才说的，一种悲凉之感顿时就会从心头升腾起来；由此，按照这样一种思路加以反向推导，就会得出这样的结论：如果想让文学作品中有一种大悲凉，作家在创作中就不能不去触及这个话题。从这个角度来看，中国的文学创作，包括散文创作，就是一遍遍抒写大悲凉的文学历程。对此，下面就不吝其烦罗列一二，一是为了证明这个话题的正确性和历史连贯性，二是也顺便偷偷懒，因为有时候学会偷懒也是人生的一大境界，是对付生，也是对付死的一种好办法。

曹操的《短歌行》早就为我们熟知了，其中的“对酒当歌，人生几何！譬如朝露，去日苦多。慨当以慷，忧思难忘。何以解忧？唯有杜康”，更是会让我们在突然之间就能对着酒杯发一阵愣；到了魏晋南北朝，历年的战争和动乱，折腾得那堆文人不断地感叹生死之间的短促与无常，而《古诗十九首》更是纠结于此了，“人生非金石，岂能长寿考？奄忽随物化，荣名以为宝”，“人生寄一世，奄忽若飙尘。何不策高足，先踞要路津？”“人生忽如寄，寿无金石固。万岁更相送，圣贤莫能度”，“生年不满百，常怀千岁忧。昼短苦夜长，何不秉烛游！”王羲之也在东晋穆帝永和九年，即公元353年3月3日，召集一帮朋友，包括谢安在内的四十一位军政高官，在山阴，就是现在的浙江绍兴的兰亭“修禊”，喝酒沉醉，恣意无状，于是《兰亭集序》就有了这样的句子，“向之所欣，俯仰之间，已为陈迹，犹不能不以之兴怀。况修短随化，终期于尽。古人云：‘死生亦大矣。’岂不痛哉！”“固知一死生为虚诞，齐彭殇为妄作。后之视今，亦犹今之视昔”；时间跨到唐代，这种情绪一直延续着，李白在《将进酒》中大发感慨，“君不见，黄河之水天上来，奔流到海不复回。君不见，高堂明镜悲白发，朝如青丝暮成雪。人生得意须尽欢，莫使金樽空对月”。因此有人就开始思乡了，“旅馆寒灯独不眠，客心何事转凄然？故乡今夜思千里，霜鬓明朝又一年”（高适《除夜作》）；有人也就悲秋与送春了，“更能消几番风雨？匆匆春又归去。惜春长怕花开早，何况落红无数。春且住”（辛弃疾《摸鱼儿》），“楼高不见章台路，雨横风狂三月暮，门掩黄昏，无计留春住”（欧阳修的《蝶恋花》；作为唐代的一代宗师，柳宗元在《钴鉧潭西小丘记》中也自欺欺人地道：“枕席而卧，则清泠之状与目谋，瀯瀯之声与耳谋，悠然而虚者与神谋，渊然而静者与心谋”；作为文坛大才子，苏轼在《前赤壁赋》中自己都“飘飘乎如遗世独立，羽化而登仙”了，于是就像前面的那几位一样去喝酒，然后“哀吾生之须臾，羡长江之无穷。挟飞仙以遨游，抱明月而长终”，最后发了一通议论，“苏子曰：‘客亦知夫水与月乎？逝者如斯，而未尝往也；盈虚者如彼，而卒莫消长也。盖将自其变者而观之，则天地曾不能以一瞬；自其不变者而观之，则物与我皆无尽也，而又何羡乎！且夫天地之间，物各有主，苟非吾之所有，虽一毫而莫取。惟江上之清风，与山间之明月，耳得之而为声，目遇之而成色，取之无禁，用之不竭。是造物者之无尽藏也，而吾与子之所共适。’”我一直认为《后赤壁赋》之所以比不上《前赤壁赋》，也只是因为其中所写的“江流有声，断岸千尺，山高月小，水落石出。曾日月之几何，而江山不可复识矣”，人虽然依旧寂寥，但似乎是从死生的忧惧中退出来了。

这些文章之所以写得好，是因为他们对于生死认识的通透，因为通透而忧惧，因为忧惧而沉醉享乐此生了，但内心又是不甘的，于是一种悲凉之感油然而生。不像现在的作家，能想到的、能写到的，都是些世俗中琐碎的事情，显得他们不但眼界狭窄，同时还是近视眼。但作家毕竟脑子好使，最终依旧为自己的写作生生造出了一种合理性与合法性，将自己的写作美其名曰“现实主义”了。其实，没有死生观念的写作，怎么写也不会透彻，永远不会是真正的现实主义，作品中也永远不会有大悲凉。而我一直认为，好的作品都是来写大悲凉的，上面举到的作品是，《红楼梦》是，《水浒传》是，《三国演义》是，《西游记》虽然似乎有了一个圆满的结局，但悟空成佛的经历不也是自我根性泯灭的过程吗？难道不是一样的悲凉吗？这几部书都是生死之书，也是一些大悲凉之书。这种大悲凉来源于人类一种永久的生命焦虑和无可奈何的宿命感，这类似于古希腊悲剧中有很大一部分被研究者称之为“命运悲剧”的样态。

后来写的东西，除了我们所说的四大名著之外，渐渐就不行了，原因是这些作品只剩下一半的悲剧了，其表现之一就是这些作品都有了一个大团圆的结局。“大团圆”是我国特有的一种文学现象，它大量地出现在宋以后的戏曲小说中，“大团圆”的作品林林总总，但万变不离其宗，不论描写的过程多么跌宕起伏，最后总有一个完美的结局，或是才子佳人终成眷属，好人平反，恶人伏诛，神灵显圣，天理昭彰；或是用圆梦、仙化、复仇、冥判、敕赐等形式，实现善有善报恶有恶报的因果结局，或有情人终成眷属的团圆理想，即使元曲中出现了“四大悲剧”——《窦娥冤》《汉宫秋》《赵氏孤儿》《梧桐雨》，也已经是与一种大悲凉有相当的距离了。所以鲁迅先生说：“中国的文人，对于人生——至少是对于社会现象，向来没有正视的勇气。”“从他们的作品上看来，有些人确也早已感到不满，可是一到快要显露缺陷的危机一发之机，他们总要即刻连说‘并无其事’，同时便闭上了眼睛。这闭着的眼睛便看见一切圆满……于是无问题、无缺陷、无不平，也就无解决、无改革、无反抗，因为凡事总要‘团圆’，正无须我们焦躁。”“中国人向来因为不敢正视人生，只好瞒和骗，由此也生出瞒和骗的文艺来，由这文艺，更令中国人更深地陷入瞒和骗的大泽中，甚而至于已经自己不觉得。”（鲁迅《论睁了眼睛看》）

而现在的作家，很多已经不单是不懂得死生，就是连“团圆”也不会了，硬硬得成了四不像。他们已经成为消费时代的一颗同样的螺丝钉，而不是一个具有独立思考和判断的知识分子了。应该说，上世纪80年代的个人，是一个物欲与精神平衡的人，既是一个经济人，也是一个伦理人与政治人；但90年代后期以后，人的本性被单面化，成了纯粹的经济人，他们拥有发达的“经济理性”，即马克斯·韦伯所说的“工具理性”，能充分认识自己的利益和目的所在，善于以最有效的手段，实现最大效益的目的，占有更多的物品和资源，从而实现个人利益的最大化。而当现在的作家也一样蜕变成这种样态的时候，他们会看到大众知识水平之上的东西吗？

于是，很多作家也已经成为被消费主义意识形态塑造出的世俗时代的那个人了，他充满着欲望想象，具有无限的物欲追求。而且，随着城市化的发展和市民阶层在人数上的扩展，一种对个人新的想象——唯我的、物欲的个人主义终于在作家中也获得了相当普遍的认同。如果说在80年代，个人的独立曾经是人人羡慕的解放力量，而如今这种解放却成为了个人不堪承受的巨大压力了。在80年代，个人的解放给人们带来普遍的解放感和兴奋感，到了90年代中期以后，却蜕变为愈来愈强烈的焦虑和不安，那种自由主义经济学家的经济人假设与消费主义意识形态，以及为市民阶层中唯我的、物欲的个人主义提供的这种理论上的正当性，本来应该成为作家反思和批判的主题之一，到如今，却似乎成了作家所要证明的正当性了，这与一个作家的本性是相悖的。在此种状态下进行创作的作家已经不是一个道德主体了，他与公众一样，在孤独地面对这个以利益为轴心的市场世界的时候，失去了道德的分辨能力和价值的判断水准，那么对浸泡在此种环境中的作家，我们还期望他能写出什么像样的作品来吗？更甚的是，在这样的发展背景中，个人与时代一起将这种状态推向了普通人的日常生活之中，于是，遍地的琐碎与悲哀，一下子就成了现代人灵魂中所浸透的另一种悲剧感，这种悲剧感与死生没有直接的关系，只与人的欲望勾连，所以以此为中心的写作总是低那么一个层次，最终的结果是这些作家的创作只能滑向悲观主义，而不是悲剧命运的方向了。

因此，我们还是要回到死生之中去，将两者贴在一起考量，有了这，才会有一种更大的视野和境界，散文才能有一个更高的起点。正因为如此，史铁生的散文才显得难能可贵，因为他承接了这样的思想一脉，力图要解释一些人生的困惑，摆脱因困惑而来的困境。他在《答自己问》中做了这样的思考，“换一种情况看看：你自由地为生存寻找理由，社会也给你这自由，怎么样呢？结果你仍然可能找不到。这时候，困难已不源于社会问题了，而是出自人本的问题的艰深。譬如死亡与残病，譬如爱情和人与人的不能彻底沟通，譬如对自由的渴望和人的能力的局限，譬如地球终要毁灭，那么人的百般奋斗究竟意义何在？”在《我与地坛》中，他又写道：“我想人不如死了好，不如不出生的好，不如压根儿没有来这个世界的好。可你并没有去死。我又想到那是一件不必着急的事。可是不必着急的事并不证明是一件必要拖延的事呀？你总是决定活下来，这说明什么？是的，我还是想活。人为什么活着？因为人想活着，说到底是这么回事，人真正的名字叫作：欲望。可我不怕死，有时候我真的不怕死。有时候，——说对了。不怕死和想去死是两回事，有时候不怕死的人是有的，一生下来就不怕死的人是没有的。”可以说史铁生的散文归到最后，还是触及到了死生问题，所以他的文章是好的。

因此，文学作为一种精神活动，无疑要呈现人的生存困境，表现人在生死困境中所进行的突围，在揭示人的沉落处境的同时，展示人永恒生的理想和希望。那么我要问的是，当下的散文创作是不是缺少了这种大悲凉以及产生这种大悲凉的智慧背景呢？

第十五节　散文无理论？

与一些写作者聊散文创作，或者看一些散文方面的研究文章，时时会听到见到这样一种论调：散文没有什么理论。我知道他们的潜台词是：小说有成熟的系统的理论，散文只有一些零星的看法，那么散文确实无理论吗？

对此，我一直不敢苟同，因为在文学研究领域，确实还是有一批散文研究专家，也有一大批散文理论文章，也是颇成系统的，那么这样的论调是从何产生的呢？

稍微有点文学常识的人都知道，在我们中国这样一个从西周到晚清都是“诗”“文”并行，并一直繁盛无比的国度，古代文论在论及文学的时候，总是将“诗”与“文”放在一起来谈的，甚至更多侧重的是“文”的理论。对此，郭绍虞在《中国文学批评史》中就曾谈到，从孔门一派对于文学的阐释开始算起，历代文论在讲到“诗”的时候，也是在谈“文”，或者更多侧重的是“文”。当然，这个“文”多指散文，并不包括所谓已成系统的“小说”理论在内。孔子虽然认为小说“虽小道，必有可观者焉。致远恐泥，是以君子弗为”(《汉书·艺文志诸子略》)，但它依然是“盖出于稗官。街谈巷语、道听途说者之所造也”，即在古代，小说一直是一种不入流的文体。因此，中国古代文论谈文学传统，谈的仅仅是诗歌和散文两类，以及与之相关的文章之道，对于如何写小说这个话题谈得倒是极少。如果从这个逻辑来看，在中国，如果有谁说“散文无理论”，倒不如说“小说无理论”，或者说“小说无中国文学理论”更为合适一点。那么为什么会出现“散文无理论”这样一种论调呢？我想只是因为中国一部分批评家和理论家或者作家的眼光似乎短了些，一谈文学，似乎总把五四新文化运动看成一个起点和开端，把从西方传过来的所谓小说理论代替了全部的中国文学理论，这真是一件奇怪的事情。

在中国古代文学发展史上，就像前面说的，从一开始就诗文并重，其中的“文”，包括了如《论语》《孟子》《庄子》这样的诸子散文，以及如《左传》这样的历史散文；西汉时期，司马迁的《史记》更是把传记散文推到了前所未有的高峰，加上汉代的大小赋的兴盛，使得“两汉文章渐富”“辞章之学兴”（《文史通义·文集·诗教》）；东汉以后，开始出现了书、记、碑、铭、论、序等个体单篇散文形式；唐宋散文，在古文运动精神的推动下，写法日益繁复，出现了唐宋古文运动这样影响深远的散文革新运动；明代散文，先有“七子”以拟古为主，后有唐宋派主张作品“皆自胸中流出”；到了清代，出现了桐城派这样主导文坛一百余年的散文流派，跨度从1668年出生的方苞，经过刘大櫆，再到1815年去世的姚鼐。从这样一个脉络看来，中国散文以及散文理论一直很受重视，不仅创作历史源远流长，名家辈出，对古代散文创作进行理论探讨的也是代不乏人。

在中国古代文学的长河中，对于中国散文的内涵、对象、范围、炼字、造句等理论问题，是有相当多的篇什来加以论述的。比如对于文体问题，到了魏晋六朝时代，就一改在先秦、两汉都笼统称为“文章”的说法，做出了更为细致的区分，把有韵的韵文作品叫“文”，把无韵的散文作品叫“笔”，正如刘勰（《文心雕龙·总术》谈到的：“今之常言，有文有笔，以为无韵者笔也，有韵者文也。”而且，从那时开始就有了“文笔之辨”。按照这个理论，我们今天说的“文笔”好，不是说“小说”写得好，而是说“诗文”作得好，现代的作家理论家对此倒是给弄混了，好像首先是来说“小说”的，这似乎是无知的表现吧。而且，从唐宋古文运动以后，一直到清末，古代文论中对所谓“古文”的探讨，更多的是对于散文的探讨。如此说来，怎么能说“散文无理论”呢？

大家知道，20世纪初，在西学东渐的情形下，在东西方文学理论，尤其是西方文学理论的影响下，在“打倒孔家店”的极端文化背景下，我们才对散文与小说的同体分类有了明确的划分，将小说的地位抬升到了散文的前面，而且从中国现当代文学的发展来看，这种趋势越来越盛，对于小说的强调也越来越厉害，由此慢慢形成了对于中国散文进行挤压的态势。回望这一过程，就会很明显地看到，在对中国传统文化矫枉过正的时候，对于中国古代散文理论的漠视或者掩盖，就似乎成了一件合乎情理的事情。而且，其中似乎也有很多人希望中国散文也像中国小说一样，试图在西方的所谓散文理论中来建立，于是才出现以西方的“散文”理论为主要尺度和创作标准的中国散文概念，这也似乎成了中国现代散文理论研究中的一个重点和热点。其中主要的意思，就是希望在残缺的西方散文理论的影响下建立完整的中国散文创作体系，但这又是不可能的，所以才出现了“散文无理论”的论调，一直持续至今，可谓大谬矣。

对此，早就有学者进行了反思，比如方孝岳的《中国文学批评》（1934年）、郭绍虞的《中国文学批评史》（1934年）、罗根泽的《中国文学批评史》（1943年）、朱东润的《中国文学批评大纲》（1944年）等等。其中罗根泽先生在其早年的《散文源流》一文中，就认为西方的散文定义不适合中国，认为“散文者，乃对四六对偶之文而言”，这话虽然讲得有些执拗，但对于“中国散文”的定义，也是能起到一定的修正作用的。其他的，比如朱东润的《古文四象论述评》、郭预衡的《中国散文史》《历代散文丛谈》、漆绪邦的《中国散文通史》、朱任生的《古文法纂要》、陈必祥的《古代散文文体概论》、褚斌杰的《中国古代文体概论》、朱世英等的《中国散文学通论》等，都对此有所论述。就是在五四之前的几千年间，中国文人对于散文的探讨也可谓灿若星河，比如孔子的《论语》的一些章句，司马迁的《太史公自序》《毛诗序》、曹丕的《典论·论文》、陆机的《文赋》、刘勰的《文心雕龙》、钟嵘的《诗品序》、陈子昂的《与东方左氏虬修竹篇序》、皎然的《诗式》、司空图的《与李生论诗书》、欧阳修的《梅圣俞诗集序》、李清照的《词论》、严羽的《沧浪诗话》、李贽的《童心说》、李渔的《闲情偶寄》、王夫之的《姜斋诗话》、叶燮的《原诗》等，都对中国散文的范式、体例和风格等做了深入的梳理和探讨，这些理论对于中国散文的发展都起到了积极的作用。因此，说到这儿，还有人说散文无理论，不是无知，就是有知却在瞎说。

就像前文谈到的，古代文人谈诗、说文，更多的是来说为文之道，是来谈“大文学”，不像现在的人硬是将文学拆成了小说、诗歌、散文、戏剧几份，壁垒森严，零打碎敲，分别来谈，将本来的“大文学”谈成了小零碎，放着“文学的大义”不谈，总去弄一些边边角角，然后似乎就谈得系统了、有理论了，确实让人不能理解。古代“文史哲”有时候总混在一起，谈诗歌其实也是谈散文，谈散文也是在谈诗歌，并不做严格的区分，这对于写好大作品应该更为有益吧。比如苏轼在《答王庠书》中对孔子提出的“辞达”说做出的解释，在《答谢民师书》中提出的“文理自然”的看法，在《评韩柳集》中就陶渊明、柳宗元的诗风谈到的“外枯而中膏，似淡而实美”这些观点，都是谈写文章的大道理，是不分文体，都要在其中灌注的要义；又比如罗大经在《鹤林玉露》中谈到：“杨诚斋云：‘今《礼部韵》乃是限制士子之程文，不许出韵，因其难，以见其工耳。至于吟咏性情，当以《国风》《离骚》为法，又奚《礼部韵》之拘哉！’魏了翁亦云：‘除科举之外，闲赋之诗，不必一一以韵为较。'”他谈的难道仅仅是诗歌吗？又比如刘大櫆在《论文偶记》中谈到：“上古文字初开，实字多，虚字少。典谟训诰，何等简奥，然文法要是未备。至孔子之时，虚字详备，作者神态毕出。左氏情韵并美，文采照耀。至先秦战国，更加疏纵。汉人敛之，稍归劲质，惟子长集其大成。唐人宗汉多峭硬。宋人宗秦，得其疏纵，而失其厚懋，气味亦少薄矣。文必虚字备而后神态出，何可节损？然枝蔓软弱，少古人厚重之气，自是后人文渐薄处。史迁句法似赘拙，而实古厚可爱。”因此，历代文风的不同确实是文字带来的结果。昔人谓：“不着脂粉而清真刻峭者，梅圣俞之诗也；不着脂粉而精彩浓丽，自《左传》《庄子》《史记》而外，其妙不传。”他谈的难道仅仅是古代散文吗？应该不是吧。就是《汉书·艺文志》所载的“古有采诗之官，王者所以观风俗，知得失，自考正也”，《易》中所说的“观乎天文，以察时变；观乎人文，以化成天下”，《诗序》记述中的“情发于中，声成文而谓之音”等说法，我想对于中国文学的影响绝不仅仅限于诗歌领域吧，它应该是针对整个“中国文章”来说的，也是“中国文章”的主要理论支撑。而且，“盖文章，经国之大业，不朽之盛事”（魏文帝曹丕《典论·论文》），“摇荡性情，形诸歌咏，照烛三才，晖丽万有，灵祇待之以致飨，幽微藉之以昭告，动天地，感鬼神，莫近于诗”（钟嵘《诗品序》），“同橐籥之罔穷，与天地乎并育”（陆机《文赋》），“时运交移，质文代变”“歌谣文理，与世推移”“文变染乎世情，兴废系乎时序，原始以要终，虽百世可知也”（刘勰《文心雕龙·时序》），等等，这些话难道仅仅是说给诗人们听的吗？因此说到这里，我们完全有足够的证据证明：中国散文的理论传统源远流长，绵延不绝，从古到今。如果有谁说“散文无理论”，他就是漠视了中国诗文理论的博大与丰富，漠视了整个中国传统文学精神的演变，以及对于后世为文的影响。

写到这里，我突然想起了“买椟还珠”这个成语，这个最初记载在《韩非子·外储说左上》中、如今被收入在小学课本中的故事，直到今天，依然被众多的老师按照一个套路来讲授，让众多的小学生，或者已经长大成人的当初的小学生，保持着一贯的对那个愚笨买家的讥笑。但是如果我们对照上文、下文来看看，就会知道，作者的原意，倒是有笑话卖家的意思，认为他“此可谓善卖椟矣，未可谓善鬻珠也”。说这些，我想说的意思是，有些东西我们从一开始就被人告诉了错误的信息，然后却坚信它原来就是如此，这与有些写作者、理论家一谈就是“小说有理论”而“散文无理论”的说法，似乎如出一辙。

因此“散文无理论”之谬误，今日可以正之矣。

第十六节　散文写作也要向赵树理学习

既然大多数批评家认为中国现当代文学中的散文创作比不上小说创作，我也假定这个判断是正确的，于是想从小说中找一找散文创作中可以学习的地方，就首先找到了赵树理，以此用他的小说创作来看看中国散文创作缺少了什么。

费孝通先生在 20 世纪 40 年代写就的《乡土中国》一书中，以社会学的方法，剖析了传统中国农村的社会结构，阐明了其“乡土性”的特点，他说：“乡土社会……是个‘无法’的社会，假如我们把法律限于国家权力所维护的原则，但是‘无法’并不影响这个社会的秩序，因为乡土社会是‘礼治’的社会。……而礼却不需要这有形的权力机构来维护，维护礼这种规范的是传统。”可以说，“礼治社会”是费孝通先生对于传统中国农村社会的高度概括，所以当一种政治权力突然介入的时候，它必然会发生天翻地覆的变化，于是赵树理的小说在这个时候便凸现出来，他对于传统中国农村社会的表述，深刻地体现了中国基层社会所特有的文化渊源和秩序传统的变化，其成就是有目共睹的。

众所周知，中国是个传统的农业社会，乡土文学的写作一直是文学的主要流派之一。鲁迅 20 世纪 30 年代在《中国新文学大系》中就有对“乡土文学“的命名，有学者认为，“鲁迅首先创作，到 1924 年前后蔚然成风的乡土小说是‘五四文学’革命之后最早形成的小说流派之一”[①]。因此在赵树理之前，就有许多作家进行了乡土写实一脉的创作，如茅盾、张天翼、吴组缃、丁玲、沙汀、艾芜等人，已经从一般的乡村苦难的叙写演变成对乡土的社会阶级分析与政治批判，从而构成了乡土小说的一翼了。到了 40 年代，解放区赵树理的《小二黑结婚》、丁玲的《太阳照在桑干河上》、周立波的《暴风骤雨》等则是比较成熟而完备的“农村题材小说”了，它们直接开启了当代文学“十七年”时期作家们的乡村叙事，而且事实上赵树理、丁玲、周立波等的“农村题材小说”创作也一直延续到了当代。

对于赵树理而言，对他产生重大影响的是自 20 世纪 40 年代中后期以来在解放区乃至全国逐步普遍开展起来的土地改革运动。他的作品也由此细致而深刻地写出了在土改运动中牢固的宗法关系如何被阶级关系所拆散，以及农民摆脱宗法关系和人伦情感的缠绕，获取阶级身份的过程。一般认为，“乡土世界的社会关系是在血缘和地缘的基础上建立起来的人伦关系。血缘—亲属—人伦构成了乡土中国的社会关系网络和一整套调节其成员彼此关系的纲常伦理秩序；依靠这一套秩序所形成的社会结构，也就是所谓的宗法制社会”。[②] 但 20 世纪 40 年代，巨大的社会变化必然从不同侧面不断瓦解乡土世界原有的自在性、自然性和完整性。在这一过程中，先前的社会结构、生活结构，大部分已被摧毁或被削弱了，代之以非人格化的全民性统一性规范性的秩序，这种进入事实上导致了农村的

---

① 转引自董建辉《“礼治”与传统农村社会秩序》，《新华文摘》2005/19

② 董建辉《“礼治”与传统农村社会秩序》，《新华文摘》2005/19

蜕变。而这种“蜕变”在农村题材小说中主要体现在阶级关系对于血缘、地缘人伦的冲击以至遮蔽。于是在这个意义上说，赵树理小说的价值就显现出来了。在他的作品里，已经看不到多少“乡土”特有的宗法关系和人伦情感，日常生活场景也明显让位于阶级斗争场景，小说从工作队进村、调查研究、组织队伍、发动群众开始，相继写了斗地主、分土地、挖浮财，始终以饱满充实的情节组织，雄浑而有力度地展现了伴随着土改而来的中国农村社会变革的大风暴。在描写新天地、新思想、新感情、新人物上，赵树理确实有敏锐的洞察力，在文学大众化上，赵树理也确实取得了里程碑式的成就。赵树理在小说艺术的民族化、群众化方面，做出了重大的历史性贡献。他在人物塑造、情节结构和语言驾驭上，都开辟了一个崭新的世界，形成了独特的艺术风格。赵树理的风格，就是民族的、大众的风格。他所创造的老百姓喜闻乐见的，具有中国作风、中国气派的小说形式，开辟了新文学发展的新生面，反映了“农民的真实状态”。而且赵树理对农村生活的日常化处理，也可以说是“乡土”化处理的运作方式。他的写作是代表了一种对于乡村小说叙事的转变，体现了从写家族、写家庭到写阶级的演变过程，由此也可以从中把握出由“乡土”到“农村”的社会关系演变。

赵树理自己一贯以来的创作的风格和反映的内容，是与毛泽东在 1943 年 10 月 19 日的《解放日报》上正式发表的《在延安文艺座谈会上的讲话》相契合的，于是他立即成为这种思想和实践的代表，他是积极实践《讲话》的主要作家，也是代表性的作家，他的小说模式具有中国老百姓所喜闻乐见的中国作风和中国气派，他采用的是适合中国大众的审美习惯、欣赏趣味，能为大多数中国人所接受的艺术形式。可以说，内容上的干预生活，艺术上的本土风味，构成了赵树理小说模式的经纬之网。他从太行西麓的长治农村现实出发，写出了《小二黑结婚》《李有才板话》《传家宝》《李家庄的变迁》等中短篇小说，成为鲁迅之后最了解农民，也最善于表现农民精神面貌、心理状态和走向新生活这一历史趋向的作家。他用自己的作品表现了中国农村变革，塑造了新农民的形象。也许这方面可能复杂一些，但他的创作肯定是暗合了当时相当一部分农民的心理，这很关键。农民出身，熟知农民生存状况的赵树理，他很明白农村存在的问题，其实主要的不是政治问题，而是生存问题，这成为解读赵树理的关键，因为，在党看来，所有在农村开展的工作都是政治问题，而在农民看来，所有的工作，一切的出发点和归宿都是生存问题，赵树理是明白这一点的，因此他的小说，从哪个角度都可以得出自己满意的结论。当所有文本的指向都朝着美化的方向推进时，当农民再一次被人推到了政治的前台，充当勇士、做牺牲的时候，赵树理知道农民的真正状况和需要是什么。而赵树理的真实性与深刻性就在这里。

赵树理真正做到了与农民及农村生活的无间无隔，自觉而本色地代表了农民的立场。席扬在《角色自塑与意识重构——试谈赵树理的“知识分子”意义》[①]中谈道：“现代中国革命之于农民、农村关系的一个基本事实是：当时代政治为了权力利益需求而最大限度地张扬农民的‘革命先锋性’时，农民与乡村的文化滞后性被有意而委婉地加以遮蔽，遮蔽的结果也使文化境界被提升的可能性相对失去了。现代生活中城乡两种方式指向，国家经济体制并非有意地对农民排斥，其种种在实际效果中‘削弱’农民利益的做法，被赵树理这样的知识分子敏锐地捕捉到了。”确实，赵树理也一直在寻找农村的问题和弊病，那么赵树理提出这些“问题”的真正动机和隐含的情感趋向是什么？赵树理说过：“农村习惯是误以为出租土地也不纯是剥削，我便写了《地板》（指耕地，不是房子里的地板）……假如也算经验的话，可以说：‘在工作中找到的主题，容易指导现实的意义’。”从中我们看到，即赵树理捕捉到的均是农村及农民生活中具有“生存困境”一类的“问题”。看来，这些“问题”

① 《郑州大学学报》，2001年第5期，第13页。

就不单单具有政治层面的含义，而是现实生存和选择的文化困惑问题。如《李有才板话》中的官僚主义问题，《地板》《邪不压正》《传家宝》等作品里所揭示的农民观念滞后将给自身未来带来严重后果的问题等。显然这里"问题"选择的"生存困境"意味，并不是创作主体在自我—外在范畴有意体验的结果，而是一个清醒的置身其中的"乡村良知"理性思考的结果，他不但指向阶级立场，更是指向"大众立场"，"为大众打算"，"大众"在这里就是"平民""百姓""下层"等语义所指。他在答复关于《邪不压正》的创作问题时真诚表白："据我的经验，土改中最不容易防范的就是流氓钻空子，因为流氓是穷人，其身份很容易和贫农相混。在土改时期，忠厚的贫农早在封建压力下折了锐气，不经过相当时期鼓励不敢出头；中农顾虑多端，往往要抱一个时期的观望态度；只有流氓毫不顾忌，只要眼前有点小利，向着哪一方面也可以。这种人基本上也是穷人，如果愿望站在大众这方面来反对封建势力，领导方面自然也不应拒绝，但在运动中要加以教育，逐步克服了他的流氓根性，使他老老实实做个新人，而绝不可在未改造之前任为干部，使其有发挥流氓性的机会。可惜那地方在土改中没有认清这一点，致使流氓混入干部和积极分子群中，仍在群众头上抖威风。"这里赵树理对"流氓"和"容易变坏的干部"的强调，固然是从土改目的出发，但思考中所倚重的情感，依然是明显地站在"百姓"层面，因为这些问题不解决，伤害的直接对象就是广大贫苦农民。

因此，在赵树理笔下农民或农村的特点应该是一个在时代中延续的真实，农民作为一个特定的人群的存在，依旧是最大的问题，而其中问题的起因乃是农民的生存——夹缝中的艰难与渴求，比如物质的艰难，他写到："模范不模范，从西往东看，西头吃烙饼，东头喝稀饭。"还有写到"吃不饱"偷着吃面条，还落下了一床干饼星星等。他也写到了百姓在精神上受到的重压，比如《李有才板话》中的老秦，作者对他的描写是相当出色的，寄寓着作者对农民的复杂情感，如张得贵敲着锣告诉大家明天选村长，他走后，陈小元说："吃屁吧！章工作员还在这里住着啦，饼恐怕烙不成。"老秦便埋怨道："人家听见了！"五个字便把老秦怯懦、怕事、忍让，甚至窝囊的心理显露了出来；说到选队长听到陈小元说"偏不选广聚"，又是老秦反对："不妥，不妥！指望咱老槐树底下谁得罪起老恒元！他说选广聚就选广聚，瞎惹那些气有什么好处？"县农会主席老杨来了以后，他一听说老杨是长工出身，便立刻变了脸，大有不屑一顾的样子。后来又听说老杨跟村长说话很"硬气"，"自然又恭敬起来，把晌午剩下的汤面条热了一热，双手捧了一碗送给老杨同志。"当老杨把他押给恒元的地夺回来后，又是他拦住老杨"跪在地上咕咚咕咚磕了几个头道'你们老先生真是救命恩人呀！"这里"唯上"的奴性，"唯利"的价值观，等级意识和报恩思想，就是老秦文化心态的全部构成，身为被压迫者却甘心受虐，连一点反抗的欲望都不存在，这就是农民的悲剧文化人格。这种悲剧文化人格，一旦进入革命实践中，其危害性是明显的——陈小元的反抗仅仅只是换取个人地位的改善，一套"制服"，一支"水笔"，坐享其成，就可以使他是非不清，"逼着邻居当奴才了"。马凤鸣也是如此，斗争会上他第一个提意见，而在丈地时，阎恒元给了一点小便宜，他就再不吭声，投到阎恒元的怀抱里去了。这里很明显地道出了农村问题的根深蒂固性。人性方面，有些妇女，光想讨点巧，人性自私，迷信、胆小、谨慎、落后；干部问题，比如描写社主任王聚海不讲原则、只求了事的"和稀泥"的思想作风，从而真实地反映了农村中人民内部矛盾的复杂性及解决矛盾的症结所在。而且赵树理的作品中还反映出农民作为一个个体，其自省意识不够的问题，比如小二黑之所以获得了婚姻自由权利，是因为村长头脑清楚，是因为区长主持公道，是因为有了婚姻法等这一切的保护，假如这一切不保护他呢？还有艾艾也是如此，假如没了"区分委书记"的支持，他们的命运会是如此吗？

这种对农村社会的真实再现才是赵树理为广大农民欢迎的真实原因，它暗合了农民的一种心态。他曾经谈到："再谈谈决定主题，我在做群众工作的过程中，遇到了非解决不可而又不是轻易能解决了的问题，往往就变成所要写的主题。这在我写的几个小册子中，除了《孟祥英翻身》与《庞如林》两个劳动英雄的报道以外，还没有例外。如有些很热心的青年同事，不了解农村中的实际情况，为表面上的工作成绩所迷惑，我便写《李有才板话》。""至于故事的结构，我也是尽量照顾群众的习惯：群众爱听故事，咱就增加故事性；爱听连贯的，咱就不要因为讲求剪裁而常把故事割断了。我以为只要能叫大多数人读，总不算赔钱买卖。至于会不会因此就降低了作品的艺术性，我以为那是另一问题，不过我在这方面本钱就不多，因此也没有感觉到有赔了的时候。"[①] 所以他解决的是一种实实在在的东西，而不是一种浮夸的东西。

另外，为什么赵树理的作品又能为一些文化精英所喜爱？只要我们重温一下五四文学革命发起者与参与者的理论文章，发现那些众说纷纭的新文学立论，基本上用三句话就可以加以完整地概括：白话文作为国语文学的地位确立，平民意识作为正统文学的价值认定，人文主义作为现代文明的理论倡导。赵树理的创作无疑与之也是相合的。赵树理曾经说过："语言及其他：我既是个农民出身而又上过学校的人，自然是既不得不与农民说话，又不得不与知识分子说话。"（《作者自述》）就是对此的较为合理的解释。

于是赵树理一下被推到了创作声名的极致，大作家郭沫若曾激昂地称赞赵树理："我是完全被陶醉了，被那新颖、健康、简朴的内容和手法，这儿有新的天地，新的人物，新的意义，新的作风，新的文化，谁读了我相信都会有兴趣的。"一连几个"新"，足见他对赵树理的激赏。陈荒煤的《向赵树理方向迈进》一文，就最能代表当时精英作家对于"赵树理神话"的群体仰望心态，他说"要

---

① 《作者自述》，原载 1949 年 6 月 26 日《人民日报》。

检讨一年来边区的文艺创作，最好对赵树理同志的作品有比较一致的认识，他的作品可以作为衡量边区创作的一个标尺，因为他的作品最为广大群众所欢迎”。“大家都同意提出赵树理方向”，那么什么是“赵树理方向”呢？对此，陈荒煤将其归纳成几句话：忠实地去执行与实践“毛主席的文艺方针”，始终保持着作家“鲜明的阶级立场”，在与工农大众的思想感情保持高度一致的同时，努力去创造“人民大众的艺术”。他在文章的结尾处还明确地表示，之所以“把赵树理同志方向提出来，作为我们的旗帜，号召边区文艺工作者向他学习”，目的就是要求知识分子作家放弃中国传统文人的臭架子，以赵树理为光辉榜样，勇敢地“向赵树理的方向大踏步前进吧”！①

总之，赵树理是我国当代第一位明确坚持乡土社会立场、坚持真实言说的文学作家，无论是在人物塑造，还是情节结构和语言驾驭上，都开辟了一个崭新的为老百姓所喜闻乐见的、独特的艺术世界。可以说，从李家庄的龙王庙到三理湾的旗杆院，赵树理用他一贯坚持的传统的现实主义文学样式为我们解释了20世纪乡土社会的现代变迁，并思考了传统崩塌之后乡村生活秩序重构的问题，并取得了写作内容与写作方式在解放前与主流意识形态不谋而合，在解放后与主流意识形态之间复杂的共生和对抗关系，因此赵树理无疑是文学史上值得重视的重要作家之一。

那么，说完了赵树理，我们的散文家是否能从赵树理的文学创作中，得到一种启示呢？

第十七节　散文写作中的精神能见度

很多中国文人不喜欢待在家里，往往全国各地到处跑，这个传

① 载1947年8月10日《人民日报》。

统从孔子那里就开始了。那个时候，孔子从鲁国出发，用了十几年的时间，大致走了八九个国家，比如卫国、宋国、郑国、陈国、蔡国等，但其中大多是些弹丸小国，不过瘾，于是有一次他打算西去晋国，却因为时局不好，结果只是在黄河边上感慨了一番了事。对此《吕氏春秋》有记载曰："孔子将西适晋，见赵鞅，至河而返。"《史记·孔子世家》上说："孔子既不得用于卫，将西见赵简子，至于河而闻窦鸣犊、舜华之死也。临河而叹曰：'美哉水，洋洋乎！丘之不济此，命也夫！'"不过孔子也有洒脱的时候，生气了就一走了之，"道不行，乘桴浮于海，从我者其由与。"（《论语·公治长》）比孔子稍晚的列子也是这样的人，"列御寇之齐，中道而反，遇伯昏瞀人。"（《庄子·杂篇·列御寇》）从中可见，不只是列子，就是路上，也能不断遇到一些不愿老老实实待在家里的人，那么他们为什么总喜欢往外跑呢，我想还是为了三年成儒，河润九里、泽及三族吧。之后就有更多的文人喜欢跑在路上，游历的、赶考的、访学的、拜师的，但有时候也会有人偷偷懒，比如《世说新语》曾记载的，"简文帝入华林园，顾谓左右曰：'会心处不必在远，翳然林水，便有濠濮涧想也，觉鸟、兽、禽、鱼，自来亲人。'"因此在古代，对写文章的人来说，喜欢跑到远处去看看，写写见到的那些世俗风光，然后给没有到过那个地方的人看看，也确实是一件趣事。但是信息通信互联网微信发达如斯的今天，如果还采取这样的方法来写散文，这个作家就会渐渐失去其写作的有效性。那么怎么解决这个问题呢，我想办法之一，就是在不论是"见景是景"，还是"见景不是景"中，提高自己写作的精神能见度才行。

不仅从中国文学的发展历程来看是这样，西方的艺术发展历程也是如此。我们知道，西方现代主义诸流派的兴起首先体现在绘画中，比如立体主义、未来主义、达达主义、表现主义，以及超现实主义、抽象主义、波普艺术等，如果要找到它们所具有的共同点的话，除了社会的变化和变革带来的艺术心理的变化之外，就是他们的艺术理念和艺术创作离古典的现实主义越来越远。可以说，透镜的出现推动了文艺复兴写实绘画的发展；照相机的发明，促使了欧洲架上绘画由写实迈向精神意象的发展；能够准确记录我们活动的相片，更是逼迫着绘画艺术去更大地发挥艺术家的空间想象能力，通过扩宽自己的精神能见度，去开创出一条与以往绘画完全不同的创作道路。同样的道理，时至今日，当信息化社会将我们带入“没有远方”的时候，当我们能方便地在百度查询到世界上任何一个地方的时候，而且查询到的这些资料比我们要描述的更为清楚的时候，我们的散文作家竟然还固执地远赴那片自己认为是“陌生”的疆域，将眼光和笔触放在了早就被人熟知的所谓的“远方”，他们写出的作品还能引起读者足够的兴趣，以及留给人们思考的余地吗？这确实是散文写作中一个值得思考并亟待解决的问题。鲁迅在《故乡》中所写的那个“我冒了严寒，回到相隔二千余里，别了二十余年”的故乡，如果不是我们灵魂的精神的故乡，它有存在的必要吗？尤其是到了现在，单纯的地域介绍性的写作还有必要吗？试问，一个写乡村的作家，能比一个农民工更透彻地知道乡村吗，如果不是，我觉得他还是不要去写的好；一个写新疆的作家，能比一个普通旅游者有更深更宽的精神能见度吗，如果不是，我也觉得他还是不要写的好。而当远方存在的意义和价值没有了精神依托的时候，我们作为散文作家应该怎么办呢，还要去写“村里的”和“边疆的”所谓的真实吗，那样写实的写法还有进入艺术表达的必要吗？那样的作品在百度至少能搜出几万条的内容，有些人依然为此鼓掌叫好，是他们失去判断力了吗，还是他们本就没有更深更宽的精神能见度呢？

应该说，古代的士子在那样闭塞的情境下都是很少这样写的，更多的是借物抒情，寓情于景，这话虽然老套，但也是古代作品之所以优秀的法宝之一。看到旧景，就写“彼黍离离，彼稷之苗。行迈靡靡，中心摇摇。知我者谓我心忧，不知我者谓我何求。”（《诗经·国风·王风》）“宫女如花满春殿，只今惟有鹧鸪飞。”（李白《越中览古》）其中写的是作家面对时间苍茫的虚无感；面对四季轮换，就写“秋风萧萧愁煞人，出亦愁，入亦愁，座中何人，谁不怀忧，令我白头”（《汉乐府歌辞》），写“长江悲已滞，万里念将归。况属高风晚，山山黄叶飞”（王勃《山中》），其中写到的是作家境况和悲喜。到了现代文学那里，作家们还是有这样的情怀的，所以也写出了一些好作品，比如周作人的《游日本杂感》，徐志摩的《翡冷翠山居闲话》，孙伏园的《伏园游记》，郁达夫的《还乡记》，钟敬文的《西湖漫拾》，许地山的《上景山》，林语堂的《春日游杭记》，俞平伯的《山阴五日记游》，沈从文的《湘行散记》等等。那么时至今日，写作状况如何呢？

现代的人呢，也喜欢跑出去，尤其是随着现在旅游和交通事业的发展，越来越多的人有了出门的条件和机会，于是有些略懂文字或者稍通笔墨的人，就学着古人的样子，开始大发感慨了，不断挥毫泼墨，写下一堆关于外面景致与现状的文字，然后在一些报刊竞相发表，这样的散文在一时间也似乎能热闹起来。事实如何呢？当然不是，他们的写作与文学压根就没有什么关系，也就是说，一个作家的写作如果没有了文学的精神能见度，写出来的文章怎么也不会是好的文学作品，甚至不是文学作品。因此一个只能到一个地方晃荡一些时候，然后就到处涂鸦的人，是不会成为真正的散文家的。比如对于徐霞客所著的《徐霞客游记》，我们将其更多地定义为地理学方面的优秀之作，而非文学著作，原因就在这里。

那么怎么去进行当下的散文创作呢，我认为要从对生活现状进行简单描摹的道路中转一个弯，走出去，走到真正的“精神领域”的写作中去才行。在写作中，我们不缺的是对于现状的认识和了解，缺乏的是写作的精神能见度。为什么当下散文创作的整体状况依旧并不尽如人意，并没有出现什么像样的作品，也没有出现什么像样的散文作家，即使努力创作的那一批作家也没有什么大的进步，停滞不前成了当下散文创作的现状和常态，这是其中的重要原因之一。而要在散文创作领域中有更深更广的精神能见度，就有必要将中国散文的精神来源做重新的梳理。

我们知道，中国散文的精神来源主要为三个：其一为儒家的，并由此形成了“载道”一派；其二为道家的，由此促成了“言志”一派；还有一个因素为西学东渐后的现代性。但是，中国散文写作写到如今，除了剩下的那点作为人天性中的因素之外，除了几乎完全按照身体和意识的原始冲动产生的那点东西来进行写作之外，几乎看不出他们身上的那种几千年传承下来的优秀文化传统了，即使五四新文化运动开创的那一点现代性因素也在慢慢丧失，因此整体上看，中国散文集体的溃败是不言而喻的，那么按照这个路子来进行散文创作的结果是可想而知的。散文创作者对于中国传统文化的陌生，对于文学现代性要求的陌生，这都是影响精神能见度的大问题。因此，中国散文作家的散文创作，应该深深扎根于中国人的诸多文化观念之中，扩展中华民族的历史文化意识，形成特有的具有现代性的文化空间和精神空间。但是遗憾的是，这些在当下的散文创作中几乎没有多少痕迹了。当下散文写作表现出的是一种本能化带来的庸常化，其表现就是散文创作中中国传统文化精神和现代精神的匮乏。尤其是对于现代性，我的判断是，中国当下散文在丢失了中国传统文化的时候，对于现代性也是拒之门外的，由此使得中国当下散文创作缺乏传统和现代性的精神因素。

因此，虽然当下的散文创作也算异彩纷呈，个性明显，但他们的创作，大多依旧是依据个体自身的惯性而来的，包括思想的惯性和艺术的惯性，大多缺乏对于中国传统文化精神和现代性精神的把握，这自然就使得正在进行的散文创作与当今散文所要求的现代精神擦肩而过，使得表面繁盛的散文创作，并没有过多的中国传统文化和现代性精神在其中作为支撑，以致新时期以来在“人文精神危机”讨论中所展开的层面，比如人与物的关系、人的价值和尊严、人的思想道德建设、社会的全面发展进步、在发展经济的同时将人从物的奴役中解放出来的理性，都渐渐化为了泡影，使得作家的主体不但没有完成建设，反而更加远离了对中国传统文化的探寻和现代性精神的植入，这都影响了散文创作的方向和力量。于是，散文写到现在这种程度，并没有什么大的成绩就不言自明了。众多的散文作家几乎丧失了对于事物的精神洞察能力，纵览近年来在众多刊物上发表的散文，其中写现实的依旧琐碎，写历史的依旧轻薄，写人物的依旧陈旧，写情境的依旧老套，其表现是才气不足，学养不够，境界不高，其根本是对于中国传统文化和现代性精神的无知，在这样的思想背景和艺术认知下的散文创作，几乎丧失了处理任何题材的能力，他们已经忘却或者不知道散文写作中的基本思想和精神来源了，于是想在当下寻找到一篇耐读结实的散文，已经渐渐变成了一件非常困难的事情。

但是也有一些好的散文作家，比如穆涛先生的散文就是一例。穆涛的散文不只是有智慧，更有学识底蕴，不仅有底蕴，更有精神能见度的支撑，这使得他的散文结实、智慧、有力，还能映射现实，让人从古代的事件和事情中捕捉到现代的影子。可以说，穆涛在写作中既贴近了历史，又贴近了现在，其中是含有一种精神的大智慧的。比如王开岭的《他们真能折腾啊》一文，同样显示了作者由学识而产生的深刻的精神内涵，作者总是能深入到事物的内部去挖掘发现，于是他就有了一座座金矿。他发现，“作为生命场，动荡而散漫的民国属于大时代：一是体量和容积大，像间大客栈，虽简易粗陋，但它能收留各种精神、主义、信仰、叛逆事物和流浪人生的投宿，这与主人的胸怀和开业理想——即制度容积有关，也与乱世机遇有关，威权殆，则江湖盛。二是自由度和活跃度高，它刚捣毁一个大东西——几千年帝制和规仪，而新秩序未夯实，盲区和空当多，天然机会大，仿佛一幅白纸，一幅化浆新生的纸，它鼓励一切涂鸦，任各路笔墨恣肆凌舞，它激活生命能量，从生理到精神，都怂恿实验和出位”。可以说，这样的判断是很到位的，这些散文都是精神能见度很高的文章。

因此，一个散文作者要想有能力发现那些接近本质的东西，并用自己多年练就的表达方式和表达习惯，来完成一篇真正意义上的散文，是需要这样的精神能见度的。

第十八节　已经忘记了精神来源的中国当下散文创作

如果对当下的散文创作做出一个基本的判断，一般的结论应该是整体的创作状况依旧不尽如人意，并没有出现什么像样的作品，也没有出现什么像样的散文作家，即使努力创作的那一批作家也没有什么大的进步，于是停滞不前应该就是当下散文创作的现状和常态了，那么原因何在？我想原因之一应该在于散文创作者对于中国传统文化的陌生，对于文学现代性要求的陌生。在这里，我说的是陌生，而不是漠视，因为漠视是也许知道其中的道理，但并不去看重它，而陌生就是不知道，两者是有区别的。

我们知道，中国散文的精神来源主要为三个：其一为儒家的，并由此形成了“载道”一派；其二为道家的，由此促成了“言志”一派；还有一个因素为西学东渐后的现代性。但是，自五四新文化运动打倒“孔家店”之后，中国的文学创作包括散文创作，就基本把前两个搁置起来，弃之不用了，那么剩下的唯一一个——现代性，按说就应该成为中国现当代散文创作的主要精神支撑了。那么事实是如此吗？当然不是，从中国散文的发展来看，儒家、道家的传统与现代性一起在慢慢丧失。可以说，中国散文写作到如今，除了剩下的那点作为人天性中的因素之外，除了几乎完全按照身体和意识的原始冲动产生的那点东西来进行写作之外，丝毫看不出他们还有后天的更多修养和几千年传承下来的优秀文化传统，即使五四新文化运动开创的那一点现代性因素也在慢慢丧失，因此整体上看，中国散文集体的溃败是不言而喻的。大多数人的散文写作就像憋了几个月不能发泄一次的成年男子，只能过一段时间攒足了力气，然后自然地生理性地喷发一次，然后结束一次动物本能的爆发，或者更多地去自慰一下，其他的似乎一概没有。那么按照这个路子来进行散文创作的结果是可想而知的。

于是我们的散文创作就有了再一次回溯中国文化传统和现代性的必要。

可以说，中华五千年的传统文化支撑着中国散文的创作，并成为其中的那颗跳动不息的心脏。中国散文在探索宇宙、思索人生、灌注生命意识和理性精神上，应该得益于中国源远流长的文化精神，并应该从中找到思想和艺术的根据。因此，中国散文，首先应该强调中国传统文化中的“气韵”，强调儒家的“中庸之道”，推崇“中和之美”，注重整体结构的和谐与均衡，追求真善美的人生境界等诸多颇具东方色彩的价值取向和审美趣味。其中对传统道德观和生活方式的肯定和追求是重要的，它会对中国散文的发展起到关键的作用。只要我们回顾一下中国散文发展的脉络，就会知道，中国散文中那些对个人的浮躁、不安、狂放、压抑、困惑、焦灼和痛苦情绪的反映，无不带有中国儒家文化智慧的体温，而且儒家文化讲求的悲悯情怀也确实影响着中国散文的价值重心，如此，中国散文才能焕发出勃勃生机。

作为中国传统文化的另一条主脉，道家精神在中国文化中同样占有重要位置。而且，它是与儒家互补的，如果说前者讲求“出世”，要求人们在“出世”之中保持自己高洁的情操，获得精神的慰藉，那么道家的“出世”态度对中国文人的人生态度也有着深远的影响。道家一切皆空的世界观与自然适意的人生哲学使得中国文人染上了一层浪漫的色彩，这也是中国散文作家寻求心灵解脱的一种重要方式，是一种面对复杂而痛苦的万丈红尘超然出世的态度。这种化解心灵块垒的方式，最终会因体验化为妙悟，从而进入那种出世之后的超然与达观，表达出在形而上的宗教与哲学层面上的对人生价值与生命意义的追问、彻悟与超越。这是中国传统文化的一种外溢，是一种中国的审美智慧和情怀，所呈现的是颇具深层隐喻的中国传统散文中的况味。

按照这个传统，中国散文作家的散文创作，应该深深扎根于中国人的诸多文化观念之中，扩展中华民族的历史文化意识，形成他们特有的文化空间和美学空间；他们的散文中应该有一颗文化的心脏在其中跳动，也惟有在中国优秀的古代文化的浸染下，中国散文才能或悲悯或清高，或厚重或淡远，或沉郁或飘逸，或关爱苍生或自然本色，或铺陈华丽或随笔点染，或心情苍莽或情趣宛然，才能比较容易地达到或悲天悯人或空灵圆转的艺术境界。

但是遗憾的是，这些在当下的散文创作中几乎没有任何痕迹了。当下散文写作表现出的是一种本能化带来的庸常化，其表现就是散文创作中中国传统文化精神的匮乏。如此，一些散文作者往往难以用文化的眼光，站在人类命运历史进程的高度来审视与观照，这样就不可避免地带来某些肤浅和狭隘性，有些作品甚至以市井低俗的话题招徕读者一时的兴趣。其中，零乱性、庸常化、无中心、不确定性、无深度，是其主要的表现，而且这些问题对于当下的散文创作还产生了一种魅惑的作用。它使当下的散文作品几乎都成了一个平面化、符号化、模式化、庸俗化的文本，即使许多名家的作品也是如此。他们或沉溺于生活琐事、儿女情长，或简单回忆陈年旧事、亡故友人，或机械记录游玩历程、读书心得。他们对于这些题材的判断和抒写是缺乏文化依据的，写出来的散文作品往往也成了一地鸡毛，从而使自己只能进入到琐碎写实的状态而不能自拔，这实际上是文学从历史进入现实，用文化观察生活的一次全面退缩，而这种退缩却又被以个人化写作的名义光明正大地美化了。散文创作所要求的敞开的文化空间，纵深性的历史思维探索，不可避免地不断被窄化、僵化，以致当下散文创作的繁盛就有许多虚化的味道，在此状态下产生的很多作品就必然是平庸的。

而对于现代性，我们的判断是，中国当下散文在拒绝中国传统文化的时候，对于现代性也是拒之门外的，由此使得中国当下散文创作在对传统精神和现代性追寻中，一直缺失着一种基本的时代因素，缺乏一种创作的合法性。

一般认为，“现代性”是一个社会范畴，又是一个逻辑范畴，还是一个历史范畴，直到 1980 年代，“现代性”一词才取代了“现代化”与“西化”（westernization）的概念，更为准确完整地表达出我们现在所理解的内涵。也就是说，“现代性”是现代化的产物，除了来自经济与政治危机的因素之外，也起因于思想嬗变的因素，其中具有自我批判，甚至某种道德怀疑主义的倾向，并以“去魅”作为自己的时代特征。

当然，“现代”一词的出现要追溯到历史的深处，德国的姚斯在《美学标准及对古代与现代之争的历史反思》一书中，对“现代”一词的来历进行了权威性的考证，他认为“现代”一词于十世纪末期首次被使用，用于指称古罗马帝国向基督教世界过渡的时期，目的在于把古代与现代加以区别；卡林内斯库在《现代性的五种面具》中，对于现代性观念的起源做了自己的研究，认为它来自于基督教的末世教义的世界观；历史学家汤因比在 1947 年出版的《历史研究》一书中，将“现代时代”作为人类历史划分的四个阶段之一。我们当下所理解的现代性，可以看作是现代社会或工业文明的缩略语，它是建立在理性主义、人道主义理想和机器文明基础上的，以市场经济和现代民主制度为标志；它追求思想理性、进步的价值观，以实现经济繁荣、生活基本保障、生活质量的总体提高为目标；它是在现代市场经济和科学技术等物质力量的推动下，确立的对现阶段人类文明发展具有普遍意义和价值观的认识和概括。

一般地说，现代性中所谓的对“现代性进行辩护”的态度，是立足于现代化对前现代传统的历史性超越，其中所强调的是现代性作为文明发展目标的自主性和充分性等。由于现代性奠基于近代启蒙思想理性、进步的价值观，其所追求的是为人类普遍解放提供合理性的基础和实现途径，因而体现出超越历史与文化传统差异的精神力量。现有的研究成果认为，中国现代意识的发生是从洋务运动开始的，经过戊戌变法、辛亥革命、五四运动，现代性被引入中国。五四之初，中国面临的最切近的任务是以谋求个体的启蒙来唤醒大众的个体意识，以谋求民族的存亡来实现中国必然寻求的现代性结局。于是，中国走上了一条以东方的现代性来反抗西方的现代性，以图建立现代民族国家的道路，其中应有之义就包括了对近代思想的反省和批判，并在倡言现代意识的初始就突出强调了现代主体的位置的重要性。在思想文化方面，现代性是以启蒙主义理性原则的建立为起点的，然后是人文知识分子所引导的对社会历史和人自身的反思性认知体系的建立，教育体系和大规模的知识的创造和传播，以及各种学科和思想流派的持续产生，不断推动社会向着既定的现代性目标发展。

因此，“现代性”问题是中国百年历史中最为关键的一个因素。近现代以来，正是因为中国有了对现代性的诉求，中国近现代的历史才呈现出我们所熟知的那个面貌。由此，中国对现代性的诉求反映到文学上，就出现了关于中国现当代文学如何实现现代性这个基本问题，于是，启蒙、救亡、革命、批判、平复也必然成为中国现当代文学的众多母题，成为中国现当代作家所要表现或者呈现的重要内容。但是，在追求现代化的过程中，中国知识分子一方面渴求现代性，另一方面又对现代性充满疑惧。在中国，对于现代性的追求，首先演变成为对于国家民族独立的要求，这当然是合理的，甚至有时候陷入狭隘的民族主义也在所不惜。但是，现代性只是变成了内外交加的暴力的历史的时候，就使得中国的作家包括散文作家无所适从，这本身就是中国自身文化的特点或者一种无奈。

众所周知，五四新文学运动，从本质主义的批评理论来看，是一种启蒙的文学，这就要求文学艺术创作必然走一条大众化的道路，但是什么才是文学的大众化和如何实现大众化，从一开始就是一个难以解决的难题，因为现代性对于个体的追求与中国文化普及的大众化教育本身就是一个矛盾，是很难在短时间内解决的。也就是说，五四以来的文化是从精英文化来的，而它所追求的目标却是大众化，于是，它既需要西方文化的移植与滋润，又需要对抗西方文化对于中国文化的侵蚀与伤害，其间的难度之大非少数知识分子所能够完成。于是现代性的思想体系必然会在中国散文中慢慢消失，散文创作者的独立自由品格必然受到一种自然的压抑，最后的结局是不言而喻的。在这种理论的深入影响下，很多作家也必然将现代性的追寻弃置一边，写出的作品的品性也肯定离现代性的要求越来越远了。他们的写作仍停留在一种浑沌状态，加之个人对于散文文体和创作理解的模糊，这都影响了散文创作的方向和力量。

正是因为缺少了对中国传统文化精神和现代性的追求，使得不少散文，缺少深层的文化理解和灌注，散文中闲适情调的盛行，体现出的却是一个作家丧失知识分子批判立场后的甜软与媚俗，并开始显现出更大的文化弊病。散文写作中的一些基本的知识，比如境界的提升，比如人格的修炼，比如学识的储备，比如对于事物的洞悉和体察，这些似乎都在减弱、被忽视。可以说，先天不足、浮躁粗劣、食而不化、好高骛远成了当下散文创作的一种风尚，而写得坚实有力、内涵丰富、投入宽广的散文却越来越少，从而导致了整体散文创作内质的松软。同时它还带来了散文气魄小、承载量不大的弊病，而且这种模式有一种同化的趋势，艺术生产的批量化，使得作品的生命力和艺术价值下降。而且随着现在姿态化、口号式的写作日益增多，作家的个体与世界的关系发生了较为严重的疏离和间隔，作家回到了连自己都厌烦的喧嚣、虚假、空洞、荒诞的世界，进而进入了一种写作的游戏状态，散文写作的左冲右突，只能是更加没有方向感，更加无处用力，更加散乱无序。

当散文写作的精神来源已经被写作者忽略或者淡忘的时候，要想散文作者能够发现那些接近本质的东西，并用自己多年练就的表达方式和表达习惯，来完成一篇真正意义上的散文，已经是当下散文创作的一种幻想。

第十九节　为什么我们不能超越五四时期的作家

从晚清以来，精英知识分子总有一只眼睛一直盯着西方，这种对西方的观察与凝视，从林则徐、魏源“睁开眼睛看世界”就开始了，但这个时候的“看世界”与现在的“看世界”，不论是就“看”的目的，还是“看”的内容都有所不同。五四前后的那些知识分子看到的更多是我们自己与西方世界在文化、制度、经济上的差距，如今的很多所谓知识分子，看到的多是金钱带给人的快感。由此可见，我们从“看”中要学的和学到的，都会有很大的不同。因为文学是很大一部分知识分子发声的重要方式之一，所以这种区别体现在文学上，其中的差距也是不言而喻的。

作为五四新文化运动中精英知识分子的代表，鲁迅在放眼世界之后，认为“一件紧要事”是，“凡是愚弱的国民，即使体格如何健全，如何茁壮，也只能做毫无意义的示众的材料和看客，病死多少是不必以为不幸的。所以我们的第一要著，是在改变他们的精神，而善于改变精神的是，我那时以为当然要推文艺，于是想提倡文艺运动了。”而且从日后他的创作来看，这里所说的“文艺运动”指的是白话文的文艺运动。因此，新文化运动的功绩之一就在于创建了一种迥异于古典的文化与文学系统，由此带动了精神和思想系统的巨大革命，并最终推动了实践暴力革命的到来，使得中国产生了天翻地覆的变化，这是五四新文化运动的功绩和意义。这些我们都知道，但是被我们所忽视的是，像鲁迅一样的这群知识分子，他们都少有成名发财的私心，也似乎没有太大的政治野心，只是带着对于推进中国现代化进程的一种天然的责任感，去进行创作的，这点体现了公共知识分子的“公共性”，这是值得我们反思的第一点。

而另一群人似乎有着对于西方文化的警惕和排斥，希望以东方文化作为对抗西方文化入侵的坚实屏障，比如中国现代学术文化的开山泰斗王国维就是一例，但他最终自沉于颐和园鱼藻轩的选择，却让人感到中国古典文化在西方文化的冲撞中的无奈、乏力与悲壮。对此，陈寅恪曾在《王观堂先生挽词·序》中谈到：“凡一种文化值衰落之时，为此文化所化之人，必感苦痛，其表现此文化之程量愈宏，则其所受之苦痛亦愈甚，迨既达极深之度，殆非出于自杀无以求一己之心安而义尽也。……盖今日之赤县神州值数千年未有之钜劫奇变，劫尽变穷，则此文化精神所凝聚之人，安得不与之共命而同尽，此观堂先生所以不得不死，遂为天下后世所极哀而深惜者也。”我们知道，陈寅恪不是五四东西文化论战的积极参与者，而是“冷眼向洋看世界”的旁观者，他的文化思想代表的是文化保守主义的精神旨归和价值追求。他在《冯友兰中国哲学史下册审查报告》中认为：“窃疑中国自今日以后，即使能忠实输入北美或东欧之思想，其结局当亦等于玄奘唯识之学，在吾国思想史上，既不能居最高之地位，且亦终归于歇绝者。其真能于思想上自成系统，有所创获者，必须一方面吸收输入外来之学说，一方面不忘本来民族之地位。”这也成为文化保守主义思潮的最低纲领。因此，当西学东渐、欧风美雨随坚船利炮狂袭而至之时，那批站在时代潮流前沿的秉持文化本土主义的知识分子，以文化托命的历史心态，对中国文化做了最后的抵抗和坚守，“为天地立心，为生民立命，为往圣继绝学，为万世开太平”成为了他们的价值理想和人生支撑。对此，陈寅恪在《王静安先生遗书序》中谈到：“自昔大师巨子，其关系于民族盛衰学术兴废者，不仅在能承续先哲将坠之业，为其托命之人，而尤在能开拓学术之区宇，补前修所未逮。故其著作可以转移一时之风气，而示来者以轨则也。”那么时至今日，在这一点上，我们当下的知识分子究竟还有多少了解和坚守，并在自己的作品中加以展现与彰显，这是引起我们反思的第二点。

应该说，文化保守主义者和新文化运动推动者的论争，基本奠定了新文化运动得以产生和发展的历史场景，构成了“五四”文化思想系统最重要的对立互补两极。因此，对于中国近代思想史上的激进与保守的判定，并不在于一个人对现状的态度，因为人人都是否定现状的，而是取决于他对中国文化传统的看法。但是在此点上，我们现在的作家在态度和内容上都不分明了，左右摇摆，甚至是混乱的，那么原因何在呢？这也同样是引起我们反思的一个方面。而且，当五四历史情境消失，我们的思想文化研究与文学创作实践，却仍泥足于甚至满足于一百年前五四新文化运动带动起来的那种文化功能和效果，而不是去开掘当下文化建构和文学创作的文化来源、思想来源与精神资源，因此我们无论如何都是难以超越五四前后那些知识分子的，至少是在一种态度和精神上肯定是难以超越的。这也同样是我们今天应该反思的一个重点。

随着时代向前走，在散文创作中，作为中国的“文学”概念中的“文以载道”与“诗言志”，到了周作人那里有了一种演绎，并一直流传至今，就是他在《中国新文学源流》中将中国文学划分为“言志”和“载道”两派，虽然他承认“这讲演里的主意大抵是我杜撰的”，但我们却一直接受下来，并以此对散文做出了泾渭分明的区分，渐渐地，我们也将言志一派的散文视为纯文学的正途。对此的曲直，我在此并不多加评论。我要说的是，“言志”一派的这种创作更多的是从对古典精神的守望中开始的，其中强调的是中国传统文化中的“气韵”，强调儒家的“中庸之道”，推崇“中和之美”，注重整体结构的和谐与均衡，追求真善美的人生境界，这种带着东方色彩的价值取向和审美趣味，与日常生命的感悟相互交融，表达了作者对人生、世界的深刻领悟。而正是散文创作中这种思维的不断成长与扩大，导致了中国现当代散文在追寻西方的写作足迹时，总是怀着一种对于古代散文创作成就的集体怀想去进行。于是，从这点出发，五四以来，对于国外散文的诸多作家和流派，中国散文作家有意无意地选择了以蒙田为代表的英法随笔，作为在散文中学习西方的范例。对此，当时的诸多作家是有所认识的。就像 1918 年，胡适在《建设的文学革命论》一文中，曾谈到国外有不少散文样式值得取法，有许多“中国从不曾梦见过的体裁”。但是，在学习鉴别的过程中，大多数作家还是像傅斯年一样，认为学习西方文学的时候，要力求适合中国的审美选择，其在《怎样做白话文》中就提出，散文“以杂体为限，仅当英文的 Essay 一流”。周作人也意识到了这一问题，并于 1921 年 6 月在《美文》发表文章，专门介绍和倡导曾为傅斯年引进中国的 Essay，他明确提出，“外国文学里有一种所谓论文，其中大约可以分为两类。一批评的，是学术性的。二记述性的，是艺术性的，又称作美文。”对此，我们也是熟悉的，但是为我们所忽视的是，蒙田为他的集子取名为“随笔”，而法文“随笔”一词意为“尝试”“试验”。对此，我不知道是不是被当时的诸多散文作家有意地忽视掉了，这也是值得我们进一步反思的一点。因为我们在这点上一直停留了一百年，直接的结果就是影响了我们对于文学标准的判断，由此影响了我们创作之初的构想、思路和走向。

从这个角度去看鲁迅，我们就会看到鲁迅在创作上的明晰与决绝，他的创作是对着旧有制度的“吃人”而去的，“吃人”的原因在于中国社会的宗法制度，而宗法制度是与契约精神相悖的，这也是我们一百年来在现代性的道路上总是左摇右摆、踉踉跄跄的原因所在。这些我们似乎都知道，但是在我们的创作中，这点却总成了一根交缠在一起的绳索，套在我们自己的脖子上。我们不知道怎么去理顺，去拖拽社会的大车。由此可见，在创作中，我们对此的认识和准备都是不足的，这严重影响了我们创作的厚度和品质。我们知道，中西方政治文化的区别之一，在于社会契约精神的有和无这点，这也是社会文明的主要基石之一。与之不同的是，中国存在的是一种乡土世界的社会关系，即在血缘和地缘的基础上建立起来的人伦关系，血缘、亲属、人伦构成了乡土中国的社会关系网络，以及一整套调节其成员彼此关系的纲常伦理秩序；依靠这一套秩序所形成的社会结构，就是所谓的宗法制社会，这种社会直到现在依然如此。在这样的社会形态中，我们更多是对个人人品和人格的培养和强调，缺少对于制度、社会机构和组织设置的构想与反思，这样就决定了我们的视角和内容很容易在一个大范围中出现雷同，也决定了我们的思维总是停留在原有的角度和视野之内走不出来。我们的文学，包括小说和散文，基本上也是从这一点出发去认识世界并进行抒写的，而鲁迅对此比现在的我们要清醒得多，是超越我们现在的知识分子和作家的，这也是我们难以望其项背的原因所在。这是否也是我们需要进一步反思的一点呢？

因此，如果不解决以上这些问题，我们现代的作家就可能永远不能超越鲁迅，超越五四时期的那些作家。

第二十节　国家文学

中国当下文学的文化聚合与创生是有其精神背景的。儒家的中和，道家的本真，西方的现代主义等都影响着中国当下文学的基本形态。当个体主义的创作倾向在文学领域被同质化，且被广泛地强调与复制之后，中国当下文学创作的单一甚至是单调，就慢慢变成其最主要的因素。这点使得有些作品慢慢退出时代文学的江河，成为仅仅属于自己的一摊水湾，这无疑影响着中国当下文学创作的进一步发展和繁荣。这种个体化写作的退守以及恶性复制与循环，不仅仅是中国文学创作手法和内容的倒退，更是中国文学精神的倒退。

更令人担心的是，这种写作循环造成了写作者对于写作和国家社会一厢情愿的理想化。这些写作者往往在庆幸自己从以往的政治梦魇和前辈作家的写作障碍中挣扎出来的时候，在潜意识中产生了一种近乎上世纪 80 年代才有的那种重新夺回失去的写作理想的喜悦感和自豪感，并在人文主义、思想启蒙和自我认同上，呈现前所未有的乐观心态。这样做的好处是，他们的作品尽力张扬着人文精神、生命意识、个体苦难的体验和反思，强调理想和建构新的文学形象和界域，并作为未来文学发展的动力。作为一种象征，他们梦想着自己的文学能够成为其文化想象和自我精神认同的重要资源，并由自己的主体人格进而推进到对整个文学精神性价值的肯定，从而使中国文学对人和人的观念的思考、人的自身价值的思考找到了一个新的突破口。但是，恰恰是对于这点的过分强调，使得他们陷入了一个文学写作的新的旋涡，这就是对于社会人群、时代精神和国家命运的漠视。

这种新的困惑，与其说是个体写作中泛审美文化在作怪，不如说是个体主义的自然或者自觉的膨胀。回顾一下，这在文学的写作历史中似乎也成为一种常态。当一批文学家力图在本体的消解和方法的逆反中获得文学写作的新的力量，他们突然发现，到现在的结果就是，他们连根也没有了，就陷入了感性审美的沉醉，以致一直沉浸在自己世俗欲望的狂欢中，而不能自拔。他们对于个体生命的关注和一遍遍的抒写，最终导致了一种写作的循环，包括对生命沉淀物和世俗生活，乃至理想、意识的重复描摹，也是对语言、语词的叙事方式的重复使用，因此中国当下文学的无力是有其内外逻辑的。他们从现代性写作经验中获得的那种极端怀疑原则、自我反思体系和自恋情结，在今日已经进一步促使他们写作实践和日常经验的断裂，并且因为写作者限于对自身有限性方面的怀疑，促使文学迫切需要一种新的写作——国家文学的出现。

应该说，国家文学自古有之，尤其是“文以载道”的思想，为中国文学奠定了个体化写作中的国家立场和书写传统。记得朱自清在《诗言志辨》中谈到“言诸侯之志，一国之志”，可见国家文学很早就已经出现了。当然，那时候的国家与现在的不同，还是以君王为核心的政体，所以对于国家的写作有时候不免要写到君王的德政。待到五四之后，受到西方文明的影响，中国的国家意识才在西方坚船利炮的惊袭之后生根发芽，正像陈独秀所说：“我生长二十多岁，才知道有个国家，才知道国家乃是全国人的大家，才知道人人有应当尽力于这大家的大义。”随着国民心中国家意识的逐步觉醒、增强，惯于从国家立场取景和书写的中国文学便以启蒙及救亡的角度开始了新的航程。

时至今日，国家文学在文学创作中依然是个问题。国家虽然影响着人们的心理和行为，但是，国家在不少文学家那里，似乎一直是创作中的一个难题、一个障碍，已经似乎慢慢成为他们写作中的一种疾病，这种疾病的最大特征就是对于国家的缺少热情，缺少发自内心的歌颂，甚至以一种怀疑的态度去看自己的国家，而且这种怀疑很容易造就更大一批对于国家的怀疑论者，这确实是一个可怕的问题。

确实如此，文学上的国家怀疑论者之所以可怕的原因在于，文学家心理的偏执甚至是毫无缘由的对于国家所容纳的一切的否定。他们先是忽略甚至是否认了国家体制内的外部世界的物质存在、精神存在，并将这种不分青红皂白的否定预设成自己的写作前提，并长时间在文学的实践中积淀成自己写作的底色、基本要素和经常的出发点。而这点又会改变和重塑作为文学家的基础性格和更深的灵魂要素。这种对于国家的基本判断，使得在这样的文学家眼里，国家的内容和特质是单一的，对于这种单一，他们往往采取断然否定的态度，再也不顾“入乎其内，出乎其外”的文学要求，他们以为对于国家没有理由的否定，就是文学的生气、深刻与高致。

当然，从世界范围来看，任何国家的文化思想和文论思想，都会有交流、撞击和激荡，肯定不是单一的文化思想和文论思想所固守的防线，尤其是现在，每个个体，每个民族，每个国家，都面临着通过竞争求生存、求发展的冲击和挑战。因此，无论如何，作为一名有着责任意识的文学家，都应当正视全球范围内的文化思想和文论思想的选择、融合、改制和重塑，有足够的勇气和智慧去面对文化思想和文论思想之间的对峙和渗透，而不应让对国家的怀疑，成为文学创作中理解文化思想和文论思想的前提和渠道，这点对于当下中国作家应该是一种必然的态度和必要的心智要素。

一般而言，文学写作或者文学批评中的问题意识，不单单是一种怀疑意识，而更应该是一种建设意识。问题意识的目的常常在于建设，而怀疑论者的实际效果常常是破坏。怀疑论者不同于问题意识者，两者比较的话，前者是因为社会阅历不够，对于国家和生活的理解不够，后者是在对国家失去信心的基础上对国家产生怀疑。文学家必须主动地去了解生活熟悉生活，主动去打破新的象牙塔，走进人们的生活之中，才能使文学写作更好地实现有效性的目的。作为一个合格的作家，既要看到凡是现实的东西都是合理的一面，更要看到凡是现实的东西不一定都是合理的，否则，很难写出优秀的作品来，这点也是在谈这个问题的时候首先要明确的。

我们知道，中国是发展中的社会主义国家，从历史和实践这两个方面看，确立马克思主义和社会主义的文化思想主导地位，大力弘扬共产主义的世界观、人生观和价值观，无疑是必需的，也是每个写作者首先明确的。作为文学家的天才或者作为天才的文学家，都脱离不开这个国家的塑造，正如鲁迅在1924年《未有天才之前》中所写的：“天才并不是自生自长在深山荒野里的怪物，是由可以使天才生长的民众产生、长育出来的，所以没有这种民众，就没有天才。”“想看乔木，想看好花，一定要有好土；没有土，便没有花木了。”不但如此，作家创作的素材、灵感、方向都来自于他所处的国家，来自他周围的民众和生活。但是艺术家是如何对待这些的呢？就像前面所说的，对于国家总是带着有色眼镜，总拿心中设想的乌托邦一样的景象作为对比的背景，他就很容易否定国家的一切，他就成了一个彻头彻尾的怀疑论者，对什么都不相信，什么都是假的，真相似乎只在自己的想象和猜想之中，对于民众的生活也毫不关心，只是沉浸在自己的世界里，所以现在也是到了打破他们构建的新的象牙塔的时候了。

国家里最大的内容是民众，民众生活的悲欢才应是文学家去关心和抒写的。白居易写到的“非求宫律高，不务文字奇，惟歌生民病，愿得天子知”才是一个负责任的作家应有的；李梦阳谈到的“夫途巷蠢蠢之夫，固无文也。乃其讴也、咢也、呻也、吟也，行呫而坐歌，食咄而寤嗟，此唱而彼和，无不有比焉兴焉，无非其情焉，斯足以观义矣”，这才是一个作家要去面对和熟悉的；鲁迅强调劳苦大众的文学，也是在强调国家中的最大体量的内容，这是当下的文学创作者需要清楚和去实践的。

从中可见，文艺作品所反映和表现出来的，都应该是在国家的大框架内的历史的、社会的和人生的现象。脱离历史、社会和人生的文学是不可思议的，唯有认真地表现历史、社会和人生，才可以增强创作和作品的感染力和艺术魅力，才能够取得震撼人心的强烈的艺术效果。即使单从语言因素而论，作为客观对象的物质载体的语言符号，作为文艺作品的形式，也同样来源于国家的发展。

在这点上，我们可以回溯一下，就会理解《讲话》为什么会成为我们国家文学的精神了。众所周知，抗战文艺运动中最重要的历史事件，也是国家文学的重要事件，无疑是一九四二年五月二日延安文艺座谈会的举行和毛泽东《讲话》的发表。《讲话》以文艺“为群众”和如何“为群众”为全篇的中心思想，目的在求得文艺对革命的有力配合。《讲话》丰富和发展了马克思主义文艺理论，对解放区文学和新中国文学产生了巨大的影响，可以说《讲话》在现代文学史上具有划时代意义。

在《讲话》的“引言”中，毛泽东指出，《讲话》的“目的是要和大家交换意见，研究文艺工作和一般革命工作的关系，求得革命文艺的正确发展，求得革命文艺对其他革命工作的更好的协助，借以打倒我们民族的敌人，完成民族解放的任务”。在这个前提下，他指出了一些应该解决的问题，主要是“文艺工作者的立场问题，态度问题，工作对象问题，工作问题和学习问题”。《讲话》要求无产阶级的文艺工作者们要“站在无产阶级和人民大众的立场。对于共产党员来说，也就是要站在党的立场，站在党性和党的政策的立场”，“至于对人民群众，对人民的劳动和斗争，对人民的军队，人民的政党，我们当然应该赞扬”，毛泽东在《讲话》中还指出我们文艺服务的对象，“在我们的根据地就完全不同。文艺作品在根据地的接受者，是工农兵以及革命的干部”，“既然文艺工作的对象是工农兵及其干部，就发生一个了解他们熟悉他们的问题。而为要了解他们，熟悉他们，为要在党政机关、在农村、在工厂、在八路军新四军里面，了解各种人，熟悉各种人，了解各种事情，熟悉各种事情，就需要做很多的工作。”那么“什么叫做大众化呢？就是我们的文艺工作者的思想感情和工农兵大众的思想感情打成一片。而要打成一片，就应当认真学习群众的语言”。

在《讲话》的“结论”部分，毛泽东进一步指出，“我们的文艺是为什么人的？”“我们的文艺应当‘为千千万万劳动人民服务’”，“那末，什么是人民大众呢？最广大的人民，占全人口百分之九十以上的人民，是工人、农民、兵士和城市小资产阶级。”而且“为什么人的问题，是一个根本的问题，原则的问题”。“我们的文艺工作者一定要完成这个任务，一定要把立足点移过来，一定要在深入工农兵群众、深入实际斗争的过程中，在学习马克思主义和学习社会的过程中，逐渐地移过来，移到工农兵这方面来，移到无产阶级这方面来。只有这样，我们才能有真正为工农兵的文艺，真正无产阶级的文艺。”“为什么人服务的问题解决了，接着的问题就是如何去服务。用同志们的话来说，就是：努力于提高呢，还是努力于普及呢？”并要处理好普及和提高的关系。毛泽东在阐述文学艺术的源泉时指出，“人民生活中本来存在着文学艺术原料的矿藏，这是自然形态的东西，是粗糙的东西，但也是最生动、最丰富、最基本的东西；在这点上说，它们使一切文学艺术相形见绌，它们是一切文学艺术的取之不尽、用之不竭的唯一的源泉。这是唯一的源泉，因为只能有这样的源泉，此外不能有第二个源泉。”“中国的革命的文学家艺术家，有出息的文学家艺术家，必须到群众中去，必须长期地无条件地全心全意地到工农兵群众中去，到火热的斗争中去，到唯一的最广大最丰富的源泉中去，观察、体验、研究、分析一切人，一切阶级，一切群众，一切生动的生活形式和斗争形式，一切文学和艺术的原始材料，然后才有可能进入创作过程。”“普及的东西比较简单浅显，因此也比较容易为目前广大人民群众所迅速接受。”“所以在目前条件下，普及工作的任务更为迫切。”“所以他们迫切要求一个普遍的启蒙运动，迫切要求得到他们所急需的和容易接受的文化知识和文艺作品，去提高他们的斗争热情和胜利信心，加强他们的团结，便于他们同心同德地去和敌人作斗争。”他认为“我们的文艺既然是为人民大众的”，那么“文艺批评有两个标准”，即“一个是政治标准，一个是艺术标准”，就必须弄清楚它们的位次，要把政治标准放在第一位。他还谈到了在文艺创作中的“人性化问题”“歌颂和暴露的问题”等等。

毛泽东的《在延安文艺座谈会上的讲话》是上世纪40年代延安整风运动的产物，正式发表于1943年10月19日的《解放日报》。《讲话》一经发表，就对国家文学的发展产生了深远广阔的影响，而且在以后的几十年中，通过对这些理论广泛的讨论和实践，不仅大大拓宽和深化了对我们这些重大文艺理论问题的认识，而且推动了中国文学中的国家文学的发展。

与之相承接的是习近平总书记《在文艺工作座谈会上讲话》，讲话指出：推动文艺繁荣发展，最根本的是要创作生产出无愧于我们这个伟大民族、伟大时代的优秀作品。文艺工作者应该牢记，创作是自己的中心任务，作品是自己的立身之本，要静下心来、精益求精搞创作，把最好的精神食粮奉献给人民。必须把创作生产优秀作品作为文艺工作的中心环节，努力创作生产更多传播当代中国价值观念、体现中华文化精神、反映中国人审美追求，思想性、艺术性、观赏性有机统一的优秀作品。这是习近平总书记给广大文艺工作者提出的要求，也是国家给广大文艺工作者提出的要求。文艺工作者要志存高远，随着国家生活创新，以自己的艺术个性进行创新，写出反映好人民心声，符合坚决为人民服务、为社会主义服务这个根本方向的优秀作品。这是党对文艺战线提出的一项基本要求，也是决定我国文艺事业前途命运的关键。作为一个作家，要把满足人民精神文化需求作为文艺和文艺工作的出发点和落脚点，把国家、人民作为文艺表现的主体，把国家、人民作为文艺审美的鉴赏家和评判者，把为国家和人民服务作为文艺工作者的天职，这是国家赋予我们的光荣使命。

第三章　散文家观察

第一节　张抗抗：在人性中沉稳与升华

人性的开端其实与哲学的开端是一致的，都包含一种或善或恶，或崇高或卑微的意识，它就像人的脊背，承载着谦恭、忠诚、高洁、无畏、宁静和平和等诸多品质。从这个意义上说，人性毁灭的过程其实就是一个人脊背坍塌的过程，这也是人走向兽性的开始。所以作为人，除去自身的肌肉、骨骼、血液以及各种痛感，人性的浮沉决定了一个人的精神位置，高贵、自尊、温和、具有爱意等人性的丢失，无论如何也是对人而言的一种灾难。于是作为一个艺术家或作家，首先就要从人出发，从人性出发，在对艺术或作品的凝望中，去打磨自己和别人的心境，使之沉稳与坚定。

“请你将自己看管好！”有人如是说。

张抗抗的散文就是在精神的提升和美的建构中来观照人生，透视自我的，这有利于帮助我们的心灵摆脱本能和物化的压迫。她谈到：“我们一直在试图往前走。前方或尽头，究竟是什么在等待，我们并不真正清楚。那是人类难以把握的未来，我们只是希望和期待，它也许或者至少能比昨天好些。”于是，张抗抗的散文从回忆出发，拎着一个人性的口袋行走在往事和现实之间，对人性中的恶进行贬斥，对人性中的善力求张扬，试图让处在灵与肉矛盾冲突困扰下的人们得到稍微的解脱。

张抗抗是从风光旖旎的江南怀着青春的热情、豪迈的热血、无限的激情，走到冰天雪地的白山黑水间的，因此在她执着的写作中，必然有两种声音或清晰或含混地追逐着她，一种是从她背后而来的江南风韵，一种是使她成长成熟的北大荒的粗犷，而她却能娴熟地在中间取得了一种协同感，把自己的精神和所抒写的事物的主题意蕴结合起来，这为她的散文写作提供了一种独有的契机，因此张抗抗的散文是立足于大众文化的，但它又去除了大众文化表面上的文化形态。因此，她的散文始终弥漫出一种纯朴的神态，流露出一颗天真的赤子之心，当然里面也有冲突、矛盾、抗争，有对个体生命和现实的深切感悟。

张抗抗的散文是自然化的散文，这是一种生命纯化的必然结果，也是一种人生修养的显现，它在作品中体现出的当然首先是对人的关注、关心、关怀，她在《致一名轻生女青年的信》中写到，“当我们在皎洁的月光下倾听大海深沉的呼吸时，我们心头会对人生涌上一种怎样复杂的情感——难道不正是由于对生命一般意义的否定，才使我们更强烈地感觉到自己心中对于一切生命更深刻、更博大的爱和依恋。难道不正是因为爱它，我们才会如此勇敢地直面生命的消亡，寻求自我的净化和人格的升华”，“我是多么希望：你能活得‘真实’。这种‘真实’不再是自欺欺人的自我谅解和苟且偷安，而是对人生和现实的真实认识与把握。那时候痛苦不再是生命的消极的反证，而是生命的存在方式和强大的动力。”这些充满爱意的真切的话语其实就暗含了一个作家多年修养成的品质，是一种阅尽世态浮华的人性的沉稳与升华。

在张抗抗的散文中，其坚实、核心的信念与规范，就是美好人性在现实诸多恶性品质的绞缠和包围中的展示，其中渗满对美好人性的向往。可以说，张抗抗以她的切身体验和对散文抒写方式的把握，使现存的尴尬而凝滞的生命变得顺畅。这是一种活跃着的生命力，是一种对人情世态的人性感悟。就是对地下森林的断想，也体现着这样的特点，她这样写到："如果它（指峡谷）早已变成漂亮的小湖，奇丽的深潭，也许早就免除了这'地下'的一切艰辛。但是它不愿意。它懂得阳光虽然嫌弃它，时间却是公正的，为此它宁可付出几万年的代价。它在黑暗中苦苦挣扎向上，爱生命竟爱得那样热烈真挚。尽管阳光一千次对它背过脸去，它却终于把粗壮的双臂伸向了光明的天顶，把伟岸的成材无私奉献给人们，得到了自己期待已久的荣光。"于是在峡谷之中的森林，最终变得"雄伟壮丽，遮天蔽日，浩瀚无垠。风来似一片绿色的海，夜静如一堵坚固的墙"。这让我们感到了一种扑面而来的力量，让我们感觉到自己的内心有一股不断升腾的激流。

张抗抗的散文体现了一种自然的人性之美，加之其散文题材的日常化、平民化，在浅谈细语中便赋予了我们一种存在的希望。这种自然的人性源头，必然使其中渗透的情感思想质朴无华，因此她总是从中国文化的大背景出发，站在人性哲学的立场上，以理性的目光，去审视和分析人性的发展，就像《中国当代名家文库·张抗抗散文》"编者的话"中所说的，"'喜欢分析'而又'想把女人做好'的张抗抗没有停止过理性的思索与艺术的跋涉"，她"以成熟女人的情感和大智无形的人生姿态，对自身进行了一次彻头彻尾的'清理和整合'，这无疑是对人生、爱情和世界思索的再思索，因而极富喻理性：她在平凡和平淡中磨砺出自己的深厚，赋予了作品更深的思想和更醇的情韵。"在此书的扉页上，张抗抗也谈到，"如果说还有苦恼的话，那就是还没有达到自己心灵中渴望的那种程度，没有散发出更美更灿烂的人性光华"。从中我们可以看出，张抗抗对女性意识有一种本能的认同，那是天然的没有受到破坏的东西，它融合在人的血液中，成为她生命的基本元素，而"不是一种防卫或出击的武器"，正是这点成就了她人性的完整性和美好性。

在张抗抗的散文集《诗意的触摸》中，共有“女人”“故乡”“网络”“随感”“怀念”“写作”“读书”“读画”八辑，《中国当代名家文库·张抗抗散文》中也有“谁能感觉思想的重量”“树与花朵的感叹”“再走得更远些”等八辑，可见她的创作总能从人性出发，从新鲜活泼的文化表象进入到历史性的文化积累或积存中，探索其中包含的复杂人性，并从中寻找到两者的契合点。曾被欧阳修赞叹“花最重，天下奇”的洛阳牡丹，在张抗抗笔下，“竟然是一片黯淡萧瑟的灰绿……”，“一丝苍白的阳光伸出手竭力抚弄着它，它却木然呆立，无动于衷”，“惊愕伴随着失望和疑虑——你不知道牡丹为什么要拒绝，拒绝本该属于它的荣誉和赞颂？”“任凭游人扫兴和诅咒，牡丹依然安之若素”。但牡丹最终“要么烁于枝头，要么归于泥土，它跨越萎顿和衰老，由青春而死亡，由美丽而消遁。它虽美却不吝惜生命，即使告别也要留给人最后一次惊心动魄的体味”。从这个特例中，我们可以看出张抗抗的散文，细针密线又恰到好处，她是用亲切平易的语言，不断透视着在一种表象遮蔽下的人性的根本和依存。

这种抒写应该与张抗抗的女性角色有很大的渊源，她的散文有一种纯朴天真的心态，如风吹水，自然成纹，起伏有致，加之自然的景物，自然的人心，自然的笔墨，一切拿捏得恰到好处。其实散文是向心灵逼近的艺术，愈是逼近作者心灵的作品，就愈有韵味。比如我们读巴金老人的《随想录》，读到的是一颗饱经沧桑、温暖诚挚的心；比如我们读孙犁先生的“白洋淀系列”，读到的是一种纯净静美的品质。张抗抗以女性化的人文精神，试图让人走出心灵的牢笼，迈向情感的自由，这是一种具有文化意义上的反思与企盼，是一次灵魂的召回，是一次对现实的关切。苏珊·格巴说：“妇女作家之所以那么偏好个人抒情的形式，如书信、自传、自白诗、日记以及游记等，恰恰是生活被体验为一种艺术或者说艺术被体验为一种生活的结果。”也就是说，散文是女性的生命之书，里面是从自我出发而进行的对世界和人生的观望，是自我探求、自我表现、自我袒露。

张抗抗的散文又是去除了女性自恋的那种弊病的，她将温柔和文雅在道德的层面上结合成了一种侠义精神，开出了繁盛的精神之花，生命之花，就如同张抗抗所说的：“我不否认这一点，我愿意做一个个性顽强、意志坚定的人，但我最喜欢的小说，却是哈代的《苔丝》和托尔斯泰的《安娜·卡列尼娜》。这两个女性为反对封建的传统习俗和邪恶势力所作的斗争，使我震惊，也使我深深受了感动。我敬佩她们为争取自己的幸福不惜一切代价的勇气和信念，喜欢她们那种丰富的感情，复杂的内心世界。作为叛逆的女性，我认为她们要比简·爱更彻底。”因此张抗抗的散文文笔自然而思索深刻，有爱闪烁其间。北大荒知青生活的艰苦和磨难，使她能在更为广阔的文化背景和深厚的文化积淀下，展示出对故土、人情、风俗的痛苦和忧伤的挚爱。她在《没有春天》里说，“在北方生活了二十几年，总觉得每年都找不到春天的感觉”，但“心里的春天，剥夺也难，衰老更难”。在《风过无痕》中，她这样写到，“风过无痕，可谁懂得半个故乡人的悲哀?”在《选择的疑问》中，她更谈到，“人依然在选择与被选择中徘徊”。

从一定意义上讲，散文是一种人格化的文体，散文的韵味，不是作家靠文字的雕琢、修饰的功夫，就可以达到的，其中涉及到思想、意识、品德等各种因素。丽卡·琼说：“我写作的目的就是获得爱和关心。”埃莱娜·西苏说：“妇女必须把自己写进本文，就像通过自己的奋斗嵌入世界和历史一样，才能确保自己的地位。”张抗抗以女性的亲和力，把自己对人生和社会的理解，认真加以分析和梳理，她将生命作为一种非常具体的存在，去深入，去穿透，去感受，她说："我爱散文，爱读，也爱写……写散文总觉得是一种享受。"丰富的人生阅历和沧桑的心路历程，使她有了一种看尽沧桑后的从容与通达。比如她在面对埃菲尔铁塔时的沉思，是"我凝视它，仰望它，唯独没有、没有膜拜它"，"你没有接近过它，你便没有权利轻视；有一日它终会化成一堆废铁，但它曾独一无二地存在过"，"无数双温热的手抚摸它冰凉的铁杆，它的内心却依然孤独"。这是一种长期的人生感悟，是一种近于纯粹个人化的特质。

张抗抗在挣脱了心灵以及人性的羁绊之后，一直致力于价值标准的寻找、发展和弘扬，她以女性的自我人格力量，来集合一种具有人性关怀的精神情绪，并以此来安抚灵魂，寄宿情怀。

从这一点出发，我们见到张抗抗的散文是真实的，包括文本和情感上的，她敞开心灵，关注的内容从历史到现实，从国内到国外，只要是真实的，不论是情感性的，还是哲理性的，她都拿来疏通自己和读者的脉络，她对此方面的写作要求，都是落实于对普通人以及日常生活的重视和整个人性价值的承认，揭露作为女性所受的苦难，为其他女性加以辩护，这是一种别样的朝圣之路。

张抗抗散文的人性的确认应该说是依仗着她散文中思想重量的支撑。这点很关键。因为以都市大众为消费对象和主体的文化形态，总是通过现代市场规律批量生产，目的是集中满足人们的感性娱乐需求的，它的空乏是必然的结果。但一个真正的散文家却不然，是需要真性情来结晶，依靠思想的重量来沉淀文化、传送文化、继承文化的，她必须洞若观火地吟唱，必须让生命的光柱通体无遗地照射着自己，它的灵魂必须是本真，它必须直面人生，真诚地打开自己的心扉，让人们深切地感受到感情激流的奔腾，从而受到启示、激励、鼓舞。所以要重视我们在缜密的逻辑思辨和艺术本质交织中的思想重量，这是艺术内在品质追求的必然结果，它与人的心灵潜通暗合，注重情绪内蕴的心灵潜语和人性的张扬，它要求对人性文化思想及观念精神的解救，实现对生命本我的超越。因此北大荒的风云、北大荒的悲壮，滋润了张抗抗等一代作家、一代人的生命，成为他们生存的永远的源泉。她在《最美是北大荒》中充满困惑地问，那个让“矜贵的鲜花受到如此粗暴的摧残”的连长，“他真的那么嫉恨美么？”“然而美却是无处不在、无时不在的。”春天的甸子里的杨柳会爆满毛茸茸的嫩芽，秋天的屋檐下会挂满金灿灿的玉米，冬天的冰凌花会在窗玻璃上勾勒出一个个晶莹剔透的童话世界。就是这片曾经让作家流血流汗流泪、痛苦与欢乐交织的土地，这片她曾经多么厌恶、憎恨，甚至咒骂过的土地，“心中却留下对它千丝万缕的眷恋”，在作家“心的深处，我将永远固执地认定北大荒是最美的地方。这种美绝不是供人欣赏玩味、超凡脱俗的美，而是叩击你心扉，使你为之震撼、为之颤栗、为之慑服的美。它既不喧嚷也不做作更无炫耀，它默默地存在，只为发现它、热爱它的人而呈现。正因为在那参与了美的无数次瞬间的交流中，渗透了我们内心最真挚的情感，我们才会觉得唯有这美是属于我们自己的——它属于我们苦难生活的一部分”。这就是生活的显现，就是真正生活过的坚强的人的重量的显现。

古典散文的核心是“载道论”：代“圣贤”立言，载不变之“道”，在张抗抗的散文中，“文以载道论”是一种心灵对北大荒的契合，里面有太多谋生的疲惫与艰辛以及之后的慰藉、仁慈与关爱、宽容与忍让、克制与等待，这是一种内心秘密的隐痛，是人处于一种精神的矛盾中的苦闷和隐痛，是关于思念、追忆、恍悟、自审、忏悔、真诚、感恩的生命依存。虽然德国诗人海涅在他的名诗中说：“冬天从这里夺去的，春天会交还给你”，但确实如此吗？张抗抗在自己的散文世界里，总试图以其女性的温柔和细腻，拭去一代人理性的痛苦。张抗抗说：“我祈求社会进步，希望变革，对旧的传统势力无所留恋，希望看到针砭时弊的文学作品。”

按照散文评论家楼肇明在《女性社会角色·女性想象力·“巫性

思维”》一文中的界定，“女性散文”具有以下三个特点：一、对女性社会角色的思考；二、这种思考是以自己的经历体验为基础的；三、其想象方式具有女性的心理特征。但任何艺术要做到有质感、有骨感，并不能单靠女性特有的孤绝的心态和由此暗生的孤寂，在作品中必须有一种箴言似的暗示，不论是浪漫主义表现主观，还是现实主义突出客观，或是现代主义着意于荒诞和虚无，其核心的意义依旧是思想的深度和意义，其作品必须对时世的情境有着非凡的深刻的洞察力，这是支撑一部作品的一条重要的根。比如张抗抗在她的散文《无法抚慰的岁月》里对群体意识，对于孤独，对于文化心理，甚至对于过失和罪孽伤痛的再认识，都是从人性的角度出发，体现了其中的思想重量，她说“我们是一只蚕蛹被困于黑暗中，但我们已经无力咬破茧子，我们失落，而我们却又无可奈何，因而我们的痛苦是双重的”，但她依旧不断地叩问、反思，“有多少人真诚地忏悔过，用心灵去追寻我们当年为什么受骗上当，为什么愚昧无知”，这是一种深厚的认识和思考。

其实经历是无法抛弃、修正和重塑的，任何对于幻想的依存，或是反向的选择倾向，都是对现存世界的弱化和剥离。记得野兽派艺术家乔治·罗奥曾典型地揭示出了现代绘画与社会生活之间的内在联系，他说：“绘画对于我来说，是一种手段，它是夜里的一声叫喊、一个咽泣、一个窒息了的笑。我是荒原里受苦难之人的沉默的朋友，我是永恒苦难的常春藤，它攀缘在这被遗弃的墙上，墙内是反叛的人们藏着的他们的罪恶与兽行。”所以对于生活给予我们的无论是幸福还是灾难，都会成为我们的一种归属，一种拯救，但要避免任何形式对苦难的伪善的兜售。

张抗抗散文的思想重量，也得益于她给人一种沉重思考后的光明的理想，一种自由的前景，她始终在努力让思想从悬浮于意识形态领域的状态中返归地面上来，她散文深处的思想像苍鹰一样盘旋，不绝如缕，透着孤独、惶惑中对美好的向往。她的散文是活的生命的语言形式，充分显示了本真、本色、本性的艺术境界，这是张抗抗作为一个优秀作家的主体人格与精神的积淀和外露。张抗抗在她的散文里，用语言的声音、气味、色彩、光线，再现了一个个追寻思想的时空坐标，其中充满了敏锐而深邃丰富的生命体验，可以说张抗抗是用自己厚重的思想给予我们一种独有的人性启示，让我们更加确认了对于精神故乡的界定。这会让我们在思考中坚守常识，坚守自我，坚守诚实，让我们在对自己刻骨铭心的抒写中达到一种人性意义的深度和升华。

“以后的日子，我也许还会继续流浪，在这极大又极小的世界上，寻觅着、创造着自己精神的家园。”张抗抗告诉我们。

第二节　冯秋子：与生命对视

应该说艺术的最高形式和价值在于交流，即用文化符号传递信息，散文作为生命的活的语言形式，它同样是人类精神漫游的重要途径，本真、本色、本性是它的境界。在一篇散文里，作者和读者都企望让自我的生命在文字的书写背后获得永恒的魅力。冯秋子的散文，蕴涵着朴素的唯物观，对人性的思考，以及与生命对视而产生的意义。她以她文字的苦难意识迸发着对社会、人生、身体与性灵、梦想与疼痛的直观感触和深入思考，并以此进行着散文文体和散文内涵的卓有成效的强化和实践。

作家韩小蕙曾直言不讳地指出：“作家冯秋子，让我们看到了一个背上压着大石头的中国农夫的姿势，和一个荒凉村庄里的寥落鸡群。真实的荒诞，荒诞的真实。”其实“荒诞意味着人对人生意义的探寻，对幸福与理性的向往”（加缪语）。当更多的人坠入悲观主义、虚无主义的泥潭时，文学的使命便会在此时凸现出来，即要在人性的要求下，进行人生意义的追寻和探问，在黑暗中透出些光明给无望的人们，高唱人性价值和人格尊严的赞歌，这是一种沉沦中的再生，隐喻着一种痛心疾首的追寻，因此冯秋子在其散文中的对生命的凝望和对视，便有着生存道理上的实际意义。

可以说冯秋子的散文类似遥远的伴唱的和声，其中的苦难意识涌现着她生活的“时代的本真”，“艰难是我们的孪生兄弟，……我慢慢明白艰难跟我们一生是什么样的关系了”，冯秋子说。

虽然冯秋子的思维轮廓与艺术形式让人觉得有些驳杂，但体现在结实的文字背后的仍是现存的文化意义，仍是与其他生命形式的粘连、互摄、摩擦、碰撞等，这似乎更容易让人穿越层层语言的藩篱，探入其可观、可感、可解、让人警醒的艺术世界。

冯秋子总是倾向于对真相和苦难的揭示，以一种蝉蜕的姿态去释疑，对现实鲜盈的空间做着自己特有的理解和诠释，她着重表现的不是人类所经历的外部世界，而是在外部世界所影响下的人本身的存在状态，比如《鬼故事》里自己那莫名的恐惧，以及同虚无的鬼魂的无奈纠缠；比如《寂寞的天》中被哥哥们要尽方法丢下后的惊悸和慌乱；比如《额嬷》中像风像刀子一样的生育的艰难，都让我们感到了一种致命的桎梏，也让我们在怀疑中具有了一种天然的摆脱的欲望。而冯秋子在面对这种艰难时，是持肯定和接纳姿态的，从中我们可以认定，既然生命给予了人疼痛，就要去感知、接受，要学会坚忍，要以悲悯的胸怀抚摸我们生活和生存的现场，就像冯秋子散文中描写的一样。

人的天性是贫弱的，伤痛往往不止于肉体，还有精神。

在冯秋子的笔下，戈壁、沙漠、蒿草、暴风雪、帐篷、酒、刀枪、血、白骨以及黑夜里出没的鬼魂，让人更直观形象地感受到了人的困境，当我们凝视思想的湖底，我们看到的是冯秋子给予人的那种悲悯，那种独立面对世界的态度。她在《鬼故事》中这样写到：

“问题是那个男人死了，那个女人也死了。

“杀那个女人，是父亲在城东大广场的土台子上向两万多人宣布的。那一天正好是立冬，我记下这个日子，是因为一早起来，每家的女人都告诉自己的孩子立冬这天的忌讳：不要喝冷水，小心冻掉手脚。那一天出奇地冷，男人女人大人小孩都知道立冬冷就会冷一冬了。

“西北风呼啸着，把沙土翻上天，把雪片拽下地，雪片失去了白色，和着风沙旋转，摔到云集广场的人们的脸上，所有人的脸都印上了污点。人们仰着污染的脸，望着父亲。风把父亲的声音掀得忽高忽低，忽清晰忽喑哑，忽悠长忽短促，飘移不定。广播线又把这飘荡的声音传到城周围远远近近许多个村。那些村子里的农民们，放下手里的活儿，聚到队部的喇叭底下，跟城里人一样也仰着污秽的脸，倾听关于那个女人命运的判决声音。冷风穿透了整个旗。分散居住的牧民没有喇叭，听不到谁的声音，过几天会有一个通迅员骑马来报旗里的消息。对这些散居的人来说，一切事物皆为因果报应。他们听到消息后，会为死者默念一句：可怜的人们，早一点去做再生之旅吧……”

而面对“你的声音早已录到地底下了”的父亲。冯秋子说，“他的脸斩钉截铁。扩音机把他的坚定扩大了好几倍。他继续着与风的抗争。他曾经看见的那个古城废墟里也会响起他的声音。但是风越发大了，他的声音越发失真。”

冯秋子在文章中不由得感叹：“你既然知道没有别的路啦而你有‘法’，为什么还要杀她？你的‘法’救不了她。我知道法律上写着她必须死，父亲没有别的选择。可我明白了，你救不了人。你的‘法’救不了人。救不了人为什么还要讲‘有法就有救’？你救什么？你上哪里去救？谁需要你救？你和你的那些同事整天奔跑，真正救了什么啦？救了法律，或是你们自己？

“我怀疑你到底有没有‘法’。有多少是你说的那种真正意义上的‘法’？你为什么要让她替她丈夫偿命，她丈夫替谁偿命啦？她丈夫凭什么替谁偿命，他错了什么，错得厉害吗？为什么要让他俩都偿命，什么替他们偿命吗……你们……

“那男人死的时候只来得及‘噢’了一声，‘噢’得闷声闷气。那女人死的时候一声不吭，只是面带微笑。地球也会录下这些吗？

“无声的冤魂不存在吗？……他们都是土地埋藏的。

“鬼有多少，冤魂有多少，这土地的历史像天外来人和猿猴性交造出人的传说一样久远。地下的埋藏多如牛毛，深不见底，我无法弄清楚。离开草原以后又过了许多日子，静思冥想过多次；还是没有弄明白。弄不明白，那个童话世界就无法摆脱掉。

“有一点确实不同于从前，北方城市里的电灯可以随便点了，深夜人们家里的灯灭了，街上的灯还亮着，一直亮到太阳出来，人们都不需要它。灯亮了，小孩子却仍然爱做关于鬼的梦。”

人的本质是自由的，也是强大的，然而人类必须首先学会思考，学会承受苦难，才能得到。要在现代化留存的那一大堆杂乱无章的废墟面前，坚持自己的智慧和向前的执着与虔诚，这是我们需要的一种精神的支撑。在其中，冯秋子显示了一种勇士奔赴疆场的勃勃英姿，她不断地用自己的散文做着独特的较为深邃的体察与认识，她把自己的思想磨成了一把尖利光亮的快枪，直接刺入暮色苍茫，让人感到了一种似乎要担不动的沉重，她的《沼泽地》的隐喻性，《婴儿诞生》中生命的痛苦与庄重，《人与鼠》的荒谬与真实，都体现着她的理性和思辨色彩。她告诉我们，任何一个人都需要知道自己从何处来，归属于哪一个群体，有一种什么样的生存背景和环境，这些对于我们认识自身起着至关重要的作用。而冯秋子就是以此为出发点的，并且以诗性和审美为依托，创造出了一个诗意化的也是苦难化的散文空间，当然其中也闪现着一些神秘主义的色彩。希尔索普泽在其《作为文学批评家的波德莱尔》中说：“总之，必须从中抽取人类生活不经意地赋予它的那种神秘的美……因为我们所有的创造都来自时代加于我们感情的印记。”

其实冯秋子体悟到的都是明澈而温暖的，这是她在理解了世态世情的前提下，其品性在作品中的显现，她对于一种深层精神的探入，让人感到了一种等待的虚空与静寂，一种思想的张力，一种思想的锐利，她总力图在生存的艰难中寻找到一种世俗的支撑。罗强烈先生认为：“作为一个从乡村进入都市的文化人，‘城市’和‘文明’的双重迷雾，使我几乎看不清生命的本来状态，也就无所思索其意义了。此时，我产生了与现象学相同的哲学意识：回到事物本身。于是，我选择了质朴、自然、原始状态的大娄山，从那些简单而基本的人类活动中来考察生命的意义，以及这种意义所引起的各种各样的情感反应。”因此可以说物质上的奢华与富有是无法从根本上消解心灵深处或者骨子里的自卑与萎靡的。

越是奢华富裕就越感到心的无依无靠。

于是冯秋子总在往回走，走到自己的草原，自己的本土，自己的社会，自己的生活和生命中，让自己的灵魂一次次重又冷静，在对抗和坚持中痛苦地思考。我们在她的作品《我跳舞，因为我悲伤》中看到的是这样的一个文慧，“文慧和金星以各自灵与肉的伸缩，在舞台上创造着时空的可能性，创造着人的声息和肢体动静，一切混沌如初，是人在梦里才有的感觉。她们的舞蹈把人引向认识的艰难境地，使看舞蹈的人不知不觉地开始思想，感觉到生命在自己的躯体里涌动，而此时，浑脱的人性显现……一股雨水从你的心里流泻出来，贮满了你的双眼，你倏然觉得舞台上的人就是你自己，你的内心世界和她的，在这个时刻融会贯通。这一切都是因为舞台上的几个人，她们的头脑与她们一起顽强生长，你甚至看到了，生长本身的与众不同……在整个欣赏过程，因为你的投入，你已经由一名观众成为一名参与者……”以致于连作者自己都开始“喜欢她们投入的时候那种忘乎所以”了。“我兴奋不已，……发现有那么多窗户，那么多暖洋洋的灯光，那么多人但却宁静安详，都像我的家，都像我的家人。特别好，就像那个剧是你自己创造的一样”。

“谦卑、痛感与热爱就是一个积极悲观主义者冯秋子了。”有人如是说。

乔治·布莱曾说：“在起点上，在智力通过选择自己的活动来确定自身的那种行为本身之中，就同时呈现出一种巨大的苛求和巨大的卑谦。巨大的苛求，是因为他对于自己智力的把握，这应该是认识的极致；巨大的卑谦，是因为这里智力呈现并非作为一种内在感悟的能力。”在冯秋子的《正月初二》《没有土地的村庄》中，我们从秋子光亮的语言中，感到了一种疼痛的味道，体验到了她在沙漠中挖坑掘水一样艰难的写作状态，她从不掩饰和躲闪，从不回避一种混合迷离，也不漠视一种冲突和撕裂，而是在一种情感的起落中，揭开一种真实的意义。

在这个时代，女人一定要美丽如莹玉，男人一定要功成名就。

其实这是物化世界对人的压抑，它让人丧失了为自己鼓掌的权利，而倾向于选择精神世界的自我杀戮，因此作家的重要职责就是思考和被思考。秋子的散文的思想是很具锋芒的，关注大地，窥探苦难的来路，不断摒弃奴役和放逐，不断地与生命对视。

与生命对视，我们才知道了自己的无知、渺小、脆弱、贪婪，才能从这个物化了的世界或心理的围困中解脱出来。在秋子的散文集《太阳升起来》中，有王康的一篇序文——《童话穿过暴风雪》，其中有言：“写作本是私事，是人与造物主之间的约定。”同时秋子也说：“你想努力，它就赋予你激情，那里面潜藏着人道精神和乐观进取的韧性，它融入你的心灵，成为你的信念。”因此“文学中的‘真’是指作品规定情境的真，蕴含于字里行间的作者人格力量的真，品性的真”。

冯秋子曾经这样写道：“有一天，朋友说，你是知识分子吗？他觉得我不像，这就对了。我问自己。这个概念从现在起才让我想它。我是劳动妇女。对，劳动妇女。除了这样的意义没有别的。永远热爱劳动。我这样告诉孩子。”

她还写到，“当清晨太阳升起来，一个青年整理好自己义无反顾地上路了。她感念圣灵，让她成为一名劳动者，感念劳动，使她在疲惫中看见自己生命的韧性，劳动的神圣使她将活着和死去等同起来，需要牺牲的话，她将献出自己……”

冯秋子的散文无疑给人一块精神的栖息之地。而且它是内在的，也许是英武传奇的内蒙古草原给了她一种精神上剽悍的气息，即使写作有时显得是虚妄的，她也并不放弃，秋子的散文中始终有一种爱和善的伦理贯穿其中，这种感觉是真切的、朴素的、深入的、尖锐的，而且常常伴随痛苦，但秋子特定的草原后裔的身份，使之坚定地排除虚伪，克服肤浅，无须太多的理性的逻辑的改造，就投射出相当的深度。

所有的美和高贵的事物都是理性和思想的产物。

而秋子在审视分析了人的行动和欲望之后，以现实逼近内心，或者以内心扩张现实，以回忆和冥想，构成一种非常的沉郁，她用她的散文世界找到了更多生命变异的可怕事件，比如那个“笑着，挥动着那只小手，渐渐沉入水中”的男孩（《生与死的召唤》），比如对于“冷酷得近乎残忍的”父亲的描述，都有很强的隐喻性。它告诉我们，苦难之中，人最本质的东西显露得越是透彻，越是要除去那些不由自主的怜悯、同情、怀疑和伤悲，越要正视和承担。可以说传统精神即使在秋子那里受到挑战，却依旧是她骨子里的基石，这是一种挣脱不了的宿命，既广阔又偏狭，既崇高又富有悲剧。帕斯说：“现代时代是一种脱离，我们在他性中寻求自己。”

对于作品，我们必须要从社会道德习俗的层面来进行考察，窃以为，作品要符合自省、自反、慎独、自我修养、自我完善、自我求取的人伦秩序与宇宙秩序的和谐，这也是中国一贯有之的一种心态。翠竹之秀丽，青松之壮美，杨柳之洒脱，兰草之温柔，这是一种典雅的意趣和价值，是一种趋向充满浓郁迷离的诗情，“惟清静才得空灵”，“唯因此亭无一物，坐观万景得天全”。《尚书·皋陶谟》

把人的美德概括为九项：宽而栗，柔而立，愿而恭，乱而敬，扰而毅，直而温，简而廉，刚而塞，强而义。孔子更是以“知、仁、勇”为核心，提出了一系列的德目，如礼、孝、忠、恕、恭、宽、信、敏、惠、温、良、俭、让、诚、敬、慈、刚、毅、直、克己、中庸等，这些都强调社会的内在道德功能，启发人的主观自觉性。因此为文，不论你要写焦虑或者渴望，写毁灭还是重生，生命的固有价值依旧是不容忽视的，只有在艺术中庄严地与生命对视，你才能捧出一盏盏如歌的艺术之花，才能让人在精神领域得到解脱，在心灵深处重获自我。

冯秋子用她笔下的牧民、囚犯、知识分子、兄长、儿子、父亲等诸多人物，剥落了附在这些对象身上的外在的虚假的成分，运用现代语言的叙述风格，为我们呈现了一个几乎是整体的世界。

冯秋子在她的散文里用一种精细复杂的结构，不断地将语言的边界往后推，这为她更好地抒写自己独特的感受，表达自己的思想腾出了空间，她不断地凝视生命，与生命对视，与生命对峙，留下了许多关于苦痛的幽微记忆。蒙古草原上的民族的激情、民族的能量，已经化成秋子的内心的私人之情，并以散文的形式张之于整个草原，其意义是否也超越了写作本身了呢？

秋子的散文也是自由个性的舒张，其中“枪”是其主要的形象器具之一，《枪声远去》《鬼故事》《寂寞的天》等都呈现着这一具体的意象，它是“生命的轮回从此依照了这种执着追求的惯性”（《蒙古人》），是“面对势将埋葬他们的泥淖”“面对终结的永远微笑的支撑”（《沼泽地》）。

“许多事我想不明。”

“我活着。”

“我发现我越来越喜欢‘努力’这个词了。”

冯秋子如是说。

可见冯秋子的散文是回到文学的核心上来了，它给予了我们所需要的平等、人性、怜悯、同情、高贵、温暖。她把对日常生活或自然景观细致入微的观察，与女性的独特感受结合起来，对爱与美的失落和受难进行深深的人生思考，让自己心灵在散文中投射出诸多人性的光泽，她的文章清新明丽而略带感伤，闪射着人性美的折光，贯穿着历史的沧桑感。

《生长的和埋藏的》《尖叫的爱情及其他》《我跳舞，因为我悲伤》《以人的方式舞蹈》《让事实组合》《寸断柔肠》等，是秋子的主要作品，这些作品基本都是基于一种对现实的记录、确认、思考和反诘。冯秋子在对生命、对生活、对历史、对苦难的感应和叙述中，把人直接带入面对生命的特殊境遇，她以一个蒙古人的宽厚，为我们描述了一个真实的草原，一个令人歌哭的充溢着流离、凄苦和忍耐的特殊地域。

“面对你疯狂的世界，回答只有一个——拒绝。”女诗人茨维塔耶娃这样宣告。

冯秋子去除了那种较柔弱的泛女性化的写作，去除了写作中的虚弱，她把自己放逐到心灵的广阔草原，在那里看生命是如何照耀苍穹的。她着重于生活中人们对于快乐的疏忽，深入到生命的底层的深处去打捞思想的精美瓷片。

写作是一件能耗尽生命的事情，就像饥寒、疾病、烦恼、危险要耗尽生命一样，因此写作者在面对生命时，意味着同时选择了孤独和灼痛，这是一种对待无常的生命的宿命。当宙斯将智慧赋予雅典娜，将妩媚给予了阿芙罗狄忒，将阴险赠给了赫尔墨斯，我们便开始独立面对这些艰难曲折了，它使我们偏爱什么，又厌弃什么，或擅长什么，顿悟了什么，现代精神那自由而美丽的意识，就是它在突破中呈现出飞升的趋势的。记得尼采曾经将孤独者分为三种状态：神灵孤独，野兽孤独，哲学家孤独。其实不论何种孤独，根本的都在于面对生命，如何面对以及面对的意义是什么。比如 83 岁的列夫·托尔斯泰 1910 年 10 月 28 日冬夜的出走，他在茫茫风雪覆盖的俄罗斯大地上，寻找他生命将尽的安息之所，他以特有的方式书写了另一本大书。

“我怎样才能得救，我觉得我在毁灭，我爱生命。”

冯秋子常陷入一种忧郁的困境，内心沉痛，“我永远想不透。”她说。连自己的父亲，她都觉得“冷酷”，“伤害了三代人，他的母亲，我的母亲，和我的兄妹，三代人啊”。她不断地问，“过去、现在、将来，这中间的纽带有什么不同吗？”“文明人追求这个境界，却为这个境界里模糊的自己烦恼不堪。”“我们沟通的是什么？沟通了什么？”剩下的不过是“连绵不断的荒山”，“连绵不断的栖惶的故事”罢了。她或以人性的张扬来进行深刻的反思，或以信仰中痛苦的决断做精神上的超越，或以浪漫精神来构筑自己的乌托邦理想，其中都慢慢溢着生命的意义。从中我们感到了秋子的生命和生活的真实碰撞，这点仅仅靠一点写作的技巧是很难做到的。我们要避免被一些符号化的东西掘走了所有的概念、逻辑、推理以及判断，避免被具有高度控制力的社会俘获，成为奴隶，避免现代化的对抗将自己很科学地杀死，我们也要寻找到艾略特的“圣杯”，而“圣杯”就是依然燃在我们生命中的雷霆之火。冯秋子在这种巨大的冲击中就像酒神的祭司，在夜里神圣地迁徙，在她的散文世界里进行着不断的有效的探索，《我跳舞，因为我悲伤》中那种迸发着性灵、梦想与疼痛的语言，《人与鼠》中的真实感和荒诞感，无不体现着她的这种努力，并呈现出一种词语的飞翔。

当散文语言的艺术性和叙述结构成为其中重要的经营点，冯秋子总试图寻找一切与生命对视的机会，而且以更大的叙述架构和更精湛、更有魅力的语言来铺展素材、拓宽散文的格局，这是冯秋子散文对我们写作的重要启示之一。

第三节 筱敏：雕塑里有声音

余华说："作家必须保持始终如一的诚实，必须在写作过程里集中他所有的美德，……当作家坐到写字桌前时，首先要做的，就是问一问自己，是否具备了高尚的品德。"

筱敏在散文中守候着、静观着人类的灵魂，在坚信某种神圣事物必然具有精神价值的同时，渐渐把自己写作的触角伸向了一片精神的疫区，这确实有些特别，她倾听着从历史中慢慢传过来的回声，并用尽全力把它用散文的形式做成了一座精神的雕塑，这不是一座普通的雕塑，而是一种历史的回忆、艺术的凝聚、良知的感悟。这也是一种纯粹的诚实，她以一种慎重而准确的方式体验着现存的和已经逝去的各种残酷的秘密，让我们从中体验到了一种喷射而来的苦痛的撕扯，甚至是一种精疲力竭的疲乏和诅咒。

"我只相信那条秘密的小径，崎岖必有流水相绕，它通往上帝，再经由上帝，到达相似的心灵。"她说。

从《女神之名》到《成年礼》，从《山峦》《伟大是忧郁的》《原宥我在一个疯狂的世界里独醒》，到《遥想法兰西》《德意志暗影》《救援之手》《词的命运》《死刑的立论》《乌托邦随想》等，都体现了筱敏对历史的特别关怀。因为历史对我们而言，不只是一堆发黄的故纸，它里面有悲惨屈辱，有剪不断、理还乱的恩怨情仇，它反噬着自己的内心，由此能激起人的激情去进行反思，其中根本性的脉络是没有变化的，都是由感而悟、由情而理地思索与展望。筱敏用她的散文写出了在历史发展的进程中，种种精神被一点点毒化的过程，并进行了深入的剖析，她要告诉我们的是，对于任何的精神贫困都要毫不犹豫地丢弃到历史的尘埃之中。由此她更进一步断言："在巨大的生存威胁面前，的确有许多人——这些人几乎在任何时候都是多数——是屈从的，是纵容和散播'丑陋的信仰'的，甚

至是助纣为虐的，但一个民族的精神高度，从来只能由另一些人去标识。”(《救援之手》)

南帆曾经说过：“散文的文体旨在颠覆文类权威，逸出规则管辖，撤除种种模式，保持个人话语的充分自由。”筱敏总是深入到历史和生命的深处，沉到思想的湖底，从人性的深度和人世的广度，去穿透人性和历史更深刻的真实。因为生命和历史都是一种非常具体真实的存在。她把自己嵌入了历史。

筱敏的写作重点不在于人们对历史的不堪重负的心理焦虑，也不在于由于商品生活及都市的日渐繁盛而带来的贫困、粗陋与空洞，而是侧重于表达在对历史反思中、在人的命运的发展与生存的方式中透露出的隐秘意义，说到底就是中国人一直面对的对于历史的认识态度问题。记得张抗抗说过：“我觉得人的存在是无法选择的，每个人客观的或者逼迫的置身于某一种不同的历史阶段当中。”这是历史的宿命，也是人的宿命，朱学勤先生也说：“一代人有一代人的大限。”筱敏也承认：“是吧。可能跟年龄有关，跟人生有关。更加虚无吧。恐怕是宿命吧。”她之所以选择写社会历史，写革命，写自由，写民主，写知识分子，写家庭和女性，都来源于一个时代，是时代赋予她的一种对自身困境的深切感知和深刻内省的责任，因此她不能绕开他们那一代人所经的磨难、所享的幸福，不能绕开那些世俗的压制、疾患的折磨、自然的刑罚等宿命的怪圈，所以她的写作便是从探入历史或现实的深处开始的。

一般说来，人类共同面对的有三种困境：孤独、痛苦、恐惧，而且人生由此注定是残缺、荒诞和不圆满的，要能清楚地知道其中的一切，能明了那些在生活的夹缝里苦苦挣扎的无名大众，必须深入到被人遗忘的历史角落中去，因此从某种意义上说，筱敏的散文是考察社会历史背后某些局部生存状况、市井平民的欲望之舞的最好个案。

她在《成年礼》中这样写到："我们从覆满任何一面墙壁的大字报和大标语上继续学习识字和造句：革命无罪，造反有理；舍得一身剐，敢把皇帝拉下马；天下者，我们的天下，国家者，我们的国家，我们不说，谁说？我们不干，谁干？……这样一些躁动的、颇具英雄主义的句式，肯定在我们身上点燃了某种惟少年所独有的东西。理性是在成年以后生长的，而少年时代只生长情绪。

"我看见过跳楼自杀的'有问题'的人，这个人是刚刚还跟我们一同捉迷藏的一个伙伴的母亲；我看见过姐姐去放大一个十五岁女孩的遗像，她是死于她的同学的匕首之下的，因为他们对不明就里的理论持不同观点；我看见过电线杆上吊着的尸首，只是没有人知道这一个真实的人的真实姓名；我看见过沿街的楼顶架起了机枪，夜里听着对峙的双方在互相喊话，都喊着'誓死捍卫毛泽东思想！誓死捍卫毛主席的革命路线！'接着就互相扫射起来，子弹的弧光在窗外的夜空灿烂飞舞，姐姐把我从床上拉起来，整夜蹲在窗根底下躲避流弹；……我听到过很多血腥的故事，而我无力讲述这些故事。"

从中我们感到了一种真实生活的艰难碰撞，而要把这些写成文字，仅仅靠一点写作的技巧是很难做到的，作者首先必须有一种使命感，就是这种使命感最终把人们的思想和人生刻成了一尊雕塑，它是能给予人思考的自由、社会的公正的雕塑，它拒绝想象的虚幻性，给人以肃穆崭新的梦想，它从骨骼和血肉里发出一种明亮的飞扬的声音，像箭一般直达我们的内心，它给予生存以独立、清晰、内敛、深沉的感受能力，即使疼痛穿心，也在所不惜。其中，它避免了一些单纯符号化的概念、逻辑、推理以及判断，给人展现了一种现存的精神事实，一种个体的人格尊严，一种独立的内心冲动和一种生命的热情，它尽力避免了我们再次被具有高度控制力的社会俘获，成为奴隶，变得麻木，避免现代化的对抗将自己的思维很科学地杀死。在其中，筱敏不杜撰，不矫饰，只正视和反思，即使是只有些弱小人群的微弱感叹和飘忽思绪，也同样流溢萦绕，飘散在空气里，也能使我们避免从理性的极点跨入到虚无之海。

对于生存，筱敏更多关注的是精神的存在，因为精神的存在是文学价值的根本，更是人类存在的标志性形态，德国诗人胡腾有一句诗，“心灵觉醒了，活着便是件快乐的事。”反之，心灵的沉睡与死亡，将是恐怖的，不是因为随之而来的妄想、癫狂、折磨、惨绝的存在，而是因为缺少对它们的拒绝和对抗。它会让人对现实和生活前景发生错觉，导致人的盲从和盲目，看不见社会底层的痛苦，只是剩下一些幻想、失望、不平和沮丧。结果只能是像卡夫卡一样，满怀着悲哀和绝望，无可奈何地徘徊于“城堡”之外。

鲁迅先生说：“我将开口，同时感到空虚。”

谁将带我们走？

最终去向了哪里？

筱敏在《词的命运》中说：“我母亲在闭阖的生存条件下‘学习’了一辈子，‘改造’了一辈子，现在她老了。那些年复一年冲刷她的脑子的词，已经在那里淤积，使其硬化了，再也没有张开的可能了。我比她幸运一点儿的是，今天我还可能选择一把凿子，一点儿一点儿地清除我脑子里的淤积物，使其不至于硬化成石。”

这是可怕的！

“什么是民族的尊严？一个将公民的眼睛和嘴巴贴上封条的民族是没有尊严的。一个取消大脑，践踏个人自由的民族是没有尊严的。一个倒伏在专制强权之下，到处流行政治的情感瘟疫的民族是没有尊严的。一个无视个人尊严的民族是没有整体的尊严的。一个拒绝审视自己，用一些含糊的修辞遮掩罪过，拒绝忏悔的民族，同样是没有尊严的。”

“认识你自己，不是一件轻而易举的事。”筱敏说。

彩旗、彩带、彩车，满天放飞的气球和鸽子、步伐统一的方队、高亢有力的进行曲、万众一心的口号，太阳、专制、叛乱、潘恩、纳粹、独裁者、谎言、绿军装、红卫兵、自由、强权、乌托邦、死刑、大炼钢铁、圣地、广场、铁窗、游行、流血、武斗、仇恨、阶级路线、崇拜、造反、叛国、大救星，这些都不断地拥到了筱敏的笔下。

“我所理解的革命，是人类的先驱者在茫茫宇宙中寻找生存支点的过程。”筱敏说。

但她见到的真实的现状却不是。

信仰是一种最残酷的力量，外部世界的任何迫害，事实上都比不上内心对自己的碾轧、煎熬。

但当时是疯狂的，没有人也没有时间去回味和思考。

应该说，善就是肯定生命，展示人的力量，美德就是人对自身的存在负责任；恶就是削弱人的力量，罪孽就是人对自己不负责任，但那是一种这样的力量吗？筱敏手持一支明亮的火把，穿过被人和时间遮蔽的历史，引领我们来到了另一个历史的入口。她沉痛地反省说：“任何一位知识者，对自己民族的文化沙漠期的形成，都负有责任。”

直面民族的历史垢点，我们的态度决定了我们反省和觉醒的程度，是把那种精神隐痛深深地藏在暗处，还是直面对待它，这同样是一种责任。这对于消除人们心理上的严重失衡有很大作用，在很大程度上，对于惨痛的历史的反思，能够避免人们渐渐养成一种观赏性浪费性的审视习惯。

在筱敏那里，生命是沉重的，心灵是破碎的，她的所有文字都是从伤口中涌流出的血。筱敏这种书写和选择似乎成了一种宿命。她说：“悲剧是具有审美意义的，惟悲剧才具有崇高这样一种美学上的价值。”

筱敏在《理发的》中写道：“他的装备是一只方凳和一只棕黄

色人造革提包，一只提耳断了，他用一根红色的尼龙绳两头拴住，做成一只新的提耳，原来的那只，被剩下的尼龙绳多绕了几绕，就耷拉在原来的位置上，依旧做着提耳的模样。”

“他在天桥顶上给人理发，眼看着远远近近的灰瓦成片地倒下去，……倏忽是竟日不开的接天黄尘，倏忽是渺无涯际的磅礴泥浆。再一日，上上下下的铁丝网都被覆上了模板和油毡纸，将天桥裹成暗无天日的甬道，迫使他不得不用剪子加刀片去开几个孔洞，偷偷放进几束光来，将就照见顾客的头顶。然后就听到外面的世界满是令人惊恐的声音，接连不断的人造的地震，头顶的模板和油毡纸不时被由天而降之物砸得乱响，间或有一些水泥沙浆从缝隙中倾泻下来，溅在他的摊位上。”

“理发的开工很早，他用的是乡下的钟点。”虽然“今天运气还好，如此这般望到日落”，依旧只是“一共望来五位主顾”。

《旧地的麻雀》中的雀群，也同样成了被任意抛却的碎屑，在人天罗地网的围剿中连惊叫都来不及发出，就已经呈斜线坠落。而“我”之所以幸存，筱敏说，原因“是由于有人在我们的前头承担了不幸”。

于是筱敏得出了一个几乎是泣血的结论，“天空和飞翔是鸟类的生命形式，而灾难和厄运也是世界存在的另一种形式”。

但筱敏却没有放弃一种对理想的向往和追求，她在《鸟儿中的理想主义》中就写了这样一只一直怀有敬意扑翼的鸟，“我见到它的时候，它正在笼子里练飞。它站在笼子底部，扑翼，以几乎垂直的路线，升到笼子顶部，撞到那里，跌下来，然后仰首，再扑翼……这样的飞，我从来没见过。它在笼中画满风暴的线条，虽然这些线条太短，不能延伸，但的确饱涨着风暴的激情。它还绕着笼壁飞，姿态笨拙，屈曲着，很不洒脱，很不悦目，但毕竟它是在飞。它知道怎样利用笼内有限的气流，怎样训练自己的翅子，让它们尽可能地张开，尽可能地保持飞翔的能力。”

五四时期的周作人在其文《人的文学》《平民的文学》《思想革命》中说："我们现在应该提倡的新文学，简单地说一句，是'人的文学'，应该排斥的便是反动的非人的文学。"筱敏几乎所有的写作，就是那些看上去是叙事的作品，也是奔着事物背后的"人"去的，只有人，才真正藏有深意。她文章中所写到的妃格念尔、朱淑贞、贞德、秋瑾、居里夫人、奥威尔、玻耳兹曼、爱默生、霍金、狄金森、克洛岱尔、茨维塔耶娃无不如此。筱敏在黑夜里秉烛而行，试图引领我们穿越重重迷障，重回那希望之为虚妄、向往乃是绝望的时代和境地。就像突然把一个天国花园展现在你面前，但那都是不真实的，真实的是微弱的灯光，强烈的虚无，逃亡与反抗，倒伏与封条，庄严与崇高，回归与悲剧，一个世界的秩序错乱了。

在《女神之名》中，筱敏特别把《无家的宿命》的最后一段放在了封底，"童话的结尾说，那个木勺在女孩子的注视中蓦然升起，直飞到天的顶端，成为一弯星斗之柄。那里面如盛满汪洋一样盛满露水。当虔诚的眼睛仰望它的时候，露水会溅落出来，成为天地之间最美丽的星星。"看来这只是一种柏拉图式的理想状态了，而所有的一切都源于恐惧。

筱敏以敏锐的感触，不断地向历史事件的深处，向人内在的心灵，缠绕再缠绕，回旋再回旋，沉降再沉降，试图把扭曲的一切揭示出来，那里没有早晨的阳光，只有一件件粉碎的美丽衣裳。筱敏似乎秉承了鲁迅的衣钵，也断然拒绝了妥协和麻木，一意孤行地坐在自己黑暗冰冷的怀疑之中，她在晃动的历史的缝隙中偶然一瞥，便瞥见了那些被忽略的事实，生活的惶惑，美丽的幻想，分裂的意象，清醒的认识，筱敏是如此站在厚实的层面上写作，她让我们深刻地知道了什么叫破碎。

马丁·路德曾言："罪人不愿承认自己是罪人，这就是罪的最终形式。"

筱敏的写作并非来自一种逻辑世界，还是属于自己的私人话题。

散文在所有的文学形式中之所以是更为自然和真实的文体，是因为它往往取材于自己的亲身经历和真情实感，其中的缕缕愁绪、阵阵欢悦，都是从心里自由自在地流淌出来。而当生活都已远去，人和物都已淡然，那些在远处恍惚飘摇的影子是否有过灵魂呢？筱敏举高了自己手中的灯盏，用那微弱的光亮照见人类曾经的丑陋。十六世纪后，基督教用撒旦的七个恶魔的形象来代表七种罪恶，即七宗罪（the seven deadly sins）：傲慢（Pride），嫉妒（Envy），暴怒（Wrath），懒惰（Sloth），贪婪（Greed），暴食（Gluttony），以及淫欲（Lust）。筱敏不断回望那些被湮没了的历史往事，因为阳光若从前面来，只有回头才能清楚地看见自己的影子。岁月像是一条被荒草掩埋的小径，只有拨开那些荆条杂草走下去，才能发现前面那些曾有过的废墟与人迹。

“许多年过去，我却始终无法忘记那些故事。尽管那个年代似乎已经十分遥远，却又分明就在眼前。回忆往事不都是为了怀旧，而是因为往事仍在继续，从未在根本上了断结束。”

“有时候，我觉得那些零散的故事，像东一块西一块的石头一般横在路上，或者是像楔子、钉子一样，铆在我们生活的夹缝里，让你无法绕过去。”张抗抗发出了同样的感叹。

可以说，今天的生活离我们太近了，因而它是这样捉摸不定和不可把握。它不给我们更多的思考机会。昨天的道路却由于我们的远离而变得清晰和生动起来。我们发现那段历史中发生的一切原是藏在视线不能抵达的死角里。但筱敏却揭去了那些隐蔽，把自己的视角放在了人上面，特别是人的尊严上面。当我们带着先前积累的感觉和经验进入她的散文领域时，感觉到的是她的敏锐，就是这种敏锐赋予了筱敏迅速抓住事物本质的敏锐感知能力，打破我们意识中的钝化，从而重新构造出了我们对世界的认识。鲁迅说：“希望，希望，用这希望的盾，抗拒那空虚中暗夜的袭来，虽然盾后面也依然是空虚中的暗夜。”

筱敏的文字就像落叶的碎片，那是一种存在的破碎，她写的那个“修鞋的”，还有那个叫精卫的不停息飞翔的小精灵，在“被撕扯的疼痛”中的小人鱼，痛哭的山鬼，没有人的尊严的厕神紫姑，不见归路的“从胡俗”的昭君，遗下一卷断肠诗词依旧“历尽千年的剿杀”的朱淑真，无不是这样。

但我们还是看见筱敏在黑暗中的独语：“最终被保留下来的，必然是有骨骼的。我们所见过的树叶化石，总是叶脉清晰，甚至比翠绿多汁的时节更清晰，这是树叶的骨骼，历经了漫长的岁月最终使它显现出来。”可以说筱敏的散文类似遥远的伴唱的和声，其中的苦难意识涌现着她生活时代的本真，其中的艰难就像是我们的孪生兄弟，只给人镇静、阒寂的质感。这意味着筱敏拥有一种特殊的视角，意味着她对人类普遍生存境况的更深的洞察，一种自由的思索，它以一种不同于人们普遍认同的方式在回应生活和时代。

古罗马的朗吉努斯在《论崇高》中说过：“人类的心灵生来就具有一种对比自身更神奇、更崇高、更深邃的事物的爱和敬畏。”因此对深度的追寻永远是人类精神生活的一个重要维度，筱敏在自己选择的散文写作中，是以一个知识分子的角色来看待历史，来注视历史的真实的，并最终把它们锻塑成一座煎熬人心灵的历史雕塑。

“任何一位知识分子，在狂躁的时代里，都有义务摆脱集团思维的模式，回到纯粹的个人立场。”筱敏说。

从中我们感受到了筱敏的敏感、思想、智慧、叛逆、欢愉与疼痛，唯有真实的生命才能激起人们的愤怒与忧郁。

“我活过来了。”筱敏在《成年礼》中借法国教士、宪法理论家西哀耶斯的口说。

筱敏在开始的写作中应该有一种温和的悲凉。这点我们从她的《女神之名》中很容易感受得到，虽然她在此书的序中说自己“时常觉得如一块巨石在背上负着，时常觉得心灵的池塘被它注满”，拒绝那种“轻松的、调笑的话语，拒绝浮在水面的五光十色的泡沫，拒绝沉没”，但这时她的作品还是相对平和的，但当内心的询问穿过一百年的暗夜抵达到作者的内心，当自己在暗夜中擦燃一支火柴，火光瞬间却又顿时熄灭了，筱敏内心的颤动还是灼伤了我们，我们不由更是无限向往贝多芬描绘的那种圣境，“晚间，当我惊奇地静观太空，见那辉煌的众星在它们的轨道上不断运行，这时候我的心灵上升，越过星座千万里，直升到万古的源泉，从那里，天地万物涌流过来，从那里，新的宇宙将永远涌流”。而更大的比照即筱敏笔下的那个她们那一代人的成年礼——“文革”，也就更见荒谬，“我们不再能找到一名知识分子，这些本该充当社会的良心和理性的人都噤声了，不仅噤声，可能真的已经消失了”。她以家园的失落和内心宿命的无奈来昭示，要从沉沦的现实和彻底的绝望渡向彼岸那飞升的理想。

筱敏在烛光中用自己的文字把远去的那一场场灾难，塑成了一尊尊燃烧的雕塑。她以个人的疼痛经验，穿越遮蔽，恢复记忆，用亲历的鲜活、丰富、不可替代的直观感受，把一簇火苗植入我们的胸中，让它或感性或理性地燃烧，那是我们开启那深奥的真理之门的钥匙。她的散文让我们认清了藏匿在时代深处的引诱、蛊惑和欺骗，让我们拨开一片乌云，看到我们的灵魂依旧会高洁、博大、超拔和光辉，我们的血脉依旧简朴、热诚、严肃、慷慨、崇尚正义、意志坚强，决不会为金钱所收买。

艾丽卡·琼在《我挡不住我》中写道：“我写作的目的是获得爱和关怀。”

当我们面对《无家的宿命》中秋瑾一样的悲凉与孤寂，面对关乎我们人类自身的精神健康或精神疾病的历史，我们必须相爱，否则我们只能随历史沉寂直至死亡。

第四节　洁尘：在绵密里坚持现代的硬度

鲍曼说："现代存在迫使其文化站在其对立面。这种不和谐恰恰是现代性所需要的和谐。"

在都市文明中，往往会浮现出一种感性层面的精致艺术，这是生存意识同物质现实相妥协的一种结果，是一种别样的触动，因为它的直接和感性，于是免除了人们反思的烦恼，即使它有些像自欺。而当社会的诸多形式越来越像一件艺术品时，我们便经历一场深刻的审美化变革，根据这点，博德里亚突出了符号在现代社会中的建构作用，强调"符号与商品的交融""实在与类像之间的界限的消弭"等，认为"艺术形式已经扩散渗透到了一切商品和客体之中，以至于从现在起所有的东西都成了一种美学符号。所有的美学符号共存于一个互不相干的情境中"。在洁尘的散文中，现代社会的影像和符号已经到了一种致密的程度，涉及到了一个更为广泛的领域，在其中，日常社会以审美的方式呈现了出来。

洁尘在《俄罗斯书签》中说："你独自一个识破了这一切。"

洁尘惯于用警觉而迷离的一瞥，来打量面前的读者和这个社会，她在"把生活转换成艺术"的同时，也"把艺术转换成生活"（博德里亚），酒杯、吊带、墨镜、影碟、街车、口红、黑眼圈、泡泡糖，事件、逻辑、爱情、喜悦、性感、抑郁、快乐药、暗物质、遮蔽的天空，一一渗透到其散文里，让我们觉得艺术与现代生活之间的界限正在消失，她的语言就像柔软光滑的丝绸，营造出的意象就如同洁白的象牙，流露的情感宛如灿烂迷人的火焰。杜布费认为，如果拿现代文明人的某些观念和原始人相比，后者的许多看似野蛮愚昧的观念其实更合理，更可取。

“从个人角度说，我相信原始人的许多价值观；我的意思是：直觉，激情，情感，迷狂和疯狂。”洁尘说。

可以说，沉浸性的语言，静谧的叙说，凝固的感动，这就是洁尘散文的语言。她的语言也是温婉的，但更像一场向着内心的独舞。透过那些细枝末节和一些文字间细致的纠缠，我们还是觉出其中那种别样的质感，她写出了灵魂的悸动，精神的痛楚，其间的文字和情感柔美而又不乏理性。“一千年后的成都人躺在床上，听万物无言，只感觉那雨意一点点地浓重起来，逼围过来。喜耶？忧耶？无喜无忧耶？各怀心事吧。不过，总是睡得着的，因为雨夜之后总是晴天，有很好的太阳，是一种盼头，也是一种调剂。”（《茶花的失败》）

洁尘散文的艳丽不但在语言，更在内容，她的文章似乎罩着一层曼妙的轻纱，她的写作欲旺盛，但没有肉欲；她也苦闷，但不是幻药式的迷惘；她也触及黑色，但不是死亡的基调；她也针对现实，进行虚拟和消解，但没丧失她的自主性。一种近乎自戕的气质，漫游在她的散文中，这对感到困扰但又眷恋都市的人来说，她的散文就是某种精神的商业化、审美化的文化载体，所以洁尘得到了普遍的认可。

其实这也是一种个人化的选择问题，同样是青春女性那富有灵性和曲线的胴体，你选择的，或许是她的丰胸、柳腰、纤腿，或许是她的传情眉目，万方仪态；一个作家在写作中，是把她装扮得分外撩人、精致煽情、风情万种，还是婀娜多姿、楚楚动人，这都是个人的审美和修养问题。因此洁尘的语言虽然有纵情的一面，但不是享乐，比如在《赵赵把我惹哭了》中说：“看了一个晚上，一个白天。中间流泪数次。”但“这种感觉很奇妙”。里面有为了理想的鉴赏而修饰的一面，但仍旧有妩媚细腻的诗意，比如斑斓的色彩、迷人的外观、炫目的光影。她把日常的美夸张到足以被视觉化的程度，即使粗鄙肤浅、缺少深度，但里面也有美，也有一种自慰式快感，它越过了精神价值的沟壑。“我是这么以为的，女人打扮不是为男人，是为女人。男人的眼睛糙，只能看个大概，看个颜色，是红是绿；再就是看露了胳膊还是腿，为香肩和小蛮腰公之于众或不高兴（如果是老公或情人），或很高兴（如果是眼睛吃点豆腐的外人）。如果一个男人觉得某个女人穿的衣服料子不错，不便宜，那就算道行很高的了。”（《我是这么以为的》）这些都是很好的句子，具有美学碎片的意义。

车尔尼雪夫斯基曾提出了“美是生活”的命题。在车尔尼雪夫斯基那里，“任何事物，我们在那里面看得见依照我们的理解应当如此的生活，那就是美的；任何东西，凡是显示出生活或使我们想起生活的那就是美的”。艺术家应该“说明生活”，“对生活现象下判断”，洁尘笔下的秀发、美貌、玉颈、冰肌、月貌花容、齿白唇红、眉如远山、齿如编贝、明眸善睐、城市广场、购物中心、超级市场、街心花园以及社区花坛等，表现出她吊诡般的一种机智。洁尘在《美貌》中写道，“才艺双佳是可能的，但才艺双绝则是不可能的。一种绝必定要连累出另一种的相对平淡”，“顶尖级美人有责任向世人展示造物主的这一成果，而不能让它被暗淡的文字生涯埋没掉。文字是一种吞食，一笔一画地耗着女人的青春容颜；见过少女时代的玛格丽特·杜拉斯吗？那是一个标准丽人。然后，文字把她给吞食成一个矮小丑陋声名显赫的老太婆”，“固执于写作，也就放弃维护那本来就很单薄的美丽”。

洁尘的散文是用现代的华美的瓶装着传统浓香的酒，在其中，洁尘非常具体地把对现实的反映，从一种理性主义的精神理想，越过那道高高的精神栅栏，蜕变为一种精致的更加可观可感的都市生活画面，但艺术的再现生活的目的和本质并未改变，她只是改变了“艺术对生活的苍白的可怜的再现”的表现手法，而转移为对适合视觉欣赏的现实的描述，转移为对日常生活层面的解读，转移为对身体快意的享受的认可，因此它的可感性更高，而其精神内部的理想和价值仍是传统的。她在《名词》里写了一个词叫作“正妖”，有这样的句子，“华秋说，‘洁尘姐，你还是有点妖，不过，我觉得你这个人骨子里多正派的。’”在《茶叶·贝壳》中，写了用茶水做汤的经历，“我决定试一试。我先把清茶泡在一边备用（清茶比花茶色泽要鲜亮些），把一块火腿肠切成丝，再切些黄瓜丝，把一个鸡蛋打散，然后把茶水倒进砂锅烧开，放入火腿丝加一点盐，立刻再放入黄瓜丝，泼上蛋花，起锅，倒入汤碗里。面上再淋一点香麻油，撒一点芫荽末，这道‘黄瓜火腿茶叶汤’就算成了。因为汤里除了盐花外，没有放其他的调料，所以保持了茶叶的原味，再加上黄瓜的清香。应该说这道汤清淡可口，的确很棒。要是酒后微醺的时候用，效果肯定更好。”刁钻是刁钻了些，但能这样做的女人，就是再妖，能妖到哪里去？

有人评价说：“洁尘的散文细腻而不温馨，她的极度敏感与任性，使得笔下的形象显得骇人。”其散文中闪现出的是“充满狐狸意味的，亮艳、典雅、淡丽和悸动”，有“过分聪明的危险”，但我不担心，因为能绝望的也同样是高贵的，而且洁尘的散文强调的依旧是面临生活展现的思想，即便她欲望充盈、体能卓绝、风情万种、欲望放纵，也是一种自由的探险，也是在对自身内部审视之后的要表现的意图和观念。我觉得，人类总有着共同的人性，而衡量一个社会是否健全的标准，便是看这个社会能否使人按人性的特性和规律去充分发展，能否为人类生存问题找到一个完善的答案。因此一切有机物都有维持自身存在的内在倾向，一切生命的本质在于维护和肯定自己的生存，要过手段和目的一致的生活，用艺术的精神去处理生活：鼓励这样的处理乃是艺术真正的伦理意义。

洁尘的散文是锐利的，具有锋芒的，有一种内敛的光芒，这源于她自己特有的激情，靳晓静在为洁尘的《提笔就老》写的序《通向完美的可能之路》中谈道：“洁尘不止一次地对我说，我不率性，一点也不率性。这等于宣称自己是理性的。是的，责任、自律、坚定不移地沿轨道前行，这是洁尘为自己定下的道路，她天性如此，她遵从着。她生命中丰沛的大水是加筑了河床的，这确保这水无论如何汹涌，都会东流到海，不会中途流失。”

洁尘的散文迷离虚空，她在散文中对自己的笔触的把握是相当适度的，她将自己的一种日常经验化成了一篇篇散文。她说：“特别是近几年，我已经完全明白什么是我最热爱最值得全力以赴的对象，那就是写作。”“我先生有一天和我闲聊时说：‘人在做一件事比较顺利的时候，就很容易觉得什么事情都能干，干什么成什么，这说好听点呢，是抱负，说得不好听点呢，就是贪婪了！你到底想干什么，到底什么才是你最重要的，你自己想好。我觉得，人一辈子专心做一件事，努力把这件事做好，就很不错了。’这番话我听进去了。”(《提笔就老，提笔到老》) 所以我们说，洁尘的散文有点孤芳自赏，但绝不是饮鸩止渴，有点离经叛道，但不是虚伪沦丧。其中渗透着她独特的参悟与思考，在《两种语言的杜拉斯》中，她对于“法文书是把我彻底给拒绝了”的杜拉斯，“茫然中有巨大的亲近感和强烈的失重感”，但当“茫然到无可落脚之处，我终于安心了”，最终“我闭上了眼睛，眼睛后面浮上一层温润的湿气”。她说：“我认识中文杜拉斯就行了。我认识她，我爱她，至于说怎么认识她怎么爱她，那是我的事。”因此她的散文的阴影、惨烈、艳丽、残留过撕裂的痕迹，透出一种紧张而松散的病态美，但微微地抖动在其中的，依旧是像花瓣一样鲜活的体悟和独到的认识。

在有些人看来，唯一的存在是生命，生命之外一无所有，存在是生命之自我创造和自我毁灭的永恒回复。洁尘的散文为我们撑起了一片新的灵魂天空，她从另外一种可能性的起点上去再度思考，即她是从人生问题而走向某种个体生命的困惑的，又由此走向了一种略带颓废色彩的散文之美，散文之美暗含着一种期待，它不仅仅是对个体痛苦的揭示，更是直面生命的虚无时个体痛苦的救赎。张爱玲说："人生是一袭华美的旗袍，里面爬满了虱子。"因此洁尘散文的美是一种凋落之美，洁尘的散文中有一种像刀一样的幽异。记得早些年在读张爱玲的时候，感到张爱玲应该属于唯美的那种作家，但她弥漫着浓厚的悲剧色彩，她营造的是一个近乎冷酷的悲剧世界，自私、卑琐、冷漠、虚伪、扭曲、变态、情爱的虚假、婚姻的圈套、生命的惨白与脆弱，在其作品中处处可见。她说，"有爱的婚姻是痛苦的"。而洁尘散文的美在于敏感和锐利，在于一种灵性的哀伤，一种色彩化的个性和心情，里面也有热闹而浅薄的繁荣，有怪异而复杂的经验，但她的笔调还是揭露出人性中虚伪的那一面，让生命回到了自身，让思想回到了自身，"她的笔像刀锋，干净、利索、准确地把笔下之物切成想要的任何形状"（靳晓静）。这似乎与洁尘的创作思想有关，她在其散文集《南方撩人》中写道："现在在时尚媒体上的女性写作，大概分为两个路数，一类很小资，跟人感觉是吃好用好玩好但很有些闲愁；一类很现实，告诉大家生计不易浪漫少来。前一类有时难免给人矫情的感觉，而看多了后一类，有时就会觉得矫情至少比寡情动人。"所以如果文章写得有些像伍尔夫一样美得素净，内敛，畏光，其实这也是一种浪费，也是一种罪过。青春与爱情、时尚与流行、陷溺与超越、唯美与虚无，洁尘都能用敏感、细腻、娇柔的心去体察，从而化成一篇篇美得透明的文字。"就我一个人，我的影子投在地上，在树影的缝隙间游走。""我的面前是：南方的烈日和空阔的街景，郊外的气息，寂寞的气息，有点像是甜的气息，不知所云的气息。我觉得我人很薄，浮动在热气氤氲之中，像片剪纸。那个骑车兜圈的小贩，身影是动着的，但却有一种入定的感觉。时间似乎消失了。时间是可以消失的。沿路许多家的三角梅开得极盛。"（《烈日下的街景》）

当全球化、视觉、图像、媒介、传播、性别、新历史、后现代、后殖民、文化研究、时尚、身体，甚至经济、技术、产业，主题公园、度假村、健身房、美容院、茶楼、酒吧在一瞬间拥到了我们面前的生活中，自由抒写就成为我们证实自己存在的有力证明，所有的颓废和孤独在自由的心境中都将是虚幻的，人的狭窄心理与卑琐的欲望将在现代性审美自由中瓦解。我们认为，从宽泛的意义上说，现代性乃是一系列对应的价值之间不可调和的对抗的反映，而审美的现代性揭示了其深刻的危机感及其根据，这符合道德上的合法性、客观性和合理性，卡利内斯库指出："现代性已经打开了一条通向反叛的先锋派之路，同时，现代性又反过来反对它自身，通过把自己视为颓废，进而将其内在的深刻危机感戏剧化了。"而美也在日常工作、交往、休憩、娱乐以至内在心理世界的活动方式之间，它也是文学与艺术的存在方式，对此，心灵的深处有无大自由，这应该是真散文与伪散文的一条分水岭。

第五节　王小妮：诗性精神辐射下的散文空间

有时，文学会使心神不宁的人更感到无家可归，更加散漫、虚脱、无骨、乏神，这不是因为作者缺少清醒的文化意识，而恰恰相反，也许正是太过辩证的思路才使得我们的文学变得面目不清。其中，面对一个个语言精心编织的寓言式的阐释，我们越来越隐约地怀疑它能够呈现出的某种意义，但我们似乎仍旧乐于在流逝了的时空里找出一些相关的根据，企图在对蛮荒远古的透视中，找出现代人眼光中的喧嚣和骚动，但人类的天性残障，以及后天的精神性癫痫，必然使这样写出的散文缺乏充沛的气韵。散文作为文学的一种重要表现形式，同样显现着这样的文化弊病，因此隐藏于厚厚的面纱之后的文字深处，是更大的乖谬和疏离。张晓风先生说："散文作者很难靠情节或人物的精采，故必须反求诸己，退而求文学语言本身的魅力——这一点，靠的是诗词歌赋的源头。"因此散文的写作靠的不是僵化的理性，而是自由的心灵，不是要把鲜活的思想沉静到了一种呆板的程度，而是要将心性的灵动放飞到诗意的天空，甚至在某种程度上说，散文可以写到随意涂抹的程度。因此诗意的萌动、生根、发芽在冲破某种固有的模式中就显得尤其重要了，而散文的写作一旦和诗歌的诗性色彩结合在了一起，便能升起一座自由却有节制的高塔，这应该也是散文和非散文之间的一条重要分水岭。

诗人王小妮“提着两斤土豆走出人群”开始了她的散文写作，比较明显的情势，就是她的散文中漫溢着诗歌的新鲜空气和诗歌的光影，但这些又都是隐在一种比较朴素的文字之中的，她的写作就像她所写的一篇散文的题目《随手》，随性而来，不强求自己的写作，也不苛求读者的阅读，写作同她的其他生活一样，没有必然性的困扰，也没有必然性的旨趣，它只是像水一样自然地在她的生活中漫溢开来。王小妮曾说过：“做自己的语言。”“左右皆是人，自己就是自己。不要以身边的东西为参照物。”可以说，王小妮用自己的写作活成了自己希望的样子，她的散文背后仍旧是对沧桑与苦难的一种诗意把握，她的散文的精髓依旧是诗的精髓。

但这种诗的精髓必然带给她的散文一种诗性的大悲凉。

只要看一看王小妮散文集《世界何以辽阔》的部分目录，我们就会更加肯定这种判断。

《手执一枝黄花》

《做一棵苍凉的白菜》

《从我手里拿走了三张纸的人》

《清洁我们的耳朵》

《你会用什么方式看见另外的生命》

……

读过之后，我们会很快发现，王小妮的这些散文如同她的诗歌一样，还是那么精神超拔、心灵感动，里面有诗歌的趣味，有诗歌的倾斜与失衡，有诗歌的高贵性、神性、自由性和恍若隔世的感觉，更有诗性的悲凉。

一般说来，所有伟大的作家，如果他犀利而审慎地写出了他所了解的生活的话，那么他就可以算是现实主义者中的一员。王小妮的散文也是如此，应该说现实主义与诗意追求，或者说与作者融到文字里面的诗性并不是两个相悖的概念。如果说现实主义偏重揭露盛行的思想，那么诗意化的角度恰恰是现实主义的基础和根本出发点。王小妮在她的散文里，总试图努力寻找生活的本质，这既是她诗歌写作的脉络，也是她散文的思想神经，诚如贾平凹先生说："散文就是心的写作，……完全是从天地自然、现实生活以及生命里体验出来的东西。"

王小妮的散文集《目击疼痛》中的篇目尤其体现了这一点。她笔下的因为饥饿被木栅栏豁开肚子最后又成了小流氓头的"斧头"，被武斗的红卫兵的流弹打死的俄罗斯"老太太"，"吃了一顿鸡饲料"的我们，被怀疑纵火的"教语文的男老师"，"没了半边脸的"孩子，"被吊打"的"大把抓起树叶擦手"的人，等等，都是让人感到触目惊心的。特别在《第一次吃酒席》这篇文章中，她所写到的"父母"，更是让人辛酸得直想落泪，为了"帮我插到一个条件好一点，可能有人关照的地方"，"我母亲拿出烟，给每个人递烟"，"酒席上，大人们都在喝酒。连不喝酒的父母也喝了"，最后"我看见我母亲动作很小心地从裤子侧面的口袋里往外拿钱，是一沓钱。在客人们越喝声儿越大的时候，她算了账"，"我的心里乱七八糟的，眼睛里都是泪水"。这种对窘迫庸常的生存状态的书写，我们是很难用思想深度、哲学深度、历史深度、人性深度等诸如此类的无力的、平面化的、冰冷的术语来表述的，我们心中只剩下了痛，它永远沉到了我们的心底，并把我们的情感推向了惊颤的巅峰。圣琼·佩斯说："对诗人没有更多的要求，如果他能体现自己时代历尽创伤的良心的话。"

“我绝不写风花雪月。散文必须有真切、深沉之核。我不流连具象，哪怕谁会说我浪费了无数细节。我坚守自信，以我这眼光看待世界、都市、物质和灵魂。我绝不会游移。诗像细网。在很多年中，阻碍了我心中一些坚硬、粗粝的东西。诗没让他们通过。今天，我解放他们。”

“一个人能拿起笔，她肯定是有痛处的。”作为诗人兼散文家的王小妮如是说。

这就是王小妮散文诗性质感的来源之一。

王小妮在散文《环绕一座海岛》的沉稳有力的叙述中，折射了时代变迁中的微妙嬗变，她从海南、三亚这些自由的精神城市中，窥视出了先进文明对诸多地区的忽略，这种忽略其实就是一种变相的压迫，她由此体悟到：“再回到海口，整个海南岛已经不是印在地图上的一幅画了，它变成了立体的……这个远离大陆的地方有什么都自然，大美大丑都在它身上。不去环岛没可能想到这么多。不可能知道这只雪梨，它向阳的一面向阴的一面，完全是两个世界。……这像一个悖论。”同样地，在《巫峡的背后·土豆》中，她写道：“从县城到江南岸的邓家乡坐车要 7 小时，然后向山里步行 3 小时，有一个楠木村小学，9 个学生，5 个读 3 年级，4 个读学前班，只有一间教室一位教师。教师无论讲到多么紧要的课，都要记着屋里煮着的一大锅土豆，要及时去搅动它，不煳锅。它们是 9 个学生的伙食。”

因此，明亮的光背后遮蔽的是影子的阴翳，在这些同样是人类栖息、繁衍的地区，启蒙到底有没有呢，它是一种怎样的姿态呢？到底还有没有自己的抗衡力量呢？我们似乎看不到，这是真正的生活吗？“没有希望没有未来的人，羞耻已经不算什么，没有羞耻感的人，妄谈人格、荣誉、尊严。更多的妇女守在村庄里，无穷无尽地劳动而忍受贫困。我们绝对在同一个世界。可是，我们又绝对没在同一个世界。人的生命力实在太顽强了，活着的水准降得太低了。”王小妮说。

“写出来，心中就已经悲凉。”

这是王小妮在理想的追寻积淀到心灵深处之后的感悟和喟叹。

王小妮的散文体现出一种被生命净化了的悲悯，这是从诗歌身上剔下来的血肉，它既得益于作者的思想，也体现了作者将自己融入现实后背负着的人性情怀，它生动、坚强、具有深度，但又沉重，它用貌似平静的方式呈现人们焦灼慌张恶劣的生存状态，这种悲悯会耗尽一个人的生命，让人忧伤，让人轻易就进入一种焦虑的失忆状态，甚至让人死亡。我个人认为，真正的写作者，包括诗人，也包括散文家，首先是一个具有悲天悯人情怀的人，她即使不像菩萨那样去四方行愿，但她必须在她的心中有一盏灯彻夜长明，那是一颗悲悯虔执之心，是对众生沉迷沦落之困境的注目和抚恤，它来自无法排遣所有感伤的灵魂深处，来自一种圣洁的人道思想和良知愿望。左拉曾说过：“作家不是一位道德家，而是一位解剖家。”而解剖的前提是人的悲悯情怀，它滋润着高尚的心智和有意味的东西。

在散文《谁负责给我们好心情》中，王小妮不无感叹地写道：“我说我心情很好，如同我说我心情很坏。不过都是我的一种内变。在声音擦过之后，四周又会很安静。我能看见的物体，仍然各就各位，纹丝不动。更多的时候，我的话并没有发音，连看不见的气流也没发生。”

“人，不过是一些沙子，温暖又懒洋洋的，散在漫长的沙滩上，看起来和这世界完全无关。”

那么是什么让王小妮的感受如此敏锐而有诗意呢？

王小妮认为：“没有人自愿负起转换别人心情的责任。也没有什么地方暗中存在着那种博大的同情心。但是，它是在的。”但其中的悖论和疏离必然让人感到无奈和沉痛。于是我私以为，王小妮始终是一个充满了悲悯情怀和忧伤基调的作家。但她又绝对不是从本能的情感出发的，在这种温馨力量的背后是她的理性的沉思，它超越了那种浪漫的、只在纸片上展现的眼泪和承诺，给人以丰盈和充实的真实的关怀。这是王小妮骨子里的东西，她曾经在一次访谈中说："一个人的性格多样多重，但如果他有一个主体，比如倔强，那么他写出来的东西就很难是依顺的。"

对自己钟爱的人，她写道："在那一天他睡得最沉的时候，我摸到了眼泪。活着，就是公平。死了仍旧是公平。其他的，什么也没有。谁也没能跳出自然界。就好像他所说，抽烟的和不抽烟的，说的和听的，这样的和那样的，都要晒太阳，像两个土豆。"（《我和他》）

王小妮在《安放》中写道：

安放那些孩子
安放那些老人
安放那些女人
安放那些流人
安放那些灵魂吧

在写《孩子》时，王小妮更是沉痛，"每次看见那些女教师的动作，总是想到鄂伦春人的'熬鹰'。鹰被驯服的过程，首先是鹰头被不断地拨弄，使最傲慢的鹰也被迫放弃了它的自尊。"

如果说要求生命的意义就是要求生命的质量，而当"某种平庸的生活趣味和价值取向正在悄悄确立，精神受到任意的奚落和调侃，一个粗鄙化的时代业已到来"（蔡翔）之时，王小妮用温和而无奈的情绪剖析着一幕幕生活的图景，透视着人与世界亲和或分离，并进行苦难式的自我诘问。

"练的就是自己推着自己向前边走的功夫。"王小妮在《老老实实地写字》一文中写道。

一般来说，一个作家的风格是她的内心生活的外在表现。王小妮在写作中放弃了伪饰或者矫饰，在对生命无常的把握中，进行生命本质的一种抉择和皈依，在她的散文中，除了自身的超脱慰藉外，她还淋漓地表述着一种日常的困苦——即使毁灭也要把意义赋予人。

诗人一般都是自我的，王小妮对此也并不刻意地去规避什么，她说："自我才是真勇气。"这其中最主要的就是人的情感。王小妮是在对凝聚着自我的文字中来俯看人生的，她把散文的诗性作为净化性灵的唯一寺院，因此她能在周围的一片混乱中保持着自我的舒展。"今天，一个最重要的私事，就是维护和捍卫自己，并使自己保持完整。"（王小妮）她的散文表现的是生与死、情与理，是独特性、情感性的融合。当她得知，"我是真满族"时，"我已经感觉到有某些东西正从我的身体里被抽走，另外一些东西更加稳固和贴近。一个人在几秒钟之内经历了一种奇异透彻的澄清"，"我终于明白了我是不折不扣的北人。这其实很重要。对于风雪寒冷，空旷自由的迷恋是血液中早就隐伏着的潜意识。在那中间我才能得到最后的安全感，忽然，我觉得我能解释我自己了"。其中没有堆砌的词藻，一切都趋于平淡，但正是平淡才是文学的佳境，它与作者的真性情连缀在一起，便会成为天地间的至文。

《你用什么方式看见另外的生命》是王小妮的重要作品，这个题目本身就是自我的一种真实展现，某个人的视角决定了那个人所关注的东西，那是个人血液中固有的东西，因此从这点出发的文字肯定带着自己鲜明的特色，王小妮的这篇文章体现的就是自我的一种体验。对于蝴蝶这个为人咏叹了千百年千万遍的美丽的精灵，王小妮用独具一格的方式将自己灵性的触角，探入到了它另外的一个为人忽视的境地，她写道："有朋友到我家里来，不进门，只停在院子里。他说：有个小院子多好。你看这些蝴蝶，跟自己养的似的！

“我忽然被提醒了。

“我在半个小时里感到，我的院子从来没有过的热闹。我在突然获得了‘财产’之后，突然获得了一种新的责任。

“如果一个人说他家里养了鹦哥，能学人说话，再有人说他养了热带鱼，养了巴西龟，养了卷毛狗，都有资格使世人对他羡慕。因为人们可以玩弄与观赏那些被称为‘财产’的动物。

“但是我没听见第二个人说，我家里养了蝴蝶。像蝴蝶之类自由来去的生命，是肯让人养的吗？养了，也可以被称为财产的吗？

“经过了许多年，我已经成了一个能注意到蝴蝶的人，这对我十分重要。

“在那一刹那，我感到全世界都在我以外。那些没有疼痛感的一切，都不是我本身。但是，有一些东西环绕着我这生命。它们离我，比离别人近很多。蝴蝶和苍蝇，甚至都想落在我的白色袖子上。我不知道在这些感觉都消失了以后，我成为什么？”

不能为人驯养的蝴蝶肯定是自我的，王小妮的视点既然放在了这种无拘无束的美丽小巧的蝴蝶身上，看来她也是自由来去的生命中的一员了，里面是一种随性放松的自我，“我早已经是个不反驳的人”，她说。

王小妮的散文中也是有自我的反思，有自己的泪水的，《爸爸》应该是其中写得好的篇目之一。“爸爸，我在早上燃着了一炷香。我要开始为你写字了”，一读这句，我就感到王小妮在文章开始处就要让自己低低地抽泣，也要让我们落泪了。然后，她几乎压着自己所有的哀伤，开始了绵绵的诉说，“我要在1997年结束之前完成写给你的文字。我可以放弃任何大事情，一定要把它们做完。现在，我的眼前是一片积存了几百个日夜的大湖，无边无底的水。”

她慢慢地将自己沉到为时间几乎要完全遮蔽的回忆中去了，她说："我的脚穿着咖啡色的毛线袜子跑。然后，听到了大人们打开门的声响。迎着我的是雪的洁净透明的气味。两个穿警察制服的人和他们的自行车，在玻璃拉门的暗花后面出现了，是我的父亲和母亲。""我听到我的爸爸在门廊里放自行车。……然后，他哗哗哗地推开那扇玻璃拉门。……而我总是跑过去接他的警察皮鞋。""坚硬的黑色鞋头，鞋里面有卷着的羊毛，有他脚的热乎气息。我使劲地把它擦亮，摆齐在暖气片下面。……有时候，我把它们套在手上，非常得意地举着，跑到吃饭的房间里去问大人：我擦得亮不亮？"

她在回忆中一点点品味日子过去之后沉淀下来的更为精细的那个父亲，有着"永远都明澈的大眼睛。对于我，它比任何水都洁净纯清。这是一个父亲对女儿的大的明澈。在我们两个之外，那眼睛连最简单的事情也看不穿"。王小妮感到，"我的爸爸，他不只是喜欢我，他把自由精神的根和土，把他没能得到的一切同时交给了我。"但"我的爸爸，他把终生都交给了大雾蒙蔽之夜"，"一个终生都没有得到舒展的人。我的爸爸"，"谁能真正地认识他？分担他的痛苦与欢乐"，由此王小妮得出一个让人更为伤感的结论："父亲，原来是一个过程！"

"我们认识父亲，是一个更长的过程。"

而"当一个人明白了爸爸的全部含义的时候，他已经要忍住眼泪俯下身去看一个老人"，"爸爸是需要用最漫长的时间去理解的人物"。

在这段文字里面，王小妮用朴素的语句写下了她的疼痛，其中浸满对生命的敬重和珍惜，对过去岁月的思索，以及对亲人至深到底的怀念。由此我想，这种情感的纯粹，应该也是散文的精神和内在需求。当然，王小妮在她的文章里，同时也做到了一种适度的自我警省，把苦难从荒滩上用力拔了出来，应该说，在相当程度上这也是诗性在散文中的一种觉醒。

王小妮说："是真实的，不把它写出来，我总是不能平静。"

只有真才美，只有真才可爱。

王小妮的散文具有诗的敏感。

她用自己的特有的眼光看见了“两个太阳”，她不同寻常地感觉到“皮肤也在下雨”，她穿上大衣，就有了别样的滋味，“北方的风，吹拂着树。……冬天，不是一个交流的季节。寒冷对生命也是一种大严酷。哪怕你再喜欢嬉笑幽默，也被隔阂、冻结了。冬天的北方，你看见迎面来的每一个人，都穿着大衣，面目冷峻，锁紧眉头”，而南方却是没有冷峻和崇高的。

徐敬亚在《论小妮》中这样评价她：“她把那些字，从天堂的辞典里，像沙场秋点兵那样轻柔地取出来，巧妙地抽出一丝丝纤细的光。她靠纺织着那些光，额外地活着。她自造了帝王的高傲，用来默默地抵御着漆黑无边的庸碌和盲昧。”在王小妮的笔下，蚂蚁在不断行路，虫子在不停啃书，商人在满街乱窜，死亡是有人“突然想把黄调成红”而“终于停在了调色板上”。

“透过黄色的纸，我看见青色的中国山里，只有两种人：庙里的佛和树后的盗。”“山，高高地浮在人间之上，优美而不可近。只有高僧与大盗藏在里面。这样，高高的林木中含着一团白气，也含着一团黑气。山，又善，又恶。世人崇尚佛，很遥远地敬着山。大盗扼住一条条路口，行人畏缩不敢上前来。”（《古时候什么人呆在山里》）

“车厢里的灯光雪白，使每个人的脸都透出了青色。谁也不认识谁，就那么站着。我在北京地铁里从来没遇见过熟识的人。如果有人在那个清惨、凄白的场合亲切热烈地交谈，旁若无人，才是最败坏情绪的。那是整个人的一种下潜，进入了冷漠和疏离的‘场’。自己和自己待在一起，有着明确可知的目的地。时间和空间呼啸着过去，所有的人都隐藏着自己，又很坦然。”

“中国古人说：入土为安。我们急匆匆地从地铁口入了土，只安静了半小时，又出了土，重新进入灿烂阳光之中。一种现代的超越墓地情结的意识，使‘土地’这个神，让出了它的一条地界。进入地铁之后，我们是和神祇在一起，祇就是土地之神。所以我才看见身上有了一层不常见的光霭。”（《我喜欢地铁》）

“我体会到的诗性，恰恰应该是意想之外的语言。”王小妮在《随手》中写到。

在散文中对于诗意的追询，意义在于文字会由此生成温柔与内敛的张力，它会把纷繁的生活抽成一个透明的物体，通透、有寓意、超越平凡，富于生命的哲理和奥秘，而当人和人注定要产生隔膜，那么诗就是进入一个人内心的第一副镇静剂。可以说王小妮的散文有可见、可触摸和敏感敏锐的诗性，是它启发了我们的心志。她的散文的整个美就来自于她诗性的思想，思想的诗性。

“散文写作则应该是一种精神发现，这种精神发现又往往是非历史的，是在野的、异质的、民间的——只有它能有效地联结历史和作家之间的精神通道，也只有它能到达历史的人性深处。”评论家谢有顺曾言。

乔纳森·卡勒认为：“文学是语言的突出。”而诗人王小妮的散文的语言也是充满诗性的，她散文里的词语平静却尖利，稳健却明锐，她说：“我今天的语言要求是：到位。”于是诗的语言色彩降落到她散文的语言之上，这样她的散文便有了一种诗化的光彩，因此她的散文便有着很大的现代性的张力，有着诗歌一样的创新的冲动，这使王小妮的散文在文字的背后体现了一种与诗性的融合。它让我们的写作避免了太直、太满、太露、太浅、太滞，没有意蕴、缺少空灵的弊病。

王小妮散文中诗性的错杂性，以及由此产生的诗意化的紧张感，都让我们再次感到，任何形式的写作在本质上都是诗的，诗化了的心灵，诗化了的散文，更适合我们表现存在的困窘，表达在生活中的抗争、希望与超越。

第六节　王英琦：用探求的广度打磨自己思想的亮度

在去除了外部世界的喧哗与骚动，返归自我内心的沉静与安然之后，在散文写作中，感性的体验与抒情，深层的智性与蕴涵，会给一篇散文带来一种难得的诗意与冷峻，因此理性的思索和情感的倾注应该是同等重要的，王英琦的散文往往从感觉处起兴，在低回沉思之处用力，在情感的核心中不断打磨着自己的心灵，并试图从自己的生命和现实中抽取一些理性的光彩，这使她的散文既有美的感性显现，又有理念的深入思考，既避免了情感倾向的泛滥，又避开了那种机械式的说明，给了我们一种有意的影响与启示。

记得罗丹在《遗嘱》中曾告诫我们："从深度上观察现实。"

作为一个优秀的作家，王英琦的散文同样走的是"一条永无止境的认识自我、寻找自我、发现自我、否定自我、重塑自我、超越自我的——漫漫炼狱路"。她曾这样说："散文更是人格，写散文就是在写人格。""散文本身就是在表现一种真性情，就是站在舞台上赤裸裸地表演自己。"她认为"当下中国文学的真正危机源，说到底，既非文人广泛的堕落……亦不在社会体制的外在形式……而在缺乏真正具有精神超越力，具有伟大的人格力量和人性魅力的作家，缺乏既重视异已性，又能兼济天下的文人，缺乏那种怀有大悲悯大忧患大使命感——不惜牺牲一切世俗代价以殉文学殉'天道'的大文学殉道者"。

可见在王英琦的散文中，她所侧重的是对于散文写作的"真精血"的输出，孙郁曾这样评价王英琦，"她是一个孤独的、富有探索意识和心灵拷问的女人，她的思想被一种苦难、矛盾，一种挣脱旧文化的意识所包容着……她似乎在冥冥之中找到了什么，感悟到了什么，她的苦难焦灼的心，终于在科学和理性中得到了抚慰。”对于自己所认为的“更动情更耗命”的写作，王英琦写道，“平生肺腑无言处，字字泣血凝此书”，“愿我的精神配得上我的苦难”。从这点出发，虽然文学讲求立言立德，但也许是普遍探求的真理把王英琦的写作折磨得太理性了，以至于评论家王兆胜在其文论《困惑与迷失——论当前中国散文的文化选择》中谈到：“王英琦近年的散文明显增强了知识和文化含量，这使她的散文克服了原来较为单薄的局限，显示出作家难得的好学向上和探索精神，也表现出作家在视野、格局与气象的开拓，较有代表性的是《愿环球无恙》等作品。但也应该看到，王英琦在‘获得’的同时也有‘丧失’，这就是自觉不自觉地陷入‘知识’的泥潭不能自拔。在时下被抬得很高的那本《背负自己的十字架》一书中，我们可以看到作家探索的步履，其中也有不少独特新颖的见解，但其中对‘知识’的崇拜却达到了惊人的程度。”当然这是王英琦散文的缺憾，也就是说，王英琦在对文学情感与哲学智慧之间的关系的把握上，缺少一种合适的比例与度，以至于把散文写得有些失衡偏斜了。她把散文写作的重心都倾斜到了外部客观的探求和认知上去了，外界世界成了她散文写作的原点，自身的心路历程却几近空白。我觉得将环境和外在因素作为创作主体的写作方法，与散文写作对内在精神的要求有些偏差。但我想其中是有原因的，王英琦也认识到了这一点，但也似乎依旧有些偏执。但从另外一个角度来看，其实她对于散文写作的把握还是很有内在力的，她说：“真正的散文写作，起码要做到灵魂在场。有自我的血泪参与，有作者的心的跳动，精神的痛苦，以及人性的冲突升华。认识并书写外部固然重要，但认识并书写内我更符合散文的本义。一个内在灵魂尚未开启的人，是无资格言说世界、济世启人的。或许大散文的难点——大散文真正的弊端不在

由外引内和借景抒情，而在‘向内转’面向真实自我的苦难上。”（《散文的敌人》）

我想，在此理论基础上必然会是“精魂血魄”般的写作，王英琦背负着自己灵魂的十字架，试图打开真知的大门，从而获得人性的尊严——自由与解放。她在《求道者的悲歌》一文中，借用了爱因斯坦的话作为题记，“人的真正价值在于，他能够在何种程度上与何种意义上摆脱自‘我’。”并写道：“走进《爱因斯坦》——有如走进一种境界，一片圣地……

“我的脑海次第叠印出他一生的足迹；多瑙河乌尔姆诞生地、慕尼黑中学、‘奥林比亚科学院’、伯尔尼专利局、狭义广义相对论问世、世界性荣誉、战争、柏林、普林斯顿统一场的最后未完成……

“循着他的足迹，我愿在这片圣地上蜕化着自己的俗骨；我愿在他的境界引领下，不断升化自己的——人性人格。”

虽然有人说“理性本身就是最高的智慧”，虽然优秀散文首先要彰显出高格的思维品质和道德思想，虽然散文的创作在感性中要夹杂着理性的表述，但怎样对待如此丰厚的思想资源，怎样艺术地阐释其中的内涵，应该是解决这个问题的关键。晋代文论家陆机说：“诗缘情而绮靡。”所以我觉得在散文的写作中，应该尽量将理论阐释与主体感悟融于一炉，将自己独特的艺术体验用艺术的方式加以传递，以便使自己的作品更具散文的感性与抒情性质和审美价值。

周涛先生在《散文与名》中谈道：“写一点散文并不是什么难事，难是难在踩在一篇篇文字的字迹上，将要通向哪里去。”其中涉及的是文学的最终归宿问题以及生命的归宿问题，如果前面的问题我们按照习惯归到生命上去，那么要回答后者就并非易事了，由此王英琦在散文中的迷惑或者解释的不圆满就是必然的了，但关键的一点是，王英琦对于这些问题的思考几乎是倾尽了全力的，关注程度之高是其他作家所没有的，因此她的散文的意义就在这一点上凸显出来。中国文论中讲究“诗者天地之心”，王英琦的散文也具有相似的开阔性和纵深性，有生命的忧患在其中。对人生意义，对安身立命、终极关怀的追求，不但使她的散文增加了深度，从而也不断使她散文的情感性更加丰富。从她的散文中，我们可以看出，她既注重生命升华的起点，也注重生命圆融的归宿。李泽厚先生在评述《红楼梦》时曾谈到，曹雪芹是把人的真性情视为最后的实在。那么，王英琦的散文中的那种探求从一定意义来说，乃是一种大感伤。她在《最原始的，也是最本质的》中写道：“人终究还是无法揭示生命之谜。‘我们究竟从哪里来，我们将回到哪里去？’——这些最苦老最基本的命题，仍无情地困扰着一代又一代的科学家。”

“这是科学的悲哀，也是人自身的悲哀。”

“如果说人生是梦，那么这个梦之于我，是一种必然，还是偶然？是‘永恒循环式’，还是一次性的巧合？”

人性是孤独和悲凉的，但人还是追求归宿，这是否是人更大的悲哀？

这些都是真实的生存体验吗？

我想，王英琦是在用自己的文字领会和意识自己的存在，这似乎让人在迷乱、困惑、无奈中感到一种获救的希冀。

在克尔凯郭尔看来，孤独的个体是世界上唯一的实在。也许就王英琦而言，她散文创作中的个人的经验智慧，超过了更深更为科学规范的理性思索，但在她的散文中，传达出的个人对于人类的动荡、不安、迷离、驳杂的深刻思考，这应该是她创作的意义所在。

我认为处于灵魂与肉体的边界处是作为一个文学家的状态，让自己的心灵在磨砺中走向真实，是一个文学家的责任。

从王英琦的散文中，我们似乎看到了作为一个散文作家应该具备的这种品质。对于日常生活，对于重要的哲学问题，对于散文的认识，写作的态度和方向等问题，王英琦都尽力做着自己的文化反省。王英琦说："倘我今后真能写出什么震撼人的作品，那必是返回心灵，从我的独特命运遭际写起。写我的灵魂撕搏，人格分裂，人性中最至深的渴望……写我如何为了保持一点自然人的特性，却陷入另一种身心异化的痛苦；写我怎样为了解脱生存危机，苦苦地寻找我的上帝；还有我的该死的强迫性思维；还有我的走边走险的偏激极端情绪……"其实对于人类面临的终极问题，任何人只能是无限地靠近，而不可能抵达，我想这应该是文学永恒、科学永恒、思想永恒的原因所在。不是就连中国的孔子、印度的佛陀、古希腊的苏格拉底、希伯来的耶稣也心存疑惑吗？但人之所以为人，之所以为宇宙之精华，万物之灵长，根本的不是对于本质问题的重新发现，而是不断的探入。乐黛云说过："人类的写作，始终是对抗死亡、伸延生命的方式之一。"希腊人也认为艺术是人生的觉悟，所以王英琦的散文在其中表现出的主题、题材、情感、语言，都使我们看到了我们现代人的茫然和无知，使我们反观到了一个处在茫茫大荒中连我们自己也感到陌生的自己。王英琦试图用她散文的利器，戳穿我们文明和文化的外衣，而直抵生命的深处，即使人们依旧处于惊愕、恼怒和迷惑不解之中。现代艺术就是这样一种奇怪的东西，它使人不断地在失落中得到解放和拯救，又让人在面对虚无时体悟到一种心灵分化和交流的快乐。

即使是面对"对面的卧铺上，侧面支颐，坐着一位俊俏的杏脸含春的姑娘"，王英琦也"自然不免地也动了点感情，产生一种温馨的想与人聊聊的冲动"，习惯性地提炼出一种主题，她认为："都说，三十多岁的女人喜欢站在生命的切面上去看人。这可能有一点道理。因为这个年龄层次的女人，该经历的多半经历了，该遭遇的多半遭遇了，她们捧出来的大都是真正生活过了的坦然与真诚。与这位姑娘相比，我的心中虽然缺少那爱的一半，但我却并不感到彻骨的缺憾。爱，是可以转化为各种形式的。以我个人的感受，一个人，只有在超然于对异性的相对狭义的爱之上，才能更广阔更大限度地去爱众生，爱人生。”（《永远的女游子》）

在《大师的弱点》中，作者“凝视着卡米尔不朽的雕塑，我竟有一种被熔铸的感觉”，“她的凄寒简陋的雕塑室（如果可以这样奢称的话），没有模特儿，没有助手，甚至没有法国一般人家用以御寒的壁炉——因为女雕塑家偏执地认为，木柴价格太贵，与其用它烤火，不如用来雕塑更有价值。为了偿还房租和面包店的欠款，为了购买起码的雕塑用品，女雕塑家早已戒荤食素，仅靠一点可怜的土豆和白菜汤维持高智能强劳力的雕塑创作了”，“即使在艺术追求上，她也是个有着强悍独特表现力的艺术家。她不属于任何时髦的流派，也从不模仿任何人，她只臣服于自己心灵的感知，把自己的生命信号和痛苦意识泛化到手中的雕塑物上。她使一切平庸的男性艺术家感到汗颜，她以苍劲沉郁的美学风格，奠定了自己闪烁在艺术坐标上的灿烂星座”。

这是王英琦在说她自己吗？

王充在《论衡·超奇》中谈道：“实诚在胸臆，文墨著竹帛。外内表里，自相副称，意奋而笔纵，故文见而实露也。”老子说：“修之于身，其德乃真。”王英琦在其中做着自己的努力，即使有时被人认为是有点矫情，但艺术的价值和意义不是恰恰就在这种思索上吗？这本身就是一个奇特的悖论。当人放纵于疯癫状的思考中时，会被人们认为是隐秘而迷狂的；而当人们放弃某种反省时，又被人们认为是盲目、愚蠢和虚浮的。加谬说过：“人的生存本来就是一个荒诞的过程，荒谬是人与世界之间联系的唯一纽带。”但普罗米修斯盗取天火的执着应该是心灵智慧所达到的最终的境地。人的伟大之处不但在于一种情感，更在于一种理智。面对诸如世间的伪善、暴虐、淫乱、贫穷、苦难等，不需要我们的作家思考吗？人类存在的处境的脆弱不需要我们更多地更深层次地知道什么是智慧、什么是愚昧吗？理性的界限何在？人是因为理性而伟大，还是因为理性而不幸？孟子所提出的“恻隐之心”“羞恶之心”“辞让之心”“是非之心”，笛卡儿的“我思故我在”不是人类反思的结果吗？尼采指出，希腊人对于人生的痛苦体味最深，却并没有自暴自弃，这正是因为，“艺术拯救了他们，生命则通过艺术拯救他们而自救”。王英琦散文的求索意义无疑具有相当的重要性。

从这一点出发，王英琦的散文无疑具有文化勇士的姿态，记得法国作家弗朗索瓦·莫里亚克说：“只有到了不再热衷于自己时，我们才开始成为作家。”因此对于人自身以外的事物，只有作为人的一种暗示才会具有意义，只有关注更为广阔的领域，作为文学的价值才能显现出来，才能使散文的兴盛不是因为它日渐扩大的庸俗化、世俗化、情调化的结果。记得在读但丁的《神曲》时，先知先觉的维吉尔在升入天堂之前突然消失了踪影，最后是由俾德丽采将但丁导向了天国，那么是更为高远的真理在折磨自己、远离自己吗？还是我们本来就不可能认识它，只能远远地仰望、揣测，而不能触及和到达？王英琦，作为一个优秀的女性作家，她是过于理性了，但这却使她更加与众不同。因为虽然文学是使人类的思想形象化，但文学里面应该同样要看出自己的智慧。特别是要向外拓展探索，探索出作为个体的知识女性的社会责任感，塑造出女性作家的真实品质。“只有具有自己的活动，妇女才能变得出类拔萃。”波伏娃在其著作《第二性》中谈道。

王英琦的散文浓而不烈，清而不淡，在关于欲望、痛苦、解脱、探求中把握着生活本质的灵感与起源，并将它们作为一种散文写作的思想资源。我有时觉得，女性作家有时应该承认作为女性的局限，才能在广度和深度上探求，并将自己的思想打磨得更为光亮，才能更理性地去追求至善至美。缄默，忽略，抹杀，缺漏，扭曲，篡改，把艺术仅仅体验为一种个人性的抒情，都会在某种程度上给自己的散文创作留下空隙。王英琦的散文创作有时精微洞察，有时大笔如椽，有时穿越思想的壁垒，有时突破传统文化的缝隙，对于混沌不堪的犹如一团雾幔的思想努力剔出其中的精华，这是客观地认识她的散文的关键之一。

“有天堂，但没有道路。”卡夫卡说。

于是寻找道路便成为每个人的责任。

我认为现代散文的写作，恰恰是在丢失这一点。王英琦从科学到哲学，从地面的万物到头顶的星空，从日常生活的琐屑到神秘世界的奥妙，从康德到爱因斯坦，从宗教到张承志，从世俗化到道德律，一一加以仔细的个人化的探求。比如在《无需援助的思想》中，她从张承志身上，看到“真正的作家，真正的战士，既不需要团体，也不需要朋友——思想和思想者无需援助。虔诚和信仰，从来不靠心灵以外的事物，即使中箭流血，也拒绝廉价的同情和抚摸，也坚持了真实的本体……”

其实王英琦在对心灵和万物的盘问之间，也是充满女性的柔媚之美的，她写道，“我的故乡——那该是炊烟袅袅，鸡鸣狗跳的山乡村野；那该是纤雨如丝，多花多树的烟雨江南；那该是牧歌不断，驼铃不绝，牛们羊们哞哞撒欢的塞北草原”（《魂归何里》）。“凉粉洗净后，要用利刀打成小方块。然后锅里放上油，油要多，火要文，待油锅烧热后，就把凉粉轻轻推下去，接着就是炒了。炒凉粉是个工夫活，切忌性子急，要稳炒稳翻，这对我这个急性子人来说，真是再妙不过的磨性儿活了。”（《炒凉粉》）

由此我们可以得出一个结论，即散文写作的自由度是相当大的，关键是一个作家体悟到的是什么东西，懂得自己内心通畅的是什么，凝滞的又是什么；灵慧的是什么，钝化了的又是什么；她写作是要粗犷还是细腻，这都关涉到一篇散文的起点与到达，关涉到一个作家的文章行走的文脉。文学评论家兼散文作家张燕玲老师在《你永远无法走出你》中曾谈道："文学艺术中的知识女性，是属于最先意识到自己的价值及其处境和命运的女性，也是最先能够面对世界表达和申诉自己的女性，她们已洞悉作为女性的生命律动，明确本性的追求是什么却又把它匿于以维持某种秩序之后，……这就形成了她们生命意识中的深刻矛盾。"记得有一首诗这样写道，"开悟之前 / 砍柴 / 挑水 // 开悟之后 / 砍柴 / 挑水"，但"娜拉出走之后怎么办？"也依旧是个艰难的问题。在王英琦看来，"一切自然科学人文科学最后归宿都是人"，"对于宇宙宏观世界的了解是以对人自身的了解为最终目标的"，"一个人一个路数，一个作家有一个作家的写作意念和创作动机"（《生活的散文》）。如果一个作家能够认识到这一点并时刻为之努力，即使仅仅是这一点，便已经称得上一个合格的作家甚至是一个优秀的作家了。

王英琦的散文创作涵盖着生命的真谛，坚持向内心不断地掘进，从而使得她的作品获得了另一种深度和广度。她在探求迷宫门口的"阿莉阿得尼线"的努力，不仅仅是依赖一种心血来潮的冲动，更是潜藏在她散文深处的一连串生命的符号。从这一点上说，一个作家对于写作方式写作内容的选择，是以她的生存形态和对人生意义的理解为前提的。曾被法国国王路易十六认定是"摧毁了法国"的伏尔泰有两句著名的格言："笑和让别人笑。""思考和让别人思考。"面对王英琦在散文中表现出的冲突与撕裂，灵魂的矛盾与战栗，以及寻找生存本质、生命本质的反思，即使她的散文有些涩，在精神的探索上还稍嫌粗糙，甚至有时把生命和宇宙的奥秘蒸发成一种枯燥干瘪的逻辑程序，变成了抽象观念的载体，但她对于人的生存困境的突围，揭示出的人对于本质的渴求、体验、迷恋，依旧展示了人类一种永恒的美丽的理想，这是一种别样的朝圣之路。劳伦斯说："小说是生命之书。"同样的，我们认为散文也应该是生命之书。

王英琦的散文写作涉及的是一个生命与拯救的问题，写作像影子一样追随着她的生命，延伸着她的生命，让我们和她一起倾听着生命，铭记着生命。

第七节　刘烨园：充溢着生命之神的散文

有时我想，艺术的宁静应该有一种对精神的镇痛作用，文学作为人类独有的艺术，必然会使我们在沉思中保持内心情感的真实性，法国思想家布雷兹·巴斯卡说："人类只是一棵芦苇，原是世间最脆弱的东西，但那是一棵会思想的芦苇。"因此人类的思想经过文学艺术的熔炼冶铸，必然到达精神命脉的骨髓中去，然后以睿智的理性认识和感性的审美愉悦，引领我们奔向一个我们期待的目标和境界。而要做到这些，首要的是在诸多的文化状态中寻找到与自己可以对等对话的对象。于是刘烨园在透视我们生存的世界时，赋予了自己的作品以理性的价值判断和道德判断，从而打开了我们的心灵之门，激发我们去更深地思想，去粉碎包围在我们周围的隔离与寂寞。

"准备好了吗？"他问。

"上路之前，和从前一样，总是更多地审视自己。"（《精神出身·创作谈》）

"你要爱你的寂寞。"

刘烨园的散文激情，充满血性和创造，涌动着灵魂、精神、思想的潮水，满是自省。他感到："无论是物质的、血缘的，还是精神的、'人'的，它至死渗透在个人选择的道路上。对立、矛盾、缘分、相依，乃至宽容、理解、尊重、法律、民主，其因源于此也为了此。”“世事不是沉如铅汁么？然而血呢，心呢，生命呢，敏感呢，激情呢，求索呢，深度呢，胸怀呢，力量呢？潮涨潮落，针锋相抗。青春没有走远。在我怦怦心跳的弦上，苦难的茅屋、雨天、油灯、饥寒、冷眼、压抑、恐惧、梦想、渴望、等待、孤寂、虚无、绝望、挣扎、极端……所有的感觉血一样鲜活、强壮。”（《精神出身·创作谈》）他在《失传的异想》中也写道：“多少年来，我一直为一些事物的失传而忧叹、疑虑。明明知道这只是一己的异想，它们或应该失传或任怎样也无可挽回了，在情感上，抑或是人性里，却仍觉得极难受，不忍心看见，也不愿意知晓。”如果我们能真正沉到其中，很明显地能感受到作者的一种担心，一种思考，一种期盼，这是作为一个真正的写作者真正能打动人的地方。它激动却又内敛，心灵激愤却又情怀悲悯，文字里蕴涵着作者说不尽，只能由读者去进一步思索的东西。

曾记得有这样一段话：“一般而言，文化作为一种人类自身发展积累下来的东西，尤其是成为文化观念和文化体系后，就对人和人类既有推进、解放的一面，又有封闭和禁锢的一面。在这个意义上，文学的确有着打破封闭禁锢的作用，而且越是杰出的作品，这种冲击和批判的力量往往就越显突出。”而刘烨园的散文写作就是一个很好的例证。他的散文感受深刻，有深深的切肤之痛，虽然有时候有些干涩，但我们的思想或思考还是像丝线一样被他的作品引导出来。年轮、人生、血脉、底蕴、残稿、侵蚀、噬啮、焚烧、腐烂、扼杀、政治专制、血性、埋葬、牢狱、摧残、饥寒、侮辱、市声喧嚣、起码的生存条件、人的尊严的燃烧、体弱多病，这些都成为刘烨园思考的起点，也是他思考的终点。这符合刘烨园散文写作的原则，刘烨园曾谈道：“‘大散文’的概念，如果是指题材、风格的多样化，我觉得没必要提，……如果是指散文的质的大气势、大手笔、大意识、大关怀，我是赞成的。”因此我猜测，刘烨园作为一个优秀的散文作家，他内心所固有的或渐渐在写作实践中所生成的文化观念、文化体系，必然会促成和维护他的某种写作方式和写作角度。一方面，形成了刘烨园在写作中的批判和消解的风格，另一方面，也刺激、催生或维护了这种相应的文化观念和价值观念。所以，无论是批判消解或是引导维护，对于艺术的追问乃是任何一个艺术家所探询的最终的精神精髓问题，而对刘烨园而言，无论他是热爱、忏悔甚至背叛，他始终在一个冬雪飘落的寒夜，围着灵魂的火炉，在被映红的孤独的背影的烘托中，淬炼着自己的思想、自己的艺术，而这最终的归途只有一个，就是他作品的思想、意蕴、情趣，都指向了对事物和生活的重新思考。

“怪事一多，似乎就正常了。”

“这样还有什么好说的。”

他认为“诅咒机器的轮盘把人也变成轮盘上孤零零的部件”的席勒和费希特，“他们只讲物的自然而不懂人的灵性就是自然”，“他们入了他们敌人的伙。至少一丘之貉了”，“这样他们就正确得很虚”(《在世间》)。

“几千年的‘乱’与‘治’，‘歌舞升平’与‘到了最危险的时候’竟然是同质、同因的，这样的东方特色十足的机会主义恶性循环，所导致的一代一代的徒劳奋斗，还要无尽头地‘虚无’多久呢？”(《以大陆的力量——感受凯尔泰斯·伊姆雷札记》)

于是刘烨园得出了这样的结论：“孤隐会有悟、有充实、有单纯、有深远和升华，也会有虔诚和博大；精神的有所作为离开了这种生存和灵魂活动的方式恐怕是不可能的了。真正的孤独常常美得微妙、沉重和复杂。”(《生长在枝头的“异乡”——致友人》)

我私自认为，正是一个作家的反思和孤独，才最终带给了他一颗敏感的心灵，高尚的灵魂，因此不论他将要写作什么题材或什么样式的作品，他都要努力用深刻的思想来照亮他面对的一切，在艺术形式中注入自己崇高的审美理想。由此他的作品便开始具有了某种启蒙的意义，他的作品也更具个人化和主观化了。刘烨园在谈到自己的散文观时也认为，散文已经“变得更主观、更自我、更灵魂、更内在，也更朦胧、更支离破碎；它更重意象和内韵，更多元、更立体、更质变，更有挣脱感”（《新艺术散文札记》），因此幽暗不明和永恒无限的事物等凡是能使人产生痛苦的崇高的东西，都是刘烨园题材选择的关键，但这并不令人恐惧。我想，能在作品中表现一种别人不能触及也不敢触及的东西，把人性划分成善和恶截然相反的两种，并认定它不放松，在对自我和他人构成的威胁引起的痛苦和恐惧中大声呼喊，也是令人敬佩的。

从这一点上我们完全可以推断，刘烨园的作品对灵魂深度、灵魂遭遇的困境、灵魂的偏离和挣扎进行了特别的剖析。

记得古罗马的朗吉努斯说过：人类的心灵生来就具有一种对比自身更神奇、更崇高、更深邃的事物的爱和敬畏。因此对灵魂深度的追寻永远是人类精神生活的一个重要维度，刘烨园努力去探寻，他的作品一贯直面现实世界的文化困境，面对伴随着人类文明的产生而产生，并一起生长的野蛮和生存困境。因此他散文的脉络是沉重冷峻的。他写道：“鹰活着不是为了升腾，有时想着夜空，常常冷视同类。”（《人都是要死的》）“我们离开了家，到底为了什么？”（《成熟》）“不安、适应、回首、思索、躁动、落寞、得意、调整、转向……不知是社会推着我们走还是我们拽着它走，一年年折腾，我们有知有觉地木已成舟。”“我们是不可救药了。”（《成熟》）当有人问刘烨园：有些评论，包括一些读者，认为你的作品沉重、晦涩，你自己怎么认为？他回答：就我自己而言，是一种性格，也是经历等复杂因素——总之是很自我的本色造成的。我常常觉得它们还不够沉重。如今的时代，社会、心灵、命运、时空、情感、生命等等，怎么想象其沉重都不过分，事实如此，我才写出了几分之几？我为自己不够“沉重”而忧虑，因为我甚至无法写出自身沉重的一个零头。与此同时，刘烨园不断从方方面面的把握中来获得希望，寻求慰藉，安抚内心。正如诗人华兹华斯说："痛苦的思绪向我袭来，及时抒发，使我平静。"同样凯贝尔也说过："诗的一个最终原因就是：对许许多多人说来，它可以抒发怨愤，使他们不致疯狂。"他在作品中的这种表达是情绪的宣泄与净化，更是对悲剧困境中所显示出来的生命力量的哲学思考。

"我用我自己的声音道别我们没有祝愿的新年。有片灵魂生不辍辛劳，死也不安分。我不是常常想到你的。但即使是漫天飞舞着大雪，这一刻的微笑也属于我们。但没有这一刻，我就什么也没有了。缤纷华丽的贺卡上写着别人的语言，另外的别人也能重复千遍，再密密麻麻地干巴地飘乎世间，而我的，只有我的热血。"他在《濛濛的年轻》中谈道。

这些文字能净化人的心灵，也能触发人强烈的生命力，促使我们去冷静地思考生命、生存之本质。因为信仰的迷失引起我们心灵深处的巨大震荡，会使我们流浪的意识更加浓厚，增添我们心灵的恐慌，于是寻找精神的钥匙便成了沉淀在我们心灵里的宿命。

奋斗、思索、烙印和选择，才能看到意义。我想。

"我们是有疚的。我们应该有自赎的警醒——为着'异数'的心力献祭，为着悲剧的极美所在，为着慷慨的大地即使对罪人也无时不在默默滋奉着息息相关的一切，活着的人，应该也只能将人类的悖误递减至最低，更低……因为我们和大地都确实没有多少任意延宕的时间了。"刘烨园认为。

刘烨园的散文不仅有表层的激烈的道德观点，在深层更有对现代生命困顿的沉思和对生命诗意的召唤，但根本上刘烨园并不是道德的反叛者，而是敏感和有丰富表现的思考者，这样看来，刘烨园的散文似乎具有一些启蒙的色彩。我觉得任何优秀的散文必然都会涉及这一指向，并能深刻地感受时代的赐予，真挚地表现自己独特的体验和感受，因为散文是直接面对内心世界的艺术，是能激发内心情感体验和深层次思考的艺术。而要做到这一点，要在此基础上拯救人类自己的灵魂，最好的方法还是以爱来暖化世道人心，用理想和信仰来对抗心目中存活的现世的没落与颓败，于是更加凸现对理想、信仰的景仰和追求，是很好的一条道路。而刘烨园就是如此，他像一个孤独地背着行囊的布道者，在一路荒芜中寻求着意义和真理的出路。

“突然就觉得她很美，像一段默契。木屋就是天堂。相视着，同样的旅途，同样不知道来自哪里，去往何方。突然在风雪里筑起力量，不再缩紧肩膀；突然知道这就是告别，独自走了，独自留下。夜，越想越长。突然得到了，又突然失去；突然岁月如潮，又突然戛然喑哑；突然被感动了；突然找到了知己：一个真谛，一个愿望……”这段在《突然》中的文字无疑是深沉内敛的。它所独具的沉郁的基调则重重地压在胸口，让人无处可逃。正如柏拉图所认为的那样：“在爱之中存在着某种神秘的东西，它超出了偶然的个人存在和相遇，超出了瞬间的感性欲求，超出了仅仅是个体之间的关系。”因此我们的判断是：在我们的本能结构的最深处，我们仍然没有放弃柏拉图式的信念。在爱之中，我们仍然感觉到某种形而上的、非时间性的意义。因此文学的根本出路在于对人的黑暗、荒谬、虚无，坚决地保持拯救的责任和态度，是从中超拔出来一种自省，而不是闭溺其中。那么，应该如何拯救，如何驱除痛苦呢？刘烨园在犀利的表述中，认为还是源于一种热爱，对人类，对世间一切的热爱。这样的散文自会产生一种丰厚、繁复、撕裂般的感情力量。眷恋与决绝，爱抚与复仇，养育与驱除，祝福与诅咒，这看似对立的两种情感、两种心理在刘烨园的散文中是相互纠缠为一体的。

《我们去看萧红》是刘烨园情感浓重的一篇佳作，他在文中写道：“‘我们去看萧红。’说出口，心就在那极深处隐隐地疼，隐隐地沉。好多年没这样了。”“风尘仆仆几千里，我从北方自己宁静的内心而来。袖章，战事，血泪，插队，坚忍，坦然……自以为草木枯荣，一身筋骨也几十年了。今日孤身独旅，重饮珠江水，相逢中大，她不是也给了我那么深的柔情，那么欣慰的漫步么？有过这么多摔打，心怎么还会自疼？”“原来人性还是那么深远。血还是那么起落不息。”“心在哭。男儿的泪水永远复杂如土。”“几十年前，也是这样烈日炎炎的酷夏，一国两境，一桥之隔，不知广东的文化人是怎样将萧红接过罗湖桥，亲送骨灰到桥头的叶灵凤先生又是一番怎样的心境？”“我将离开。我将远行。”我们可以想见，纠缠在作者心里的应该是一种别样的情感。记得鲁迅在《野草》中说过一段话：“过去的生命已经死亡。我对于这死亡有大欢喜，因为我借此知道它曾经存活。死亡的生命已经朽腐。我对于这朽腐有大欢喜，因为我借此知道它还非空虚，……但我坦然，欣然。我将大笑，我将歌唱。”刘烨园的散文激发了我们内心深处一些被遮蔽的东西。

刘烨园在生命中也有血性般的真实，抵制着诱惑，远离着喧哗，逃离了世俗的利益的纠缠。他的散文的深刻性是他把生命视为一种深刻而又沉重的存在的结果。他说：“我们的时代，不需要深刻。”但他自己却深刻了。比如《异数之美——关于苇岸和〈大地上的事情〉》中的这些：“她翻越无数杂乱文字的崇山峻岭，孤身求索，在意义的源头凝神谛听。多么遥远的那儿，已经被我们忘却很久了。是什么重重遮蔽了我们？鲜有世人能够完成这样的灵魂穿越——她因此成了‘异’。因为不可替代。”“其实，她本在最纯粹最朴素的童心里。然而，成年后的纯粹、朴素，只有忘我而艰难的心灵还原才能抵达，才能名副其实——在兑水的书写泛滥至灭顶之灾的沉沦时刻，这样的考验重于泰山！因此，在人生苦途的意义里，纯粹与朴素，并不能虚妄地与生俱来。她得寻找，她得跋涉，她得情愿像杳无人迹的涧流藓丛中那朵蔚蓝色的‘天堂花’一样，冷清却真正自由地盛开，并由衷地欣慰与坦然。”

其中的深入的思索，撕碎了我们日常的表面现象——自欺，我想它是一块界石，让我们分清自己与别人的区别所在。刘烨园聚其全部的精力，把人身上的恶毒像牙膏一样一丝不苟地挤压出来，可谓大费周章，性欲、爱情、嫉妒、憎恨、抱怨、野心、贪欲、疼痛、厌腻、倦怠、阴郁、毒瘤、脓疮等伸手可触，在他的作品中散了一地。

略萨在《谎言中的真实》说："因为我不幸福，我才写作。"其中显示的是一种个体的孤独性，刘烨园也同样具有这种与深刻密切相关的孤独性，他寻找着同样孤独的那些优秀的人，比如他找到了"为我们清淤"的《古拉格群岛》作者索尔仁尼琴，并说："谁选择了你？索尔仁尼琴。许多文字在流淌，河道却愈来愈纤细。你消失了。""消失在无足轻重的生存里。""你粉碎了一切理由。你粉碎了恐惧与欺骗，连同自恐与自欺。""你说：忘旧事者失双目！而我，触目惊心：我还要穿过现实的'古拉格'，火柴划着一次，风吹黑一次，手中捏着一根根缺氧的精神炭梗，心头焦疼。"(《"古拉格"方舟》）比如他找到了《向导》，找到了《公元 1969 年的深山荒雨》中的"耳鬓被那碗苦麻菜清汤衬得有些隐隐的绿"的她，找到了"精神的鲁滨逊"，还有塔希提岛上的保罗·高更。通过这些尖锐而沉重浸透着作者内心忧愤和挣扎的文字，刘烨园的散文表现出了他自己的灵魂和肉体的炼狱之痛。这是些爱和恨、热与冷的文字，是"生命精神性的散文"，"是博大的、深刻的、升华的、理性的、人的（人类的）、形而上的"的作品（《认真追求是忧虑之母——答胡建平先生问》。

"一个缭乱心浮的时代，委实难以静观定判什么就该失传，什么是不该失传的。挽歌也罢，提醒也罢，一家之怀。只是在人性里情感里为美的、动人的事物在如玛雅文明残酷毁灭一样绝迹而忧虑罢了。"刘烨园说。当文学已经渐渐深刻地介入了人的心灵深处，当一系列错综的话语处于互动之中，形成了一批独特的问题，作家以及其他人文知识分子的思想、视野、洞察力和良知便显得尤其重要了。它要求我们的写作坦诚，有深度，能发现并准确地表现事物表面背后藏有的深意，用心灵独有的一种抗拒的力量与之较量，用作为人的道德勇气和自我尊严感，在这种心境上意义危机和精神溃败的文化景观中，执着地探索事物背后的真实本源，从而给予人们更多的心灵启示。

第八节　斯妤：在爱中沉静

如果说是文学使思想充满了肉和血，那么也可以说是爱使文学有了精髓，它使文学有了一个心灵的方向，使文学有了自己独有的足以镇静自身的精神上的依靠，它和文学的其他方面一样，同样贯穿在一种智慧之中，并使这种智慧到达一种理想的情态，因此可以说是“爱”使文学与其他文化之间有了明显的界限。从这一点上推延开去，我们认为，人类精神在文学中是生存还是沦落，归根结底要看爱在其中的丰盈或缺失。记得有人曾把情感分为四种类型：其一，生命的感情，其二，感觉的感情，其三，心情的感情，其四，精神的感情。后者是指前三种感情综合升华为一种在精神方面更为高级、更为纯正的感情，如崇高感、优美感、正义感、道德感、终极关怀感等。从中，我们知道了一条可以使我们的人生变得有意义的途径，这就是爱，不论是达官贵人还是文人墨客，不论是走卒贩夫之徒还是引车卖浆之类，如果他的心中没有了爱，他的生命必将进入一种咬噬内心的状态，因此爱是保持现实活力的内在的基石，它是个体生命的真实呈现。如果要衡量一部作品的血肉和骨髓的含量多少，这种“爱”就是其中最好的也是最可靠的尺度之一。比如沈从文先生写作《边城》的初衷就是爱，他说：“我要表现的本是一种‘人生的形式’，一种‘优美，健康，自然而又不悖乎人性的人生形式’。……为人类‘爱’字作一度恰如其分的说明。”

而斯妤的散文写作也是从爱开始的，她的散文也流淌着一种爱的暖流，也是一种爱意的呈现和回归。她是在用自己的真实情感来抒写一种朴素的爱，抒写一种简洁的爱，抒写一种爱本身的魅力。

“日夜纠缠于其内心深处的巨大困惑呈现给了后人时，人总得有条出路啊！”陀斯妥耶夫斯基感叹。

而出路，就斯妤的散文来说，我认为就是其中来自内心深处的弥漫着的氤氲的爱。爱是世间第一动人的东西，即使它是粗鄙化的一种爱，或者是一种盲目的爱，或者干脆就是逞一时之气的冲动的爱，它都能在人的生命进入一种孤立无援的绝境时，给人一种或是敢于正视事实的良好心态，或是敢于忏悔罪过的真诚。哪怕它带给我们的仅仅是一丝抱残守缺的类似的坚守，哪怕它仅仅能从心灵的暗夜里透出一缕微光，只要能有爱的光芒，它就会给人一种精神的温暖和慰藉，给人一种存在下去的希望。所以我一直认为一个人去选择自杀，其最根本就是他的生命里没有爱了，即使是一星半点的爱和被爱的感觉也没有了。

爱在斯妤的散文中无疑是重要的，她在《爱情神话》中一连用了十三个“爱一个人”来抒发她内心的爱意：

“爱一个人就是欣喜于两颗心灵撞击爆发出来的美丽时在心中一遍又一遍地祈祷这不是幻影，也不是瞬间，而是唯一的例外，是真实的永恒。

“爱一个人就是即使虚妄即使短暂也仍抑制不住馈赠的冲动，而终于伸出手去，递上你的心你的灵魂。哪怕梦幻再度破碎，哪怕灵魂从此分裂，你无力拒绝那样若有若无若远若近若生若死的一种情感。

“爱一个人就是当他审视你时，你平生第一次不自信，于是时光倒流，你一夜之间回到二十年前，那时在你小女孩的心中，除了渴望美丽还是渴望美丽……”

斯妤在她的散文世界里，对自然的推崇，对生活的热爱，对生命的赞颂，无不与爱相关，这应该是她真实心态的外在显现。我因此推断，斯妤是一个爱人的人，当然也因为这样，她又成为一个为人所爱的人。

斯妤是用质朴的文字将一种爱写活写透的人，是要“做文字的情人”的人。可以说她在一个爱意勃兴的时代，写出了自己爱意的誓言，这是人类一种共同的精神食粮，是在中国这样一个理想至治之世的生活带来的必然的智慧。斯妤一直遵从这样一种内心的真实感受。她说：“至于我自己，我是一个固执的人，我写作总是屈从于内心，不会因外部的潮头风尚而做出调节。”

斯妤的《祖父》让人感到了一种由祖孙两代的爱产生的绵延的温暖和震荡，她这样写道：“如今，我只要回望三十年前的那个闽南小镇，就会看见一个曾经高大健壮而终于苍老瘦弱的老人，正迈着不无蹒跚却仍旧有力的步子，拐过横街，落座到汪宅一走廊上那洒满阳光的躺椅上。

“我看见老祖父在和煦的阳光下放松了全身筋络，满意地眯起眼睛，渐渐打起盹来。也看见过一会儿一个小女孩连蹦带跳地跑过来，急切地摇醒老祖父，伸出的小手在阳光下仿佛一把金色长勺。老祖父醒了，嘴里嘟囔着，从口袋里摸出最大的钢蹦，叭嗒一声答复了急切的长勺。长勺蜷缩起来，开心地晃悠着，跑开了。

“在阳光下打盹是祖父晚年惟一的享受，可这个享受一天要几次被不懂事的孙女打断。长大后的我对此愧疚不已，而老祖父却从无愠怒之色，总是一边嘟囔一边让钢蹦叭嗒一声落进大张着的手中。”

里面的“祖父”的爱是一种长辈宽阔博大的仁厚之爱，而“小女孩”的爱是一种纯真的爱。对长辈而言，爱是一种极大的温暖和慰藉；对孩子而言，爱是一种足可以依靠终生的力量和享受。

在商品的广告标牌盛行泛滥的时代，散文虽然成为热潮，但其中，我们依旧不时见到有大量的散文已经沦落为一种矫情的手段，成为一种取悦于人的文化媚俗的工具，真情扭身而去，爱更是踪影皆无，最后无法掩饰的是无可奈何的文化亵渎，文化自虐，文化迷失以及文化的堕落、病态和自欺。因此斯好沉浸在爱中的写作和她的充满爱意的散文，使她在人性的深度叙述中表达出强烈的梦想色彩，更使她的散文在当下的散文写作中有了一种实际的意义和作用。

朱学勤先生说："一些优秀的女性的精神状态往往处于两极：要么是在世俗的沼泽地里打滚，要么是在滚烫的热水中煎熬。"而斯好却是灵魂的猎者，爱的舞者，她持有着一种心灵的镇静，在阒寂中到散文的园地去进行挖掘，收获的是一筐筐的爱意。她以她的散文作品为支撑，高扬着一面面爱的旗帜，从而让我们用这面爱的镜子照见了自己藏在深处的本质。从她的散文来看，生命不是欲望，而是爱意，是乘着爱的桅帆通往幸福、理想、自由的途径。而当我们一旦把对于欲望的痛苦转变为对于爱的追求，就可以最终超越导致我们人类自轻、自贱、自残、逆来顺受、人格扭曲和处处偏狭又盲目的意识了，在我的想象中那简直是一种圣境。

而斯好就是在《家》中那么平淡的叙述，也让人感到了一种爱的暖意遍布全身。

"外祖母的家紧挨着港湾，那是闽南海边的一个普通小镇。鳞次栉比的一排'竹篙厝'里，有我魂牵梦绕了三十年的家。我在那里度过童年和少年。

"那一阵全家的口粮是番薯叶，又苦又涩难以下咽，外婆心疼我，将嫩绿的番薯叶心一片片挑出来，拌点油（珍贵无比的油！）拌点盐藏起来给我吃。

"拌了油的番薯叶心比清水煮的又老又涩的番薯叶好吃二十倍，外婆天天支走小舅小姨给我开小灶。每次吃完后看着外婆那憔悴的面容佝偻的腰，我尚不省事的心里也会涌起阵阵涟漪：家多么好，亲人多么好呵！

“每次痛苦要淹没我的时候，母亲坚忍的背影、父亲泰然的目光常常会蓦地涌进心里，使我顿时猛醒，顿时收束起眼泪，并为刚才的泪下如雨羞愧。由此我常想，一个温馨、慈爱、智慧的家对于生长中的心灵、漂游中的心灵是多么重要，多么不可或缺啊，但愿我也能为儿子营造一个这样的家。

“外婆、母亲、父亲带给自己的平静生活，让人感到亲人之爱对于自己的意义，他们的爱永远都是一堵坚实的墙，为自己挡着风雨，挡着从他们背后渐渐走过来的死亡，因为一旦你生命的前方没有了父母的存在，你就得直接面对着生命的尽头，而父母却用他们的沧桑的面容和日渐佝偻的身躯，把你和那个尽头分割开了。”

散文在很大程度上是一种爱的艺术——爱你内心的声音，爱你灵魂的悸动，爱生命的划痕，爱情感的褶皱，爱从生命的幽深处生长出来的一切。斯妤的爱，植根于现实生活，面对现实并沉浸其中，她的爱，沉重而有节制，这无疑给她的散文世界更投注了一束人文的光辉。

斯妤把爱意给了自己假想的女儿。

斯妤在《幻想三题·女儿》中写道：“常常想再有一个女儿。有她在我怀里蠕动，有她对我微笑，对我呢喃。

“一天的劳作结束后，有她的童床在卧室里散发芬芳，有她的小脸在灯下灿烂，如同一朵粉红的玫瑰。有她微微的鼻息，喷洒在我悠远的梦乡，有她银铃般的笑声，将我从沉沉黑夜中唤醒。无论月明月黑，无论何时何地，只要想到她漆黑锃亮的眼睛，想到她吸吮手指时的专心致志，不依不饶，我便会从心里笑出声来，从心里感谢这充满艰辛却也丰富丰满的生活。

“儿子是父亲的翻版，女儿是母亲的后继。女人的一切，包括初潮，包括恋爱，包括婚姻，包括生儿育女，你都可逐一传授。你要她聪慧，要她美丽，要她有教养，有善心，要她懂得爱更珍惜爱。”

斯好把爱意给了自己的朋友。

“哪一天疼急了，她会旋风似的卷来，在你书房里痛哭痛骂。你甚至什么都不必做，你只需静静倾听，不停地往她杯里加上滚热的咖啡。半个小时之后，她便会雨过天晴，渐渐平复，重新安顿下来的心，再次充满了生的意志……如果这样的友情也只能是个梦，那人生就太残酷、太苛刻了。但愿完美不通常只是梦，赤诚和谐不通常只是梦。只有一点我有十分把握，那就是：假如她在我视野里出现，我知道我不会错失她。”

斯好把爱意更是给了自己的乡亲和社会。

她说：“每天晚上我散步路过那儿，都会闻到阵阵恶臭。盛夏酷暑，车库的铁门大敞着，里面的肮脏、浑浊、混乱一览无遗——大通铺、煤气灶、泔水桶、夜壶，随处可见的锅碗瓢勺，横着竖着的光着上身大汗淋漓的青年……唉，那不是人的生活，那是猪狗的生活。”

斯好的爱意也给了自己的理想和写作。

她在《阅读与沉思》说：“在我 20 年的家庭生活史上，事情是颠倒的：柴米油盐是胡乱对付的，衣食住行是胡乱对付的，真实日子是胡乱对付的，认真对待的倒是‘纸上生活’——虚拟的故事，虚拟的人物，虚拟的情境……胡乱对付生活中所有事务的目的只有一个——尽快坐到书桌前，继续那已经开始、欲罢不能的文字。”

因此可以说斯好骨子里是一位守望爱的写作者，把爱的心智全部用到了爱的写作当中，即使在琐屑平实的叙述中，斯好也能使自己散文中的爱，如潮水般涌动，如彩霞般飞升。

每个人都是整个人类状况的缩影。斯好的爱的来源是女性的善良和社会的普遍爱意。也就是说，作者在字里行间蕴藏着的，其实也是这个社会给予她的，如果社会给予了她的是爱，她便爱；如果社会给予了她的是恨，她便恨，生命就是如此简单。无疑经过了风雨洗礼之后的斯妤，最终和我们一样是幸运和幸福的。略萨在《谎言中的真实》中说“因为我不幸福，我才写作”。但我们不是，我们的写作是要在比照过去的混乱无序与现在的清澈深邃中，显出我们的爱。让我们在经历了太多的苦难之后，仍会感到一种生存的希望和暖意。

斯妤以充满爱意的生命直面人生，从个人体验的独特方式出发，来描述自己眼中的世界。她在她营造的那片散文世界里，用爱拨开遮蔽在生命之上的困惑，把人的生存转化为对社会的爱，或者把这种生存转化为一种真正的关怀。可以说她爱得如痴如醉，如诗如歌。她的爱荡漾在作者的心灵之间，也荡漾在读者的心灵之间。

斯妤面对“核桃一样肿胀的眼睛，偶一睁开，只是线一样细的缝；厚厚的嘴唇终日撅着。鼻子扁平，额头扁平”的刚出世的孩子，写道，“我抱着你，在林荫道上作长时间的散步。我指给刚弥月的你看晨星，晓月，蓝天，白云”“你在每日清晨我的臂弯里熟睡，没有一丝一毫的迟疑。你全然不理会拥着你的是谁，不理会她将把你带向何方，你只是毫无顾虑地熟睡着。你信赖人，信赖这个陌生的世界。你使我的心灵，又一次怦然”。

“孩子，正是你们纯真的信赖，激发了与天地共存、与日月争辉的爱与责任。”

斯妤对爱意的眷恋，应该源于她对生活的热爱和执着，里面蕴涵的是一份丰厚与深沉，是爱带给她的散文一种稳健的飞翔。

斯妤有意无意避开了那个让生命尴尬的历史，把自己的爱隐在了字里行间，因此在她的作品中，爱的潮水是隐蔽的，但正是因为隐蔽而更加汹涌。她绝少直接切入一种历史的苦难，即使她曾无数次忍受过，无数次地被撕裂过，但没有什么进入她的笔端，她只是在写自己的日常生活，自己足迹所至的景致，自己思索的情趣，就是写跨越了一些历史阶段的人物，也是去除了一种历史的背影，而只是倾向于单个人的人生走向。

她写的是“该走了，安静而孤寂的单身生活结束了”的家庭生活的开始；是“源于内心”的文字的写作；写“是一片精神故乡”的北京；写自己的腰伤；写自己眼中的“白太阳”；写孩子的童年；写祖父；写二舅；写表舅母；写外婆；写婉惠老师；等等。但一种经过艰难磨砺出的品质却是不能避开的，有了这种发自心底的情感，才有写作的驱动力，才有像泉涌一样遏制不住的心声直泻笔端，所以在一定程度上说，在散文的写作中，真情实感的匮乏所带来的缺损，是任何漂亮的文字都难以掩饰和弥补的。而斯好的创作很好地避开了这种缺损和匮乏。

爱是理性基础上的感性，是任何艺术的本质所在，当然也是散文的本质所在。斯好在爱中给人慰藉，给人依托，给渺小脆弱的人生一线曙光，这是一种崇高的信仰。克尔凯郭尔在《恐惧与战栗》中指出：“人类最高的激情就是信仰，每代人当中都有许多人走不到那么远，但也没有一个人的脚步能超过信仰。”可以说斯好的爱就是她的信仰，她的爱沉到了信仰里面，也沉到了生活里面。斯好认为艺术的本质“是探索，是超越，是创新，是对内涵与形式永不厌倦的开拓”。她说“艺术的本质当然是创造”，而艺术的超越却是必须有个价值前提的，这就是爱。而当新的工业进程拒绝了某种既定的价值，人们便把更多的关注落在了爱本身的力量之上，随后的问题便是：人的苦海何处是岸。

何处是岸呢？

是废墟中为人厌倦的灵魂私语吗？

是客厅沙龙里的哑剧吗？

是流落到都市的街头巷尾的所谓喜剧吗？

但更多的人酣沉睡乡，孤寂地操着自己的行当，持着一种做作的寻觅姿势，斯好却是注情入物，洞穿其境。

“我只知道相比之下，我们的文字太苍白了，我们的呻吟太浅薄了。真正的苦难是无法咀嚼的，它连回味的余地都没有。”她说。

生活有时神秘无比，如同有着无限诱惑力而又深不可测的黑洞，骁勇智慧的人，在其中求索，它求索到什么呢？斯妤在《源于内心》中说：“对于文字的怀疑，几年前就开始了。不是对它的外部功能，而是对它自身。它是如何既揭示现实又遮蔽现实的？如何既掠取生活又筛掉生活？既捣毁幻象又制作幻象？它的手指，那纤细的、尖锐的、鹰爪般的手指是怎样一边抓挠我们的心，一边又往我们的心里塞进烈酒，塞进大麻，甚至塞进美丽的糟糠的？我的含混与惶惑全都源于内心。那似是而非、永远无法真正抵达的抵达……我知道我对于文字的质疑仍会继续下去，同样我对于文字的依恋也会继续下去。阅读而且写作，这是我多么喜爱的生活，也是我多么莫名其妙地总要怀疑的生活。”

“写作是一种慢性自杀。”。

“问题是，是什么使我们选择了慢性自杀？”

“不是因为生活艰苦，前途渺茫，而是突然体悟到生命的脆弱，时空的广袤，个体的无助与无奈！我一连几天蜷缩在昏暗的房间里，一边发呆一边冥思苦索，试图找到超越时间、超越死亡的道路。”

“我蓦然了悟：写作，写作是可以战胜时间，超越生命的！”

“它是一盏半明半昧的油灯，既照亮时间也耗尽时间。它销蚀你，熬干你，直至灯枯油尽。”

是爱的启发意义使我们获得了自己一块稳固的地盘，刘勰《文心雕龙·神思》有云：“登山者则情满于山，观海者则意溢于海。”当工业文明带来的对金钱的崇拜，永久地结束了怡然自得的牧歌时代，当无度、拥挤的欲望使人类在不自觉间就进入了放弃和践踏精神的困乏时代，当凡是不能带来实际利益、物质刺激的东西，都会被宣布为无用的废物加以丢弃的时代，把爱珍重地收藏起来吧。

爱，便成了斯妤作品的文脉。如果说知是颖悟力的工具，爱才是给予人类意识和灵魂的生成的关键因素。

爱是不能轻慢的东西，因为爱由血肉之躯负载着。杜牧《答庄充书》中说："凡为文以意为主，以气为辅，以辞采章句为之兵卫。"斯妤认为"我想对我来说，先锋是一种精神，而不是风"。在斯妤的创作中，她以女性的视角让我们看到我们人类自身的脆弱性和坚韧性，她有着女性特有的敏感，更有对自我和社会深入观察后的真情，从这条特有的途径，她体味着生命的重量，其间存在一种从生命力遇阻到生命力洋溢爆发的过程。

她写道，"天是这样的阴沉，地是这样的燥热，我脆弱的心中，又是这样蓄满了烦闷和不安"(《窗》)。她又写道，"一个个不眠之夜之后，年轻幼稚的我懵懵懂懂地抓住了一根稻草。那就是文字。我派定文字可以突破有限，实现超越，妄言文字可以记录时间，抗衡死亡……一想到文字可以在生命消失后留下生命的痕迹，我就激动不已"(《按键》)。"我从来不后悔此生选择文学，哪怕它带给我们的除了美妙的愉悦外还有辛劳和清贫。""真的，我感谢这份'文学人生'。是它使我们单薄的生命，凭空地丰满起来。"正是这种原始舞蹈般冲撞出来的感动，让人感到了犹如婴儿在母体中的安宁。

当人类有能力直面生命的虚无以及由此而来的痛苦，我们也就有了一种真正的力量，那是一种人类真正的觉悟，不论自私、猥琐、残忍、懦弱，冷漠、无情，也不论何谓是、何谓非、何谓善、何谓恶、何谓美、何谓丑。就是一个"爱"字，作为自我与灵魂的对应物和救助物，给了我们一条新的出路，一种新的可能性，一片新的精神天空。

第九节　张燕玲：游走在心灵之间的温暖

凡是真正的作家，一般都怀有一种悲天悯人的宗教感和对尘世生命的敬畏感，都会将自己的写作写到心灵底处去，她既不放弃对于温暖、崇高、执着的书写，也不回避对于生命的琐屑、简单或者虚弱的反思，她游走在现实之真和内心之虚之间，游走在无尽碎屑和简单心灵之间，游走在自己真实生活的姿势和状态之间，从不同的向度逼近心灵，不断地对自己的心灵进行盘问，因此她的写作必然保持着一种对现实活力的游走意识和内在依存，她几乎是用噬透内心的写作方式来进行尽乎苛刻的自省，这种状态下写出了的散文肯定会颖锐我们的悟力，开启我们的智力。

张燕玲的散文写作就是如此一种。

可以说，张燕玲的散文有一种无须声张的厚实，有一种洗刷了偏激的冷峻，她用自己散文的骨架，负担着压在自己躯体和心灵之上的重量，那是一种别样的心灵游走，是温暖自己也温暖别人的心灵写作。贾平凹先生曾说过："如果小说写到人生、命运层面，就算是好小说了，但我觉得还不够，你还得写到人性层面，写到灵魂层面。"而张燕玲的散文就是用这种游走的方式来抵达自己的写作境界的。

张燕玲的散文是真实的心灵体现，这种真实源于她对自身的深层生命的真实体悟，是一种来自生命深处的真正召唤，这种真实让人在细小的环节中看到她的心灵的真实，看到涌动在她心灵之间的爱，那是一种能让人在迷茫、疏离、虚无、梦幻的感情中寻找到理想的彼岸世界的力量。

"自己塑造自己，这一理性自觉已是当代妇女，尤其是当代女性文学的真实品质了。"张燕玲谈道。在《此岸，彼岸》中她这样写道："哲学家告诉我们，此岸到彼岸有多长，一生就有多长。但实际上，……有的人就没有彼岸。这个悲凉的认知源于一段心灵疼痛的旅程，旅程的疼痛始于2002年中元节，在台湾海峡的彼岸，我认识了一个与我们骨血相连却苦海无涯的群体。""然而，在台湾海峡的彼岸，我认识的这群与我们骨肉相连却苦海无涯的群体，却是一个被遗忘被漠视的群体。"张燕玲不由得问道："——在这个世界上，有谁比他们更有资格告诉我们'不正义'的痛苦？

"——有谁比他们更具权威、更具说服力地说出'被排斥者'的疏离经验？

"——有谁比他们更清楚'饥饿'与破碎的'家'对人性的摧残？

"——有谁比他们更知道'尊严'与人间善意的价值？"

在这段文字里，藏着一个已被时空和后世人有意无意遮蔽、埋藏的隐秘，张燕玲用不可置疑的事实说了出来，这很重要，也很关键，它犹如电光火石在我们的心灵之中闪过，让我们知道了五十几年的历史真实。同时它也使张燕玲的散文一开始就走向生命的真实，挖掘出了自己生命中的珍贵的智性与德性。可以说，张燕玲是靠真实打开了真情的大门，又用真情打开了心灵的大门，并牵引着人们回到真实的生命状态，回到本原的心灵感觉中来了。那是我们人类本应共有的却往往又藏在了内心深处的灵性之光。

张燕玲的散文如同用自己生命中所有的时间打磨出来的一把利剑，它一下就穿透我们的胸膛，让真实的心态流溢出来，即使痛楚中，也能让我们的吟唱不绝，所以在茫茫宇宙之中，恢恢天地之间，在以生命为灵性的智慧创造中，散文的创作同样要在它真实的骨子里，透射出一股与生俱来的悲怆来。这在张燕玲的散文中也是如此，《公元一九九九——怀念张钧》是张燕玲写的具有真情的作品之一，她这样写道："是的，谁又会料到一个如此执着于理想追求、一个受尽了生活磨难的顽强生命还得面对死神的挑战？我竭力止住自己的颤抖，给张钧去了个电话，告诉他……我会去看他的。"

“我总是轻轻打断他，生怕他累了，生怕他伤感。……虽然他低着头说，我还是感到他的无奈和失落，我无言以对。早早地我送他回去了，生怕他轻飘飘的身子倒下。”

从中我似乎听到了张燕玲背过身去的抽泣，她凭借着真实的情感抵达了我们生命的深处，让我们感到了生活的真实和残酷，它是凄凉的，但又是崇高的，它因为凄凉而显得崇高，因为崇高而倍显凄凉，我们看到了一个能够歌哭的真实的张燕玲。

真实的生命，无不拥有自己的独立性，它不可能被复制，也不可能被摹仿，但一种真实的生活却可以给另一种真实的生活一种无限的启示，它可以帮助我们对自己的生活加以对照，并以此来观照彼此的真实或者虚假，从这个意义上说，既然我们无法逃避，既然生命稍纵即逝，我们就仍然必须去面对真实的灵魂，去啜饮真实的血泪，把自己淹没在真实的道德之中、真正的自我之中、真实的生命之中。

在追求着真实的过程中，张燕玲关注的是生命，唤醒的也是人的生命，她以自己的精神状态、价值观念去作自我反思。她在《自己塑造自己》中借用波伏娃《第二性》中的句子说：“一个生存的人每时每刻都在通过其行为计划来塑造自己……只有具有自己的活动，妇女才能出类拔萃。”

当更多的人被一种异化的生命裹胁着，毫无选择地卷入物质和利益的旋涡时，张燕玲用自己的写作让人们感到，人并非就是物质和欲望的奴隶，精神上根本的自由和盼望仍然是必需的。在《“〇点”废墟》中，张燕玲把这种悲悯扩大了，“永无止境的追问也无法阻止永不静止的时间在美国的时刻表上一动也不动。这不仅是美国人的‘〇点’，这是全人类的‘〇点’。”

“当人类在自己的家园都无安宁日，那么世界于人类还有什么意义？‘〇点’废墟不仅令人类疗伤，更令人类反省与建设。”

这不是悲观，也不是黑暗，她是要从源头找出生命的真相，找回我们真实的生命。虽然真实赋予了生命沉浑的厚重，战争和恐怖使生命失去应有的分量，但人生中最重要的一件事情，依然是在获取物质财富的同时，获得真实的生命，这依然是我们生命的真实目的。我们要用清水去洗涤生命，去除渗入人性中那些虚伪的毒素，去除那些矫揉造作，因为真实的生命会给予人真实的灵魂。由此，张燕玲的散文走向的必然是深刻，在她散文中，生命旅途中的每一份感动，心与心之间的每一次契合，智慧灵犀的每一丝缠绕，都给我们一种圣哲的启示、智慧的观照，她以她特有的心性如实地来圆悟生命的本性，来圆觉人生的规律，来显发生活的智慧。

她问："静默秋夜，没有眼神与目光的对接，秋凉游丝般地轻抚我躁动的血脉，溪流潺潺，……我走出自己的躯壳，尝试将自己的追问示意给意义：我为什么活着？"她又告诉我们："现代人在精神上病得很重，重病之一便是孤独，在这个利己主义横行的世界上，没有人可依靠。""如果说这是人类生命的无助之痛，那么她母亲生命的荒芜以及沃拉生命的迷失便是人类的精神之痛了，这种现代人的精神病态葬送了爱娃、沃拉、特莱丝们，为什么？同病相怜的现代人又如何拯救我们自己？"（《无法埋葬的孤独》）

从中我们真实地感到，自己肉身仅是我们暂时居住的壳而已，如果我们太过物质化，那么我们灵性的生命就必然是残缺的，我们须用生命去体悟人生，并回归到生命真谛的源头。既然生命的真实并不能像水塘那样可以贮存，既然生命只有血肉和灵魂的碰撞，便只能让一种辛酸后的渴望、一种跌倒后的站立、一种失败后的豪迈，回荡在我们心灵之间。

第十节　马丽华：坚实地站在大地上的抒写

散文作为一种亮出自己灵魂的写作，应该说在本质上是一种真实的写作，既是心灵的真实，也是对现世描写的真实。马丽华的散文，感情充沛浓烈，视角新颖独特，语言精练圆润，无处不闪耀着作者心灵的真实色彩，它是一种坚实地站在大地上的散文抒写。

马丽华是由东海之滨走向西藏那片神秘的土地的，是由诗歌转入散文的写作的，对于她的诗歌创作，谢冕教授早就谈道，“读马丽华的诗感到……每一篇都是自传”，“她拥有别人难以企及的优厚之处，那就是她接触每一个题目，同时都具有一种建立于文化反差和冲撞中的比较”（《我的太阳序·生命的投入》）。她的散文也秉承了这一点，神奇美丽的西藏给她带来了新的灵感，西藏的山山水水、风土人情以及藏文化，都给了马丽华一种新的存在和把握命运的方式以及写作方式，这就是真实。可以说，西藏独特的风情物性和人文精神，造就了马丽华散文中鲜明的地域特色和真实色彩。其中，她以她的个人经历、语言觉悟，展示了西藏民生的艰难与新生，演绎着民情的淳朴与执着，叹咏着民俗的眷情与奇异。

马丽华的散文是一种接近本质真实的写作。她以西藏的自然景致和人文景致为描写对象，并将自己融化在其中，沉浸在其中，与那片陌生而熟悉的大地一起呼吸，于是她笔下的每一棵树、每一株草，甚至是每一粒沙子，都蕴涵着她自己滚烫的生命。正是这种深深的情意使她在面对生机盎然的原野、奔腾跳跃的河流的时候，有了一颗特别的心灵，使她的血液洁净而又充满真实的色彩。

有时我想，如果一部作品缺乏了对崇高的敬畏，缺乏了对神圣的虔诚，缺乏了人道的情怀和信仰的热忱，特别是缺乏了一种真实，那么它里面有灵魂吗？马丽华的散文本真流畅，全无雕饰，充满弹性张力和鲜活流动的生命力。她写道：“稍稍深入一下藏北，便会强烈地感到这里并存着的两个世界：现实的物质世界和非现实、超现实的精神世界。在后一世界里，至今仍活跃着丰富得不亚于人间的种群、神鬼、半神半人、半魔半人、水底生物……也争斗也杀戮，也爱情也生育，高尚的、卑微的、冷漠的、哀怨的……总之凡人间所可能有的全部情绪。这类传说的存在就如奇林湖的存在意义是一致的，是一种充实，一种美化，一种寄托。设想，要是没有奇林湖，这广袤的草原多单调；而没有了神话之光的照耀，游牧生活将黯淡许多。至少，人们会倍感孤独。”我想这种散文是有个必要的前提的，那就是真实。古人讲“凡文以意为主”，这意，其实就是使我们心灵受到触动的东西，使我们的思想突然升华的东西，使我们的感情更为纯粹的东西，这些都具有真实的色彩。而在马丽华的散文中，每一幅画面、每一缕光影，无不带有一抹作者血肉、灵魂的真实。她用她的散文带你一起拜访拉萨，一起走进阿里，一起去领略藏北牧区的日常生活，一起去见一拨又一拨的驮盐队，一起去探秘湖边塔形玛尼堆上扯起五色碎布的经幡，一起去接近文部的百余里长的大草坝上黄枯的江玛草，一起去朝拜朝拜者。在她散文的字里行间，虽然也写直觉和顿悟，写个体经验，写独立的自我，写生活的片断折射出的生活真实的特征，她深切把握着并抵达了由经历、心绪、忧患、疼痛浸出的鲜活生命的深处。

“我是个重情义的人，西藏待我好，我以文字回报，不曾想它因此对我更好，我只好再回报，如此循环不已，我便不能离开它，不能不持续地赞美它。只要生命允许，我将被注定在这须仰视才可得见的高处，实践自己的许诺。至于激情，那是上天与生命同赐的厚礼，作为人生的助燃剂，它的富足与匮乏，决定了你的人生是熊熊燃烧还是一蓬只会熏烟的湿柴。”马丽华写道。

鲁迅先生曾谈道：“真正的现实主义是什么？真正的现实主义是把自己的灵魂亮出来给别人看。”也就是说散文应该就是一种真实的写作。在平时的阅读过程中，我们不难发现作家们在创作真实性上的态度与趋向：有些作家，柔和宽厚，对大自然满怀深情，对人的真实倾注了心血；而有些作家，注重的只是眼前的世俗利益，或者一直被这些利益所牵动。而真正的创作，包括散文创作，要求心灵的真实书写，内容的求真意识，视野的纪实性摄取，以及一种道德信仰的确立。孙犁先生在《致郑云云》中谈道："我是老头脑，以为散文还应该写得实一些。即取材要实，表现手法也要实。就是写实际的事情，用实际的笔墨。"说的就是这样一个道理。而马丽华的写作是一种见情见性的写作，她的写作处处都闪现着一种本真的东西，具有西藏特有的浑厚、深沉和辽阔的艺术底蕴，以及壮丽而忧郁的抒情现实主义特色。

"远行者，一个总是出远门的人，用了人生最美好的二十年时光奔波在高天阔地的山野间。……山野溟蒙中，牧民在冬窝子里为我们烧茶送别。铁皮炉里的牛粪火闪亮，映照着一张张如大地如岁月的脸庞。酥油茶的浓香溢满了小小的空间，这是前方漫漫长途的最后温热，如诗如画般铭刻在心底了。……那一刻，我觉得生命中有些什么正离我而去，永远地融入了那片冻土地。"马丽华写道。

是那片辽阔的真实空间，是一种真实的喜悦感，奇迹感，敬畏感和幸福感使马丽华的散文在遍及藏区的大小寺庙、名目繁多的众神谱系、触目可见的玛尼堆之间，拥有了真正意义上的一种真实和感悟。这种异族异地的文化景观，在她的长篇纪实散文集《藏北游历》《西行阿里》《灵魂像风》《终极风景》中都有所体现，它是马丽华对个体感情的超越，是真实生命的体现。

真实的文章是有风骨的，风骨就是一篇文章的支撑，如同骨架于躯体的重要。古语有云："若丰藻克赡，风骨不飞，则振采失鲜，负声无力。是以缀虑裁篇，务盈守气，刚健既实，辉光乃新。其为文用，譬征鸟之使翼也……捶字坚而难移，结响凝而不滞，此风骨之力也。若瘠义肥辞，繁杂失统，则无骨之征也。"比如楚辞充盈着的是激越飞扬的神韵，汉赋流露出的是辞藻富丽的色彩，唐宋蕴含着的是文风古朴雄浑的气势。比如当代的作家或汲黄河雄浑之灵气，或取黄土厚重之气势，或凝西北粗犷之风骨，或展北国山水之神韵；或笔力雄壮，或气象浑厚，或格高气畅，或青春妩媚，或苍茫静旷，这些都是由作者的品行而来的风骨。而马丽华的散文明朗健康，遒劲有力，是一种由真实决定的坚硬风骨。

马丽华的散文笔力粗犷朴实，稳迈沧桑，她始终以雪域高原那雄奇壮美的自然景观为自己散文的触发点和出发点，将西藏那片地域的神奇、人与自然的关系以及历史传统的渐变，以其独特的叙述视角展现出来。她着力于西藏高原民族那种不惧苦难的强大而旺盛的生命力，那种达观从容、悲天悯人的宗教情怀。马丽华说："灵魂的宁静不因归途在即，灵魂的美丽在于情有所依。""所有的人都待我很好，这里的人民，不管是藏族还是汉族，都纯朴可爱得让你们这些城里人无法想象。在他们的关爱下，我能够不停产生灵感……"

马丽华散文具有鲜明的地域色彩，这是一种地域的真实。

她坚实地站在迷人与诱惑的西藏雪原上，向人展现着自己的西藏情结和心灵体验，可以说这点是她散文写作的基石。比如她真实再现了"藏历十二月二十九日晚间的'驱鬼'仪式"。她写道："晚饭前，家家户户就用麦秸绑成十字形，置于或盆或筐或纸箱等容器上，里面放着烧焦成炭的牛粪，那也许就是'鬼'的象征吧。在房东次丹多吉一家，全家人手持糌粑团，依次在额头、衣襟各处碰一碰，擦一擦，扔进容器中，象征着除去旧岁的晦气、疾病等不吉和不洁。"还写道："藏历新年初二这一天，一年一度的更换经幡仪式"，"在灿烂的阳光下，家家户户点燃了屋顶上的桑炉，在袅袅升起的桑烟中，把早已准备好的经幡扛上屋顶，换下褪了色的旧经幡。鲜艳夺目的五色经幡招摇在蓝天白云下，完成了新年弃旧图新、辞旧迎新的最后一个项目。全家人一字儿排列，为自然万物祝福吉祥的‘索’。那经幡的五色象征，自上而下依次为‘蓝天、白云、红火、绿水、黄土’。那是人类生存环境的基本要素，是乡村生活自古而今最为亲近的自然风物。”

其中的一切似乎都是永恒和无限的，一切都是感动人心的。折叠成美丽的涟漪一样的草甸，满是羚羊、旱獭与牛角胡的高原，优美地驻足张望独行的狼，庄稼地里的青稞豌豆，都一一进入了马丽华的散文中。在她的散文中，很多都是以西藏为时空背景的具有民族特色的地域文化，以及这种地域文化在人们心理上的反映。她力图寻找到这种文化存在的独特的表征与意义，寻找到它与现代化之间的契合点，寻找到西藏的文化根脉以及历史演进。

面对西藏的自然，面对西部的生活于困境中的人们，马丽华是充满感情的，这是一种感情的真实。

对于自己熟悉的西藏的天空、大地、沙漠、草木、鸟兽，马丽华也试图写出西部在非常贫瘠的条件下，人们所承受的肉体折磨和内心痛苦，写出自己对苦难的密切关注。马丽华说过：“我对幸福未曾心醉神迷过，苦难却常使我警醒。我始终认为，缺乏苦难，人生将剥落全部光彩，幸福更无从谈起，要是有一百次机会让我选择，第一百零一次我仍然选择苦难。”

马丽华在考察了西藏的地理人文因素及自然条件后，她把自己的灵魂对准了西藏的文化传统，对准了西藏的民众性格和民众精神，更对准了西藏牧民的灵魂。她“看到过西藏生活艰辛的一面，看到了人们为改变不理想的生存环境所付出的种种努力”，“这一过程，是内在体验的深化和生命质量的提高”。“西藏的土地和人民真好。二十年间一再体味着这片高地施予我的宽阔宽厚宽容宽松，它深刻地影响了我的人生和文笔，我知道自己中庸豁达平和与泛爱的心境由何而来。”而在其中马丽华并不感叹某种恶劣的生存境遇，而是力图“走出自我，举目辽阔，我发现了这儿的土地和生活，在凝神于大地冥思的散文时代里，我悲壮地感受着苦难之美”。其中有生命的抗拒和忍受，也有生命的欢悦。

在马丽华的散文中，还有一种现代性的真实。我们知道，以现代观念为思想指导进行散文创作，就是要求作家以现代人的心灵和眼光去观察生活、思考时代和分析题材，并倾注自己的思想感情，使读者的情感得到升华，散文创作也只有具备这种观念，才能跟上时代生活的节拍。从这个角度上说，马丽华散文的视域无疑是现代的，这也是真实的一种体现，她的散文凝聚着天地灵气，张扬着自然人性的精神。

"现代科技是个好东西，这一点人们已有所识。科技兴藏的倡导者们曾向我描述了一个有关藏北现代牧业的神话——在贫瘠干旱的草原上，建立太阳能水泵，引出地下水灌溉牧草，供人畜饮用；从国外引进优良品种，改良牛羊；抓绒剪毛，取用皮张，冬宰时除肉以外，将头、蹄、血、肠等经过初加工销往国外……"

还有阿里地区的大片的太阳房，"看来阿里要走光电之路是确定无疑的了。今年（一九九一年）革吉所属四区都将建起小型光电站，明年的一九九二年，改则将要建起二十千瓦的较大规模的光电站。"而在高原蔬菜温室里，"茄子开紫花，户瓜开白花，西葫芦开黄花、青笋地里套种油菜、户瓜，西红柿地里套种苦瓜、小油菜。""能干的康巴人当然不甘示弱，也充分发挥了自己的优势：语言相通，了解农牧民需求，不怕吃苦，不嫌麻烦，生意做得活：开着装满货物的东风大车，在阿里高原上一个帐篷一个帐篷地流动推销兜售。"可见马丽华将自己的视域扩展到了现代的社会生活，将自己作品的意义指向了现代人的内心世界，她是将自己写作的眼界推向更为广阔的现代背景中去了。

贾平凹先生说："现代意识可以说是人类意识。"但作为中国的作家，他们文学中体现的现代性应该是与西方的作家有所区别的。比如萨特、加缪、波伏娃、梅勒等等，他们表现的现代意识，其中心是危机感和荒诞感，共同主题是表现现代人的困惑。中国的现代性要求我们的作家要在新的时空观背景下来结构自己的作品，它依旧倾向于用一种强大的潜移默化的力量和理性原则，来塑造我们的灵魂、品格、理想与情趣，要求在本土文化和自身处境中生成中国语境下的现代性，它在某种程度上应该是中华民族现代性进程的缩影。一个缺乏这种观念的写作者，最多只能成为一个具有某种异常敏感的作家，而不是一个具有启迪和激发作用的作家，因此现代性的社会要求我们的作家要以现代的人类意识来观照生活。我觉得萧红说的“作家是属于人类的”应该就是这个意思。苏珊·朗格也曾指出：“艺术家表现的绝不是他自己的真实情感，而是他认识到的人类情感。”

其中，我觉得文学艺术功利性是必要的。这是因为，文学艺术作为人类意识形态领域的一个重要方面，终究要从本质上肩负起推动社会进步的重任，这无疑要求文学艺术合理地表现出所应具备的功利性和人类意识。马丽华的散文展现了西藏民众的生存图景，用现代主体意识去照亮他们的精神世界。在她的散文中，呈现着凝重、大气的文化内涵。而作为一个优秀的作家，马丽华在描绘了西藏的历史命运、精神形象和心灵变化的基础上，以独特的艺术品质表达出自己的思考，她在对汉藏民族文化模式的比照中，揭示出藏民族的传统人生中相对重视神圣与精神的追求，发现了横亘在汉藏民族之间深层交流的某些障碍，她的这种解释和努力，对于在现代化的趋势下，汉藏民族如何更深的理解和交流，具有超越文学本身的意义和效果。

由此我们看到，马丽华明显是受到古代“向内求善”美学思想对文学浸润的影响，里面含有“文以载道”的中国传统文学的核心价值观。古代文人讲求“诗言志”“文章合为时而著，歌诗合为事而作”的文学意识，在马丽华那里也有，她把对于历史、社会、生活的知性、理性、悟性，凝结于自己的内心深处，并以散文的形式来加以表现，传达着对于社会、人生的关怀和观照。马丽华以自己的散文和行动，穿梭奔走于西藏的山脉水流之间，探询着越来越熟悉的村庄和人们，这对于她写作的价值生成与道德建构有着重要意义。这对我们的写作者是有一种启示作用的。

第十一节　格致：背过身去的新视角

对于散文写作，我一直倾向于散文写作的突破和创造，认为散文写作应该有一种本原的想象力和创造力，就一篇散文而言，它里面至少应该藏有一种精灵，并表现出一种崭新的景象，即散文中必须有它自己独特的力量，或是内容上的，或是形式上的，而散文作者也应该相应地通过反省，领悟到一种别样的东西。

格致在散文创作中稍稍一转身，把自己的笔锋稍微一偏转，就写出了一篇篇在体制和范式上令人耳目一新的散文，给人展现了一片新的天地和生机，她用她的创作给更多的散文作者以特有的启示，即要在自己的散文写作中找到一个与众不同的角度和立足点，并以此作为写作的支点，进行文体的创新与自立。

格致果断地从带有更多传统因素的写作中脱离出来，让一颗新的散文灵魂在其感性和精神之间游移，进而幻化出了一片美丽的散文的火花，并一下就闪进了我们的眼睛。张守仁先生曾评价格致说："格致的出现无疑是新散文领域的一个事件。""我等待了十多年，终于等来了打通文体界限的佳作。"可以说，格致在自己独特的散文构造中展示着自己内在的生命，她散文的独特生命在于奇特，而奇特在于一种思想或文字的交替，也就是说，她散文的浪漫在于她心灵的机智，她散文内容的融会在于她散文形式的组合与分离；她的散文在迷茫中有秩序，在矛盾中有优美；她的散文将自己选择的内容重新组合、规定、安排，使之达到一种别样的状态，从而给了我们一种震荡，一种新的穿越散文美的途径，并由此在散文体式上获得了一种崭新的风格和意义。

其实所谓风格，实际上是作家在创作中表现出来的艺术视角问题，它表现为一个作家如何处理题材，熔铸主题，驾驭体裁，描绘形象，运用表现手法和语言等各方面，比如夸饰、事类、物色等艺术手法，均与一个作家的视角有关。情以物兴，物以情观，词必巧丽，丽词雅义，视角是其中的前提。刘勰的《定势》篇曾对各种文体的风格作了较为概括的说明："章表奏议，则准的乎典雅；赋颂歌诗，则羽仪乎清丽；符檄书移，则楷式于明断；史论序注，则师范于核要；箴铭碑诔，则体制于宏深；连珠七辞，则从事于巧艳：此循体而成势，随变而立功者也。"格致在她的散文创作中，显示出了她自己独特的写作模式，具有鲜明的自主性与原创性的特点。譬如，在《红花白花》中，她充分注意到空间背景和社会背景在散文叙事艺术中的作用；而在《庄周的燕子》中，公众生活的背景却相反地隐退下去，只凸现自己的一种独特的认识或体验。格致这样写道："燕子可是个例外，它就住在人家的屋梁上，却没有人去伤害它。想必这便是处世的大智慧了……燕子智慧的核心是什么？那就是距离。人类是一种你不能离他太远、又不能离他太近的动物。比如，珍禽猛兽害怕人，躲得远远的，人便结伙去深山猎捕它们，这是因为离人类太远；家禽因完全被人类豢养和左右，人便可以随意杀戮，这是因为离人类太近，近得没有了自己的家园；只有燕子看懂了人类，摸透了人类的脾气，又亲近人又不受人控制，保持着自己精神的独立，于是人便像敬神一样敬着燕子。"这些都是一种文体的自立和创新的表现。记得卢卡奇指出："审美的形式始终是作为某种内容的特定形式出现的。"格致的散文创作追求形象创造、内在结构、语言艺术诸多方面的精美整合，并努力寻找和创造属于自己的独特方式，形成了自己富有个性特色的笔调。而正是这点使格致的散文在创作技艺和审美思维上成为散文自由与独立的标志。

因此当一个散文作家自觉地从艺术形式的深层结构，对自然和生命的高度进行诗意的遐想与理性的思辨时，那么她的散文就会实现由方法向体式的转换。

格致在散文的形式创新方面的努力是明澈的。在其创作中，她所建构的一切，包括形式方面，应该有一种真正属于她自己的深层动力结构。她的散文创作讲求感性、想象和理性在美中的和谐统一。她侧重于文学的形式的创新，侧重形式和内容方面的交错。而文学形式作为作家审美意识风格化的结果，它以语言和章法为构造的手段，表现作家的体验、情感、意绪、意识等内在的意蕴。因为形式是对终极情感的提升，伴随着的是对一种大力量的体验，它最终指向的是独立的意义。格致的散文简单、素净，蕴涵却非常丰富，超出了传统散文意境的界限，达到了与读者的契合，而且格致能够把意识心态中难以化解的东西以各种形态加以展现和整合，自主地完成文体和形式的超越。从格致的散文中，我们能较清楚地看到，格致似乎对形式之美怀有某种特殊的迷恋，她以自己独特的审美视角来追求散文形式的更新，从而使自己的散文，成为了主体与客体、感情与理性高度融合的审美世界。

维特根斯坦在《美学演讲录》中说："我常把语言比作一只工具袋。它里面装着锤子、钎子、火柴、钉子、螺丝和扳子。"那么你想怎么用就是你自己的事情了。格致无疑在这方面是优秀的。

她在《转身》中这样写道："那段日子住在乡下，宿舍以及工作单位都是平房，我的生活中还没有出现楼梯，也就没有出现恐惧。

"这段文字写于两年前，是我的一篇小说的开始部分。它涉及到十五年前，我短暂的乡下教书生涯。比如'平房'这个词，就十分准确地概括了当时的生活状况。当然，那段日子留在我记忆里的最顽固的东西，还是半夜响在我宿舍玻璃上的敲击声。那种声音如一块不规则又坚硬的物质落入一杯清水中，轮廓清晰地卧在杯底，一直没有被时间融化掉。两年前的文字没能公开发表，那个关于楼梯的恐怖故事只被我一个人读到了。之后，它便如泥沙一样沉到了我书桌的最底层。

“那段日子住在乡下，宿舍以及工作单位都是平房，我的生活中还没有出现楼梯，也就没有出现恐惧。恐惧是从楼梯的积尘中衍生出的怪物。它从灰尘与阴暗潮湿中获得了生命后就迅速长大，然后从楼梯上一阶一阶地慢慢爬了上来。从楼梯上爬起来的恐惧是一个高大的黑影，它立在我的面前，张开手臂拦住了我的去路。那是晚上九点以后，微弱的月光将人涂成黑色，而其他物体都反射着月亮的白光。人是吸光的，只有强光才能把人照亮。被涂成黑色的无疑是个男人。我同这个黑色的男人在楼梯上相持了近三十分钟……”

这种文字的交替变换宛如一条黝黑的小蛇，不断地被格致弄于股掌之间。记得在艺术装潢中，有一种被称作阿拉贝斯克的阿拉伯风格的装饰，以缠绕交错的线条为特点。格致的散文，素朴的沉思中似乎有一些荒唐古怪，而文意的流淌又显出她散文的沉稳，她抛弃了那种理性思维的格式与章法，重新设置出一种初始的美，给人一种新式的五彩缤纷的感官体验。她有激情却不膨胀，质朴却非静穆，在可见而又可不见中荡漾着一股清澈的芬芳。

因此，我们可以得出这样的结论，格致散文中形式的概念已经具有了新的意义，它不再只是一具框架，而是一个有机的、具体的、独立的、自身包孕着某种内容的整体。据说欧洲有一种幻觉艺术，它具有一种改塑作用，格致的散文实践同样有自己新的散文空间，她将散文的图案拼花一样地装潢起来，虽然它仍然具有模糊性和变异性，但是作为散文的驭手，格致无疑是优秀的。

格致的独特还在于她对事件的描述、挖掘和处理上，她的散文创作行走的是另一条别致的路径，其中的文字和结构的遮蔽与约制以及自我调理，都使格致散文的描写明显带有小说的叙述模式。在她的散文背后有一种整体的综合性的多元视角的支持，文体的交叉、沟通和碰撞，激发出她不同寻常的散文构造，因此她的散文往往能达到出人意外的深度，获得文章本身之外的效果，这无疑给我们提供了有益的参照。

《逃生之路》是可以当作一篇优秀的小说来读的散文。文中，格致叙述故事的沉稳，让人不能不觉得作者具备的这种能力必然与她某种独特的写作理论或写作体系有关，她写“大姨夫”为了使自己的老婆免于别人的游斗，“他下到菜窖里就上吊了。死了”。格致接下去的文字不由得让人感到了一种悲怆，“那个菜窖是他（大姨夫——笔者注）去年秋天亲手挖的。他是个高大、魁梧、有力气的人。他把菜窖挖得又大又深。做横梁的木头也很粗壮。他在去年秋天的某一天的劳动，为他这一天的行动做了充分的准备。他是多么了解那个菜窖，超过两米的深度在他的心里，横梁的承重能力在他的心里，当他走投无路的时候，当他必须死的时候，他来到了它的身旁。这个深入大地两米的洞穴，是他从人间出走的洞口。”

以此来看，从文体的角度而言，格致散文的敏感力显然来源于她对于一种文体独特的理解和把握能力，以及对文体形式的张扬，而这又使她散文的表达在自觉、不自觉间就发生了偏转，并使散文写作的本身成为写作的目的。

对于一个故事或者事件，任何一个独特的发现都不会重复既定的叙述形式。反之亦然——任何一个独特的叙述都意味着某种发现。格致对事件的叙述是别致的。对于什么叫作“事件”，对于一个“事件”的开端、结局、焦点以及重心在哪里，格致似乎天生就有一种特别的感悟和体认，有一种对事件本身的深化和蔓延的能力。张守仁先生还说过：“我读过不少新风格散文，它们或者让我兴奋，或者让我激动，而格致的《转身》则很让我惊讶。她的行文大气从容，不事雕琢，其中不乏小说的紧张的故事情节和戏剧的冲突性，看了让我感觉到散文有了新写法。”在散文《转身》中，格致写一个女孩，在夜晚漆黑的楼梯上遭遇了一名歹徒，被一个陌生男子突然从身后拦腰抱住，她如何才能转过身来，面对那张面孔？但令人想不到的是，这一事件的结局竟然是："他就站在那里，仰头看着我消失，极像一对情侣恋恋不舍的分别。"这种反差的背后是一种真实，还是格致从事件本身演化出来的一种手法，我们不得而知。但不论怎样，它都达到了作为一篇优秀散文的效果，它对叙述方式和体制的突破，对我们的散文写作都是有借鉴作用的。即使格致说过："我习惯从日常生活中挖掘主题，无论是《利刃的语言》还是《转身》，都是我经历的真实事件，我也许当不了一个好的作家，因为我不会虚构。"但我依旧觉得里面与我们习惯化的生活相悖的部分是有生命力和感染力的。这点在她的散文《穷人》中也有所体现，作者对那个应该叫簉簉或者其实并不叫这个名字的乞讨者的特别描述上，以及"我"教给自己孩子对待那个乞讨者的态度和称谓上，都表现了一种另一条路径的探入，从中我们看出，格致在把握事件的重点方面是与众不同的。她的其他作品，比如《体育课》《东南》《我们的铠甲》《我肯定生有翅膀》《囚犯》《商品》等都是如此。

宗白华先生说："美与美术的特点是在'形式'、在'节奏'，而它所表现的是生命的内核，是生命内部的律动，是至动而有条理的生命情调。"因此可以这样认为，散文的魅力应该在于它的形式，更在于这种形式背后生命的隐喻性，我想作为任何一种文体，没有隐喻就没有神韵，就好比人只有肉体没有灵魂一样。有人曾言"几乎所有的美都具有隐喻性"。即便是臆想也会在感觉背后产生一种别致的隐喻性，我甚至这样想。可以说，有时，形式也能体现出一种隐含的意义，因而真正的散文，其形式应该具有丰富的隐喻性的。法国结构主义语言学家格雷马斯在其名著《结构语言学》的开篇就说："对人而言，人类世界从本质上来说大概就是意义的世界。

一个没有意义的世界，决不会称为‘人’的世界。”因此对意义世界的探求是人认识自己和世界的必然，但具体到文学或艺术的创作中，就必然涉及一个由形式而到隐喻的文本世界，优秀的散文应该是具有张力和隐喻性的，隐喻是散文或其他文体的深层意义。

格致的散文无疑同样给我们提供了某种范例。

在《水稻田》中，格致将自己这篇文字与另外一篇《晚餐——青蛙在公路上跳舞》交叉在了一起，她在叙述完春季的青蛙在雨天跳到公路上来，被巨大的橡胶车轮碾压在下面后，笔锋一转，写道：“这是我的一篇散文的中间部分，……而开头部分是写我的晚饭吃什么。”于是接下来就进入了《晚餐——青蛙在公路上跳舞》的文字里面，后面的文字更使往返交替，最后她写道：“《晚餐》的文章还有个结尾部分。那些横卧在公路上的青蛙尸体，不仅影响了我的情绪，还一度左右了我的饮食结构。”

从两段的对照中，在晚餐和被碾压而死的青蛙之间，作者要明确的一种道理，在一种崭新的形式之间凸现出来，于是文章更具一种含蓄、悠远的情思，更有一种凝重的意义美。

既然形式体现的隐喻性与作品表现的某种意义紧密相关，而意义又必然牵扯出一个思想或道德问题，那么作品的隐喻性必然涉及作品所展现的思想或道德问题。有时我同样也会问自己，散文的力度到底在哪里？散文最终的美又有什么来加以体现？最终，我想其实在任何艺术美的天顶，闪耀光芒的必定是一种合理的道德，它近乎一种梦境支撑着艺术的良知和热情。一个作家个性越坚强，他抛去所有的束缚，遵从自己天性和内心的道德的根据就越显得理直气壮。格致也是如此，她与其他的优秀作家一样，同样不放弃道德和责任。我认为正是如此，格致创作的升腾才有了根源，使她笔下的每一个事件都成为一个生活的比喻，因此她的散文里有一个空间的深度，有一个被智性把握的文化灵魂。据说每一种宗教都期望能在周围的世界中努力获取一种力量，格致的思考舒缓镇静，就像一幅画的亮部和暗部，她以一种道德的方式将自己散文的核心绵延到了思想和想象那遥远的边界。

记得作家冯秋子说过一句非常中肯的话：写作与人的质地有关。

格致的道德无疑是坚定的。从散文《水稻田》中我们就能明显地见出这点，再如在《阳光下的囚犯》中，格致写道："我在那一元纸币面前犹豫，在他哀求的声音里走神。我一时反应不过来。我在突然的事情面前比较迟钝。就在这几秒钟的犹豫里，一个管教匆匆走了进来，他厉声呵斥：出去！年轻囚犯的手垂了下去。低垂着头从我和管教的面前走了出去。管教问了情况后表扬我说，你做得对，不要理他们。

"可是，还不到五分钟，我就意识到我做错了。我应该帮助那个年轻的犯人买面包。他显然是饿了，至少是对麦子烤熟后的香味充满了渴望。也许他因为什么原因而未吃到早饭，又干这样重的体力活。他一定是支持不住了，才冒着受严厉处罚的危险，费了一番周折找到这样一个机会。他的要求在我只是举手之劳。卖面包的地方就在大门外。但犯人不可以出这个大门。出去就是越狱，后果不堪设想。"

文章能够写到如此，确实是不容易的，格致独特的语言把握方式，其散文话语呈现出的独特审美魅力，以及摆脱主流语言束缚的审美自觉性，无不显示了她成熟的散文话语组织系统的厚度和张力，都体现了格致个人在散文创作中的智慧，她用自己绵延的想象力，铸造出一条新的散文的航船。她散文中的独特叙述方式、话语转换和形式创造，展示着她对生命体验、审美情趣等多质的、多层面的、多角度的追求，表现出她作为一个作家对重构散文世界的默默努力和开掘。

作为散文写作，有些以思想为努力的目标，有些以意蕴的深浅取胜，有些以文化的教养为优劣的标准，有些是以雕饰精巧的形式为最终归宿。但在一点上是一致的，即做到这点，是需要一种新的理论来启动和支撑自己的写作思维的，我认为其中格致对散文的新感觉以及在散文写作中的那种更为开阔的想象力，应该是使她在创新中实现突破的关键。我认为格致的散文有很多她自己对散文的“新感觉”在其中掺杂着，这支撑着作为格致散文的基本脉络；而对于想象力作用的例证，我们从诸多文明的进程中就可见到，比如希腊文明的鼎盛就是希腊神话的想象力的美与诗意加以亲和的结果，赫斯俄德的《神谱》中记述的希腊神话，其想象力几乎是无可比拟的，如美貌的墨杜萨能把走近她的男子变成石头，而墨杜萨在与蓝卷发的波塞冬“在松软的草原上和散发着青春之气息的万紫千红中”结伴而行时，被珀尔修斯砍下了头，却能从她的被分尸的躯体中生出一匹双翼飞马珀伽索斯。而格致的散文也在逻辑和理性的夹缝中寻找到了一种更为自由广阔的空间，于是她在这种自由中将自己散文的空间推向了遥远的一片领域。

在《需要救生筏》中，格致写道：“它（‘我’的那种‘要发洪水了’的臆想——笔者注）还活着，一边堵住流血的创口，一边告诉我要坚持。于是我们互相搀扶着，艰难地来到街上。我在卖塑料制品的柜台前停下了寻找的脚步，色彩斑斓的塑料游泳圈在我的眼前如一朵朵开放的假花，那上面还写着字：不可去深水区。不可去深水区，洪水来了，分得清哪是深水区哪是浅水区？于是我和它得出了相同的结论：它们只是浴场水面的花纹和泡沫，它与生死无关。

“我们来到了江边，打那艘小游船的主意，并因此徘徊了很久。我是被船的舷外挂着的两只救生圈拌住了脚步的，它们是红白相间的，应该很结实。但它们被很粗的绳子捆绑着，如两名犯了重罪的囚犯。它们似乎没有逃脱的可能，将永远被悬挂在那里，成为船的必不可少的饰物，而江水永远在离它们不到一米远的下方涌动，谁也碰不到谁，永远。”

于是她最终得出了这样的结论：“生命体离不开这种形体的容

器，船承载着我们不致沉入深渊，棺材托着我们的肉体，不致坠入地狱。它们能使我们面对深不可测的处境时，能够有个依托，有个停靠。它们能使我们感到安全。”

在文中，格致不专注于单纯的表达，而是以对散文一种别样的把握形式，无情地拆除了传统写法中的那种人物、事件的因果链条，对某一事件进行诘问、猜测、吊诡、幻想，从而产生一种陌生化效果和一定程度的反差意味。她能够将一些平常的事件写出意义，即格致笔下的每一个事件都被她精心打磨过了，她文章的光华出自她对散文体例自由的欲求，她的散文中有一种神秘的形式的韵律，它本身就是文学的生命力问题。我觉得在格致的写作实践中，她不但注重了散文“写什么”，更注重“怎么写”，无疑，在解决这两个问题的过程中，新感觉以及推到边缘的想象空间给了格致一双飞起来的翅膀。

由此可见，格致的散文，在捕捉灵感的触角、抒发激情的方式和思想内容的表现手法上，均渗透着较大的灵活性和创新性，她反叛着传统的表达方式，实践着另一种新的散文写作模式，因而享有了更多的形式自由。可以说，格致对散文文体新功能的寻找与挖掘，应该是一种对当下散文写作的突围，她在散文形式的探索、实验与实践无疑给了我们一种有益的启示，要寻找散文写作的新途径，要行走在文体实验的边缘。

第十二节　王彬：散文之大

——读王彬先生的《三峡书简》

散文是讲究内在的强大和气势的，有了这个，散文的格局自然就大了。隐约记得十几年前，谢有顺教授曾写过一篇文章，题目为《散文之大》，无疑，王彬先生的散文也可以用“散文之大”来加以概括，他的散文集《三峡书简》是其内心光线在文字中透射的景象，具有时间的纵深性和空间的广阔性，是一部结实耐读的散文精品。

王彬先生的散文之大，首先体现在他写作格局的阔大上。这种写作格局的阔大肯定是来自于其内心格局的阔大，也就是说，王彬先生所追求的他的散文写作，并不仅仅局限于对已知事物的精致的描摹，更在于他能够从一种细密细腻的东西出发，用一条理性的线将它们聚拢成篇，最终走向那种更为广阔的思想和情感领域，于是一种阔大就在他的散文中渗透出来。比如在《我对一种树的认知过程》中，我们见到的是王彬先生独有的一种书写方式，沉在这种方式中写作，必然带有一种无拘无束的力，这种力是宽泛的，四处涌动，有着热血的品质与高度。作者从“1987 年，我从武汉去三峡，顺便去龟山盘桓”，写到 1995 年去庐山，在南昌青云浦，看到披垂着小提琴式的叶片的构树，再写到“东三环的绿化带上，我又见到了这种树，青翠可爱，小提琴式的叶片，优雅地挽住行人的目光”，然后写到栾树、人行道上的白蜡树、东三环北路的椿树与槐树，以及各种的柳树，比如观音柳、三春柳等。王彬先生将跨越时空的诸多树木锻炼成为一体，而要做到这点，没有心中的大格局是断然不能的，其中的文字正是王彬先生隐藏于内的宽广心性的明证，其疏宕袅娜处，亦自有一片烟波，清朗疏朴的文风之中，颇有一种汪洋澹泊、深醇温粹的风格，仅就这点，当下已经少有散文家能做到了。而且，王彬先生在其散文中，将人的主体与物的客体合一，来抒写作者深切的人生体验，再加上诗一般炽热的感情，使他的散文更具魄力与风度。我想，文章是有厚薄之分的，力量也有大小不同，而王彬先生的散文在转灭间，就出现了波澜阔大的效果，确实是很具功力的。记得王伯敏编的《黄宾虹画语录》中有这样的话，“写生只能得山川之骨，欲得山川之气，还得闭目沉思，非领略其精神不可。余游雁荡过瓯江时，正值深秋，对景写生，虽得图甚多，也只是瓯江之骨耳”，此话用在王彬先生的散文上面倒也合适。

《三峡书简》也是这样的作品，王彬先生注意到，龟山道上林木丛中有一种树，“叶片的形状仿佛是缩微的小提琴。苍暗的颜色缓缓沉坠，给我的印象颇深”，并由此突然想到了“北京秋季的一种树”，“我不知道该叫什么，躯干挺直粗糙，树冠狭长，叶脉硕大，叶缘深刻缺裂。那种火红的颜色，满山满谷都是”，后文又写到了从武汉、汉口，到宜昌，沿途列立的杨树、水杉与梧桐，还有一种“不高而丛生着密而厚的墨绿色的带有角质感的叶片”的一种不相识的树，特别是梧桐，“在距汉阳不远的地方，叶片都已枯萎，凝缩如拳团聚在灰褐色的树梢上。而靠近江陵一带的则明朗润泽，虽然已经失去了夏日的光彩，却黄得可爱。是那种贴近于红的黄，黄得热烈，黄得透彻，仿佛栖满了橙红的蝴蝶，真是美极了”。文脉看似散漫，却有一种情绪控制着文章的格局，显示出他超强的把握能力，文字上的，情理上的，结构上的，宛如王彬先生文中所写到的树，深厚而爽朗，充沛着一种浓郁的阳刚之气。

王彬先生笔下的世俗风情也体现了这样一种大的格局，他笔下的那个属汉阳县的毛咀镇，“是个大镇”，乱、吵、闹，汽车交叉行驶，旅人与商贩讨价还价，还有“几只白且脏的大猪，慢悠悠地扭过公路”，毛咀镇沿公路两侧摊开的货档，“除了时下流行的柑橘、香蕉、苹果，最多的是黄油油的卤鸡”，“在一家饭馆门口，五六个妇女倒提着黑或黄色的草鸡围着一个中年男人”，有一条小街，“卖服装的摊位挂满花花绿绿的衣服，远远望去好像是色彩缤纷的乡村舞台”，还有“一个卖耗子药的，地摊上堆满了脑满肠肥的灰鼠”，而对面的一家供销社，“冷得白日见鬼。同外面热闹的天地相比，女售货员好像要成仙，呆愣愣地又仿佛被卖耗子药的施了什么法”，在车过江陵的那一段公路，秩序更是异常混乱，“卡车、客车、小车、手扶拖拉机，你拥我抢，组成一部十分庞杂的立体机械的交响曲”，甚至一部手扶拖拉机的拖斗里拥塞着十五名以上的男女老幼的农民。生活是如此碎屑繁复，却又是真实的画面，王彬先生用一种独有的心绪将他们笼在了一起，并加以展示，其中是有着一种很大的构想的，并由此告诉我们，即使生活中更多的是平实卑微，但我们依旧要在其中沉浸，并活出滋味来。

当然，从王彬先生为文的结构的纵横捭阖上，也可见到其大格局的匠心所用，《顾太清》就是这样一篇，文章将时空互相连缀，让古今相互交融，将世俗和典雅相接，完成了这篇格局颇大的作品。于是里面有了惊天动地毛骨悚然的爆炸，有了破烂的房子，有了“中间是三楹大门，两侧是与大门相连的倒座”的早已堵塞的院墙，有了倾圮已久的院落大门，有了霏云山房，以及霏云山房的背后的清风阁，“清风阁背后是雪白的月台。在月台正中位置，李说是顾太清与奕绘的墓穴——曾经是墓穴，而现在什么也看不见了，只看见一个不大的黑色洞穴”，而“故居位于半山之间”，朱红的油漆都已褪尽。因此作者写道，顾太清不禁要叹息了：“一段残碑哀社稷，满山春草牧牛羊”，“笑指他年从葬处，白云堆里是吾乡”。如此，作者很巧妙地在文章中用诗句还原了顾太清的旅程，脚下的，心上的，从顾太清吟道的“去年三月游南谷”，“微荫小阁凝青霭，细溜仙源漱白沙”，直到“雨中出郭快时晴，望见山楼已落成”，而最让人动容的是“中年已办终身计”“千章碧树拥佳城”一句了，文章可谓抓住了笔下人物的真性情，也唯有真性情的作者才能发现、感知和赞叹这种真性情了。

对于一篇散文而言，它的“力”并不仅仅在于浮在表面的上那种笔墨的轻重多少，而在于一种意境与心力的粗淡或细密，因此王彬先生能在文字的疏密之间，不断地将一种“力”传输给我们，并由此成就了他颇有力道的散文力作。比如他的散文《蜈蚣脚上的札记》就是这样的一篇，明显的，在写作此文时，王彬先生并不追求一种文字的繁密，就像他写的镜泊湖一样，“镜泊湖也不过如此，并不十分阔大的水面”，但其中的情感、思想还是在文字之间渗透出来。当然王彬先生并不集中笔力，着于一点去写，而是拉开架势和空当，就如同先生开始所写到的，“这是我二十六年前去东北时写过的一组札记，因为是札记故而零散无序，随手写来裒辑于此，算是对往事的一点怀念”，然后“忽然悟出其中一种死亡的象征，而顿时感到鼻酸。希望他在安睡以前还有几百里，甚至于几千里的长途可以奔驰”。仅仅是这些话，就将往事在时间和空间的纵横轴中延宕开了，显现出王彬先生深厚的笔力。

《舒群先生在本溪》也是如此的一篇，文章写得很是简约，读时，甚至有一种读个人简介的感觉，但它依旧结实耐读，这是为什么呢？因为丹青难写是精神，只有精神才能独留千秋纸上尘，因为文中写出了那种孤独的精神和不屈的心境，确实如“冠盖满京华，斯人独憔悴”“寂寞身后事，千秋万岁名”诗句中所写的那样啊。“漫天的大雪和弥漫的蒸汽渐渐吞没了一切，可是隐约中，我见舒群胡髭挂满白霜，还在频频地向我挥手。”舒群在这一刻——“胡髭挂满白霜”的一刻，将对战友安危的牵挂与万丈的革命豪情，“定格在本溪火车站挥手的刹那之间，同时也定格在本溪浩荡瑰丽的大湖与静谧安详的小湖，如诗的森林与坚硬的钢铁之间”，而由此写出了舒群先生的魂魄。整个文章是简约的，但其中的心情是密集的，让人喘息不得。

一般说来，中国文艺历来宜于会意，这有别于西方工于言传的表述，王彬的散文也是得其为文之道的。因此，王彬先生散文的落脚点，是与他日常生活相关的各种事物，或者以此为圆心的领域，但他要到达的地方却是他心性中的大世界，这成了王彬先生写作的习惯和写作的场域，并使之最终产生了一种思想和文字上的升华。可以说，王彬先生的散文既得了所写事物的气脉，也能得其中事物的风骨。所以说，自然是王彬散文的外象，关注生命体验才是他真正的内核。作为一个散文家，或者其他的艺术家，内心的所属是很重要的，因为当他去观察万物时，他就有了一个原点，也是一个基本点。同样的一件东西，会因为它位置的不同，视角的不同，而差别各异，对于四周景物的态度也会因为自己的品质、情趣、心志、情绪的不同，而千差万别。在新时期之初，众多散文家在向内转的过程中就已经开始面对这些，他们对于人性、人情、人生、生命意识、生存状态等都做了较为深入的反思。巴金老人在《随想录》中曾谈道："总结几十年来的坎坷经历，我才想起自己是一个人，我才明白，我也应该像人一样用自己的脑子思考，我有一种大梦初醒的感觉。"因此，向人性的深层次挺进，并进而发现一种符合人性的美，鞭挞一种与人性背离的丑，应该是当前散文的必须。于是，从这个角度来看，王彬先生的散文是其生命的划痕，情感的皱折，其中有他独到的发现，真切的体验，以及从心里涌出来的既细微又丰满、既幽深又鲜活的东西，这些都成了他散文创作的推力和方向。

王彬先生的智慧体现在他能够也有能力与历史进行对视，他的《龚岭禅云》这篇文章写了龚公山麓的宝华寺，一个马祖道一驻锡的地方。其中有些地方记述得很有禅趣。比如文章写道，道一邀请他的三位高足在月下漫步，询问他们在如此皓洁的月色之下宜做何事，智藏讲的是"焚香、讲经、供佛"，怀海答道"参禅打坐的好时机"，而普愿一语不发，拂袖便走。对此，道一的评论是："经入藏，禅归海，唯有南泉普愿独超物外。"如同王彬先生所理解的，智藏耽迷于对佛经的讲解，怀海执着于对禅的修行，只有普愿不迷执法相而超然物外，才能做到"即心即佛、非心非佛、平常心是佛。佛的精神存在一切法相之中，而又不在一切法相之中，只有心无挂碍，才能打破心执，进入真如之界"，难道这不是作者的心界吗？肯定也是如此吧，我猜测。王彬先生的其他散文也是如此，比如《西门津渡》写出了自己对于西门渡口的一种敬重与缅怀的殷殷之情，比如《走进尚书第》中，通过写"尚书第位于泰宁古城"，写出了其中中国传统文化的"礼"和"义"，这个中国传统文化的核心和关键，而作为有着"依光日月"与"曳履星辰"身份的李春烨，本应走在以“礼”和“义”为核心的中国传统文化之路上的，但是“真实的历史是，这么一个曾居要津的人物，却不见于《明史》，也不见于其时的《福建通志》《邵武府志》和《泰宁县志》。为什么？因为他大德已亏，没有资格进入史家笔端，这些史籍没有把他列进奸佞传，已然算是宅心宽厚”，即使在三百多年以后，为了当地的旅游事业，李春烨却突然风光起来，但“那样整饬的院落，那样高峻的门墙，那样华丽的梁栋，那样精致的雕刻，而且还有那样美丽的花园”，依然在历史的戏台上是那么荒凉和野蛮。《状元故里风清》写了珪后村普济岩至今还供奉有三个人物，当地人尊为“三公”的文天祥、张世杰与陆秀夫。关于他们，那里也有一副楹联，其文为“协力驱蕃激扬浩然正气，同心报国更见殷后三仁”。如果再将这几篇连在一起看，也足见王彬先生的褒贬之情了。还有《留余堂》一篇，文章写得细腻，充满了张力，“在留余堂，偌大的厅堂里只有一张简陋的方桌，中间放着一具明黄的香炉，两侧是白铁皮盒子。香炉里暗白的灰烬堆成坟尖形状，铁皮盒子里残留着没有燃尽的红色蜡烛。在供奉祖先的神龛左侧放着一只煤油灯。神龛位于两楹之间，仿佛一座小型舞台，黑色的神位涂着朱红的油漆。神龛之上是一支乳白的细长灯管，再上是纤细的浅蓝色电线，电线之上是一盏白炽灯。白炽灯的上面悬挂着留余堂的黑底金匾。神龛里面光线幽暗，难以辨认字迹。”面对这样的情景，“我不知别人读到这样的记载，内心会涌起何等波澜，在我是不忍卒读的。我不知道张资平读过这篇文字没有，如果读过他会怎样思索”。从中可以看到，王彬先生是主张大义的，“倭寇的残暴不是写在纸上而是每天发生在人们的身边，面对这样的残暴，难道可以无动于衷吗？”他对于张资平的质问铿锵有力。

记得林非先生在其论著和多篇论文中，曾多次阐述了自己的理论见解，认为“散文是一种充满了主观色彩的文学体裁”，那么王彬先生的散文创作，侧重于表达内心的体验和抒发内心的情感，其散文对于客观的社会生活或自然图景的再现，也往往反射或融合于对主观感情的表现中，渗透着作者的情感和思考。因此在读王彬先生的散文时，我们还必须明确的一个基本判断是，王彬先生散文的阔大还来源于其心灵的阔大。这种开阔度是其视野开阔度的体现，是其心灵开阔度的体现。当然这并不是说，一个作家关注的事物越多，他所写的领域越宽广，他的散文就越“大”，而是指当一个作家的神气、意境、品藻、风格和内在的悟力，在其散文创作中得到展示并慢慢流溢出来的时候，自然会有一种强大的力量通过文字传达给我们，但这并不是刻意的，一旦有意为之，只能有所削弱，对此，王彬先生一直是努力于此的，所以他的散文才写得随意挥洒，有胸襟气度。比如他的《大地的呼吸》就是这样的散文，他写道：“在大丰创意园，有三件展品引起我的注意。一件是电焊机，一件是塑料椅子，一件是骨瓷茶杯。”就是这些普通平常的物件，在王彬先生的笔下却焕发了别样的光彩，“那两只茶杯。茶杯洁白，杯盖的顶部，也就是杯纽，是一只小鹿，两只杯子一对，一只是金色的，一只是银色的”，“而小鹿的姿态也的确讨人喜欢，四肢跪卧，安安静静的仿佛在谛听大地的呼吸，树枝一样的鹿角丰盛地伸展开来”。文章往后一点点地扩展开，写了南海子的麋鹿，俄罗斯作家普里什文在一篇散文里的梅花鹿，南苑这个清朝皇室的狩猎之处的麋鹿，等等，都是这样的展示。《祖露在金陵》在从容之间就写出了作者自己的情趣，“燕子矶是个小镇。矶，就在小镇的边缘。虽然称为公园，却并无多少公园气息，也不收门票，在我看来，不过是郊野中的一片绿地而已。园内有几户住家和一家小吃店，我们进园的时候，仿佛煎炸着鹅黄的馓子”，“御碑立于矶顶，一方浅灰色的大理石，笨头笨脑地挤在一只四角微举的小亭子里。御碑雕镌的云龙蔓草已然漫漶，只有乾隆手书的‘燕子矶’依然凝重丰硕，填满了松绿颜色，现露出几分天子气象”，作者写得可谓不慌不忙，在行走之中就写出了世间的变化与沧桑。《我对一种树的认知过程》

写到了宫柳，“嫩中泛射一种金黄的光泽。一种比黄金还要柔软的光泽。哦，立柳的颜色原来是可以这样漂亮的。我当时的心悸动了一下。尤其美妙的是在接近午门城台的时候，立柳的色彩发生了微妙变化。不再是单纯的金黄，而是丰厚了许多，金黄之中掺杂了柘黄的色彩”。《宙斯的礼物》写到了那朵总是有些夸张、粗俗的感觉的花朵，“香而带有一种微腐的气息”。《冬天的树木》写到了静穆而高雅、尊贵而寂寞的冬天的水杉，“没有了叶子，咖啡色的树冠变得透明清爽起来，仿佛镂花的金字塔”，“在落日的映照下，所有的水杉都放射出绯色的光芒。那光芒又纤长又曼妙，努力而幸福着”。当然，王彬先生在此的写作并不太执着于文章开始的实物，而是讲求超胜会通，在收敛有余、小心翼翼之间任意挥洒，将散文的真精神一点点展示出来。记得清末民初评论家王国维提出的诗词创作中的“有我”和“无我”论点。“有我”是指“以我观物，故物皆著我之色彩”，也就是说作者主观的感情，移到客观事物上，再由作者将这主客观形成的情感物用统一的形象表现在作品之中。“无我”是指“以物观物，故不知何者为我，何者为物”。看来，王彬先生是深谙此道的，所以他的散文写得文理自然，姿态横生，将“我”化成“物”，使之成为相统一的东西，古人所谓的“思想为妙，神与物游”“神用象通”“登山则情满于山，观海则意溢于海”，讲的就是这种道理。

记得荆浩的《笔记法》中记载：“笔有四势，谓筋、肉、骨、气。”苏轼在《评韩柳诗》也说：“外枯而中膏，似淡而实美。”讲的都是一个“大”字，都在强化神、逸、韵，以及深远无穷之味，比如《乌鸦》这篇所写到的，20 世纪 70 年代，“那时下班后经常开会，当然也有例外，但即便不开会，在冬季，路经长安街时也已是黄昏，飘荡着灰白、冰冷的雾霭，而这时乌鸦，一只、两只，继而一群、两群，从遥远而幽明的天际，仿佛黑色的潮流向长安街涌来，一瞬间把天空染成了乌鸦的颜色”，读完之后，觉得文章是很有筋骨的，带着那个时代特有的低沉与阴暗。因此，如果一篇文章有了这些，肯定就会有了“大”的格局与“大”的气魄，王彬的散文确实是如此的，他也有这样的才力，所以他的散文才是理辞相得益彰的，才是干爽的，也是阔大的。

第十三节　境界：李修文的觉与迷

有时候文学创作的过程确实有点像参禅的过程，比如王国维在《人间词话》中说：“古今之成大事业、大学问者，必经过三种之境界：‘昨夜西风凋碧树。独上高楼，望尽天涯路’，此第一境也；‘衣带渐宽终不悔，为伊消得人憔悴’，此第二境也；‘众里寻他千百度，蓦然回首，那人却在，灯火阑珊处’，此第三境也。”这颇似唐代禅宗大师青原行思曾提出参禅的三重境界：参禅之初，看山是山，看水是水；禅有悟时，看山不是山，看水不是水；禅中彻悟，看山还是山，看水还是水。虽然遗憾的是能修到最后一个境界、能够写出具有寻常境界的文字的作家依旧很少，但至少很多文学家正在先天的禀赋和后天的追寻中探寻着文学更为深远的境界，李修文就是这样一位优秀的散文作家。

记得在《传奇·再版自序》中，张爱玲就曾说道：“有一天我们的文明，不论是升华还是浮华，都要成为过去。如果我常用的字是‘荒凉’，那是因为思想背景里有这惘惘地威胁。”这话虽然没有道出我们人生的全部，但起码是真实的一部分，于是在中国现当代文学中就出现了一类特别的人物——零余者。零余者一般是指“五四”时期一部分歧路彷徨的中国青年，他们有自己的思想，有基本的知识和技能，但在社会的挤压下总在生活和命运面前一败涂地，无力把握自己的前途和命运，他们多是一些小人物，是被压迫被损害的弱者，但他们又抗争，同社会、生活、命运、精神对抗，然他们又无一例外地最终还是被摧毁了，这就成了文学必须关注的世态之一，成为很多文学家写作的起点。李修文的散文写作就是从这点开始的，于是他的散文中就有着五四文学传统流淌在中国文学中的血液，并浇灌在他的文字之中，让他在散文创作中通过写这些人和事，开启了对于笔下所写这些的思考和参悟，并开启了他自身进入境界之地的迷与觉。应该说，在这一点上，李修文的散文创作是高于当下的很多散文作家的，他的散文创作无疑也成为中国当下散文创作的又一次丰收。

那么在李修文的散文中，何处是迷，何处是觉，觉在何处，迷在何处，觉启于何处，迷止于何处呢？对于这些，不只是对于大多数人，对于散文家李修文来说，也同样必然成为他一个人生的难题，而且其间有一个巨大的悖论是，只要一思考，人就会有困惑，一旦有了困惑，人又会必然地去思考。于是在李修文的散文创作中，有无数的困惑在瞬间蜂拥而来，于是李修文开始了自己的思考之路。他思考时间和空间，思考自己、思考别人，思考自己和别人，思考自己的生命、生活和人生，也思考别人的生命、生活和人生。令人庆幸的是，李修文在“羞愧而惶恐”中开始的写作，不光带来了思考的结果，更给我们展示了他的迷的困惑和觉的苦痛，这是人生的苦痛，也是人生的幸福，苦痛来源于开始了对于自己思考的理解，幸福也是源于此，如此一来，他就能带着读者几乎要看到境界的门口了。

从李修文的散文中，我们可以知道，他散文写作的背景，有很多的一部分是禅。一般而言，禅宗的两个关键点是觉与迷，对此的探讨和追踪也可以分两个层次，其一是“一念觉，即佛”；其二是“一念迷，即众生”。但是对于大多数人来说，更多的是“迷”，最多是朝着“觉”去行进罢了。在李修文的写作中，他也是迷时师度，悟时自度，当然他也在其中力求自己能够自度，笔下的人物能够自度。在这一过程中，我们通过文章可以看出，李修文同样是一个无奈的人、一个绝望的人、一个平淡而倔强的人、一个拼死找理由活下去的人，他笔下的人物大多也具有这样的特性。比如《每次醒来，你都不在》中的老路，“他当过洗碗工，推销过一种古怪的治疗仪器，去乡下卖过菜籽，终了，又回城里卖电话卡”，前妻跑了，自己的儿子，“被前妻带到成都，出了车祸，死了”，他的孤独导致了他的慌张，但他依然为能抽中一个上上签而激动不已，依然坚持着在忧惧中以此重燃自己生命的希望，他写写画画，写下了苏轼的“十年生死两茫茫”的词句，写下了比这更凄凉的“每次醒来，你都不在”。李修文用语言的奇巧说着和想象着人的喜悦和人的安定，希望人们活在自己的光晕里，对付那儿都有的七重九重的刀兵。但令人悲伤的是，每个人都是情绪悲怨，稼穑劳苦，甚至稍稍贫困一点，就会挤干人们身子里勉强动情的部分，于是我们走过三千里五千里路最终的抵达，终究是人人都站在了死亡门口，悲伤到无声。从中，我们看出在作者的身上绑着两根绳子，一根是无妄，一根是挣扎，都带着甜蜜的毒药，这都是李修文的迷与觉，也是众人的迷与觉。比如在《阿哥们是孽障的人》中，李修文写出了人的低劣，卑微中的厚情，强悍中的虚弱，这是迷也是觉。比如在《郎对花，姐对花》中，作者写了一个“叫小翠还是小梅”在夜总会的女孩。她一开始在风月场上，“话少得很，不时笑着，害羞的笑，赔罪似的笑，被人斥责酒没倒满的笑，最后才是些微她自己的笑”，酒喝多了，每次都到巷子里街角旁呕吐，但有一次，作者发现她，“头发蒙住了她的脸，身上也被泼了一锅鱼汤，不光脸上有血，头发上，袖口上，都有血，隔在好几步之外，我也能听见她大口大口的喘息之声”。如果文章写到这就此打住，也不过是一个俗故事而已，但让我们没有想到的是，最后我们看到这个女孩，“依稀可以看见小巷子里的她，她蹲在地上，既没有呕吐，也没有打电话，却是正在跟一个孩子玩耍——是啊，有一个小女孩，应该是她的女儿，就在一盏昏黄的路灯之下，缠着她，抱着她，手里还拿着一本画册。玩耍了三两分钟，她起了身，急匆匆再往大排档里跑，小女孩叫了她一声，她停下步子，但没有回头，只是答了一声，继续往前跑”。这就写得人心里生疼了，也许真的是人的身体有时候为生活折磨的弯曲，但一份母女之间的真情无论在什么时候也不会蜷缩起来，这是令人感佩不已的地方，同样的，这是这个女子的觉，也是李修文的觉。因此即使自己迷在河上了，我们在迷径中莫名焦虑，看到物是人非，所有人都生活在一种不安定和不安全之中，甚至作者和人物也都对这些上了瘾，我们也要在对人的命运，对人与人之间的关系，对万物的思考中，逃离和等待。因为不论是谁，无论卑微尊贵，贫穷和富有，每个人都有向往乌托邦的权利，每个人也都要有心中的远方，而不是羞辱地生长，甚至是停止生长，在迷径中，我们要收养一盏灯火或者叫灯火收养自己，从而让我们在其中“觉”和“悟”起来。

在这样的写作中，李修文的散文呈现出的是整体的清白颜色，这使得他看到的人物和景色和我们有了一些不同。《义结金兰记》写得像个传奇，文中开头写：“我刚打算关窗入睡”的时候，我看到了为一只病入膏肓的猴子，“一支十数人的队伍，却经过我窗前的道路，正要走出村子，人群里，有人打着手电筒，有人用手机将眼前照亮，几乎没有人说话，但是，几声似乎一直在压抑的低泣还是被我听见了”。这只从年轻到年老的“方圆百里以内名震遐迩的猴子”，“安静地坐在一张椅子上，再被前后几人抬起来，慢慢往前走，而它，要费尽力气，才能调转头去，看看这个，再看看那个。借着一点微光，我看见它的手被它女儿紧紧攥在了手里”，“大概是太阳光太晃眼，它的眼睛里流出了眼泪，也只好颓然坐下，大口大口喘着长气。稍后，它为它的泪水而羞涩，连忙伸手擦拭，反复举起了好几次手，竟然伸不到自己的双眼之前”。岁月使得一个像人又不像人的猴子渐渐老去，但没有老去的也是像人又不像人，这似乎是任何猴子之间真正的对照。记得有书记载：灵云志勤禅师，初礼大沩，久未契悟。时长庆大安禅师于沩山充当典座。一日经行，灵云禅师见桃花灼灼，因而悟道，平生疑处，一时消歇。于是作偈曰：“三十年来寻剑客，几回落叶又抽枝。自从一见桃华后，直至如今更不疑。”沩山禅师看了他的悟道偈之后，反复诘问，遂与之印可，并教诲道：“从缘悟达，永无退失。善自护持。”于此，当我们看到文章中最后那只猴子，“它重重地坐下，大口喘息，暂时闭上了眼睛，就像老僧禅定，就像山河入梦，就像世间所有的美德上都栽满了桃花”，如此，我们是不是也会在瞬间禅定，使自己人生变得简单，充满感动。据说人生的困顿和疑惑产生宗教，孔子曰：“吾十有五而志于学，三十而立，四十而不惑，五十而知天命，六十而耳顺，七十而从心所欲，不逾矩”。我们对此的解读往往停于书面上，李修文的散文无疑会加深我们对人及万物的理解，从一只猴子的一生中参悟、开悟，达成正果。文中，李修文通过借鉴禅宗中对“觉”和“迷”的看法，用生动的散文笔法为人们提供的由“觉”到“迷”的路径，给了一切人都可能“超凡入圣”的假想和希望。也就是说，假如我们在生活的过程中有了人的迷悟，我们要清楚地知道，迷了它就是烦恼，但真正悟了它就是菩提。当我们明白了这个命题，我们也许会看到生命的意义是在何处了。李修文的散文看似写了一些身边的平常人等，俗世故事，但里面已经有宇宙的有常与无常，宇宙的有边与无边，生命死后是有还是无，生命与身体是一还是异等要素了，这样的散文会启示我们，纳三千于一念，三世诸佛，十二部经，亦在人性中本自具有了。于是，我们也不必外求，不必心外觅佛，成佛的觉悟全在自己，只是我们有时候缺少德山棒、临济喝而已，李修文的散文是具有这样的棒喝作用的。

一般而言，人生是有悲凉在的，这在东西方都是如此，悲在个体的时间，悲在德行不到，悲在不能建功立业，悲在不能“人法地，地法天，天法道，道法自然”，于是在李修文的散文中，写的多是一切都散了、败了、枯萎了、输了，而这恰恰是命运的常态和一部分，李修文说出大家憋着的话，没有说出的话，或者没有能力说出的话，这点在当下的文学创作中是难能可贵的。李修文的散文有着对生死的肃穆，对慌乱生活的宁静，所以他笔下的一切似乎都是混乱的，但似乎又都是有序的，存有世间的一丝生气和一线生机，就像作者笔下的那只驯鹿，前来却不靠近，凝视着，眼中发散着热切之光。作为最后一只驯鹿，他与雪堆出的雪驯鹿消磨亲近一会儿，喊叫着同伴，向前奔跑，最后只能独自离开。我们知道，即使这只雪驯鹿最终也不能跟着那只真驯鹿一起奔跑到远方，但它却实实在在跑到了我们心间，让我们无限哀伤。于是我想，即使无力感是人的宿命，我们也会宁愿不自由地在一起，即使个体之间不能融为一体是一种常态和宿命，但我们也会用坚定和彼此的温暖，用微弱之光，照射我们周围那些慌张的朋友的。

我们知道，中国文化是浸染在儒释道中的，这点在三家的教义中都有思考和显现，比如孔子，他多言“人事”而少言“天命”，因为他认为“唯天最大”；比如庄子，他认为“蔽于天而不知人”；比如荀子，他认为的“明天人之分”，可以说，中国传统哲学中关于真善美的观念集中体现在中国古代思想家长期讨论的三个基本命题之中，即“天人合一”“知行合一”“情景合一”中，这些在写作中都应该成为每个作家必须倚靠的，也是应该具有的因素，它应该成为我们思考的内容，成为我们思考的幸福与苦痛。这点，在李修文的散文中也有了自己的起点，而这一点于是也成为李修文害羞的起点，使他自己“看上去好似一只油滑的寄生虫”，“但在半空之中，到底存在的一丝微弱的光亮”，虽然如此，但通过李修文的散文，我们还是能够看到一种别样的希望。

说了些评说，其实到底是无言，是妄言。李修文的散文到底是只可读，不可解，一解就无力了。但在这里又不能不说些胡乱的话，也是再次印证了人的卑微、人的浅陋。我知道我所有的解读只是像作者在《一个母亲》中一样，我们依然要像那个母亲去努力争夺一个瞎子，像《紫灯记》中在迷惑中寻找那个灯盏，这是我们在卑琐中获得希望的途径之一。我们记得《知北游》说："山林与！皋壤与！使我欣欣然而乐与！乐未毕也，哀又继之。哀乐之来，吾不能御，其去弗能止。悲夫，世人直为物逆旅耳！"也记得在同样的一个黑漆漆的夜晚，五世祖弘忍禅师用袈裟将慧能围起来，给他讲解《金刚经》。当弘忍禅师讲到"应无所住而生其心"的时候，慧能豁然大悟，一连说了五个"何期"，即"何期自性本自清净，何期自性本不生灭，何期自性本自具足，何期自性本无动摇，何期自性能生万法"，对此，我当然参悟不透，说不上来，只能在李修文的散文中尽力继续我"迷"与"觉"的生命之路，以便"吹却迷妄，内外明彻，与自性中，万法皆见"，但这依然是我们在迷路中的灵魂不断找寻的生命炉火。

第十四节　赖赛飞：常态散文写作的大力量

当下个体化的散文创作，如果要对中国散文整体发展有所推进的话，必然要对中国传统散文中篇幅短小的小品文、美文，以及杨朔体，做一个阶段性的清算，然后再去进行一种推进式的散文创作。当然创作的方式方法有很多，但是，单从散文创作的形式上来讲，散文创作推陈出新的努力已经逼迫着很多散文作家，开始往长里写了，往大里写了。这样写自然有它的好处，就是承载的内容和体量确实大了，就像从一个水杯换成了一个水桶，但里面到底有没有水，倒是要进一步考量的事情。如果同样这个作者手中握着的还是一把盐的话，放在一桶水里的效果比放在一杯水里，其散文创作的含金量是可想而知的。于是，当下散文创作就会不可避免地出现很多问题，其中之一就是有些作家在写作中着急到用词太迫切，但是意思却写不到，结果就是文章写得或者越来越俗气，或者越来越峭拔，完全没了古人的“辞不迫切，而意已独至”（张戒《岁寒堂诗话》）的讲究。从这一个角度来考察赖赛飞的散文创作，就能发现其中的价值和意义，应该说赖赛飞的散文是对此创作倾向的有力反拨，其用词看似平常，但意义深幽，不迫不露，能在其中看出作者散文创作的大的格局、大力量，这在当下的散文创作中是可贵的，也是有很大的启示作用的。

散文的大力量在于作者对生命认识的宽厚，这点在赖赛飞的散文创作中是明显的，应该说，赖赛飞的散文的大力量来源于她对于生命认识的宽厚。那么，何为“厚”？厚可以是深幽孤峭，但也不全是；厚可以是意蕴丰沛，但也不全是；厚也可以是用词绵密，但也不全是。但有一点是肯定的，就是一篇散文有词无意肯定不厚，而赖赛飞的散文很好地解决了这个散文写作中的难题。赖赛飞呼吸着生命的气息，拎起来一节节生命的故事，将生命的陈旧和活出的新鲜给人展示出来了。赖赛飞的散文无疑是有巨大的体量的，她对于生活和人生的思考是深入的，是细微的，是开阔的，也是丰厚的，她试图慢慢挖开一口深井，然后拓展开它的半径，在其中琢磨、旋转，最终打磨出一种玉的色泽质地和光亮，最终写出的是人生的激荡沉浮冷暖悲欢。

在我看来，一篇散文之所以呈现出某种模样，肯定是与一个作家的写作观和智性有关，这牵扯到这个作家写作的出发点和抵达点的问题。赖赛飞散文给人的第一感觉是“文字之疏”，但“文字之疏”往往是“文力之大”的缘故。赖赛飞在文字中要表达出是一种对于苍茫生命的解读，她天性中的禀赋使她具有了对事物的细微体悟的能力，并能够将之放在具有纵深性和广阔性的时空中加以抒写，因此进入她的散文写作中的，不单是一种细密细腻的东西，而更是一种更为广阔的领域，是她在对生活和人生的思考中渗透出的东西，而且她的散文也一直在实践这一点，这也是她内心的光线以及所及的景象的显现。可以说，赖赛飞的散文创作有时候似乎不单单是在写一篇文章了，而是在全身心进行一场生命的祭礼。说实话，很多时候，我对于文字能够表达人的思考这点，是有所失望的，对于人思考生命的这条途径也是有所失望的，很是理解米兰·昆德拉引用的那句“人类一思考，上帝就发笑”的极大内涵，但赖赛飞的散文写作使我对自己以前的想法产生了质疑，也打破了散文创作领域的矫情拖拉和情感重复的写作坏风气，赖赛飞的散文写作让我对此重拾信心。

赖赛飞散文创作的立足点不是“我”与所写人物两人的面对面，而是有另外一个精神的赖赛飞，在看着“我”与所写人物两人面对面，去思考两人作为个体人的关系，这是作者主体性的很好的体现，由此作者才看到了“专心致志地等待不幸的降临”的惊恐无助。那么，是什么能让作者有这么大的空隙和缺口及机会去端详生命本身呢？是什么让作者还有时间觉得活下去还能是一种技术活，我想这都源于作者心中对于散文巨力的写作追求吧。

赖赛飞的散文有一种秘而不宣、疏而不漏的气象，这也是《铺子里的手艺》《大路朝天》《十字路口》《一路顺风》里显露出来的。在这些文字中，作者体现出了一种书写的自由和阔大，这是一种心态的“疏”，沉在这种状态中的写作，体现出来的必然是一种无拘无束的力，这种力是宽泛的，是四处涌动，有着生命的温度，有种“力”的表达在不断传输给我们。赖赛飞的散文将人与物合一，来抒写作者深切的人生体验，使她的散文更具魄力与风度。我想，文章是有厚薄之分的，力量也有大小不同的，而赖赛飞的散文在转灭间，就出现了波澜阔大的效果，确实是很具功力的。它的“力”并不在于浮在表面上的那种笔墨的轻重多少，而在于一种意境与心力的粗淡或细密。而且单是一些题目就能见到作者写作的开阔度，比如《先天下之老》《春山如煮》《扫风者》《发芽记》等，都是这样的散文，在其中，作者发现了一些光亮背后的真相，而其来源，在于作者眼光的阔大，眼光的阔大在于心灵观察视角的不断寻找和扩张，因为这个大，赖赛飞要抒写和表达的绝对不是对于生活的复述和描摹，她是在用自己的思考对于世界和人物进行识别与判断，从而去窥视普通人身上的隐秘之处，这也是人生的隐秘之处，是作为一个作家必须抵达的或者是前进的方向，这在当下的散文创作中尤其关键。因此，古人在谈诗文时，说会心处并不一定要在远处，也可以是近处的熟悉的事物和人。只要一个作家的心力是大的，就能写出优秀的散文，赖赛飞的创作无疑是对此的一个有力佐证。应该说，赖赛飞散文的文字是普通的、简约的，但可贵的是，作者用这些简约的文字，转出了一个万花筒的世界，这对于当下的散文创作是有很大的启示意义的。

第十五节　人民性：吴佳骏散文创作的姿态和立场

如果谈到当下散文创作的问题，其中之一就是家国情怀的普遍丧失，当个体主义的同质化成为一种普遍的写作倾向，且被广泛地强调与复制之后，中国散文也只能在个体的情绪中长期徘徊了，这必然会造成中国文学精神的集体退守。在这样的视角下去观察吴佳骏的散文创作，看他是如何以人民性作为自己创作的姿态和立场的，无疑会给更多的年轻作者一种精神和写作上的启示。

吴佳骏是“80 后”年轻作家，也是当下散文创作的代表作家之一，创作刻苦努力，作品渐趋深刻丰厚，其中的原因有很多，其中之一就在于他作为一名作家在主体性上所秉持的人民性选择。我们知道，别林斯基所提出的历史性、主体性、人民性的文学实践观，至今依然在我们文学创作中具有重要的价值和意义，吴佳骏的创作也是强调和强化了这样的因素的，他写自己周围的人的生存困境，把对人的理解放在一个具体的场域中来写，通过对生活场景的忠实描绘，将生活的真实和艺术的真实结合在了一起，实现着自己写作的终极指向——散文写作的人民性。

众所周知，人民不是一个空洞的概念，它是由一个个具体的人组成的，于是吴佳骏的散文更多对准的是生活在他周围的那些人，这些人有“但愿世间人无病，哪怕架上药生尘”的父亲；有“死亡也需要尊严”的奶奶；有只有一条流浪狗始终陪伴在身边，却终于死去的智障女孩；有命运多舛的晓荷；有“大儿子在福建打工，二儿子在广东打工”，却始终没人陪伴的张大爷；有身体残疾却始终挣扎着要活下去，却最终自杀几次才成功的小海；有“残院之内黄昏之后”的敬老院那些风烛残年、被人遗弃的一群老人；有那个“热爱生活”，相信“生活必定会给予他厚实的回报”，却最终出家的L君；有被自己“视作了我的母亲”的张巧玲；有“没能活过这个秋天”的C君；也有自己的父亲、母亲，自己的叔父，更有“在旱灾和水灾的双重煎熬中顽强地活着”的“村人们”；等等。这是佳骏生活的周围人群，是人民的某一分子，更是佳骏散文写作的重点。佳骏作为一个敢于正视现实、较为了解社会生活的有才能的作家，他总是试图在展示百姓悲辛遭遇的某些方面，用自己的文章唱出反映民生疾苦的深沉歌声，这是中国现实主义文学的优秀传统，也是佳骏散文最为显著的特色。其中，佳骏不是一个同情者，也不算是一个请命者，他并不要对谁大施挞伐，也并不将苦难引向暴力，他只是进入体验与展示，他只是把自己放在里面，与这些人交缠在一起，难解难分，他是在散文中与自己交锋，悲泣了。但就是这些，使得佳骏的散文触及到了当下社会某个角落的真实生存状况，这是一个作家必须担当的使命。

吴佳骏的这种散文创作，应该得益于他一贯秉持的现实主义精神和现实主义美学原则，如此，不用刻意地去寻找，他就能获取自己散文写作的方向，这个方向又使得他一下子就能将自己的散文创作定位于人民性的写作。在吴佳骏散文中所反映和表现出来的人与事，都是在国家的大框架内生活在这片土地上的人，比如他写了作为赤脚医生的父亲和作为自己乡亲的一群病人；写了父亲面临的能否行医的问题；写了这些常年生活在穷山恶水、交通闭塞之地的农民，他们到哪里去看病，能有多少钱看得起病。写了那些“蹲在村头池塘边晒太阳，伛偻的身影倒映在水中”的留守老人，有谁关心他们的生活，关注他们的生死。写了那些“一个人拄根木棍，戴个草帽，站在通往村外的那条山路上向远方眺望”的父亲们或母亲们，他们看到了出现在村口的儿女了吗？吴佳骏的作品之所以具有感染力，能够取得震撼人心的强烈效果，他所依靠的不单是自己散文创作的技巧，依靠的更多是他对于世道人心的深刻体悟、把握和抒写。

既然国家里最大的内容是民众，那么民众的生活、人民的悲欢才应该是文学家真正要关心和抒写的。于是，吴佳骏的散文更多观照的是中国那一小部分贫民人群的苦难人生，对此，佳骏却并不对产生这种苦难的原因加以追究和批判，就如同唐代白居易，“非求宫律高，不务文字奇，惟歌生民病，愿得天子知”，才是一个负责任的作家应有的。记得李梦阳对此也谈道：“夫途巷蠢蠢之夫，固无文也。乃其讴也，咢也，呻也，吟也，行呫而坐歌，食咄而寤嗟，此唱而彼和，无不有比焉兴焉，无非其情焉，斯足以观义矣。”这才是一个作家要去面对，去熟悉，去描绘和呈现的；鲁迅强调劳苦大众的文学，也都是在强调国家中最大体量的人民性内容，这是需要当下的文学创作者所要清楚和去实践的，吴佳骏的散文无疑是这一文学传统的继承者。

吴佳骏虽然是写了一个个个体化的人，却让这些人物在共同的境遇中实现了一种文学写作所形成的共性的融合，最终构成了一个典型化的人群，这使得吴佳骏的散文创作具有真正的意义。推而广之，在当下这个社会价值转型和文学叙事话语转型的大环境中，文学的“人民性”应该重新成为中国作家这个群体回归的价值定位，只有对于人民有了更多的发现和关注，一个作家才能在中国古已有之的家国情怀、在人类的普世情怀两个层面上实现新的突破，在写作中用人民性的形式和人民性的内容，实现文学的终极价值。

因此，吴佳骏散文创作中对于人民性的重建，使得他的散文创作具有了天然的优势，在很大程度上避免了浅薄而狭隘的文学观念，从而使自己的写作成为了一种宏阔和深刻的艺术实践。

第十六节　谭延桐：温暖是文学的一种宿命

一般说来，人作为一种存在，在自己的行为和思考使自己心灵安宁的同时，与生俱来的是更多的威胁、痛苦和恐惧，以及由此带来的自我否定，其中导致的必然是越来越多的异化，以及对这种异化的忧虑及抗衡，因此作为一个优秀的散文家，他的作品应该比哲学或科学更能给人以思想的反思，给予某种生存悖论以巨大的明确性、说服力。

谭延桐的散文似乎也是从一个由日常生活变异出来的荒原来开始思考和写作的，中间穿过生命本身的混乱、晦涩、不可理解的绝望，人类生命的荒谬、生命的悲剧，最终抵达了一种宿命的灵魂中去了，由此透视着他散文写作的智性的存在和温暖的关怀。

延桐是从诗歌创作转而散文创作的，在 2001 年 8 月 7 日的一次访谈中，他曾经说：“我认定了诗歌这棵树，在这棵树上吊死，是值得的。”他一直在强调“诗人最终要抵得住他自己本身”，但诗歌还是它自己吗？文学还是它自己吗？鲁迅先生早就说过，“中国人向来因为不敢正视人生，只好瞒和骗，由此也生出瞒和骗的文艺来。由这文艺，更令中国人更深地陷入瞒和骗的大泽中，甚而至于已经自己不觉得。”所以散文写作中对真的逃避，往往会演化到一种自欺的程度。孤独、焦虑、浮躁、无聊、无所适从和绝望情绪，以及内在道德律的缺乏，往往使很多作家更倾向于后天训练得来的一种写作的技巧，并死死认定这也是一种极大的文学能力，进而又把它精心打扮成天赋的东西，其实写作如果只是激活了一种感官享受，那么即使他自己诉说的一切都是出人意料、不可思议的，也只是一具空壳而已。所以说散文作品感染力的单薄，说到底不只是其审美价值的匮乏与艺术特质的贫弱，更重要的是一种品行，一种对待生活的态度和激情的弱化的结果。沈义贞先生在其著述的《“散文热”与大散文》中谈到：“所谓纯粹的职业散文家，如果思想没有到达某种磅礴恢宏的境界，始终囿于单一的散文实践而缺乏其他各类丰富多彩的人生实践的支撑，其作品必然苍白无味。”这话应该是鞭辟入里，切入了当下散文创作的弊病之中的。延桐在作品中表现的诚实，以及自我追问式的写作还是让人觉得，惟有真诚，才富有韧性和穿透力。

延桐对生命和生存的体验是独特的，在 2006 年 3 月号的《朔方》上，有一个谭延桐的访谈，当他被问到“你觉得，在这样一个物欲化年代，文学艺术到底还有什么用?”的时候，谭延桐做了这样的回答，他说：“无论时代怎么发展，怎么变化，有两样东西都是永远不可缺少的，那就是医学和文学。”于是，延桐总是试图从一种平常的生活中去洞察生活的本质，但在其中他并没有尖锐地质疑什么，也没有疾言厉色地谴责什么，他始终站在自己的位置上，深入到我们时代的症候中，让我们看到了一种无奈和惶惑。从他的作品中，我们看到了他生活的落身、容身、发展的状态和过程，他努力扩充着他作品的容量，因此他的作品是富有磁性的。刘锡庆先生认为：“我觉得这文学四大部类，小说和戏剧是‘向外’的叙事文体，‘反映’客观世界（外宇宙），‘再现’社会生活，它们由内（主体）而外（社会现实）地真实描绘典型、形象，画出国人的‘魂灵’，以启悟人生，净化人的心灵；而诗歌和散文却是‘向内’的抒情文体，‘表现’心灵世界（内宇宙），‘倾吐’主观感情，它们由外（现实人生）而内（主体）地真诚抒写情感、体验，画出自我的‘魂灵’，以沟通人性，陶冶人的性灵。”（注：参见刘锡庆《散文新思维》，河北教育出版社，1998。）延桐的散文也符合上面的阐述，他总是用清晰的思想赋予他观察的东西以最高程度的理解性，而当痛苦不可挽回的时候，延桐却在散文中让自己的灵魂会重获安静，于是他笔下的一切便似乎都有了一种宿命，由此让人觉得在光亮的文字背后，延桐是在进行着挖坑一样的写作的，这让人感到了一种疼痛的味道，体验到了他在沙漠中挖坑掘水一样艰难的写作状态。

延桐对于自己能深刻体察的东西，从不掩饰和躲闪，从不回避一种混合迷离、一种冲突和撕裂，在一种情感的起落中，揭开一种真实的意义，在对传统文化的反思和解构中，冷峻地在历史和现实的回溯和铺写中理性地思索和寻求，洋溢着思想的独特魅力。其中淤积着一种深沉的感动与祝福，为一种相同的相互依靠的温暖，阿尼克斯特说：“他们所处的世界正患着不治之症，可是他们的创作不是医生为了对症下药作的诊断，而是自知死路一条的绝望的病人的呻吟。”而延桐始终将自己的主观情趣、感性能力、个体生命体验做着对客观法则、理性教条、功名欲望以及社会压力的对抗和超越，他似乎厌弃城市文明，却又不放弃它，而是要打开人们的眼睛，使我们看到我们生活中那些人为的部分的真正性质，并且要使人们有必要对其进行修正。他在《家是地球的中心》中写道：“‘回家多好啊！’这是美国哲学家威廉·詹姆斯临终时所说的最后一句话。”“回到家里去！只有一种声音在他们的心间反复地播放着：回到家里去！回到家里去！回到家里去！……我理解了他们！”

应该说本色的坚持是延桐要表达的一个重点，同时它也是一个有趣的重点，他似乎要告诉人们，坚持本色的重要性和意义，但里面有一个明显的悖论，人在生活中碰壁受挫是必然的，每次受挫都选择向别处逃离，也是必然的。至于如何使抗争更有意义，那是很大的命题，也是一个很大的难题，但在困境中坚持往往并不是最好的生活方式，却似乎是进入文学的最佳途径。欧阳修在《梅圣俞诗集序》中就阐说了“诗穷而后工”之说，郭绍虞也在《中国文学批评史》谈到这点，他认为：“予闻世谓诗人少达而多穷，夫岂然哉！盖世所传诗者，多出于古穷人之辞也。凡士之蕴其所有，而不得施于世者，多喜自放于山巅水涯之外；见虫鱼草木风云鸟兽之状类，往往探其奇怪，内有忧思感愤之郁积，其兴于怨刺，以道羁臣寡妇之所叹，而写人情之难言。盖愈穷则愈工。然则非诗之能穷人，殆穷者而后工也。”延桐有丰富的生命经历，他肯定能从中认识到了比别人更多的东西，更能摆脱虚无和迷茫，拓宽生命，使自己的心更加安定。

延桐在自己的写作中，把抽象的东西形象化了，他是在用一种写作来温暖智慧的内心，但这种心灵和思想的状态，有时仅仅是一种理想罢了，延桐几乎是用一种理想的悖论来告诉我们一个个饶有意味的真理，在这种书写的后面，是作者思想的灵动与锋芒毕露，在粗糙的日常事务的描写后面，是精细入微的观察与思考，是一种丰厚的储备。延桐曾说过：“精神的储备，知识的储备，经验的储备，感知的储备，智慧的储备，语言的储备，情绪的储备，状态的储备……这些东西，对于一位作家来说非常重要。要不，就会后劲不足，有气无力，越来越衰竭，越来越可怜”，“光靠一点儿小聪明、小灵感、小感觉、小经验什么的，是写不出什么大作品来的。”确实如此，单靠智慧或者技巧的写作只是一种浅层次的写作，是单薄和柔弱的写作。但这点却常常为一些作者有意或无意地忽略，他们往往不能自觉地审慎地去审视自己作品中所缺失的东西，有相当一部分作者总是自得于自己在作品中的那种较为精深的睿智，并沉在这种自以为是的智慧的隧洞中不能自拔，所以他们的作品往往锋芒有余，但意蕴不足；刚正硬朗有余，思维精神不足；能让人感到一种血液中孤独，却没有骨头的硬度；有一种温暖而明澈的情感体验，却没有文化的深度、高度、浓度与厚度。而延桐的散文是在洞悉世态的前提下，将自己体悟到的从现实生活中所来的鲜活生命力和丰富的人性感知，不断地汇入到自己的创作中。

延桐是个思想者，也是语言的反叛者，他崭新的叙说方式使我们在陌生中体验了一种特有的美感，比如《咬住》《你的声音里有一座海市蜃楼》《一片羽毛选中了我的阳台》等，都是如此。延桐早期的诗歌是具有禅性的，但这并不是感性主义的无边泛滥，在许多人已经变得无知、渺小、脆弱、贪婪之时，写作应该是追寻纯粹精神的一种最好的方式，这种写作是人与造物主之间的对话和约定，别人也许只能阅读，而无法分享。谭延桐曾借用阿根廷作家博尔赫斯说过的话："所有语言都是宇宙的地图。我觉得这个比喻很恰切，因为从这张地图中，我们看到了天地万物的秘密。如果一个作家的语言没有地图的作用，那这个作家就是名存实亡的。"而语言的独特性，往往取决于一位艺术家心灵的独特性。一旦失去了这种心灵的独特性，自然也就无法把语言推至信念的高度了。公共语言要求尽可能的规范，而艺术语言却力求尽可能的不规范。越是不规范，就越有可能产生艺术的惊异感。

其实散文写作的难度真正的应该在于根据文意对于词语的一种运用方式，而词语的运用和选择应该是一个作家的风格明显的体现之一。而且词语的明亮或暗淡，词语的简练与繁冗，词语的各种暗示或者指向性都会影响一篇作品的韵味。曾记得有人在谈到散文创作时，认为散文的构架要疏散空灵，不能筑造得太密太实。而我所认为的好散文恰恰相反，也就是说，密实的文章才能强劲有力，延桐在这方面的努力是他散文的重要特色之一，如果舍弃了，他的散文也就消失在一片苍茫的文字之中了。延桐的散文语言的指向性开启着我们对一些或是熟悉或是陌生的事和物的或深或浅的重新理解，它赋予了我们在某种状态下顺利抵达或触摸的事物那一线之光，其中的意韵和真谛，很容易在我们的阅读中掺和上自己的感受与情思，并使它的蕴含达到了一种独有的特色。这种曾经有过的经历，是延桐的，最终也是我们的，它尽力赋予他所写的事物和经历一种崭新的认识和深入的启迪，它不是浮光掠影的那种，也不流于肤浅和表面化的状态，它克服了平庸化的写作模式，试图在细致入微的描述中挖掘出具有独特视角的真知灼见来。“每个人所欣赏的世界都是他自己所创造出来的。”朱光潜说。也就是说，文学的创作都在追求自身的独特性和有别于其他创作其他作家的特质，但具体操作起来并非说说这么简单，他涉及一个人的品行、修养，先天的一种资质，个人的禀赋，还有自己的长时间的具有倾向性的阅读所带来的影响，自己的审美趋向，选择写作的方式与技巧，一个作家所生活的地域等因素。就延桐来说，他的散文是与众不同的，其中最主要的是他的关注点的不同，显然他的散文不是如何使个人与一种经历或经历延伸过来的社会相一致、相协调，而是恰恰相反，他力主个人必须对社会保持一定距离和清醒的批判意识，这种“隔”并不是一种远离，而是一种冷静的思考与审视，一个作者在其中的态度能很好地去衡量一个人的道德高低、文章优劣。所以一个真正的作家，不在于他与社会保持一致的程度，而恰恰在于他与社会保持距离的程度，即一个作家的写作能力，取决于他在多大程度上超越了他自己社会的局限，而不是对于自己的无节制的自恋。延桐的散文着意于一种现实的生存状况和对一种理想提炼的描写与判断，而任何理想，包括以世俗的意识形态表现出来的理想都是人的需要的表现。这些理想的真实性，有助于拓展人的力量。这在散文以及其他艺术的创作中是关键的，最终会使我们的作品充满着对人的生存的苦难意识、忧患意识和终极关怀，表现出承担使命、履行责任、坚守良知的平民意识以及投射出来的生命本质。

第四章　写作的野心

第一节　写作的野心

如今，中国散文表面看来倒还热闹，写作的人也众多，甚至有一阵子颇有铺天盖地的气势，但回头一看，除了一堆散碎的沙子之外，似乎并没有建起一座散文的大厦来，如果说有的话，也顶多是几间茅草屋罢了。那么，为什么写了这么多年，很多散文写作者依然在原地踏步，也几乎失去了推进中国散文前行的精神和力量？我想，其中的原因之一就是大多数散文作家失去了写作的野心，甚至有不少写作者自始至终都认为，写散文是一件很容易的事情，根本就不需要什么文学的野心，以为好散文是人人都能随便写出的。其实不然，虽然散文写作和其他艺术一样，甚至比其他艺术的门槛更低，能够吸引很多懂得一点汉字但又做不了其他门类的艺术的人，如过江之鲫而来，热闹了一会儿，但我们最终看到的结果是，中国散文的整体水平并不见得有多少提高。

时至今日，有不少散文写作者，依旧只是弄些边边角角花花草草的内容，来抒发自己那点对于写作而言本就非常可疑的所谓情感，根本就没有去探索写出散文大作的勇力。也因为没有野心，中国散文完全就是在写自己那一点点可怜的经历，那一点点直觉而来的思考，玩一下自己那点多年玩弄文字练就的技巧，而中国传统文化和世界文化的精髓完全被他们屏蔽在自己的视野和思考之外。回顾中国百年的文学历程，如果说中国文学在五四时期还算是被国家民族的命运逼出了一点野心和精神的话，越往后走，就越见不到了。不少写作者如果到现在还是期望凭借自己一点点所谓的天赋去从事写作，期望仅仅凭借自己的一点小聪明就能写出一点像样的文字，简直就是痴人说梦的妄想。可见，我们的散文在中国散文的传统脉络中确实失去了重启和建构的能力，甚至出现了价值观念、审美艺术、自由意识的后退。

尤其是，近几十年的社会转型给人们带来的巨大的文化精神化跨度，却并未使得散文这一文体实现必要的转型，实现写作者对个性化思维和社会思考的重新书写。由此，在中国小说渐渐趋向“现代性”写作的时候，散文家对于固有模式和思维习惯的坚持，并未使得自己的思考模式、写作要素、写作技术和文体创作得到必要的推进，我们看到的依然是散文写作中诸多话语形态的一贯陈旧，比如，散文中那一种纯粹的情绪化的写作，如今依然是散文创作中亘古不变的唯一方法，而且它依然以毫无意义的坚守，用一种旧有的写作秩序抵制着一种文化的更新机制；比如散文家对于世界文化思潮和方法方式的学习不但不够，而且几乎近乎无知，这极大地阻碍了散文创作方法的延展与深入。于是，散文写作在凝滞中继续自己的精神和文体的双重衰落，就成了必然的事情了。

在此，可以让我们稍稍回望一下，二十世纪80年代中从西方引入的现象学方法、解释学方法、西方马克思主义、女权主义方法、文艺心理学方法、弗洛伊德精神分析法、荣格神话原型法、结构主义方法等，在当时乃至现在，已经化成了别的文体写作者的新的工具，他们运用这些新方法，分析解剖作品的内在要素，揭示中国人的心理结构，呈现文学作品的深层无意识，挖掘意识形态的权力运作模式，从这一时期开始，哲学美学的新阐释层面和新研究角度的出现，带来了中国文学思维空间的拓展，文学价值维度的重新观照，以及主体精神的重新发掘。但这些在散文创作中几乎是被屏蔽掉的，散文创作中那些陈旧的思想方法和技术，一直就像一层厚厚的墙壁，让中国散文拒绝很多新因素的渗入和影响，这与这一段时期以来整个文化持续发生的相当复杂多变的“转型”，以及由这种文化氛围发酵出的营养，产生了巨大的隔离，显得中国散文就像一个垂垂老矣的即将入土的老者，没有了任何反映和讴歌这个时代的能力。

根据这个相当的差异，我们必然得到一种结论就是，中国散文从未获得一种崭新的眼光，重新审理几个时代以来带来的文学以及时代的光荣与梦想，没有获得过文学思想上的启蒙与建构。试问一下，我们那些所谓散文创作的历史正途，是不是正在将中国的散文引入歧途？我们本应历久弥新的思想文化资源和应该不断向前突进的意识话语，是否在文学的流向中，失去了造就散文甚至中国文学新血液的能力？我们先前的对于散文的全部观念和创作经验，是不是我们今天的误读，并将在现实的错位中，一遍遍演化成散文创作无能的写作循环？因此，我们对于中国散文未来主义的新期待，就成为我们实现不了的妄想。

因此我们要问的是，当我们中国的文学在不断发展和繁盛中，为什么在我们的散文领域，在创作方法、创作心态、文章结构和言说方式上，从来没有更多的“建构”，也没有更多的“解构”呢？我们的散文创作为什么至今也不会有一点根本性的调整，能够写得稍微像样一点？

我们知道，无论是哪种文体的进步和创新，都离不开对历史和传统的审视，离不开对主体自我的自审意识，离不开时代和生活的塑造，那么首先要想清楚今天的散文到底应该向何处去，这也成为当下写好散文的一个必要的前提。

除了上面反复强调的这些，还有一个基础的要素就是，我们依然要强化我们对于时代的把握能力，这是提升散文创作的首要前提。我们往前看一下的话，五四新文化运动所带动的散文创作，哪个不是紧紧与自己的时代捆绑在了一起？他们那种对于时代的自觉审视，对于自身的国家、民族身份的强调，在现在看来，显然已经淡化了很多，因此重新对自己的文化使命和思想价值进行审视与铸造，并将之嵌入到对世俗大众审美与文化的引导中，散文真正的复苏才能到来，才能真正有关乎家国命运的厚重感的表达和生命的本真意义的彰显，从而避免散文写作的平面化、喧闹化，使得自己的散文具有本该就有的时代意识和现代意识。

我们知道，文学是写人的文学，散文肯定也是写人物的文学，同小说的人物一样，也应该是典型化了的人物，而不是随便一个什么人都进入到自己的散文作品中。一个优秀作品对于所写的人物是挑剔的，一个散文写作者是要在极大程度上，去预判进入到自己散文作品中的人物，最终在作品和读者的阅读中获得价值和意义的。散文写作者当然可以写自己的朋友、邻居、爹娘，这没有问题，但是，这些人物一旦进入到自己的作品中，我们就要考虑他们对于除作者之外的众多读者的意义何在。我们不能武断地去要求，读者非要对一个作者的朋友、邻居和爹娘感兴趣，所以写这些本身就是有风险的，很多写作者至今也不明白，依旧执拗地认为有意义。如此看来，这依然是一个值得思考和认真对待的问题。因为这样很容易使得散文没有开放性，也很容易在散文中建设一种单一的道德性，并把这一点作为自己散文写作的结果导向和追求。

以上这点，应该依旧是所谓的“颂圣文化”的变种。看看当下的散文，除了对于笔下的无论是什么人都极尽歌颂之外，可真有对于人物的价值判断？这点本身就是对五四以来的“新文化”的精髓，从严复的“开启民智”就开始的散文精神的背离。我们知道，从梁启超的“新民说”到五四一代人为“德先生、赛先生”的呐喊，都是企图唤起民众的一种“铁肩担道义”的精神传统，是一场持续的启蒙，到现在来看，这种精神在实质上是中断了，如此以来，何谈好的散文存在？有鉴于此，当前亟须一批能够重启启蒙精神的散文家的出现，以此来提振民族精神，改变中华之精神日益萎缩之虞。当然，在我们追求前面所说的现代主义诸多精神的时候，我们也必须警惕现代性危机的危害，而且我们在写作中，不要总是仅仅将自己的目光放在过去，用一种怀旧的可疑心理，去塑造一个貌似美好的虚假过去。

于是这就必然导致了再一个话题的出现，就是当下的散文写作者还是知识分子吗？厘清这一点的原因在于，如果这个写作者已经不具备知识分子的诸多理想要素，他所写的散文，距离文学抵达的地方也就越来越远了，这点在当下是有着现实根据的。简单说，就是当我们像孔子一样有“被围陈蔡”厄运的时候，还会有“天人合一”、王道仁政的理想吗？还有那种面对普遍凄凉和绝望的很高的境界和教养吗？如果没有，我们写作的散文品质肯定是不高，至少是让人存疑的，甚至有可能会习惯于一直将一种装腔作势的文化掮客持续做下去。因此，在这个意义上说，作为知识分子群体的散文写作者，应该提前做好思想和知识及文化、精神、写作上的准备，即使制度化的结构使得散文写作者丧失生存空间，他们也必须坚持作为知识分子写作者的标准，坚持自己的主体性和自主性，避免成为仅仅是能够在市场经济中取得名声和利益的人，借助自己的优势让一个俗气的时代变得更加俗气的人。在这方面，作为知识分子的写作者责无旁贷，我们要有勇气和智力水平，去给读者打开一扇智慧的认识社会认识自身的窗户，而不是整天写一些别人都知道的事情，与一般读者处在一个智力水平线上的东西，以此来弥补一般读者认知旨趣的局限，并教授他们实用的解决方案，这也是散文的基本要求，而不是在那里哼哼唧唧、无病呻吟，还想博得别人的赞许。

记得陈独秀在《新青年》一文中谈到个人的人生归宿时说：“内图个性之发展，外图贡献于其群。”胡适在谈到“易卜生主义”时，除了认为“个人有自由意志”之外，还特别强调“个人担干系，负责任”。五四的诸多思想家虽然对人生看法不一，却有一个坚定的共识，就是即使写作者个人无法独善其身，个人无法自证其人生意义，也会认识到，小我只有在大我之中才能完善，实现自我之价值。但是当下的散文问题和读者的不幸在于，散文家本该有的大我，都变成了一个没有情怀的庸常化的个人，那种以理想的人类公理为核心价值的写作几乎荡然无存，这是人的个体化的幸运，还是中国文学、中国文化和中国精神的不幸？

第二节　只言片语说散文

1. 底气的关窍

古代诗话中，关于诗文之气的论述很多，很多诗文也充盈着各式各样的“气”，但要到把文章写到“至境”范围内的“气象”就很难了，投机弄巧肯定不行，很多都是起于工拙，看起来笨笨的，但内涵却不凡，这样的笨办法本来就是写作的要义，只是后来被西方一些所谓的现代性技巧冲淡了，我们能重新拾起来，就是拾起了中国文脉中的底气，这也是散文写作具有底气的关窍。

2. 写物之工皆出于目见

罗大经的《鹤林玉露》中谈道：“作诗者岂故欲窃古人之语以为己语哉，景意所触，自有偶然而同者，盖自开辟以至于今，只是如此风花雪月，只是如此人情物态。”话虽如此，但如果以此作为自己作品同质化的借口，那就贻害无穷了，因此，在写作中总要显出目光的独特才好，比如有些作家写作的目光总是透着谨慎，透着一种小心，这样写出的文章就会具有了自己眼光的划痕，正应了

“写物之工皆出于目见”这话。

3. 文章之作关乎国之兴废

据汉代的学者说，《诗经》中的“国风”这部分，是由专门的采诗官巡游各地，采集民间歌谣而成的，主要是用以体察民俗风情、政治得失。这些采诗官一般是在孟春，大约就是跟今天差不多的三月里，摇着木铎到各处去采诗的，当然回来还要加工，“献之大师，比其音律以献于天子”，“王者所以观风俗、知得失、自考正也”。到了现在，采诗官是没有了，多的是北京的雾霾，以及去往各地的各种巡视组，但巡视组主要负责官员的事情，并不采集民间歌谣，因此，想要知道一些伤时感世的事情，还是要去看一些带有“风”情的文章。比如对于故乡的眷恋和拒绝，对于身边事物细部的俯身查看，对于一个普通家庭女性幸与不幸之命运的描写，都是能在其文中参看到社会角落的真实缩影的，可见，作家的心中都是要有风雨的，这会让人时不时想起赵元镇的《雨夜不寐》中的诗句，“西风吹雨夜潇潇，冷烬残香共寂寥。要作秋江篷底睡，正宜窗外有芭蕉”；而来自新疆的回族作家马绍埔的《深秋的巩乃斯》虽然也写得清静，但与许多年前新疆作家周涛写的《巩乃斯的马》并无大异，可见新疆的情况并没有人们想得那么糟，也倒是并不会让我们国人特别心焦了。

4. 保持住一种对于事物的迷恋和凝视

西方的现代文论和批评中，“凝视”作为一个重要的概念，继承了西方历史上流传已久的“视觉中心主义观念”，又以萨特、拉康和福柯对于视觉的相关学说为理论资源，旨在构建主体与他者的关系，它要求主体在对客体的凝视中得到确认。但当经济上的消费主义霸权和知识上的权利欲望，使得外在的客体呈现为一种一体化图像的迷局时，作为一个作家，唯有保持住一种对于事物本体的迷恋和凝望，才能为个体化的写作提供一种策略上的可行性。

散文写作要在一定程度上保持住这种凝望的欲望和能力，或者通过记忆望见世界中的世界，望到乡村的人们被放牧的命运，使其具有所去有所从、无所去无所从之意，或是写出对于高地孤旅中外在事物的铺陈，都要试图努力从一种对外物的凝视中，找寻主体存在的意义。这些散文就像时不时蹿起的小小的精神的火苗，发散出主体自身本应具有的智性和情感的光亮，我想，这是与他们还有能力保持一种对心灵和外物的迷恋与凝望相关的。可见，文章要写到“好风能自至，明月不须期”的程度，大概也只能是凝望之后的事情了。

5. 文中有大义

我们读经，知道《春秋》粲然深美，浩然繁博。其中所写的诸如齐桓、晋文之事，是事，也是史，文成数万，其旨也数千，但是关于大义，就是后人所说的“春秋大义”，烺烺然也只有二百余处，所以大义一直以来就是一些很难得的东西。因为难得，所以更为珍贵，这也是《春秋》之所以高于其他相类书籍，比如《尚书》，更深入人心的原因所在。我们的写作应该都是朝着大义这个方向去的。可以说，文章要实现一个作家写作的公共性指向，文章里就应该有大义，而如今更为强调写作主体的作家，其写作的指向在走向自我的时候，也更需要大义的存在。古代士子讲究家国情怀，认为“民惟邦本，本固邦宁”，认为“夫春秋，上明三王之道，下辨人事之纪，别嫌疑，明是非，定犹豫，善善恶恶，贤贤贱不肖，存亡国，继绝世，补敝起废，王道之大者也”，都是在强调这种大义。但是，之后这种大义就慢慢消解了，魏晋时期，大义渐渐没落，文人多是躲避起来避祸，到了五代，干戈渐多，“四海瓜分豆剖，斯文道熄”，在江南，李氏君臣更是崇尚文雅，虽有“亡国之音哀以思”，但更多的是“小楼吹彻玉笙寒”“吹皱一池春水”的绵软，何谈大义存在？之后大义一词，也只能在文脉中时隐时现了，所以越往后，文章越写得不行，这应该是其中的原因之一吧。

6. 会心处不必非在远处

如今，世界是越来越小了，仿佛触手可及；世界也是越来越大了，填充着新发现的或者新生长的各种事物。对于写作者而言，这本应是件好事。但事实似乎并非如此，面对似乎在靠近却又是渐远的世界，很多作家却慢慢失去了写作的重心，如此，写作的失衡就成了作家创作的一种常态。在此状态下，将自己的眼光退回一些，依旧退到自己的内心，退到自己周边的事物，倒不失为一种简单可行的办法。尤其是，散文都是以“我”为叙述主体加以展开的，写一些切近的事情，也是散文文体的特点所决定的。当然这对于写作者自我是更有所要求的，散文中“我”的深浅、宽窄，便决定了散文作品的深度和宽度。因此，古代为文很讲究“为文先有五车书”的道理，腹中是满满的干货，就会意深义高，就算文辞平易粗陋些，对于文章的整体艺术水准，也倒是没有大妨害。由此，每次读诗，总觉得“柳色黄金嫩，梨花白雪香”不如“深山催短景，乔木易高风”好，原因就是后者比前者多了一点“我”的精思。我们知道，思之愈精，造语愈深，但现在对此似乎不太讲究了，不再像古代的文人，“游于心者”，要有“六艺之教”，有些文章之所以能够作得好些，就是因为他们的思虑还是深的，写作的素养还是深的。可见，如果一个作家肚里空空的，或是草莽一样，就算有冲天的才气，也总会有用完的时候，而且单单凭着一股灵气来写，终究不会浑成气象。由此我想，散文中“我”的背后，肯定藏着一个深思熟虑、内功深厚，甚至是狡黠、满是写作阴谋的人，而不是一个目光散乱、形体瘦小、思想浅薄干瘪的人，古人讲“会心处不必在远”，其中应该包含这一层意思。因此，一个作家在写作之初，就要先修好内功，在看什么的时候，如果能看得透彻些了，那么他写什么或许能写得到位些，笔下的文章也就渐渐会有“听雨寒更尽，开门落叶深”之意了。

7.“想当年”

近来读俞平伯先生的《燕知草》，有朱自清先生作的序言，开篇就说：“‘想当年’一例是要有多少感慨和惋惜的。”这点和很多写作者对于“想当年”的一往情深是一致的。面对错落隐现的过去，我们也时常会发出“而今陌上花开日，应有将雏旧燕知”的怅惘之声。但问题是，如果一个散文作家一旦习惯总往时间的后面看，沉浸在其中不能自拔，这终归不是一件好事情。原因很简单，作为散文家，一眼望去，总盯着死去的人和过去的事，自然地，对于当下的漠视肯定会呈正比地增长，风月无边话当年的气息能充溢在文中是好，但是，散文中总见不得一点现实的活气，这终究不是一件什么好事情。

应该说，把写作视角投向自己的记忆深处去，这在作家那里，似乎是有些道理的。因为现实太真切，没有距离自然产生的美感；历史倒是自会长出青苔来，把往事遮蔽出朦胧或者厚重来。以至于在很多时候看来，不少作家去追挽已逝的流光，确实比去抒写当下的世态更有着落，而且，写作中的这种趋向，也颇有文不违古的做法，但是“想当年”写得太多了，不能不说是个问题。我们知道，古人讲求文章要有活法，我想，写写当下的事情，不仅是一件很讨巧的事情，如果用心去写，也确实能写出带着热气的文章来的。

8.格局与被消费的主体性

有时候我想，为什么散文写作呈现出现在的这个样子，它更好的样子应该是一种什么样的形态。但这一个话题又似乎是一个悖论，一旦出现所谓的“应该”，时间一长，散文写作就又会必然导致第一个问题的思考与提出。

姑且不论上面的矛盾之处，我们来观察当下的散文写作，就会很容易得出一个在写作中尤其可怕的结论，就是散文写到现在，也在经历同样被过度消费的写作困境，散文作家也在经历主体性被泯灭的写作迷局，而且这样的一种写作历史，会慢慢在文学的时间中成为一种饮鸩止渴似的文学经验。

同样，不可否认的写作历史是，文学被市场化之后，本来作为一名尤其强调主体性的作家，在这一过程中，相应地成为了一件商品，最终的结果是，文学包括散文，既然作为一种消费品而不是精神力量，存在于人们的生活中，这在它的发展中必然会逐渐构成其自身的消费性格，以迎合读者的需求，如篇幅短小、文义浅薄，包括淡淡的哀愁等等，都是其中的属性之一。这就使得本来就模糊不清的散文变得更加世俗不堪，不只是被文学圈和泛文化圈认为是低于小说的一种创作，就其内在的秉性而言，它就会渐渐失去作为作者的“主体性”阐释和启蒙思想重新塑造的写作理想，失去一名知识分子关于人自身理想化和乌托邦的反思，以及缺少一种对中国文化走向世界的主体精神的想象与实践。于是，当主体性让位于既成的散文写作规范时，散文便只能按照一个方向去行进了，所以更多的散文最终都长成了一个模样，原因都在这里。

因此，散文的真正瓶颈与危机并不只是出于写作技巧方面的问题，或是书写主题、题材的不够多元化，也不是来自文类的规范对作者或叙述者本身的一种压制，而是在于真正的主体性的丧失。而且，后现代时期的怀疑一切，消解权威的偏执倾向，更使人们的自我意识和自我身份变得相当可疑，使得一个作者既自恋又自卑，既狂妄又怀疑，从而失去了话语的坚实性与拯救散文世界的乌托邦的构建，使得当下散文创作终于受挫，使得散文的精神旨归终于消隐逃亡，散文的内在化格局就无从谈起了。这点是需要当下的散文写作者尤其警惕的。

9. 如今的散文都写得太老实了

中外繁复丰厚的文学资源既给我们提供了巨大的写作经验，但由这些文学经验积累到现在所形成的巨大成规，也给我们的写作带来了一种似乎无法突破的壁垒和难以逾越的障碍，于是，时至今日，我们看看林林总总的散文作家的创作，总觉得他们都写得太老实了，总在一种既定的圈子里转圈，鲜有明显的探索和突破。

由此，我们看到这些作品的一字一句、一笔一画、一招一式，虽然都很是合乎前辈为文的要求，比如讲究情真味长气胜，比如讲究咏物为工、言志为本，比如讲究韵度与气格，等等，但是，这样写多了，只能说明我们写作中除了越来越多的暮气之外，就没有什么新鲜东西了。因此，文章还是要放开一些文学的胆子，拿出更多的写作野心来写为好。记得南宋黄彻在《巩溪诗话》中称赞说："韦应物《赠李侍御》云：'心同野鹤与尘远，诗似冰壶彻底清。'又《杂言送人》云：'冰壶见底未为清，少年如玉有诗名。'此可为用事之法，盖不拘故常也。"话虽然这么说，但这两首诗到底不拘故常到了什么地步，现在看的话，就不好说了。但不论怎么说，一个作家只要有这样的意识，就有突破前人的可能性，就有写出好作品的可能性，这点确实是值得肯定和学习的。

其实说到文学创作要尽量从现实的常态写作中脱离出来，这就又牵扯到一个话题，是弗莱书评讲到其中的假设性语辞结构。对于写作而言，文学创作应该有一个基本的逻辑起点，因为这个语辞结构要求作者笔下的文学世界是独立的，是唯一的，是有别于其他作家所构建的文学世界的，它是一种创造性实践活动的结果。理解这点的意义，在于它可以使我们有意识地从我们前辈的文学世界里走出来，在自己的文学世界里摸爬滚打，这也就可以拥有创作的更大自由。我们说写文章要有作家的透彻之悟，但如果只是在别人走过的道路上老老实实地行走，容易倒是容易些，轻松倒是轻松些，但道路抵达的地方终究不是自己的文学世界，所以，写文章，还是不要太老实了，否则就要吃亏。这与做老实人行老实事，是两种道理。

10. 散文的推力

不论是哪个门类的艺术创作，文章中都需要有一种力量加以推进，这类似于古人讲究的“势”，古人为文先要“明势”。记得皎然所作《诗式》上讲，“高手述作，如登荆巫，觌三湘、鄢、郢之盛，萦回盘礴，千变万态。”意思写文章也像登山，登到高处，文章的“势”自然就有，文章往下一泻千里的推力就有。现在，有的写作散文时气力很长，文章的“势”就足，有的或者在情感上，或者在事件上，或者在感悟上也积攒了些“势”，文章也就写得结实些。由此我想，文章的“势”从何而来，散文中的推力是什么？能不能借鉴一些小说中的技术，来增进文章的这种推力？比如，是不是让散文也存在一个足够剧烈的冲突和矛盾，使之也能超越日常性的情感抒写；比如，散文中是不是也要有多个人物、多重力量相交所产生的力量；比如散文中是不是也要制造一些悬念，以此来满足读者在阅读过程中的某种更为复杂急切的期待心理状态，等等。这些原本是可以运用到各种体裁的创作中的，但在实际创作中，更多的是被小说家作为小说的创作技巧来运用，而被散文作家在写作散文时所忽视，如此以来，散文也往往只剩下可怜的一点情感来推进文章的行进了，这也是小说作家看不起散文创作，或者被散文理论家一直说散文没有什么理论的口实，这确实是散文写作长久不能进步的原因之一。因此，如果散文作家能从各个角度去“借势”，散文就会写得更好些，散文作为一种以小纳大的文体，最终也能写得更加意阔心远了。

11. 肉身蓄德

在中国古代，史家对于以史蓄德是颇为看中的。这最早来源于《易·大畜》，其文曰："君子以多识前言往行，以畜其德。"孔颖达对此作疏说："多记识前代之言，往贤之行，使多闻多见，以畜己德。"以此来"刚健笃实，辉光日新"（宋神宗《〈资治通鉴〉序》。古代写史著文大都追求文重义隐，寄托遥深，就是源于文章要来蓄德的要求。既然要蓄德，那么写作文章的人就要突破小我，而上升到大我的境界，因为小我与个人的私欲有关，大我代表着普世价值和公共利益，五四的文章总让人觉得比现在的好，原因就在这里。五四时期的很多写作者，他们同《新青年》的撰稿人易沙白一样，懂得"有牺牲个体小我之精神，斯有造化世界大我之气力。……个体之小我亡，而世界之大我存"。我想散文写作是要朝着这个方向去的，都要力图去展示以道德伦理为核心的文化折光，并以个体的肉身去加以承载。我们说文系人心，我们对于文学家的期望首先也在这点上吧。记得《四库全书总目提要》对文天祥和他的文章推崇备至，认为："天祥平生大节，照耀千古。而著作亦极雄赡，如长江大河，浩瀚无际。"其中的原因，就是文天祥以一个与人同样的肉身，却又蓄积着与一般人不同的大德吧。

第三节　重新燃起散文的灯火

——从《西南军事文学》的"散文专刊"说起

近年来，有相当一部分优秀散文作家，尤其是中青年散文作家努力创作，左突右冲，精心创作出一些结实耐读的优秀作品，而这些作品正是支撑当下散文整体骨架的重要力量，因此可以说，当今散文的成长和希望依旧要依靠这些散文作家的勤奋和努力，他们的创作无疑很大程度上拓展了散文的深度和宽度，他们在散文王国里艰难跋涉，纵横穿梭，他们在传统的积淀和现代的累积之间呼吸吐纳，他们用自己的思想行走，用自己的灵魂触摸散文的琴弦，他们用自己的歌唱、沉思、呼唤、顿悟来疏通散文的脉搏，这些都为当前散文创作的繁荣至少是局面的维持，起到了相当大的作用。但是，透过诸多散文家创作的作品，我们看到的不仅仅是散文作品数量的巨大，还会看到散文作品质量的大面积下滑，以及创作方向感的迷失与混乱。因此《西南军事文学》在这样的时候集中推出老中青三代散文家的作品，是有眼光的，对于推动散文的继续生长起到了相当的示范作用。

在本期的散文专号中，共有“散文实力榜”“散文新锐榜”“散文中国”和“散文短制”四栏，其中都有一些可圈可点、可读耐读的文章。在本期的“散文实力榜”中，有王宗仁、贺捷生、韩小蕙、唐朝晖、赵瑜、江子、阿贝尔、马永波、吴昕孺、李存刚等人的散文。王宗仁的《草原藏香》写了一股来自五十年前的温暖，这种温暖是自己的车在藏北草原抛锚时，藏族姑娘卓玛给予的，是一种纯净的温暖；文章能铺得开，节奏把握上很有功力，如一股缓缓的溪流，慢慢就进入了人的心田；贺捷生的《兰姐的逝水流年》写了与兰姐的相识、交往，更写出了兰姐悲戚的婚后生活，写了她与丈夫老王的以死相搏，或者是同归于尽；韩小蕙《两极的云冈石窟》能感觉出写得很用心，将云冈石窟放在三对矛盾中来写，它是最伟大的——又是最渺小的，它是最天马行空的——又是最规规矩矩的，它是最期望千秋万代的——又是最加速被破坏的，这点看似普通平常，但真正能发现也是要靠心底多年的修炼的，特别是“最伟大的石窟艺术，而塑造它们的人，却是一群最渺小的农民工”，这更需要一颗沉到和地平线一样的心灵才行；赵瑜在《忆人二章》中写了舅舅、老师二人，其中“老师”一章特别是用老师的死来透视出作者对于生的认识，写得较为出彩；江子的《失踪者》，前半部分实写，后半部分虚写，前半部分细密，后半部分散逸，告诉读者在高速发展的现在，建设新的生活，适应新的生命方式是要有代价的，有时候代价还是巨大的，比如生命，但还是没有写开，陷于简单地记述一个简单的事件了；李存刚的《红军伞》是通过被叫作红军伞的长青的松树来回顾中国革命的历程的；马永波的《你以你的痛苦安慰了我们和时代》，写得迷幻，能见作者心灵在生活的起伏中沉浮的斑点，感觉作者的思想并没有因为生活的琐碎而散失，这倒是现代生活中难能可贵的；吴昕孺在《带你去见一个人》中写了神秘的湘西，写了向西方行进中对于沈从文的迷恋和追寻，文字就如同他的行程，缓慢却充满意味和色彩；阿贝尔的《四季》中的文字摇曳多姿，也写出了自己对于四季的体悟；唐朝晖的《三种形式》写了在现代都市生活状态下身体和精神的双重漂浮，是人与人之间不断加大的距离，是走在生活和生命道路上的疲惫，是看似真实的谎言，是长期共存的心理问题与身体疾病，是对物质和金钱的过度的追求，而如何不让灵魂走失，不让灵魂昏睡，回到自己心灵的家园，这是作者所关注的，也是我们所关注的。

在“散文新锐榜”中，收录了北野、陈再见、刘柠柠、白庆国、杨一父、王爱、谢宝光的散文。其中《激情或理性的边界》的作者北野是一位有理性和智性的作家，体现了写作的一种刚性的笔力，有一种升腾起来的力量，其中有对于尘世的警惕，对于对灵魂和天空的敬畏。他写一只土拨鼠在草根下挣扎，它必须冲出梦境，必须奔跑，它忙忙碌碌，喋喋不休，它艰辛地穿越，它的宁静的欢乐和幸福，仅仅是一个草根刁民所簇拥的鲜花和初春已经钻出地皮的这个时刻，要求是如此简单却又如此艰难。而面对残酷的现实，作者是失望的，大地已经不再相信她怀里的每一个人，任何一个求援者都身有疑问，任何一次帮助都可能是别有用心，任何一次施舍都像赎罪，而任何一次取得都比抢劫恶劣十分，那么我们也不能不问，我们还有侠义的气节和美德，还依然要有风中的骨头和一颗迷茫的心吗，那种梅妻鹤子所要依赖了一个人的品质和他明亮的本性还有吗，还有经过多少年匍匐的生活，才能回到人间，成为继续飞行的妖精吗？读这样的文章就如同给心灵洗了一次澡。陈再见的《人物记》写惜弟和银剩谦兄栋梁的生活的有常和无常，写了他们的挣扎和煎熬、忍耐和无奈无力，还有其中让人心酸的自得其乐，时间是一样的，生活却是不一样的，即使生活是一样的，命运似乎也是不一样的，改变成了一个难题，遥遥无期。白庆国《乡村底片（三章）》是能见出作者的才情的，“屋顶上的雪”画面和声音都能唤醒我们对于冬天的记忆，“村外的路”“玉米”写得很有哲理，也很有动感，其中是有作者独特的发现的，作者的写法也颇为人称道，可见作家的禀赋；刘柠柠的《牛，女鼓匠》、王爱的《一群需要名字的动物》写的日常生活中的事情和人物也几乎是在放往事的幻灯片；谢宝光对于语言的感悟力和把握能力是很强的，他的《另一个我》笔力苍凉，将新生与死亡交缠在了一起，极力铺陈描述，写生与死的背后是同样的艰难，作者在文中情感沉到了冰点，犹如一个哲人浮在空中用形而上的视角看待世间的生死悲欢。

“散文中国”“散文短制”中，诸荣会的《九眼桥边女校女》是来写薛涛的，也是一个红颜薄命的故事，但还是不由得叹惋一番；小山的《花冠》《不是我，是风》，温塞特的花冠和劳伦斯的人性之风写得很是结实；耿立的《男儿脸刻黄金印　一笑身轻白虎堂》如同他以往的散文，一直写得坚硬；文河的《草木笺》写得很是精致，在娓娓道来的背后是作者从容的心性；张灵均的《大块江南，小块江南》也将江南写得灵动起来。

但是，从上面的创作中，我们也能见到当下的散文创作是有着很大的问题的。而且我们在回望百年散文的发展时，似乎只能看到或隐或现的两条飘带一样的东西在模糊着我们的视线，这两条飘带被果断地命名为或者是现实主义和浪漫主义；或者是载道派和言志派；或者是大众化话语和精英化话语；等等，然后，我们会按照这种既定的标准和模式来对某个作家进行善意的梳理和归类，那么这两种命名在多大程度上是合理和科学的，它们是狭窄的还是兼容的？用此理论来清理浩如烟海的散文，有无理论和实践上的偏差呢？写作者们那种同社会主流形态的靠近，与作为作家的主体性要求是否有着天然的背谬？这两者之间是否依旧能忠诚地自觉地去实现一种同构呢？假如有这样的一种同构，结果走向的是专业化还是大众化？如果是大众化，那么散文的精神在从传统走向现代的过程中，到底要靠谁去真正实现？

从上可知，多年来的散文创作，以及从现存的散文理论对于散文创作的梳理是粗疏的，甚至是武断的，洪流浩大而杂乱无章；表面上热闹，实质上干瘪；创作上貌似无限开放，本质上却始终处于自我的封闭之中，而且这种趋势是一个规模逐渐扩大的过程。这种状况造成的结果，就是散文写作者在充分享受创作自主权和自由时，创作出的真正具有现代散文的时代特征和文体特征的作品却越来越少，位于散文创作核心的真正散文作家的数量也在日渐稀少，那些在泛化的概念下归拢到散文作家队伍的创作者，既没有能力，也很难专注于散文写作的使命，即使他们占据了一个突出的地位和很大的散文空间，这样的状况也难以避免。这样却使得一些真正的散文作家成为新一代文学的被放逐者，使得他们的散文创作之路变得艰难，创作的理想和雄心变得淡薄。于是我们不得不考略一个问题，是谁开始拥有了对散文创作和梳理的统治权？拥有了这样的权力就预示着他们创作的能力，以及对散文的贡献了吗？

众所周知，进入 20 世纪 90 年代以来，散文创作的成绩非凡，呈现出全方位开放的状态，散文创作犹如集中燃起的一次灯火，其中也出现了一批对散文发展做出自己努力的散文家，随着包括张承志、李存葆、史铁生、贾平凹、张锐锋、庞培、于坚、钟鸣、周涛、余秋雨、刘亮程、刘长春、鲍鹏山、王小波、周同宾、朱增泉、雷达、肖复兴、卞毓方、王充闾、祝勇、陈东东、朱朱、止庵、黑陶、海男、素素、张立勤、周佩红、韩小蕙、赵玫、翟永明、铁凝、残雪、潘向黎、何向阳、陈蔚文、张燕玲、唐敏、叶梦、徐小斌、徐坤、陈染、林白、残雪、虹影、孟晖、赵园、潘向黎、楚楚、路也等一批散文作家的加入，散文创作呈现一种变化与扩大的趋势，于是“散文热”自20世纪90年代开始，就成为诸多文学现象中的一个醒目而主要的现象，这些散文或以文人性的情趣见长，或以现代人的睿智通达取胜；有的面向社会历史，有的走向自我心灵。在这个时期，出现了一批被命名为“新生代散文”“中生代散文”“老生代散文”“学者散文”“文化散文”“新散文”“后散文”“原生态”的散文，在此基本格局和框架下，加之中国文化本来就有的内在意蕴、时代思潮的濡染，以及民族心理的影响，造就了中国散文独有的创作结构和基本精神，散文生态也由此确定了自己的模式，其中，每个散文作家都在尽力发出属于自己的个人化话语，力求在语言的内部实现自我人格的构建，并由此彰显他们的独立自由品格。

但是，时至今日，“散文”定义和相关理论的简单与模糊，依旧使得散文创作充满了迷幻的色彩；其中所具有的历史蕴涵和文化积淀，也并未使众多的散文作家的价值与艺术判断得到更大的提升，所以重申和复兴散文创作的诸多基本概念，就是真正的对于散文发展的关怀。为此，除去已经多年搁笔的老一辈散文家之外，对那些正在努力创作的散文作家的期待，应该是重新燃起散文之火的关键。因此，将更多有才华和潜质的散文作家，尤其是青年散文作家以一种集体的名义加以聚集，形成一种集体的姿态和力量，赋予他们散文创作的文体责任、审美判断和道德责任是有必要的，甚至成为当务之急。因此，我愿意将在我的视野中的这些散文作家做一次小小的聚集和展示。之所以选择这些散文作家，因为近年来他们一直在努力参与当今散文的创作实践，并写出了数量多、质量高的散文作品。是他们一以贯之的勤奋与参与，才使得散文的灯火一直延绵不断。在这些散文作家中，有张锐锋、周晓枫、祝勇、格致、杨献平、杨永康、艾云、张生全、吴佳俊、谢宗玉、蒋蓝、沈念、李晓军、江子、范晓波、陈蔚文、耿立、茱萸、塞壬、闫文盛、安然、玄武、苍耳、王开岭、王族、马叙、习习、阿贝尔、傅菲、陈洪金、周闻道等，虽然对他们的散文要做一个明确的划分或者归类都是不合适的，也存在着各种各样的难度和障碍，甚至将他们在同一个范围之内做一个整体性的描述也是很难的，但仅仅是他们对于传统散文标明的印记，以及对现代散文发展的努力，也是应该得到重视和肯定的。就是因为这些散文作家对于散文创作的持续不断的共同参与，才实现了文学对于当今散文创作责任的承诺，保证了散文这一概念预设界线的存在，他们为散文文体独立性和现代性努力确立着根基和立足点，这使得散文的个性因为具有了自性特征而变得更加自足，使得散文成为一种有意义的存在。

但问题是，除此之外，还有相当多的散文创作的功利化倾向日渐明显，对政治意识与权力意识的急切趋附，导致对散文创作自由的遏制，它表明在追求人的启蒙与文化的启蒙之间，散文还是在迷失的幻觉中难以自拔。在此，散文创作不再有一个创作的立足点，更没有散文继续行进的源泉。回首 20 世纪 90 年代以来的创作，虽然中国文坛的散文观呈现出大胆出新和多元化发展趋向，贾平凹提出了“大散文观”，刘锡庆提出了“艺术散文观”，吴周文提出了“世纪末散文观”，楼肇明提出了“复调散文观”，邱景华提出了“大品散文观”，林非提出了“广义与狭义散文”互为促进的散文观念，还有许多尚没有形成一定理论和影响的散文观等。但是，这些理论只是侧重了散文某个方面的特征，并不全面，一切似乎都在败落。而当散文创作渐渐变得混沌和模糊的时候，寻找到一篇耐读结实、散发着作者心气的散文，已经渐渐变成是一件非常困难的事情。时下的不少散文，缺少深层的文化理解和情趣的灌注；满足于史料的罗列和知识的炫耀，在散文中以学问知识代替艺术审美；散文中闲适情调的盛行，体现出的却是一个作家丧失知识分子批判立场后的甜软与媚俗，并开始显现出更大的文化弊病。因此，当今散文创作要与其他文体的创作一样，成为具有现代性色彩的创作还有待时日。

我们知道，现代以及后现代艺术及其文学创作是以现代或者后现代文化的知识结构为底色、为背景的，中国散文在其中受了多少影响当然还有待深入细致的研究，但是，先天不足、浮躁粗劣、内质松软、食而不化、好高骛远、看重实效成为当下散文创作的一种风尚；艺术生产的批量化，使得作品的生命力和艺术价值下降，随着现在姿态化、口号式的写作日益增多，作家的个体与世界的关系发生了较为严重的疏离和间隔，作家回到了连自己都厌烦的喧嚣、虚假、空洞、荒诞的世界，进而进入了一种写作的游戏状态。因此，在这个时期，散文写作的弱点就凸显出来。因此，我对当下那些认真写作的散文作家尤其充满了敬意，他们燃起的一把把散文的艺术之火，还是照亮了文学的天空。

周晓枫近年来依旧秉承她自己的写作风格，并有所发展，她总试图从一个普通的事物中或者普通的事件中找到一个别人不能发现的出口，所以她的文章总让你发现一些被常态掩盖的东西；杨永康的散文的特别之处不是因为其中有这种普遍的忧伤，而在于他的散文写作在这方面用力的均衡，可以说他的散文对于题材的选择，对于结构的架构，还有对于语言的把握无疑在新散文的写作中是具有典型意义的，他独有的视角和切入点，始终使一种力量悄悄潜伏在他的这种忧伤的背后，并使他的散文总是在一种情景迷梦般的描述中展现视角和态度；杨献平是优秀的青年散文作家，是当下倾力写作散文的作家之一，他的很多散文对准了自己生活、工作的一片别人并不了解的区域——西部，巴丹吉林沙漠营区，在这个区域里，有献平自己的幸福和忧伤，有他自己的停顿和跋涉，有他自己的痛苦和欢乐，当我在献平的散文中穿梭，我很能感到他的呼吸、他的思索、他思想行走的脉络。他歌唱、沉思、呼唤、顿悟，他完全有能力从他自己精心挑选的这片区域中，进入散文创作的事件和物件中去，然后盯准了，用自己思想的利器将它剖开，然后用自己的情感、自己的文字将它们组合成属于自己的精品文章，他能在生活诸多繁杂无序的物象中剥离出自己散文创作中所需要的东西，这与充斥在文学刊物上的大批量的所谓的散文创作极为不同，他是认真来剥离和选取的，显示了他对于散文写作的真正把握的能力；谢宗玉作为一名优秀的散文作家，他在《随笔》和《文学界》发表了一系列的文章，他在写作中将自己的创作集中到了更为理性的认识和思考上面，他的《〈死囚漫步〉：死刑之辩》《活着和抒写都是奇迹》《残酷风俗的价值》《灵肉相搏的〈苦月亮〉》都是这样的作品，这些带有转型味道的作品使得谢宗玉的作品进入了另外的一个境界；闫文盛在散文中将眼光盯在了“深植于自己身体内的恶”上，面对在身体内部蔓延滋长的恶，他觉得所有的爱与恨，都在一些片刻里化为乌有，当我们在生命中已经走了很远，我们寻找的也消失了，一切都是扑朔迷离的，循环更替，纵深积累，内在的外在的生活和旅程，都成了沉寂和狂躁，可以说，作者的这种思考方式和深度给其他的散文作者提供了一个范例；格致在散文创作中一直致力于体制和范式的创新，她总是力图在自己的散文写作中找到一个与众不同的角度和立足点，并以此作为写作的支点，进行文体的创新与自立，她所建构的一切，包括形式方面，应该有一种真正属于她自己的深层动力结构，她的《我说梦说》就是在此背景下新近创作出的佳作；蒋蓝一直是努力想走一种别样道路的散文作家，他的散文总是力图掘进到深处，而又在日常的生活之间表达，当然，作者也追求散文写作的现代性，似乎还没有找到更好的渠道；茱萸在《山花》上发表了一些关于身体的散文，写得别具一格，找到的点准确，写得也开放，比如《凝视与谛听》有一种文化的纵深；王开岭是以思考的深入和锋利见长的，总能见到一些接近核心的东西，他的《一个人的精神地理》对于一件事物的追寻是努力接近底部的，他将自己的疑虑毫不掩饰地加以展示，他的散文总是不由得让我们反思：如今，文明的现代人类还有那种虔敬而专注的天性，不疑和务虚的气质，遵守规则的本能，自我定义的价值观，目不斜视的埋头精神吗？现代人的精神轮廓和精神能力还留存多少，还会有多少被充公的精神私产？王族在《鹰》《骆驼》《狼》中，将三种动物最能让人动容的天赋精神和行为，以及近乎残酷的生存考验，做了充分的抒写和展示，让人看到了三种动物身上所具有的那种坚忍、那种尊严、那种决绝；张生全的散文在于他能够增大文字的张力，在最大范围内表达并接近自己要表达的思想，使之更大程度上进行与读者的融汇，他将现代人的一种焦虑用简洁的语言写了出来，让人感叹现代生活的扭曲和变异，即在现代主义背景下人的困境，在科技和理性主导下的工业文明社会日益暴露出的众多问题，如人性的沦落、人的生活的极端化片面化、人与人之间的隔离及心灵的遥远；祝勇在近年出版了作品集《旧宫殿》《帝国创伤》《北方：奔跑的大陆》《江南：不沉之舟》，此类作品集是祝勇以一贯的写作姿态对自己的散文创作进行的清理；广州作家艾云曾在《钟山》杂志开有“事物本身”专栏，写有《那流向大海的》《挣扎于阳光与苦难之中》《皮肤上的海盐味儿》《那曾见的鲜活眼眉与骨肉》《人可能死于羞愧》五篇，最大特点是她所写的并不单单是一部作品本身，而是对于现实的思考后对于题材的选择和甄别。

有时我想，如果没有以上这些散文作家的努力，我们每个年度的散文该如何梳理和总结，我们是否面对的是更为空旷的散文的原野？这些散文家的创作对于当下貌似繁荣的散文创作，是否有一种在精神上的镇痛作用？回答似乎很难，但是我们不能不面对的一个事实是，没有这些人的创作，我们的散文还真的是面目全非，这点是毋庸置疑的。是这些作家在透视我们生存的世界时，赋予了自己的作品以理性的价值判断和道德判断，打开了我们的心灵之门，激发我们去更深地思想，去粉碎包围在我们周围的隔离与寂寞，他们内心所固有的或渐渐在写作的实践中所生成的文化观念、文化体系，必然会促成整个散文写作方式和写作角度的突破和转移，是他们用切实的散文实践抵制着诱惑，远离着喧哗，他们表达出复繁、幽密、矛盾、忧抑、怅然、孤寂甚至带有苦涩的内在情怀，使散文有了一种与其他文体抗衡的力量，有了一种让更多散文作家继续写下去的勇气和自我尊严感，这在当下一种写作心境的危机和精神溃败的文化景观中，给予人们更多的心灵启示和重要意义。

诚然，我们不能肯定，对于即将来临的散文世界是否必须怀有更好的期待，但是对于那些进行长期的、有目的的努力创作的散文作家，以及他们用散文所能做出的还不完善的构架，都必定成为散文发展的基础，如果在理性精神指导下的散文还有自我的控制力，那么对于散文创作局面和理想的确证还是有希望的。

应该说，以上提到的散文作家只是在我的视野中的一个局部，有创作实力、创作实绩的散文作家还有很多，他们在创作中所展开的层面是人与人、人与自我的精神，人与物的关系，核心则是提倡人的价值和尊严，提倡关心人，关心人的思想道德建设，关心人的价值追求和社会的全面发展进步，他们创作的散文是作为作家个人生活经历、个性特征、思维形式、审美理想的呈现，是将其所写的事物内化于心的一个审美意识过程。在这个过程中，散文创作者不但要把所抒写的对象包含在自身之中，溶解它，渗透它，并且还要从自己的内心深处吐露出那些和对象发生冲突时所激起的感受，他们对于主体言说的内心诉求和作品要求呈现出的那种“普世伦理”的构建，都是作家用精神燃起的散文的灯火。

可以说这些散文作家创作中的更丰富的意蕴和不屈不挠的努力，可以适用于整个的散文创作领域。因此，有了这样的灯火，散文的创作才能更加立体、多元和纵深，散文作为文学的一种，作为知识分子精神和情感最为自由的存在方式和书写方式，才能出现一种多元的表达，才能使具有潜质的更多散文作家真正成熟起来，成为影响散文创作方向的力量，而这些作家也正是在力图有所突破和创新的过程中，在走向现代性的过程中，从对散文创作的实际贡献当中获取了自身的意义，并由此而进入公共的话语领域，得到了社会的回应，并返回去使自己的散文得到确认。这种确认预示着一种新生力量的诞生，它必然会根据某种预定的秩序模式形成散文的创作核心系统，并进而约束以后的散文创作实践，散文的力量也都将源于此。

幸好在散文创作表面繁荣，其实极度衰落的时候，还是有一批优秀散文作家在，还有像《西南军事文学》这样的刊物在，这对于当前的散文创作是极为重要的，因此对于他们的支持就是对于中国散文的支持，可惜这样的支持还是很少，对他们创作的关注和评论尤其少，这既不利于他们个人创作的成长，更不利于中国散文的成长，因此，是到了为这些散文家鼓与呼的时候了。将他们当作一个集体加以建构，将他们统摄到总体性的散文创作的理想之下，从而获得散文创作的现代品质，并渐渐形成散文创作的一种集体态势，这应该成为推进散文继续前行的必要前提。

第四节　散文中的忧伤

1. 白描先生的厚散文

当下散文创作的问题是有目共睹的，其中之一是散文作品的单薄问题，之所以如此，是因为很多散文家已经既不能在原有的散文高地上，开辟出一条新的道路继续前行，也不能发现一座新的山峰，练就本领去进行攀登，甚至都不能顺着已有的踪迹找寻到一些别样的风景去进行创作了。于是散文创作的题材、情感、语言表达、思想高度等诸方面的不断重复，已经成为散文作家创作时的一种常态，所以我一直期待有一部厚散文的出现，在我看了白描先生的《秘境》之后，我觉得在这个方面弥补了我的一个缺憾。

白描先生是文学教育家，作家，书法家，玉石收藏家、鉴定家，是中国轻工联合会玉文化专业委员会副会长，玉器百花奖的评委。我之所以提到白描先生的这些身份，主要的意思是，如果白描先生没有这样的写作背景，会有如此扩大厚实的《秘境》出现吗？回答当然是不能，由此可见一个作家的写作素养是多么重要。我们都知道有词无意，文章肯定不会厚实，那么意从何来，当然是从这个作家的人品、学养、学识、眼界、人文关切中来，这也是当下很多散文家亟须补上的一些素养。

那么何谓厚散文？也许有人认为是深幽孤峭，而这仅仅是文风问题，是皮毛的东西，任何人都知道皮毛的东西肯定不是皮毛长出来的，肯定是从蕴藏着巨大能量的生命体中孕育而生的，因此，继王士祯之后成为诗坛宗匠的查慎行，曾谈到一个说法："诗之厚，在意不在辞。"由此推演开来，文章要在事、情、理上都要写得深厚，才能成就一篇好的文章。无疑，白描先生的创作既是朝着这个方向行走的，也是在写作实践中达到了这个层次和境界的。

应该说，白描先生的《秘境》中所写内容具有开疆拓土的意义，整部作品分"白玉记"和"翡翠传"两个部分，前一部分写到了玉石以及玉石文化八千年长河中的发展脉络。写了收藏热中隐藏的能够让人一夜暴富的巨大商机，也写出了为了追求更大的利益，人们历经千年的对于玉器的摹古、伪古、臆古的历程。既写了玉石带给人们的文化辉煌，也写了玉石赌局中的骗局；既写了一些人关于玉石的悲喜人生，也写了颇有传奇色彩的"分香散玉"的真实经历。在第二部分"翡翠记"中，作者更是抓住了翡翠那扑朔迷离的身世，从翡翠矿区写到了经营翡翠的商家，从"大禹治水图""会昌九老图”写到了四大国宝之“炎黄之根”“清明上河图”，从阴差阳错而成功的翡翠商人张安凤，写到了对翡翠一窍不通却梦想奇迹发生的Z老板。其中写出了因为玉石而生的人生百态，人世浮华，人伦道德，人生命运，内容庞杂繁复，却又有条不紊、张弛有度，体现了一个作家对于题材的把握和驾驭能力。在此一点上，是需要很多作家去学习和借鉴的，因为现在散文创作的难度已经是从题材的发现就开始了。应该说，不少作家一开始选择要写的东西，是否能够进入文学创作中，本身就值得推敲。它们或者是被人咀嚼过无数遍了，或者就是一个不适合进入文学创作的题材，却硬要去写，这样肯定是写不好的。白描先生以其特别的生活经历和独到的眼光，将写作的笔触放到了为民众所关注、为作家所忽视或者说所无法把握的玉石翡翠之上，这本身就是一名优秀作家所应该具备的素养之一。

看得出，白描先生在写作《秘境》时是用情来写的，其中有对于国家民族关注的历史大情怀，也有对于个人社会关切的真性情，前者体现在对玉石人格化道德化的关注上，体现在对玉石发展历史进程的自豪上，更体现在白描先生对国家民族载于玉石之上的兴衰的记述上。由此，白描先生写到了八千年前暮春的一个后晌，那“几块色彩晶莹的小石子”，写到了玉的功能从灵玉到礼玉的过程，写到了历经波折的和氏璧的命运，写到了作者对于并不熟悉的人的帮助，写到了一幅徐徐展开的翡翠中华的图景，写到了彰显于璀璨玉石之上的中华民族的精神，也写到了对于中国当代玉雕业良性发展的担心。白描先生就是这样用自己的情将这一秘境和迷境打开了给我们看，这是一种隐藏在文字之中的蓬勃的情感，是有一份很厚重的情感在其中的。

有时候，面对中国的散文我很是疑惑，为什么在如此浩大的散文创作之流中，总缺乏一些厚实的散文呢？是什么因素能够成就这样一种厚散文呢？白描先生的创作是能给人一种启发的。我想，首先是因为先生的人品之厚，记得柳公权云：“心正则笔正。”在此，可以借用一下，心厚则文厚，一个作家如果心中有的是粗粝之气，那么他的文章肯定不会有忠厚之气在其中的，正是因为白描的学养的深厚，品性的宽厚，使得他的散文也才深厚、宽厚、丰厚了；其次是因为先生的学识之博，记得刘大櫆海峰，在《刘海峰文集》卷一有《论文偶记》数十条，认为：“人不穷理读书，则出词鄙俗空疏，人无经济，则言虽累牍，不适于用。”“文人者，大匠也”，“义理，书卷，经济者，匠人之材料也”。白描先生对于玉石的历史和文化是熟知的，对于有关玉石的典籍是熟悉的，对于玉器的真伪是熟悉的，对于经营玉石的商人是熟悉的，对于整个玉器市场是熟悉的，有了这些别人所没有的因素，才使得他写作此文时，能够驾轻就熟，轻车熟路，文脉流畅而波澜起伏，文章蕴含丰富又不是生搬硬套。也就是说，在如此素养支撑下的写作，写出的文章才可能是各方面都厚实的作品。

记得《诗经·小雅·正月》中有“天盖高”“地盖厚”之说，《荀子·劝学》中记载道：“故不登高山，不知天之高也；不临深溪，不知地之厚也。”从这个角度而言，正是因为白描先生有了其特有的丰厚生活经历，以及与之相关的深厚思想之旅，才使他的写作具有了独立的价值判断和艺术追求，才使他的《秘境》成为一部难得的佳作，并最终使其创作成为当下创作难得的亮点。

2. 沉郁，因为过去的忧伤
——论安然的散文创作

人类有一种永久的生命焦虑和无可奈何的宿命感，并以忧伤的诸多样态呈现在古今的文学作品中，无论是在南朝萧统编选的《昭明文选》中的“古诗十九首”中，还是在古希腊称之为“命运悲剧”的悲剧中，并由此体现了人认识自然属性、认识自我命运的主动性，以及由这种主动认识而带来的重重疑惑，从而使人生总是陷惑于一种无可奈何的宿命感中，让我们的生活萦绕着一种无法言说的困苦与希望。

江西散文家的创作是具有这样的特点和要素的，比如李晓君在《乡村爱情故事》中，将那些时间深处湮埋的往事翻了出来，包括恋爱、孤寂的夜晚，通宵达旦地痛饮、欢笑等，让我深深感到，那些往事虽然远去，但人们在回首的时候心里总还是五味杂陈；比如江子的《督陶官：唐英的手腕》，作者在文中将历史往事像电影蒙太奇一样放映，于是湮没在深处的历史就有了玄机重重的日月光影，他的《井冈山往事》中的《火》写了被人遗忘的播火者欧阳洛，作者巧妙地将自己的思绪深入到了军阀混战、硝烟四起、百姓流离失所的那个时代，用自己的想象跟随着这个年轻的农民的历程一路行走，让我们觉察人生的曲折与迷惑；傅菲将人的命运做成了精致的瓷器，它虽然散着光泽，但是又很容易破碎，对于人的肉体的抒写与描述，既有赞美，也有理性的批判。

作为江西散文作家群的重要一员，安然的作品也明显具有这样的特点，于是她的散文同样有一种深沉的忧郁，而它来自一个生命对于过去怀恋的忧伤。记得前人有“温厚以为体，沉郁以为用”的话，主要是来说，作词以沉郁为贵，这样的话放在散文上也同样适用，即写散文也应该以沉郁含蓄为美。关于沉郁，历来就有对此的阐释与推崇，梁代的文论家钟嵘，在《诗品序》中就称赞梁武帝萧衍“体沉郁之幽思，文丽日月，赏究天人”，后世陈廷焯《白雨斋词话》也说：“所谓沉郁者，意在笔先，神余言外，写怨夫思妇之怀，寓孽子孤臣之感。凡交情之冷淡，身世之飘零，皆可于一草一木发之。而发之又必若隐若见，欲露不露，反复缠绵，终不许一语道破，匪独体格之高，亦见性情之厚。”当然安然对此是深以为然并有所体悟的，于是她将她的作品放在了沉郁这个传统的美学框架下去进行经营，而她的这种沉郁和过去的忧伤也是有来源的，其中最大的原因在于安然对于生死的近似考究的思考，这使得她的散文显得坚实丰厚。比如安然的《哲学课》分四节来写，分别是“预习”“上课”“课后”“毕业”，作者写出车祸的弟弟，奄奄一息，人事不省；写父亲表面强作镇定，却是心底软弱；写“母亲不一样，她只是哭，泪水流不止，虚弱娇怯哀怨，一句话也没有”；写其他人面对疾病生死的态度和表现；写弟弟的意外却成了姐姐真正的成人之仪；写生死大戏的上演；写在最后的时光里，每个人所有的怯弱、畏惧、坦然或者勇敢。作者问道：“是不是注定了人们只能独自品尝所有的生命，注定了只能孤寂地生和死。而且在这件事情上，所有的人是不是都没有作好准备。”似乎一切都是不确定的，只有一点是确定的，就是疾病让人尊严灭失，自卑顿生，它挫败了人素日的自信和从容，让人深知与健康者的不平等，读完此文如同自己真的患病一次了。在《你的老去如此寂然》中，安然写到我们老去时的状态，“骨骼和皮肤之间没有哪怕一丁点肉。血管不再平直地顺着经络运行，而是无序地扭曲着，严重的地方鼓得像蚯蚓；表皮白白的脆脆的，透明得像张玻璃纸，勉为其难地覆着‘蚯蚓’和瘦骨。‘纸’上麻麻点点的，是曾经的色斑寿斑。手是不敢伸上去的，似乎一触到这‘纸’，就会碎成粉末。壮起胆子捏了捏她的四肢，四肢像葡萄根一样枯硬。牙齿几近落光，由于咀嚼受伤，牙龈发炎，下巴变得肥厚光亮，与铜菊般的脸异常不协调”。从中可知，不知不觉间，岁月已经在我们的额头刻上痕迹。于是安然发现，“一个人的老去，原来不是轰然一声的。它是慢慢的，寂无声息的，连贯的，不由自主的，点点滴滴的。须得暂时停下往前的步子，才能看得到。心思再细密些的，甚至于听得到”。其实，每个人都一样，就像安然对于生命悟到的真谛，每个人到生命的最后都会越发孤独，每个人都会慨叹从前那像冰雪中火炉般的慰藉。但是，生命易逝，“我的现在就是你的将来”，今生今世，当我们无法再拥有曾经的岁月、曾经的时间、曾经的人和事，就只能像安然那样，“看着在屋门前木然枯坐，打发一天又一天残余光景”，这样的对于生短暂的感悟，使得一种薄凉渐渐弥漫在我们周身，只能任由无情的时间将我们自己抛在时光的角落里，任由死神在我们耳边呢喃不断，这样的结局肯定会带来不言而喻的忧伤，而这样的忧伤肯定会使作品变得深邃与沉郁。安然的《我们那些远去的先人》也是如此，她写道，“冬夜又黑又长，昏黄的煤油灯旁，一盆旺旺的炭火，火里煨着红薯，或者芋头。贫寒的暖香。村庄静寂，偶尔有人闯入，狗儿忠诚地吠。也有猫头鹰，在后山的老树上，不讨人喜地啼。这时，祖母就停了捉我的手，发一会儿呆，叹一口气：‘又有人要过世了呀。’”是啊，岁月如河，当我们看着我们的先人渐渐离去，这样的记忆和回望，确实能穿透世事的迷雾，抵达我们的血脉，让我们沉入深深的思索和忧伤中，并在之后的日子，用一种彻悟和希望温暖我们在尘世间渐冷的身心。

但是，孤独的人并不全部会孤单，如果我们心中有爱的话。于是，安然开始用爱来对抗死亡的降临，所以安然笔下的生死并不苍凉，而是有着一个暖暖的底色。安然在《人人心中都有一座爱情的坟》中，写到了六十三岁的作曲家勃拉姆斯对钢琴家克拉拉一段长达四十三年的旷世感情，这一份沉甸甸的情感慢慢也化在了我们心中，让我们看到了生的希望。安然在《怀念一个叫李玉和的人》的写作中，首先透出了一种凄凉：徒有四壁。壁也不是砖墙，是板壁。板子不平，凹凹凸凸的，时间一长，灶火熏得它乌黑。但生活是需要诗意的，也应该怀有诗意，否则这苍凉的日子怎么过下去呢？于是妈妈会“从学校弄来些旧报纸，熬上一锅面粉糊，精心地把板壁糊了”，她会用各种方式填充着自己荒凉而孤寂的时光，比如她会在一个没有诗意的年代，把一个女人诗意的情结编进女儿的辫子里。因此，安然慢慢悟到了一种道理，这就是“当你在城里盖一所房子之前，先在野外用你的想象盖一座凉亭，因为你在黄昏时有家可归，而你那更迷茫更孤寂的精魂也要有个归宿”（《纪伯伦的凉亭》）；同时安然也悟到了斜阳余晖的景致，更多的意思是“岁月好长”，悟到了“时光抛弃了她，却并不带走她。一个垂老的人，怎么能够有力气耗磨掉这空洞骇人的时光?”(《月照空山》)，她也最终明白了，即使“有些人事，沉落在岁月深深的河床上，是永远打捞不回来的，而我们还在顺河而飘”(《小蓉子》)，周围只有“围屋里的一片废墟上，残墙断垣间，野草高高低低，蜂蝶飞来飞去。废墟外一棵不知名的树，无拘无束地把斜枝安逸地伸了过来”《围屋废墟上的红蔷薇》，我们也不能放弃对于生活的梦想和对未来的希望。

一般说来，人，总似乎是事实上的失败者，精神上的胜利者，所以古人才有了“回车驾言迈，悠悠涉长道”“人生非金石，岂能长寿考”的凄惶，才有了“彼黍离离，彼稷之苗。行迈靡靡，中心摇摇。知我者谓我心忧，不知我者谓我何求。悠悠苍天，此何人哉”的忧伤，才能在“齐死生”的状态下，认同“生也死之徒，死也生之始”的道理，从而不悦生，不恶死，然后在人生的大凄凉中变得不忧伤，看来安然是深得此道的，所以她的作品才会有一种人生的沉郁与悲凉。于是我想，有时候，作为一名作家，确实需要去重建我们个人的精神秩序和构建崭新的生命体系的，安然作为一名优秀的散文作家对此是有野心的，并有着自己的努力的，安然的散文作品无疑也是有这样的精神品质的，所以安然在一篇获奖词中无不沉郁而怀有希望地写道：“我对散文抱有野心，总是希望写下的每一个作品，都能准确真实地记录灵魂的修为成长，将来可以组合成为自己生命的史诗。”应该说，安然用她的散文写作实现了她对于生命和生活的思考与追问。

3. 题材、方向或者其他

——从杨献平散文看当今青年散文家的创作

文学创作是有其基本规律的，即使努力的文学家力图突破其中的一些桎梏，但文学创作的基本规律还是要遵守的，文学创作的基本要求也必须符合，否则它就变化成为非文学的一些作品。当今散文的创作虽然表面繁荣，但实际状况堪忧，透过诸多散文作家创作的作品，我们看到的不仅仅是数量的巨大，而且会看到质量的下滑；不仅仅是题材的扩大，更看到选择题材的能力的丧失；不仅仅是写作探索的左突右冲，更要看到创作中方向感的迷失与混乱。

首先是散文写作的题材问题。通读 2009 年、2010 年至今几乎所有刊物发表的散文作品，关于题材方面获得的第一印象，就是大量的重复，比如农村题材，依然集中于怀乡，包括怀念在家乡的父母、亲人、房屋、山水、树木等等；比如城市题材，感觉依旧是城市的弊病甚至罪恶，是人与人之间的疏离和隔膜，比如某个作者总沉浸在一种自以为是的冥想中，不能自拔；当然每个人都有自己的局限，不可能熟悉每一个领域、每一块土地，但心灵的无限扩大的可能性也渐渐消失，重复的题材加上重复的思想，再加重复的感情和重复的写法，阅读之后得到的结论是不言而喻的。每次阅读刊物的散文，我的期望就是想进入一个我所不知道的领域和体验中，期待有一种惊喜，但结果总是让人失望的，面目一致的散文让我哭笑不得，我甚至质疑一个作者付出时间和精力之后写就的作品的价值，也不断琢磨，难道他们就认为散文就是这样的吗？这样的散文是受到读者欢迎的吗？难道他们创作之前考虑的事情，仅仅就是将这样的一篇文章写出来，然后给读者吗？他们没有觉得在浪费自己的精力和浪费别人的时间吗？所以选择好题材是写作散文的第一步。

其次是假如选择好了一个精心挑选的题材，那么接下来的依旧是如何写好的问题，如何开头，如何起承转合，如何收尾，这些基本的问题被许多散文作家几乎都要忘记了。剩下的就是凭借着自己的感想进行，而这种感想是长时间凝聚成的吗？经过时间的过滤和打磨没有？我们都知道文学创作的布局谋篇是非常重要的，但几乎没有作者是费什么精力去思考这一问题，所以这样的散文读起来的感觉就是没有用心去做，所以我由此更加认为，要成师，必先成匠，如果谁直接就奔着大师的写法去进行了，不是傻子就是疯子。

从这样的一个角度来看我的朋友杨献平的散文，就很容易判断他的散文到底是写到一种什么程度了，也很容易来判断他在当今散文界的位置了。

杨献平的散文首先当然是当今散文特别是青年散文作家中的优秀者，这点是毋庸置疑的，有他的散文为证，也有他的散文成绩支撑。其他年轻的散文作家也是如此，比如四川蒋蓝的散文，掘进的力度是很大的，他在下笔之前的功夫完全可以从他成就的散文中品味出来；比如格致的散文，对于题材的精心选择几乎用尽了她的心力，我们从她的散文中也能感觉出来；比如沈念的散文，他对于场景的选择也是精心的；比如习习的散文，对于事物的剔除也是让人觉得她对于散文创作的尊重；比如周晓枫的散文，她选择题材、处理题材的能力是令人佩服的，还有其他的一些青年散文家。而献平的散文在于他将创作对准了自己生活、工作的一片别人并不了解的区域——西部，巴丹吉林沙漠营区。在这个区域里，有献平自己的幸福和忧伤，有他自己的停顿和跋涉，有他自己的痛苦和欢乐，当我在献平的散文中穿梭，我很能感到他的呼吸、他的思索，他思想行走的脉络。他歌唱、沉思、呼唤、顿悟，他完全有能力从他自己精心挑选的这片区域中，进入散文创作的事件和物件中去，然后盯准了，用自己思想的利器将它剖开，然后用自己的情感、自己的文字将它们组合成属于自己的精品文章。献平对待散文的这种态度是令人敬佩的，他真诚地对待散文，用心写好散文，将散文写作作为一种生命的通道，直到读者的心灵中去。

献平的感悟能力是极强的，这主要指对于所熟悉事物的过滤能力是强大的，他能在生活诸多繁杂的无序的物象中剥离出自己散文创作中所需要的东西，这与充斥在文学刊物上的大批量的所谓的散文创作极为不同，他是认真来剥离和选取的；在献平那里，对于散文的结构也是精心进行的，他散文的开始处的用心，中间环节的节制和漫溢都恰到好处，用心良苦，结局更是能够有能力将其在最佳时候结束，显示了他对于散文写作的真正把握的能力，这应该是他长时间散文创作训练和写作的结果。我以前曾在一篇文章中提到过散文写作能力的培养问题，并一直认为不要轻易说自己在写散文，随意涂鸦的文字不全都是文学，或者散文，认为既然散文是一门艺术，艺术的门槛毕竟不是谁都能够跨越的，所以对于几乎没有经过必要训练的人来进行散文创作，我有极大的怀疑。而献平就避免了以上的这点，在散文的世界慢慢锻炼，直到成为当今散文界不可缺少的优秀散文作家之一。如果当今的散文界创作缺少了像献平一样的散文作家，中国散文的状况是可想而知的，幸好在散文创作表面繁荣，其实极度衰落的时候，有像献平一样的一批优秀散文作家在，这对于当前的散文创作是极为重要的，因此对他们的支持就是对中国散文的支持，可惜这样的支持还是很少，比如推介，比如评论，比如肯定，等等。

散文是一种更需用心的创作门类，也是因为并不过多的要求技巧才更需要技巧的文体，当前那些松松垮垮的写作态度和写作方式真正到了必须清除的时候了，否则散文的前途何在？因此献平散文创作的意义就在这样的散文创作环境中凸显出来了。

4. 杨永康：散文中的忧伤

散文写作中的忧伤已经成为当前散文写作的一个并不私密化的命题，但它却依然同写作中的其他问题一样，比如写什么和怎么写的问题，始终是围绕着我们的一个困惑，从这一点上来看杨永康的散文的忧伤，便具有了典型的意义了。

杨永康的散文的特别之处不是因为其中有这种普遍的忧伤，而在于他的散文写作在这方面用力的均衡，可以说杨永康的散文这些方面的开掘以及随之而来的对于题材的选择，对于对结构的架构，还有对于语言的把握无疑在新散文的写作中是具有典型意义的。他独有的视角和切入点，始终使一种力量悄悄潜伏在他的这种忧伤的背后，并使他在自己的散文写作达到了神韵自然、别有会心的境界。读他的散文，我们很是能够感到他总试图在用一种力量打拼，试图在黑夜一样的叙述中挤出一丝丝的光明来，虽然最终露出来的却依旧是不能完结的忧伤，但我想这是不是新散文的一个突出特点呢？作为新散文创作的优秀作家之一，我想杨永康的散文是代表着其中的某种方向，代表达到的一种写作的境地的。

有时我想散文的力量的来源有多种渠道，而杨永康的散文的力量来源于一种朴素的忧伤，采薇在其文章《怀旧和忧伤，守候与追问——杨永康散文印象》中谈到："而杨永康先生创造出来的忧伤，是一种中药味道的忧伤。它们共同的特点是苦涩，区别却十分明显。"所以杨永康的忧伤首先表现在他散文的主旨上，他总是在一种情景迷梦般的描述中展现他的视角和态度，他的散文往往在一种哲思中忧郁地行进，但他抵达的那种清晰的阐释却又是流溢着一种困惑和忧郁的，也许里面有一种伤在起着作用。因此他的这种哲思，使他的散文总透出一种迷惑的忧伤，比如他在《天国里的杂质与暧昧》中写到："不知是否还有人记得歌德笔下那个引诱浮士德、让浮士德的灵魂陷入万劫不复境地的魔鬼梅非斯特。在梅非斯特眼中，人类总是本性难改，'还像开辟之日那样古里古怪。'当然不仅仅是古里古怪，如果'天主没有把天光的影子交给他们，他们称之为理性应用起来，则他们比任何野兽还要显得粗野。'"再比如《暖风吹动裙裾》中："我正在书里找一样东西，先从A层找起，然后是B层，然后是C层，然后是D层E层F层，然后是F层E层D层C层，最后是B层A层。半袋阿莫西林，半袋安全套，一双揉成一团的尼龙袜子……实际上我要的就在那双揉成一团的尼龙袜子后面。"但杨永康的特别在于他在处理这些文字时至少又在表面蒙着一层唯美的色彩的，而唯美的比照更加剧了这种忧伤的意味。这点从他写的一些语言很能看得出来，比如他写道："大头的母亲压根就没有像纸片一样飞走，她一直待在那片青草地里，仍穿着那件漂亮的丝绒旗袍，只是我们看不见她而已。因为只有这种方式才能让她的高贵与美丽永远不再饮恨永远不再蒙羞。”这话虽普通，但放在一个不一般的语境中，效果就不一般了。

杨永康的散文的忧伤中有着一种悟道式的开掘精神和气质。比如他在搜索童年记忆中的故事时的用力是一般写作者难以企及的，其中充满苦涩和恐怖。比如他对于“一座残缺不全的院子，一株叶子肥大的树，夏天的时候遮蔽了整个小镇”的描述的低沉与用力都来源于一种潜在深处的忧伤。采薇在评价永康时写道，“读杨永康先生的散文，你会得到两种十分鲜明的印象：一个是怀旧和忧伤。一个是守候与追问。前者着重体现在他文章的取材上，后者突出地体现在他文章的思想性方面。把两者统一起来的，则是他充满梦幻色彩的笔调。这样一来，在诗学意义上，杨永康的散文就具有了三个维度，带给人立体感。由立体感又带来一个新的效果，就是解释的多面性。”其实这符合我们历来讲求的“文以载道”的传统，《韩退之集·序》云“文者，贯道之器也”。即使杨永康的散文中有点诡谲诞漫，但似乎就是因为其中隐忍的忧伤，使我认为还是应该把他的散文归到“性情散文”的写作范畴中去。

我在读杨永康的散文时，总感觉自己像是在荆棘丛中艰难地跋涉，过程很慢，经常不得不停下来思索一些东西。我想对于进入自己视野中的关注和思考，这应该是每一个散文写作者的泉源，也是杨永康写作的泉源，这是在进入写作之前首先必须解决的，记得清代的邵长蘅在《青门簏稿文》中谈到：“学文者必先浚文之源，而后究文之法。浚文之源者何？在读书、在养气。其气盛者，其文畅以醇；其气舒者，其文疏以达；其气矜者，其文砺以纰。”杨永康的散文的脉络也肯定充溢着一种特有的气质在里面，他对于生存的思考，对于民生的艰难的倾力描述，使他的文字在忧伤中达到了一种通畅和自然的流转，使他的散文能够在一种高度上盘旋，从而很好地避免了散文写作中的诸多弊病。记得清代的魏禧提出了为文的“五病”，指出了写作中的要避免的三点，即“一，是力戒陈腐；第二，是力戒平庸；第三，是力戒冗漫”，其实这其中是关联着的，思想明晰了，文路就会清朗，情感就会自然地显露出来，而杨永康的散文之所以少有枝蔓，有一些特别能够荡得开的感觉，是与此密切相关的。

“今夜谁与我一样忧伤？”杨永康问。

“多么好的一个下午”，“走着走着花就开了”杨永康写道。

“同样重要的是忽略。我的意思是说，如果世界上真有什么伤疤，不能让我们原谅不能让我们释然”（《多么好的一个下午》）。但对于一个真正的写作者是不容易如此的，这同样成为杨永康的散文的忧伤。严羽在其《沧浪诗话》开卷第一章就说：“大抵禅道惟在妙悟，诗道亦在妙悟。”而对于“内心背景的诚实写作”（杨献平语）的杨永康来说，他对于文字的妙悟却在不自觉之间结成了他内在的一种忧伤，面对杨永康这些充满忧伤色彩的散文，这些纯净细碎的文字，我会任它们满是忧伤地洒满了我居住的思想的整个巷子，这也是多么不同寻常啊，我想这应该是杨永康散文的独特之处吧。

5. 谁是拾语者？

——读张生全《拾语者》

当散文创作渐渐变得混沌和模糊的时候，寻找到一片耐读结实的散文，已经渐渐变得是一件非常困难的事情。当散文写作的基本常识已经被写作者忽略或者淡忘的时候，作为散文作者能够发现那些接近本质的东西，并用自己多年练就的表达方式和表达习惯，来完成一篇真正意义上的散文，已经成为每个散文作者的基本任务。

四川青年散文作家张生全是符合上述散文创作的要求的，由此他也成为一个真正的散文拾语者。从散文《拾语者》就很明显地看出，生全是一位知道如何写作散文和进行思想表达的散文作家，他的散文规整，意蕴悠长，符合文学创作或者散文创作的要求，这在当前的散文创作中已经是难能可贵了。

我和生全并未谋面，但包括他在内的一批年轻散文作家，我一直是关注的，对于他们的散文创作也跟踪数年，都不乏优秀之作，只是限于各种原因，并未得到充分的认可罢了，所以生全将其散文的《拾语者》交给我时，我还是想写点文字，以表达我对于包括生全和其他青年散文家的敬意。

《拾语者》是一篇思想清晰，但写法隐晦的文章，它最大的特点就是写作中常见的隐喻，其实隐喻并不仅是西方理论的要素，也同样是中国传统文字中的重要表达方式之一，当然也就成为文学创作的基本手法，而这种手法的最大好处就是在于增大文字的张力，在最大范围内表达并接近自己要表达的思想，使之在更大程度上进行与读者的融汇，因此隐喻有时候成为一篇作品是否优秀的基质和要素。

生全在《拾语者》中写了一个“拾语者”，这明显是个隐喻。文中的拾语者本来是酷爱说话的，也期望把他的金言珠语运到一只合适的耳朵，但显然事与愿违，语言就像一张轻薄简陋的纸，一到空中，就被狂烈的风撕得粉碎，吹得无影无踪。最后他只能不说话了，拒绝，然后寻找。但结局是他被所有的人遗忘了。他变得形容枯槁，行动迟钝。他的嘴因为长年紧闭，嘴唇松弛，舌头僵硬，五官像凝固了一样。作为一个拾语者，他不是不说话，不是不爱说，他非常想说。他内心的冲撞需要找到一个突破口，就像地震一样，那其实是地球对压抑在心中情绪的一种排解，但始终不能寻找到什么倾听者，所以需要不断地寻找、探求，但始终无法找到，生全就是在这样的陈述中将现代人的一种焦虑用简洁的语言表达了出来，让人感叹现代生活的扭曲和变异。

显然，生全在文章中要表达的内容是清晰的，就是在现代主义背景下人的困境，在科技和理性主导下的工业文明社会日益暴露出的众多问题，如人性的沦落，人的生活的极端化、片面化，人与人之间的隔离，心灵的遥远。当然这些在诸多的文学作品中已经成为常见的主题，但在中国散文的表达中似乎还是少有的，这也是我愿意为这篇散文写点文字的原因，因为当今的散文创作已经在很大程度上远离了这个时代，甚至忽略了这个时代的特质作为文学创作的重要背景，当今的散文作家更多地倾心于自己的沉思和低语，过于关注自己内心的微小的感触，而没有更宏大的精神支撑，或者说更多的散文作家已经将自己背后的社会背景忽略不计，结果就是更多的柔弱无力的作品充斥各种刊物，这样的散文的前途是不言而喻的。生全的《拾语者》就是在这样的背景中显出了它的意义。

那么谁是拾语者？应该是每个散文作者，每个生活在现代的个体的人，但可惜的是几乎没有人愿意去做这样的拾语者，也许是能力的问题吧，所以我对于生全的散文创作不由得心怀敬意。

6. 雪松、高维生：鲁北平原的两棵文学之树

当代散文已经构成一个大的对话文化空间，其中的个人经验和大众经验的对话的重叠，成为一种重要的文化存在。就山东的散文而言，雪松、高维生的散文是在这个方面做着自己的努力的，他们的散文立足鲁北平原的文化积淀，融合了的诸多新鲜因素，在创作中显示了自己独有的特色，宛如挺立在鲁北平原的文学之树，泛着自己特有的地域色彩，给人以勃勃滋长之感。

雪松是由诗歌转向散文的创作的，因此在雪松的散文中必然泛着诗意的光泽，他的散文字面干净洗练，段落张弛有度，给人一种剑锋一般的光芒，激发了人的精神之兴奋，可以使人从中获得一种美的享受。他散文的文字是干净的，具有相当的意蕴。这自然得益于他许多年的诗歌创作的历练，因此他以多年练就出来的识见力，以及对艺术的感受力，体现着一种诗样的敏锐的内心体验，因

此他的作品注重启示和象喻，追求言外之意。比如在雪松的《大地手记》中有一篇《其他，及写作》，他的发现独具慧眼，把为人所忽略的“其他”所隐含的最为隐秘的事情一一透视出来，他写道：“其他，在灾害似的叙述里，往往就这样被放置在词语的后面，不被命名地一笔带过。”“一本书，方方正正。早已远离了真正的‘叙述’。它是叙述者的棺木，同时，隆起话语权利的坟头。”“道德的迷雾，生命的骨头，时间的枯井，思想的闪电——使你从周围缓缓展开的时空锁链中分离出去，处于无助的困境，或像一阵风吹去你脸上的水珠。”于是大多数的书写者成为了“丢失了词根的写作者，失语症患者涌荡在大街，印刷所和书亭”。“写作，就是对词语的反复侮辱。”其中的这些文字，具有具象化的多意性、喻拟性和朦胧性，它能把最鲜明的感官形象堆列到突出的前景位置，以激发读者欣赏的能动作用。这标志着雪松对其散文的把握与深化。

如同写作诗歌一样，雪松总在寻找某个词语来突出一种意象，并能自然地将它所附带或涵盖的意义作为自己写作的入口和归宿。比如他在《穿堂风》中，将罗伯特·勃莱的“贫穷而听着风声也是好的”做了中国式的阐释，老屋、童年、祖母、村庄、北中国都是作为一种精神在“抚摸着我裸露的每一块皮肤，骨骼和整个心灵”。记得王国维在《人间词话》里提出了一个“隔”的概念，在雪松的这些散文里，其情、景、辞，或是艺术构思、境界物化等，都在隔与不隔之间抒情跳荡，强调了他对于自己多年形成的文化理想以及平凡生活的诗意的重视，它体现了散文这一文体的真正价值，不仅在于它的自然状态，也在于一种智性发现与人性关怀，所有形式方面的追求仅仅是以其自身达到完美为终极目的方式而已。而一个优秀的作者也只有在洞悉了这个的前提下，才有可能真实地表述他的思想，抒发他的感情，描摹他的所见所闻，雪松的散文也在努力体现着这些。比如在《行走的亲戚》中，雪松的独到之处是在于他发现了旧历新年亲戚之间的行走，是“一种有根的行走”，那种劳作之后的收获与欢欣，淳朴的民风民俗融化在了作者心里，也融化在阔大的天地之间，是一种“心灵的舞蹈”，它温暖着一种渴望，孕育着一种希望，于是“我的心田正像一壶被漫天风雪烫热的酒”，其实这样的表达方式很特别，漫天的风雪的寒冷在作者笔下，隐得无影无踪，只有流淌在心间的温热，这种笔调明显具有诗意的独有色彩。

一般说来，进入新时期以来，中国社会思想活跃、丰富，明显地呈现民间性、多元化的特征，其内涵和格局表现在创作中，就是散文创作所涉及的立意和主题，以及写作的基本立场和倾向发生了很大的偏转，个人化的趋势日益清晰地显露出来。当然，“文以载道”的传统，以及社会因素对于作家的影响，使这个时期的散文创作也必然出现多元化的态势，这个时期的创作，或者富有哲理和人道精神，或者婉转抒情，或者倾向于个体内心的倾诉，或注重文体的创造与革新，甚至一些大众消费的散文也应运而生。因此作为有着悠久文化传统的山东散文创作必然出现了繁盛的局面。而雪松的散文是有着其贡献的。比如他的散文《玩泥》《二月》《哺乳》写得都很别致精巧，都受到作家个人生活经历、个性特征、思维形式、审美理想的影响，其中充满着的真实情感，无不激荡着自己生命本真的思考和冲动。他在自己的创作中，把生命的激情，生存的焦虑，欲望的灵性，鲜活的生命存在淋漓尽致地加以表现。他在对生活和社会深入的思考中，把自己的理解和梦想投注到字里行间，表达出一种对于现实的观照，弘扬了一种人文精神、生存价值取向。

如果说雪松的散文是诗化了的，那么高维生的散文是以散文诗的纯净笔法来进行自己的写作的。他的写作也是讲求语言的，他在《酒神的夜宴》的序言《废墟中的诗意》中谈道：“语言有纹理，它像树木的质地，自然流畅，不僵硬。一个个字，一个个词，蕴含鲜活的生气，它需写作者驾驭语言的才能和苛刻。”“寻找漫着阳光气息有溪水声音的语言”，“她有生命，有自己的个性和强烈的道德感”，“真挚地写下每一个字，挤出泡沫似的水分”。但他的散文又绝非甜而无力、媚而无骨的室内柔媚之花，而是“文必以理为主，理亦因文而明”的文章。他的创作往往从个体生命本位出发，对于道德规范的建立做着自己的判断，因此从人的生命和自由意志出发的这种散文必然使他的散文朴实、冷峻、自然；格调清新轻柔，形式活泼自然、飞动飘逸，由此构成了动静结合的鲜明形象和纯净幽远的境界；他的文笔精美，节奏跌宕有致，饱含诗意、生活情趣和激情，激荡着自己生命本真的思考和冲动。

维生的散文集《酒神的夜宴》收录了他近年的诸多优秀散文，其中有“记忆土地”“时间的痕迹”“精神的薪火”“墨缘书简”四辑，从中我们可见他的写作的追求与方向。对于散文写作的难度，有时更多地体现在散文写作的突破和创造中，维生是在这方面一直做着自己的努力的。他在写作中通过自己的思索，不断领悟到一种别样的东西，比如他的《一幅木刻画》《午夜的阅读》《一朵流浪的火焰》等，都是如此。

我一直认为散文写作应该有一种本原的想象力和创造力，就一篇散文而言，它里面至少应该藏有一种精灵，并表现出一种崭新的景象，即散文中必须有它自己独特的力量，或是内容上的，或是形式上的，他在创作中并没有倾力去找一个与众不同的角度和立足点，并以此作为写作的支点，进行文体的创新与自立。它表现为一个作家如何处理题材、熔铸主题、驾驭体裁、描绘形象、运用表现手法和语言等各方面，维生在这些方面均有自己的突破和创新。比如他的《大地的眼睛》是颇能体现作者的匠心的，同时也有一种智慧隐在里面，“枣花井”“旧院门”“泥土屋”“秦口河”以及“秦口河畔的老人”，还有“红冠子”的“黑公鸡”，都作为作者透视人世生活的“眼睛”，这是他根据个人的散文审美习惯，表达出的一种崭新的想象力的空间。

散文的写作应该是置于动态的社会背景和文化背景之中的，因此其中审美的倾向，与现实保持着必要而且紧密的联系。维生的散文写作所依赖的背景，使得散文创作选择的题材具有开阔性，物质的，精神的，“人”的，压抑、梦想、渴望、等待、挣扎，甚至更深一层的思索都进入了这些散文作家的视野中了。他在《火焰和翅膀》中，用“像波涛汹涌的大海”的“荻草”，来书写大地上的生命的繁衍生息与抖动挣扎，用荻草的顽强与毅力来象征人世的心灵变迁的耐力。他在《海中的树》中写的“丈夫总是戴着一顶草帽，像海中生长的一棵树”也具有很强的象征意味。由此我们看到，他在散文创作中不只专注于单纯的表达，而是将一些平常的事件写出意义，并表现出对散文体例自由的强烈欲求，从而传达出自己特殊的体验，最大限度地捕捉着事物丰富的内涵。因此我们可以看出，散文的最终指向是人的心灵体验的世界，以及这个心灵世界所包容的深厚的历史文化的内蕴。维生的散文在努力展示一幅人生的画卷，提供测试人生价值和人生态度的光谱，对人生的经验和生命的奥秘作出自己的结论和评价。

当然维生的散文也温厚宽容，不刻意追求情节的新奇，致力于再现生活实貌和揭示人物的精神世界，描写细致真切，有较多的乡土味。他对于百姓命运的关注使他的作品具有了震撼人心的艺术感染力。他并不过多地借助修辞手法以及古字、冷字、典故、新词语和外来语来取胜，还是注重日常的普通话语的表达意义，给平常的语言赋予一种不平凡的气息。作家汪曾祺说过：“语言不只是一种形式，一种手段，应当提到内容的高度来认识。”指的应该就是这个道理。维生的散文写作常常采用了一种缝合的方式，集中了常规性以外的凝聚力，它以直抵内心的锋芒，甚至是有失偏执的自我意识去进行挖掘和焚烧，可以说是语言给予了我们一个唾手可得的巨大窥孔，让我们去了解维生散文的语言质地和由此表现的意义，让我们感受到了语言的丰富性。毛喻原先生认为语言是人口开出的花朵，在语言中，大地对着天空之花绽放。此言不无道理。

维生的散文侧重表现生活的一切复杂的世相，并适度地给予容忍，还其世俗的合理性，从而让读者感到它有切近生活的真实与可信。其实这样的文章更重要的作用还在于，它不断地在培植理想，涵养道德，抚平心底的创痛，获得前行的力量。这些在他的散文中都有所体现。这里面牵扯到一个文学的道德问题，但这里的道德并非哲学或者社会层面的东西，而是就生活本身而言，文学要用文本的方式自由地呈现出来这就是文学的道德，它体现在维生的文字之中，就是张大了一种人性的善良与纯美，就如同泰戈尔说的："用文学去点燃未来的万家灯火。"

文学，对于作家来说是一种心灵的释放，是将自己的人生与自己的理想一同展示在世界的面前，这便是文学的意义，雪松、高维生的散文是他们心中角落里最温暖的保护，是一种思想和心灵的感应，是各具特色的文学之美。

7. 思想的重量和现实的穿透

——读李登建的散文

纵览中国现代散文的发展，贴近现实，反映民生，是其最宝贵最光辉的传统，而既然散文要讲究真实，那么思想的重量和现实的穿透便是一篇好散文的重要标准了，即散文应该要有相当的厚重感和沧桑感，这是不容置疑的。但真正要使自己的写作达到这种程度就不容易了，我读滨州李登建先生的散文，感觉到他已经在这方面做着自己的努力了。登建先生的散文中有思想的重量和现实的穿透，有对人对史对己对事作出冷静的反思和冷峻的剖析，他在自己的散文中以强烈的责任感还历史的真实面目。他在散文中突出了三点：土地、民生、悲悯。他追寻飘逝的平原时间，怀念和审视平原事件，让我们渐渐清晰地看到已经被搅得相当模糊的另一种生存状态；他散文中字字句句，都是从心田深处伴随着血泪汩汩地流涌出来的肺腑之言。这就必然使他的散文在严峻、严厉、严肃的同时，显出凝重、厚重、沉重的色彩，作者将自己的命运融入他所生活的这片土地中去，与民众休戚与共，患难相依，讲真话，抒真情，叙真事，不加掩饰地将自己的灵魂与良知呈献于读者之前。

登建先生在散文中首先突出了一种平原意象，这种意象本质上乃是一种中国传统的土地意象，这种意象构成了登建先生散文的基本元素，是他作为一个优秀的散文家的内在情思和生活的外在物象的统一，是他将自己的思想和现实相融合所创造的可感可触的景象。他在《站立的平原》中写道："满世界只有这一个声音，那丝丝叹息、缕缕哀号都淹没在里面了。这时候平原呈现出一种悲壮的大美，令人敬畏。""这块土地异常贫瘠，盐碱很重，地下的水苦咸苦咸，好多娇贵的树木都在这儿存活不下去，就是它们，身上也多凸起一个个丑陋的瘤包，或者梢头往往过早地枯干，叶脉里的液汁也比别处的苦涩。"可以说中国的土地变迁就是中国民众生活的缩影，从登建先生的散文中，我们不难品味出作者所经历的坎坷、辛酸，以及对土地以及生活在土地上的人们的那种深深的爱，他的散文在某种程度上就是中国农村生活的一种最好的诠释。登建先生就是挟着这份感情，用悲悯的目光扫视周围时，寂寞、贫困的旷野的载体——土地，显示出一种雄浑的生命感，古朴却苍劲有力，让我们再次感知土地对于农民的意义，它承载着一切，孕育着一切，也成了支撑登建先生散文的重要根基。

对于目前的散文而言，从"小散文"到"大散文"，从"学者散文"到"小说家散文"，从文化散文到思想散文，等等，不一而足，令人眼花缭乱。随着散文、随笔涌现的热潮，作者队伍也越来越庞大，小说家、散文家、诗人、学者、记者、文学爱好者……都在写散文，而且对散文的写法、分类、界定五花八门。一切建构被打破，同时一切建构又在建设中。作家主体审美意识的改变，使得散文愈加显出"表现自我"的自觉性，进而获得对世界、对人生的全新认知，这符合散文自身审美原则的整合与调节的规律。登建先生作为当今优秀的散文作家之一，就在于他对于农村景象、农民生活、农民精神的书写、探索和掘进。徐淳理在《滨州学院学报》2006 年 04 期中撰文评论李登建的散文，“以‘平原’意象实现了对家园情结的建构和向心灵故乡的回归，作品流露出强烈的生命体验，贯穿着历史与文化的思考，基调深沉凝重。在寻找失落的家园的过程中，作家执着地坚守着对平原上人们生存状态的关注和命运沉浮的追问；而这种试图对生存困境的精神突围，正是他的家园情结的拓展和延伸。李登建精心营造自己的艺术世界，文本突破传统散文线性、单一维度的结构模式，扩大了散文的蕴涵量和审美张力，从而使其作品具有一种复调之美。”对于这样一种评价我是持赞同态度的。他写到：“哦，古镜一样映现岁月的乡路；磐石一样承载苦难的乡路；突凸的大地的脉管般的乡路，踩得扁却踩不断的藤蔓般的乡路；我心头的一道伤痕似的乡路；我梦中的一弯彩虹似的乡路！乡路，你到底是什么？”（《千年乡路》）而即使是写城市生活，登建先生散文的焦点还是农民，还是不忘自己来自农村的那条村庄的根系，这点在当今的散文写作中尤其珍贵，这也是登建先生区别于其他作家的最重要的特点之一。在《高楼背后的他们》中登建先生这样写道：“只是在一座高楼后面的阴影里、路边的水泥砖地上，还扎着两架破陋的帐篷。帐篷原先的草绿色已被风雨洗退，而近乎土黄了，篷壁有撕裂的口子和一块块磨掉皮的‘疤’。每架帐篷内安了三四张木板床——住着六七个新楼交工后负责维修的建筑工。”“无家的人处处是家。这几个人居然置全了锅碗瓢盆，油盐酱醋，两块砖支起灶就烧水做饭。从周围拾干树枝子当柴，菜是从集市上买。附近有一家‘老关东酒坊’，他们去打来散酒，半碗花生米作酒肴，喝得有滋有味。有时还划拳、压指，吆五喝六。”我很为登建先生的这种视角和选择感动，因为在当今时代，民生依然是一个有责任的作家首先要关注的，当今散文的许多琐屑和自我叫嚣或者矫情让我们都腻了，我一直主张文学的社会化，反对自我意识的泛滥就是这样的原因，从登建先生的散文中，我似乎见到了一种我所期望的东西。

我认为散文家必须有一种情怀，有大情怀，散文家才能创作出大散文。登建先生的散文就弥漫着一种忧患意识与悲悯情怀，我想这是他的散文成为好散文的关键。记得周作人曾谈到："新文学在中国的土里原有他的根。"登建先生在他生活的平原里找到了他写作的根，于是在他的散文中有这样一种情怀就不奇怪了。他从一种个人的感触情怀，升华到一种具有普遍意义的悲悯之心，这点对任何时代的文学创作来说都是难能可贵的，而且就是在写他的父母家人的时候，给人的感觉也是延伸到整个农民的状况的，登建先生的《父亲的华屋情结》等很多作品都是这样的。雷抒雁曾评价说："他的散文多数写得沉重，几无游戏之作。"（雷抒雁《沉重的是铁质——评李登建散文集〈黑蝴蝶〉》）登建先生从心底里认为："我应该认识这些农人，他们应该是我的父辈，我的兄弟姐妹。我能说出一串他们的名字：根子、柱子、梁子、土墩、石娃、谷子、南瓜、枣花、丰收、财旺、三喜、大牛、忙子……那圪蹴在田埂上、犹如一座黑塔的是老闷大叔吧。"于是我认为登建先生的散文，具有了一种思想的重量和现实的穿透力。

8. 周蓬桦：舞动散文的翅膀向高处飞翔

记得王夫之说："含情而能达，会景而生心，体物而得神，则自有灵通之句，参化工之妙。"(《姜斋诗话》) 其中强调创作主体与客观世界的心物融合，强调作者体现大自然的妙谛，创造动人的意境。蓬桦在他的散文写作中，似乎并不刻意立意造句，而是将心中的浩荡之意放到了自己独有的一个背景中去抒写，漫然成篇。而这种背景又是泛化了的，去除了某时某地，印证着处处地地，所以他的散文具有了更为开阔和广泛的意义，以及更为广阔的时空感，具有了普适性的思考意义，比如他在《骨头收藏》中写到："当我在荒野的微光下面对一根骨头，我想：如果它真的是一只手臂，那会是一只多么不安的手臂。它穿越浩大的时空挽住了我，完全凭借一种死亡的力量。它究竟属于谁的灵魂，受谁的指使？""在我看来，世界上没有任何东西比死亡更无私，更义无反顾的事情，它是一个人一生的全部交付，彻底而完美。不管他生前为何种身份，从事过哪种职业，他最终的归宿是永久的荒野。"

我不知道里面的一种关怀和思索是不是蓬桦的一种事先的界定，但肯定的一点是里面的思考的哲学意味，当然散文的写作不仅是哲学的一种解读，更是一种发现，不仅仅是一种依靠，更是一种另外意义的建立。蓬桦散文的这种写法必然使他的散文具有隐喻性，隐喻性的文章往往同时具有模糊性、歧义性、象征性、暗示性等，而优秀散文的特色就在这个方面，这也是使一篇文章耐读的关键，它不仅在文本本身内，在语言和意义之间产生一种空间感、距离感，更在作者与读者之间产生一种必要的疏离，否则文章将是干涩的，这会冲淡散文的美感，冲淡作者在文章里面隐藏的正义与良知，冲淡哲学的浓度与情感的浓度。蓬桦的散文很好地避免了这一点，比如他在《缓慢的马车》中就有这样的句子："就这样，一辆满载梦想的马车飞出村庄，经过我居住的树林，但它不能按照预期的设想准时抵达黎明。"再比如在《夜路》，蓬桦这样写道："我们都知道去外村的路不好走，不仅仅因为泥泞。"这些都是需要读者进行再度思考的文段，其中涉及一个人存在的困惑的问题，甚至可以延伸到人的生与死的问题。而且蓬桦的散文是注入了许多新元素在里面的，笔法绵密有力，有本质意义上的诗意追求，我一直认为，文学作为人的一种暗示，不断地超越是必须的，蓬桦的散文也是如此，语言的细密使蓬桦的散文复苏旧有题材的意义和效果，其实他的散文在题材本身并不具有优势，他也是用一些我们已经习惯了的题材来诠释现实，作出自己的价值评判，但他的写法却实实在在焕发了他文章的活力，他的结构的架设与语言的构筑成就了他散文的底色。

蓬桦散文越写越倾向于一种小说似的场景描写，这点既是他散文的一个特点或者优势，又是他的一个危险的临界点，因为这容易使散文变得松散了，倒是蓬桦的功底使我解除了自己无妄的担心，使他的散文能最后在语言的演进中缝补了许多细节的缺失，使之具有了不小的灵气。比如他的散文《一株躺在地上的树木》就是飞升着这种灵气的作品之一。“记得，入冬以后，几只野鹿曾经蹦蹦跳跳地来河边汲水，但河水已经结冰。它们用蹄子敲击着僵硬的冰面，敲了半天，最后失望地离去。”从中可见蓬桦的散文用力很多，他设计了许多背谬的事件来显现他对于生活本质的理解，从而进一步体悟到了一种道理，就是当世界变得诸事背谬的时候，人们才知道了一个人维护自己的尊严的艰难。而且蓬桦在自己的散文创作中，对语言也进行了较为彻底的除故，并且消解颠覆日常规范语言所能表达的一般意义，而力求在一种悖论中达到一种揭示真实的作用，《树叶一闪》《缓慢的马车》就是这样的文章，蓬桦写道：“而他对马的感情极其复杂。有人无数次看到他把一匹马拴在马桩上，皮鞭高高扬起，雨点一样抽下，马的哀叫震荡四野，空气中弥漫了浓重的血腥气。人们不明白他为何这样对待自己的心爱。按照世俗常理推测，如果你爱一个人或者一种动物，是不会施以责骂，至少不要挥动残忍的皮鞭。但事情往往不是这样，有的甚至不只皮鞭，还有刀子的利刃。”

蓬桦的散文力求打磨出一种现实的光亮来，但他经过的路径却往往在寻找到之前就消失了，于是他的散文又显得太过理性了。但是写作既然是一件更动情更耗命的事情，既然散文不仅是一种文体，更是作家独特生命的思维方式，因此蓬桦的散文也必然用自己的心力去做这件穿透和超越的事情。他力求在自己的内省中寻找到一种人生的蕴涵，在自己的散文中给我们一种延伸生命的方式。

9. 叶梅：两个女子一本书

叶梅所著的《美卿—— 一个中国女子的创业奇迹》是一本奇特的书，原因在于这是两个优秀女性共同完成的一部书。著者叶梅是卓有影响的作家，在业界口碑甚好，著作甚丰，办事干脆利落，果敢有力，品性柔弱高雅；而书的主人公——美卿，虽叱咤商海，却美丽贤淑，有才华，有智慧，更有爱心与责任感。可以说，是叶梅和美卿——中国的两位优秀女子，共同完成了这部书的创作，缺其中的任何一个人都是无法完成的。没有了美卿，此书就成了无根之木，无源之水，就没有了文章的丰富与精彩；没有了叶梅，书中所写的内容，很可能就只是一堆没有经过精心加工的原始材料，堆在那里，时间一长，就会渐渐被时间的流水洗尽了颜色，不再会焕发更大的光彩。但幸运的是优雅的美卿和同样优雅的叶梅，有了一种命定的机缘，因此才诞生了这样的一部书。

叶梅是全方面、多视角、立体化来架构此书的。叶梅在描绘美卿时，既写了她倔强的不服输的童年，又写到了她事业成功后的自信与稳健；既写了她初创阶段的艰难，又写了她作为一位充满爱意的慈善家脸上的笑意；既写了她在改革的浪潮中搏击风浪，又写了她学习绘画的心得与快乐；既写了当她还是一个女孩时的创业梦想，又写了她是如何获得了美好的爱情，并成功成长为企业集团掌门人；既写了她的人生轨迹，也写出了她的精神世界；既写了美卿的美，也写出了美卿的善；既写了她面对困难的坚强，也写出了她面对弱者的侠骨柔肠。因此就像前面所说的，是美卿的经历给了叶梅写作的素材，同样的，是叶梅的写作才能完成了美卿生活旅程的描绘，两者之间，缺了谁，都是无法完成这样一件特殊的作品。可以说，此书即是一本适合年轻人励志的书籍，也是一部充满非虚构色彩的文学作品。

我们知道，要刻画好一个人物，除了要写出这个人物所处的时代背景、活动轨迹之外，对于人物细部的发掘和打磨是重要的，这在此书中是有所体现的。比如文章的开头，叶梅下笔干脆利落，表现出了一个作家写作的功底和自信，寥寥几笔，就将美卿的形象写得呼之欲出、要从字面中站立起来了。“她款款走过来，眼睛出奇地亮，眉毛高挑，显出一副含着天真惊讶的表情，让人诧异的是，她不像珠光宝气的贵妇，也不像叱咤商海的女强人，倒更像一位美丽贤淑的大家女子。她未施脂粉，素面朝天，但衣带间散发着淡淡的幽香。跟她秀气的鼻子相比，她的嘴有点宽，绽开笑容时会露出洁白的牙齿，那笑容就像一道闪电，瞬间就把周围照亮了。她说一口广东普通话，不是铿锵带着金属的那种，恰似她的面容和笑颜，温婉可人，潺潺的，力量在她小溪般的话语中流淌。她说着说着，会不时开心地笑起来，笑声使得空气中好像舞动着若干展开翅膀的小精灵，周围一切生龙活虎，津津有味。她听人讲话时，神情会很专注——这应该是良好修养的表现，双手安静地并在一起，我发现她的手指长而纤细，修剪得很漂亮。她会一直这样一脸认真地凝听，眼睛凝视着对方，不时微微地点头，时光就在不知不觉间过去。”这样的描写基本类似于红楼梦第五回的写法，短短几百字，就透露出了美卿的诸多品质和成功的原因。其中有自信，有谦虚，有朴实，有成熟，有高雅，有机灵，有柔性，有刚性，写出了美卿做事专注，为人谦和的特质，这些就基本奠定了此书的写作走向和写作品质。其他的地方也通过很多细节来写，这样，既写出了美卿的真实经历，也是文学作品塑造刻画人物的需要。“她从血泊里支撑起身子，扶着床艰难地站起来，摇摇晃晃地挪到了门外。院子里一片寂静，半夜凛冽的寒风扑到她身上，脸上的热血不停地往下流淌，她一手扶着门框，一手捂着汩汩冒血的嘴”。很明显，这一段写出了美卿创业的艰难，甚至是生死考验，让读者知道了，生意场上有时候就是生死场啊。其实对于作品而言，写得细了，文章就能往深处走了，作为一位优秀作家，叶梅是谙于此道的。

读完这部作品，看得出，叶梅为了写作此书，对于美卿的采访是下了很大的功夫的，那么为什么呢？难道仅仅因为美卿的励志故事和慈善事业吗？我想不仅仅是如此吧。叶梅当然是喜欢甚至是热爱美卿这个人的，否则作为一个在全国有影响力的作家，她是不会轻易去写什么人的，也完全没有必要去写，那么叶梅写美卿到底是为什么呢？我的答案是源于叶梅对于女性的了解与关注。我们知道，一直以来，女性都是弱者的代名词，是受男权社会压榨和欺凌的一个群落，像美卿这样成功的女性在改革开放的进程中是出现了一些，但依旧不是很多，这就使得美卿有了一种时代典型性和文学典型性的要素。叶梅也试图从美卿的身上找到一些现代女性的优秀因子，将之提炼出来，展示给这个社会看，以便给更多的女性一种学习的内容，鼓励她们能像美卿一样美丽、自信、成功，充满爱心，在社会中享有与男性一样的地位和权力，这应该是叶梅这样用心去塑造美卿的原因之一。

其次，作为一个有责任心的作家，叶梅写翟美卿的创业故事，不仅仅要展示像她一样的民营企业家的风采和气度，不仅要写美卿们心系民生、扶弱救困的人文情怀与人道精神，真正要想写的另外一个重要原因，我想应该是她对中国改革和现代化进程进行梳理和印证的努力，想以美卿的故事来写关乎中国命运、民生疾苦、民族复兴的道路和历程。用翟美卿的话说：“我们踩着的所有的点，其实都是改革开放的路径。”可以说，翟美卿的故事就是改革开放三十年的故事，就是国家富裕、民族强大的故事，美卿的成功就是改革开放的成功，是个人成长的成功，是女性解放的范例，我想叶梅的写作深意应该在这里吧。

总之，《美卿——一个中国女子的创业奇迹》是一部值得阅读的好书，因为这部书有温度，有深度，有厚度，有浓度，有亮度，这也是两位女子共同的特性，是她们两个共同完成了这样一部有象征色彩和意义的书。

第五章　文学也在散文之外

第一节　吉狄马加诗歌创作中的美学策略

作为具有世界视野的诗人吉狄马加先生，在其诗歌创作中，以边地为其诗歌创作的原点，以世界为其思想行走的半径，以最大的人文关怀为其感情行进的园地，低沉地发出人文的歌唱，成就了他一首首诗歌的多声部合唱，让我们读完之后总是难以忘怀。

应该说，吉狄马加的诗歌创作是与当今文化语境的转化同步进行的，这在中国整个诗歌创作中是难以得见的大视野、大情感、大关怀，由此可以看出吉狄马加先生在他的诗歌创作中，是必然地也是自觉地调整了自身诗歌创作的美学策略，也正因为这个，吉狄马加先生的诗歌从形式上更注重自己寓意性的表达方式，在内涵上更关注人们的现实处境，并有意识地寓终极关怀于现实关切，由此使得他诗歌的文体架构的自由度大幅提升，并有意将自己诗歌的叙述节奏与抒情方式做出了必要的隔断，使诗歌的内在意蕴溢出了表达的话语范式。比如《嘉那嘛呢石上的星空》中所写到的石头既是现实中的石头，又是从中超拔出来，成为灵魂的石头，所以才透着一种神秘，“承载着另一种形式”，承载着另外的深意，就如同诗歌中所写到的：“那神秘的气息都来自于石头”，“它的回忆如同智者的归宿”，“它是恒久的纪念之碑 / 它用无言告诉无言”，石头就是这样连接着生死，成为其中的唯一通道；在《真相》中也是如此，单单一句“你的眼睛虽然流露出悲愤 / 而心却像一口无言的枯井”，就足以将人的情感激发出来了，里面是满满的寓意，有着超越字面意思的张力。

同时，吉狄马加先生毕竟是从边地行走出来的优秀诗人，同其他的作家一样，原乡也必然成为他诗歌创作的原点，有了这样一个原点，就使得他的诗歌呈现出一种与故乡贴地的状态，呈现出他不可更改的经历和后天努力的修为之间的一种特有融汇，产生出了一种在地理和文化上交汇的繁富效果，这同时也是在他身上的现代时间维度和边地空间维度的双重融合。因此，在吉狄马加先生的诗歌中，他的记忆是偏向于时间维度的，情感是偏向于时间维度的，而他诗歌的理性更偏于空间维度的，这样才有了《森林，猎人的蜜蜡珠》一类的诗歌，他用“山野”“白桦林”“太阳”“月亮”“雾”“树叶”“雪白的蝴蝶”“昆虫”“岩羊”等，将诗歌的时间拉到了记忆的深处，让人感到了一种湿漉漉的事情的浸润。于是，他的诗歌就能够在他个人的记忆中，数着时间的碎片，在世界的眼光中，去认识生活和自我，这也成为了吉狄马加先生切入诗歌的话语之一。可以说，原乡的边地，成为了吉狄马加先生诗歌创作最大的机锋，于是从这点出发的诗人吉狄马加先生，就能够坚实地立足于此，并放眼现代中国社会乃至世界的文化，使得自己的艺术品性摆脱旧有的狭窄的诗歌艺术场域，从而生成了自己的艺术原则，使自己诗歌中的声音、气味、色彩、光线、人性、心灵等，都获取了最大的自由和解放。在此前提下，吉狄马加先生才能进而将自己作为诗人对世界进行审美把握的诗歌，在更深的层次上获得了抒写与言说的自由，开出一片心性的繁盛的诗歌之花。可以说，文化形态和价值场域的不同，使得吉狄马加先生在对文学资源的认定上起到了很大的作用，使得吉狄马加先生不仅在中国诗歌的场域确认着自己的诗歌，还促使他将创作的视线投向更为深远广阔的世界审美场域，并有意识地把自己置于世界格局中来眺望，于是就产生了像《回望二十世纪——献给纳尔逊·曼德拉》《在绝望与希望之间》《献给这个世界的河流》等这样的诗歌。这些诗歌都是在世界的视野氛围中踏着自己的鼓点，以自己的边地歌唱作为背景来进行创作的，这在很大程度上改变了吉狄马加先生诗歌创作中的审美空间结构，甚至可以这样说，这些诗歌自身就是世界一个能动的构成，它让吉狄马加先生的诗歌创作更容易回到人性和人道、回到人最基本的尊严里，让主体在文本中恣肆地展示着自我对世界的认识和理解，从而揭开了个体情感在世界背景下的厚厚的面纱。吉狄马加先生的诗歌创作就是这样遵循着自己特有的艺术逻辑，从边地伸展到世界的角落，构成自己的诗歌场域，带来不可遏止的超越激情以及边地视角的人文反思，使得自己的诗歌有了开放的文化心态，展示出边地文化场域的文化运作，以及全球化的诗歌特质。也就是说，吉狄马加先生的诗歌，边地的土壤是他情感的原点，世界的价值形态是他诗歌萌芽并迅速繁盛的延展，并最终浸润成作为诗人的主体审美思维，这就是他的诗歌观念和言说策略，这就是吉狄马加先生之所以能够成为一位优秀且独特的诗人的原因之所在。

正是因为这样，就汇成了吉狄马加先生诗歌创作的真实性特色，这是吉狄马加先生诗歌创作中的一种美学精神书写，这点很重要。有了这些对于诗歌的重要认识，吉狄马加先生才对他写作的诗歌天生就有了一种敬意，让他的诗歌重新焕发审美的原生之光，承载起言说主体的个人感受、自我情感和自我意识。在吉狄马加先生的诗歌中，作为诗人的他所拥有的跳脱的思维、大胆的想象及敏锐的感觉能力，将其诗歌的特质镶嵌在其诗歌语言的血液和肌理里，包括他诗歌创作的语言、抒情方式、最终的指向等层面，这些都成为他思想真实性美感的载体。这在他的《自画像》一诗中是有着鲜明的体现的，在《彝人谈火》也是如此，尤其是他的《母亲们的手》更体现出了这样一种诗歌的特质。他写道，母亲们“就这样向右悄悄地睡去”，“身后立起一块沉默的礁石”，她的“皮肤上一定有温度”，“血管里一定有血流”，“她睡在土地和天空之间”，“她睡在死亡和生命的高处”，她是“那么温柔、那么美丽、那么自由”；《做口弦的老人》也是这样的优秀诗作。我们知道，文学作为审美文化领域中一种形态，是要与现实生活精神、特征相一致的，从上面的分析我们可知，吉狄马加先生的诗歌是符合这种现实生活精神、特征虚构的真实的，于是诗歌成为吉狄马加先生主体人格的艺术体现，它的真实内核是主体人格的真实，是自我的、内心的真实。

而真实性的要求首先是情感的真实，记得王国维曾谓：“境非独谓景物也。喜怒哀乐，亦人心中之一境界。”诗歌作为深层生命意志的语言显形的特性，决定了诗人在写作诗歌时的独语意识与主体色彩之创作特质。为此，吉狄马加先生在诗歌创作中将其具有的精神背景、情感和情怀以及生命过程缓缓展开，将自己对生存、个体生命、母语文化、现代表达进行了把握和融合，独立承担起自己的也是我们的精神困境，这也成为他诗歌本就具有的优势之一。正是因为如此，吉狄马加的诗歌中才有了一种令人神往的自由，一种纯净的心态，一种维护人们精神性的东西。从他创作的诗歌中可以看出，这些是从他的生命中渗透出来的，直抵他诗歌生命的核心。吉狄马加先生的诗歌创作就是这样，以一种个性的创造形式到达了对于主体生命的感知和审美创造，他的诗歌突破了精神桎梏，从而蝉蜕而出，将其创作主体对于生命的审视、对于存在的体验、审美的理想率真地浸润于诗歌文本中，并进行了大胆而独特的显现，传递着强烈的人格意蕴和人性升华，这是渗透于他生命中的传统文化在他诗歌文字中的展示，比如他的《我愿》，诗歌将自己本真的生命激情献给了母亲，他“用含着奶汁的声音喊”母亲，他看见了母亲“颤颤巍巍的身影”，他想“赤裸着”为母亲“唱一支往日的歌曲”，想“让我干干净净的躯体 / 永远睡在你的怀里”。这是与中国传统文化的伦理要求和“向内求善”美学思想相契合的。一般看来，中国传统文化的伦理要求和“向内求善”美学思想对文学的浸润，导致了“文以载道”成为中国传统文学的核心价值观，使得“诗言志”“文章合为时而著，歌诗合为事而作”的文学意识根深蒂固。由于受到这种意识的影响与支配，中国知识分子的忧患意识和参与意识几乎是与生俱来的。但如何表现却是一个大问题，吉狄马加先生的诗歌创作无疑给我提供了一种参考和路径，正所谓“正声何微茫，哀怨起骚人”，吉狄马加先生以人文关怀的博大襟抱，以作家的人格修养和学识修养，敏锐的审美感应和艺术洞悉，看取世界，关注人生，表达自己内心深处对于现实社会的强烈关注，为自己的诗歌创作提供了新的言说空间。由此出发，吉狄马加先生的诗歌创作视野是阔大的，他的诗歌才有了世界性的眼光，有了他所具有独立的价值判断和艺术追求，并能够在自己的作品中坚持这样的追求。

正是因为有了这样的世界眼光，由此开启了吉狄马加先生诗歌的现代性因素的输入与绽放。吉狄马加先生的诗歌在现代社会中那些不同的场域中，进行着自己对于诗歌本体的确认、界定和实际的运作，并由此构建起了自己的诗歌大厦。他的这种对于文学现代性的追寻的表现在他创作诗歌的时候，除了表现为他对诗歌文字本身的重视之外，还有意识地去追求诗歌的情节化，比如《远山》中对于自己行动的拟想就是这样，“我要横穿十字路口，我要越过密集的红灯”，“我要击碎那阻挡我的玻璃门窗”，“我要用头碰击那钢筋水泥的高层建筑”，“我要跳过无数的砖墙”，“我要爬上那最末一辆通往山里的汽车”，“最后我要轻轻地抚摸 / 脚下那多情而沉默的土地”，这样就将他的一种表达特色深深涉入进他的创作之中，他创作中对于情节化的重视和借用，在诗歌中渗入的事件的声色，使得他的诗歌在跳跃中呈现出一种别有的“连续性”，这样的方法能够很好地控制诗歌的时空结构，使得诗歌文本的零散性特征最终化入诗歌整体的情境中去，使之富有了诗歌的节奏、诗歌的意象，由此就使得吉狄马加先生的诗歌既能俯仰于对历史和现实的沉思中，又能实现自己积极探索诗歌文体多重表达的任务。

正是因为吉狄马加先生的诗歌创作具备边地的身份观和对精神故乡的界定，以及现代性的文化，他的诗歌感情就变得丰厚起来，渐渐地产生了一种理性的忧伤，避免了很多诗人写作诗歌时往往追求的深幽孤峭，而深幽孤峭的创作，我一直以为有词无意的诗歌才往往采用这样取巧的办法，这样的作品只是艰涩，肯定不厚，更不会忧伤。清代查为仁的《莲坡诗话》记载说：“诗之厚，在意不在辞。”也就是说，情感深厚的诗歌才有可能忧伤，这是诗歌忧伤气质的基础，清人贺裳的《载酒园诗话》卷五上说，“宋之诗文皆至庐陵始一大变。顾有功于文，有罪于诗。其自为诗，害诗犹浅，论人诗害诗实深”，认为如此的原因在于“仅在皮毛，未究神理”（我认为这里讲到的“神理”就包含由思维的肌理而来的深厚的情感），说的就是这个道理。正是因为吉狄马加先生倾注情感的浓度，才让他的诗歌呈现出一种完全不同的样态。但是，情感是有情感的家族相似性的，于是选择什么，选择什么样的载体赋予这种情感，就需要功底了。我们表达出的有限的感情往往不过是其外在的表现罢了，我们能抓住的所谓的情感，不过是它与人相同的部分，又是被定义好的一面，而且必须是言语能够加以表达的。记得有“诗本于性情”之说，景无情不发，情无景不生，因此，在诗歌创作中，对于情感要先讲究个虚实，再考虑好如何将诗歌语言不断地转变，考虑好如何准确表达这种感性的情感，并使之成为人类情感形式的通用模式，这都是考验一个诗人的艺术素养的，而吉狄马加先生在《故土的神灵》《土地》《题词——献给我的汉族保姆》都体现了他诗歌创作上这方面的突破和成熟。

记得法国文学理论家罗兰·巴特 1953 年发表的一篇文章《写作的零度》，现在的很多作家将其误读了，认为零度写作方式多指作者在文章中不掺杂任何个人的想法，完全是机械地陈述，这点对于小说而言似乎好些，但这对于以抒情为主的诗歌创作而言确实是一种极大的伤害。假如吉狄马加先生的诗歌中没有了《彝人》《思念》《唱给母亲的歌》这一类的诗歌，对人的触动肯定是要下降的。众所周知，情感在创作中，尤其是在诗歌创作中是有巨大的作用的，明焦竑《雅娱阁集序》中有云："诗非他，人之性灵之所寄也。苟其感不至，则情不深；情不深，则无以惊人而动魄，垂世而行远。"白居易《与元九书》曰："感人心者莫先乎情，莫始乎言，莫切乎声。"又说："未有声入而不应，情交而不感者。圣人知其然，因其言经之以六义，缘其声律之以五音，音有韵，义有类。韵协则言顺，言顺则声易入；类举则情见，情见则感易交。"袁枚也说："人心有芬芳悱恻之怀，而后有沉郁顿挫之作。"都是言殊而理则一。吉狄马加先生的诗歌是其纯粹的心性的表现，洋溢着作者顺应自然、热爱生活、以平常心对待一切的心绪，其中既有浓郁的生活气息，又有着日常生活中的哲学情趣，确实是古厚浓重，不着脂粉而清真峭刻，不着脂粉而精彩秾丽啊。

我们知道，"风雅正变"是指《诗经》作品有一个由"正"而"变"的迁流，这类诗歌显示了对人潜移默化的巨大影响，《毛诗序》中也有过深刻而详尽的阐述："风，风也，教也；风以动之，教以化之。……故正得失，动天地，感鬼神，莫近于诗。先王以是经夫妇，成孝敬，厚人伦，美教化，移风俗。"吉狄马加先生的诗歌在其具有边地性质、宏达视野和现代性的情感表达中，也同时拥有这样的倾向和效果，这是我读完他的诗歌感受到的，随笔写下，请方家不吝教正。

第二节　隐喻的力量

——以四丫头的小说《打啵儿》为例

世间万物之所以能够联系在一起，并被称为世界，是因为各种事物之间、人与人之间的对应关系，这其中就包括矛盾性的关系，如果在写作中将这种关系具象化，就会产生隐喻的意义，从而使文本产生别样的一种力量。四丫头的小说创作特点之一就是她创作中大量隐喻的存在，她总能在世俗世界中找一个支点，然后将对应的人群或者个人放在两端，令他们在倾斜和平衡中摇摆，以此来解释世间的或温暖或残酷的真相，揭示出这个世界包括个体的卑微与无奈，让人去重新审视我们周围的世界和我们与这个世界的关系，显示了四丫头作为优秀作家的眼光和思考。

记得柏拉图曾经利用“洞穴”这个隐喻来描述人类和真实世界的关系，四丫头是用主人公陈四海带着的口罩来隐喻他与这个世界的隔离的，就是这个口罩在遮盖了他三瓣的兔儿嘴的时候，也将他与世界的对话渠道关闭了，这就注定了他以后的悲剧。因为嘴巴是与外面的世界进行交流的最为重要的工具，没有之一，人与人要发生联系，包括与恋人要产生关系，嘴巴是至关重要的，但一个口罩却将一切都隔离开了，口罩里面是内心的卑微和向外走的激情，外面是对于这个口罩的好奇和拒绝，这使得陈四海只能在小伙伴们和别人的哄笑声中，“下意识地捂住自己的嘴”，“年幼的他忽然有些悲伤，也同母亲一起流泪。”因此在这部小说中，口罩作为一种隐喻，不仅仅是一种四丫头语言中的修辞方法，它更表达了两个不相似或不同领域的世界之间的相互拒绝，这样的关系扩大一点说，是存在于我们生活环境的各个地方的，所以四丫头的发现是对于世界真实关系的发现，即人与人之间是孤独的，是隔离的，谁都看不清谁的面目，谁都进入不了谁的心灵，每个人心灵的嘴巴都是撕裂着的，变了形，即使用一张口罩戴在上面也无济于事，于事无补，这是每个人的悲剧，也是每个人的宿命。

既然隐喻在熟悉和全新的情景之间，通过比较来传递那些表层和深层的相似性，那么，它就可以帮助我们对于理解抽象的概念和进行抽象的推理，起到具象化的作用，它就成为文学艺术中强有力的工具，成为一种有效的劝说，因为隐喻有向事物本源进行掘进的功能。当四丫头将镜子拿来作为口罩的对应物时，人的内心的巨大漏洞顿时显现，“他将脸一挪到镜子前，便‘啊’地尖叫了一声。镜子跌落在地，摔成几瓣。”“他惊慌失措地拾起那些碎片，却被玻璃划伤了手指，鲜血滴到镜面上，映出一张血淋淋的脸。每一个碎片上都出现他惊恐的脸，那张脸上没有嘴。不，那张脸上的嘴是不完整的，人中缺失，两颗大门牙白花花地裸露着。”陈四海如今缺失的不仅仅是自己嘴唇的完整，更是整个心灵和世界的完整，“那一年，他六岁。那一刻，他骤然老去。”人的终极结果就是老去。对人的最大打击就是骤然老去，这种样态不是因为身体，更是因为精神的溃败，这里面是有四丫头的情感、审美经验、道德惯例和精神认知等诸事物的理解。她的写作的优势就是把人推到了源头，用源头的水来冲刷和考量人活着的耐力。

对应陈四海这种先天的残缺，冯秋水的残缺却是后来造成的，“邻家一个五十多岁的老孙头将她抱到自家”，玩个偷人的游戏，使得“她觉得所有的东西都是肮脏的”，她便跳进厨房的大水缸里洗澡，一洗就是几小时，因为“冯秋水觉得，只有在水缸里，她才是干净的”。如果说陈四海的兔唇还能用口罩加以遮蔽的话，陈秋水的残缺只能用精神的口罩来罩紧了。口罩是厚实的，以至于要让人窒息，如何减轻口罩的负重，同样的方法是出走，远走他乡，到一个陌生的地方，将以前的影像都抹除掉，“他从来没有单独照过相，为数不多的几张合影照也被他烧掉了”，这是文学写作的传统，四丫头无疑也是深得这种传统的滋养的，于是让他们出走、相遇、碰撞、相恋、分离。他们一厢情愿地认为，他们从一个自己所熟悉的领域（原领域）向不熟悉的领域，就会摆脱这种困境，其实他们错了，四丫头就使用这种方法把他们推向了绝境，到了现在这个时代，出走的意义已经远远不及娜拉和五四的时候了。如果说那个时候陌生的环境能够是一张巨大的口罩，将人的身体和心灵的残缺掩藏起来，到了现在已经无处藏身了，所以四丫头只能让她们去面对，试图在我们熟悉的事物的叙述中阐释一种新的经验模式。这也是四丫头一贯的写作方式和切入生活的角度，她将生活的一段横截面用自己思想的快刀打开，里面的纹理和机构都展示在了我们面前，我们就可以通过这些看到整个树木生长的纹理和状态，感知这棵生活之树之所以如此的原因所在，包括生活的氛围、空气和水。

在现代主义和后现代主义那里，对于世界和人的缺陷的理解和不回避，以及深度的剖析和展示，一直是它们的追求和特点之一。四丫头的小说之所以如此选取了一个带有先天缺陷的马四海和后天缺失的冯秋水，是有其自己的用心的，这种缺陷随着主人公从乡土社会走向了城市现代社会，就会更加被放大了，而且也随着人对于自己身体和周围人的关注而放大了。“陈四海一到青春期，便开始注意自己的外表，尤其是在女孩子面前。他骄人的成绩令他非常自信，可总有那么几个瞬间，他突然被这一块与生俱来的疤痕压得抬不起头、喘不过气来。”他决不出门，“只能捂住自己缺失的嘴，落寞地掐着喉结，拼命地压抑身体的欲望”。这本身就是一种悖论，他想以出走的方式来逃避，但他最终既逃不出去，也难以回去了，“陈四海却一年才回一次家”，“攒一些钱，尽快治好他的兔唇”仅仅是外在的原因，内在的原因却是更深层次的，“夹在两堵密不透风的墙中间，左冲右突，撞得鼻青脸肿，却依旧走不出去”。这种心理就是现代主义之后，人在得到人类中心主义的合理性中，对于人本身缺陷的尴尬。对此的策应人物就是冯秋水，“她一遇到陌生人便手足无措，脸胀得通红，她自己尴尬”，于是“她对待这个世界是温和的，又是冰冷的”。这好似陈四海的态度。形单影只，活得像一节木头。所以一切，“它们是一把把锋利的刀，一次次刺向他，又残忍地拔出来，痛得他鲜血淋淋”。所以四丫头的小说在中国的传统文化中蕴涵着丰富而精深的现代主义化的伦理思想。

但是，现代主义的倾向之一就是异质文化间的互动越来越成为主流，而陈四海与冯秋水的互动就是要打一个啵，“他甚至想，能否去网上淘一个吻呢？抑或是到烟花柳巷花钱买一个真正的吻？这个奇怪的念头让他发了好一阵呆。”对于一个自己心仪的女生，任劳任怨，倾尽所有，换来的却是对自己的嘲笑，“那个兔儿嘴，还想追我，真是癞蛤蟆想吃天鹅肉……”陈四海以自己的生态智慧以为自己找到了走出危机的指路明灯，但他错了，他的价值就仅仅一直被自己的缺陷压制着，无处可逃。他的幻想或者希望的一切“像滚烫的开水瓶一样，砰的一声，碎了一地”。现实中，他只能有一个原点，始终不能离开。“一年多过去了，二人的感情从牵手发展到了拥抱，好几次陈四海想吻冯秋水，都被她巧妙地躲了过去，她时而空洞时而凌厉的眼神会将他的欲望吓回去。冯秋水也想吻他，但自六岁那年后，她的身体习惯性地疼痛，这疼痛像一条蛇，不定期来咬她一口，这疼痛不知何时会突然发作。一疼痛她就会想起老孙头，一想到粪池里的老孙头，她就习惯性地作呕。同陈四海身体的亲近，既让她渴望，又让她恐惧，她害怕那条无时不在的蛇。”“想冯秋水时，他就对着镜子亲吻。他还藏在被子里想象真正的打啵儿，想得身体滚烫，他甚至亲过自己的手臂，却全无快感，咬起来也没有痛感。”伽达默尔说“语言所带动的一切永远含有语言陈述自身以外的东西”，其实行为也是，甚至是一种现代主义通行的心理疾病。隐喻与悖论总是纠缠在一起，原因也在这里。要解决这个悖论，就只能冲破“接吻”这道藩篱，揭掉口罩亲吻，或者不揭下口罩，但“不揭下口罩他就无法接吻，而揭下口罩她就会看到他的真面目”，这成了陈四海心里的最大难题。这牵扯到的是进一步亲近，还是“他们像两条孤独的河流，匆匆流向各自的孤岛”的问题。在《叙述中的结构类型》中把前一种形式的两种情况分别称为“个人肖像”与“社会画面”，在对人物的刻画中完成了这一展示。

一般来说，对抗命运才是复活的前提或者手段之一，这源于人本性中对于自我完善和成长的要求，这是在西方独特的宗教背景之下，有着特殊的救赎意味。对于个体而言是具有一般性的，复活也不仅仅是身体的复苏与绽放，更是生命的，但人却又是天生残缺的，这肯定会在复活的道路上艰难险阻，于是作为一种象征，比如仪式就是这样产生了，仪式的完成会是个体在自我满足中将自己的生命画成一个漂亮的圆圈，对于小说而言，打啵，吻一个女人就成为庄重的仪式，“十年内我一定要吻一个女人。”“冯秋水不会懂得，接吻对于陈四海来说，有多么重要的意义。深夜里他不用戴口罩，没有口罩，他觉得自己是一个完整的人，他大口大口地呼吸。”“七年前，他还曾在这条河边庄严立誓要吻一个女人。”但是生命意义的产生就在于几乎没有人完成这种仪式，于是一种悖论在隐喻中就产生了，“天色渐暗，鸟儿归了巢，陈四海仅给了冯秋水一个轻轻的拥抱，二人便回了家。当晚，陈四海辗转反侧，他不明白，明明想痛了心地要亲吻，为什么最终只是拥抱了她呢？”“他们紧紧依偎，却没有亲吻彼此”，而且陈四海计划中也只好为了买房子，使得自己的治疗就遥遥无期了。于是直到最后陈四海也没有最终完成，“陈四海一次次用头撞着冰冷的铁窗，努力使自己清醒。八年前恒水河边的誓言，在他耳边回响。他看着铁窗外射进来的微光，郑重立誓，出来后第一件事，就是要真真正正地吻到冯秋水，狠狠地吻。”而冯秋水也是一样的，即使“同陈四海相处时，她的梦是暖和的”，但是噩梦更多，她常常惊悸的解决办法始终没有，甚至在后来，“寻遍整个城市，才找到一只同儿时的家中相似的水缸，又注满凉水，将自己浸泡进去”，与陈四海在每天的晨与昏里温馨交错都一一破灭为结局了。

因此，可以说，四丫头小说中的隐喻，本身是其鲜明的文学特征的一个内在特性，而当四丫头将隐喻式的叙事作为自己小说创作中一个有机组成部分，就表现出了作为一名优秀小说家的人生观念和思考，由此我们得知隐喻是小说越过现实的边界，通往事物本源的重要途径之一。

第三节　中国电影可以是另外一种样子

《罗拉快跑》是近二十年前的一部优秀影片，但对中国电影的影响依旧不大，除了一部《疯狂的石头》对此作了严重的抄袭之外，对其精华的学习和借鉴依然不够，以至于使得中国电影除了近乎虚假的票房之外，几乎没有了任何艺术性的提高，无论是创作题材和表现手法依然停留在用锄头除草、用镰刀收割的阶段。由此，重新观看、研究《罗拉快跑》这部电影，依然具有很现实的当下价值和意义。

《罗拉快跑》之所以成为影视院校必看的电影之一，不但在于它用了少量的钱换得了巨大的商业利润，更在于它说明了一个道理，就是一部电影对于艺术的尊重，对观众的尊重。这种尊重体现在这部电影制作的态度上，看完之后，我们会从这部电影取材的慎重、构思的认真、制作的精细、演员的表演，以及影片的布局和构图，感受到这种对观众智力和艺术水准的尊重，而不是对观众各种器官的刺激与取悦，这应该是中国电影首先要学习的。因为中国的制作人和导演也应该知道，观众是不可能长久被骗的，如果一部影片的初衷就是如何在搞笑中去赚取一点票房，那最终它就会成为一个笑话，更何况电影也有一个引导普通观众的价值取向和艺术鉴赏能力的责任和义务，但中国的电影除了紧紧盯着观众的口袋之外，它对准过观众的心吗？如果没有，那么，在这样的情景下的中国电影的前途实在堪忧，因为中国的电影人忘了一个基本的常识，就是电影不应该是街头耍把式卖艺的，弄个猴子翻几个跟头了事，这样也最终会使中国的电影翻了跟头。因此，当下的中国电影确实应该好好学习一下《罗拉快跑》这部电影。

按照现在电影的制造趋向加以判断，《罗拉快跑》的情节很简单，并不宏大叙事，不像中国的电影，动不动就用大场面来吓唬人，仿佛场面大了，胸怀就大了。说实在话，这样的制作，除了烧钱之外，只能显示制造人品位的低下和内心的虚弱。

《罗拉快跑》仅仅是叙述了罗拉为了解救男朋友曼尼，找钱、送钱、救人的故事。其中的人物并不像中国的某些电影，讲述爱情，非得要细致入微地展示其中的甜蜜，卿卿我我，浪漫无比，比如其中的男主人公肯定要拙劣地单腿跪地求婚，肯定在某个时候，要有数克拉的钻石戒指出现，并庄重地戴到女主人的指头上，或者期间还要有什么进行曲，要有洁白的婚纱，几乎是全方位立体式加以展示，生怕观众不明白这种东西其实就是被什么文化收拾过了的一个男人和一个女人的事情，整个弄得就像广告词那样，“钻石恒久远，一颗永流传”，世俗得没有一点形而上的东西。而当世界和中国的爱情被这句广告词塑造了之后，钻石在中国乃至全世界都卖得特好，因为人们的潜意识中和明意识中都这样认为，钻石即爱情，没有钻石就没有爱情。但是，遗憾的是钻石就是钻石，爱情就是爱情，其实这两个东西一点也不搭界，只是商人推销自己产品的高超手段而已，而且是最成功的营销手段之一。这与“不要让孩子输在起跑线上”一样刺激着每个人的神经，不拿出钱给他们，似乎自己欠了爱人和孩子一屁股债一样。因此，我倒是认为，影片中罗拉第三次快跑中的父亲，才部分地说出了男女之事的真谛，“孩子是你送给我的最好的礼物”，当然孩子也是送给这个世界的最好的礼物，这是世俗之事，更是人生哲学大事。但是，中国电影往往死命往世俗里写，没有人生的大构架和大设想，因此中国电影至少现在在这个方面还差距巨大，不是一代两代能赶上的。

说到大命题，《罗拉快跑》的意义还在于，它体现了现代美学的前进步伐，因为其中女性主义的美学色彩充满其中，这是这部电影的美学依据，因此它站在了美学的前言，没有女性主义美学的照耀，肯定不会有这样的电影出现，所以任何艺术的背后是价值观念、人生观念和美学观念。由此可以说，任何一部优秀影片，最终肯定不是用钱就能堆出来的，它需要的是当下大多数中国人所认为的无用的一些东西，没有这些因素，一部电影无论怎么拍，投了多少钱，男女主角整了多少次容，都是没有血液的行尸走肉。不信看看中国的哪部电影是有现代性的美学背景的，充斥着才子佳人、帝王将相，匍匐为奴、物欲横流的中国电影，能好到哪里去？除了瞎编点儿历史，把和氏璧整得像车轮一样，把青春弄得像飞散的白灰一样，我不知道中国电影还能拍出什么像样的东西来。

还有一点，《罗拉快跑》对于人生的思考深入程度和认真程度也远非中国电影可比，中国人都活得太当下了，所以中国电影拍得也必然太当下，这样是一致的，只能等待时间加以调整。对此，因为篇幅的原因，此文就此打住，免得招来更多的骂声。因为就像鲁迅先生早在几十年前就谈到的，人们喜欢的是“今天天气呵呵呵”，而不是“这孩子将来一定要死”，所以几十年后的今天，说点实话依然很难！

但是，我依然要说的是，中国电影可以是另外一个样子！

第四节　小说需要有一种坚实的质地
——略谈《沧海之约》对于中国文化传统的诉求

中国古代文学传统是讲究文学的质地的，这在很多的文论中都能见到这样的论述，比如刘勰在《文心雕龙·情采》中曾谈到："夫水性虚而沦漪结，木体实而花萼振，文附质也；虎豹无文，则鞟同犬羊；犀兕有皮，而色资丹漆，质待文也。"因此对于质地的要求是中国文学的要求之一。

从这个角度来看贺州作家朱东先生的《沧海之约》这部小说，它文学的质地同样秉承了这一传统，也是坚实的。应该说，《沧海之约》是一部荡气回肠、令人热血澎湃的长篇小说。作品集谍战与情爱、家与国于一体，将自己的笔触紧紧贴着当下最引人关注的南海争端，并以此作为小说的现实背景和写作内容，将其做了艺术化的呈现，是一部较为优秀的长篇小说。

首先，这部小说的语言是坚实有力的，其中的体现之一就是作品中的景色描写。记得评论家谢有顺曾谈到，当下的作家不会写景了，我想不是不会写，而是当下的作家太关注故事的编织了，所以就忽视了小说中景物对于小说表达的作用，对于人物塑造的作用了。但是，这些作家似乎忘了，景物描写恰恰是小说传统中的优秀因素之一，比如茅盾的《子夜》开头的景物描写，比如古代诗词中的对于景色抒写的偏重，都给当下的写作提供着很好的范例。《沧海之约》中的景色描写也是很突出的，比如对于南海景色的描绘，短短几笔，就使得读者如临其境，清晰可见，触手可及，体现了作者对于这一传统的重视，从而加重了本部小说的文学色彩，也将故事发生的背景、时代特征、人物活动的场域等，都展示出来了，充分显示了作者驾驭语言的能力。

其次，作品的坚实体现在作家对于家国传统的继承和抒写上。

自古以来，在中国，“家”与“国”之间有一种同构的关系，这是中国传统文化中的优秀因子，也是中国古代社会传承至今的文化重要特征。这点早在《诗经》中就有很多的体现了，比如《国风·秦风·无衣》中所写的：“王于兴师，修我戈矛，与子同仇。”后来也有很多作品或者直接呈现或者蕴含这一因素，比如杜甫的《兵车行》中所写到的“车辚辚、马萧萧，行人弓箭各在腰。爷娘妻子走相送，尘埃不见咸阳桥”也是如此；五四之后的众多作家将民族救亡作为自己作品首要的诉求，也是这样优秀传统和现实需求的再度结合。当然，有时候，两者却非一定是相互促进的关系，于是如何在家庭和国家中进行抉择，首先成了作者要面对和解决的问题。而朱东先生也是如此，他选取了一个具有强烈时代特征，最具热度和前言意义的题材来写，体现了作者对于当下国际焦点问题的敏感，对于维护国家主权和国家战略的关切，这在当下的小说创作中是少见的，而且贴得如此切近，这样的眼光和写作魄力也是难得的，是对中国文化中家国情怀传统的继承和发扬。

第三，此部作品的坚实还体现在对于人性、世道人心的表达方面。众所周知，文学创作必然受到作家个人生活经历、个性特征、思维形式、审美理想的影响。随着中国五四运动以来的西学东渐，以个性解放为核心的个体主体意识高涨，人的本性之中矛盾的过程展示，极大地丰富了人的精神世界，增强了人的自觉，为人性的丰富、发展展现了多种可能性，主体意识的多元性，使文体不仅最鲜明地体现了作家的主体意识，而且包含了作家潜在的美学的、情感的、个性的审美心理结构。在那个时期，很多作家触及的主题之一就是在家和出走的问题。这点在《沧海之约》中也是同样有所体现的，在陈江峰、林珊、李云波、阮月娥、苏淑娜、梁友生、叶婷等人物身上，体现出的就是作者朱东先生对于这种个体主体性的思考。作者从主体生存体验角度出发，以自己个体的知识建构为依托，对这些人物加以个性化的塑造，很大程度上印证了“文学是人学”这一观点。

因此，整体而言，朱东先生的《沧海之约》是一部充满作者生命激情的长篇小说，作者不但将个体生命的激情、生存的焦虑、欲望的灵性、鲜活的生命存在做了自己的诠释，同时也将自己在对生活和社会深入的思考灌注到自己笔下的人物之中，把自己的理解和梦想投注到字里行间，表达出一种对于现实的观照，对国家命运的关注，弘扬了一种中国传统文化中本就具有的人文精神和生存价值取向，体现出了朱东先生在写作中对于文学质地的追求。当然，朱东先生在这部《沧海之约》中也做了自己的写作努力，在很大程度上完成了这样一种文学诉求。

第五节　真相在诡秘的叙述中消失

——读颜歌的《关河》

十六世纪后，基督教中用撒旦的七个恶魔的形象来代表七种罪恶（the seven deadly sins）：傲慢（Pride），嫉妒（Envy），暴怒（Wrath），懒惰（Sloth），贪婪（Greed），饕餮（Gluttony），以及贪欲（Lust）。我并不知道颜歌在创作《关河》的时候，是预设了类似的理念，还是自己写作自然的方向使然，对真相的疑惑，对于死亡的倾心，对于虚空的敏感，对于宿命和诡秘的追寻，使颜歌的作品出现了解读的多重可能性，于是颜歌的小说成为我最近读的小说中需要慢慢去读的一本，而这恰是我判断小说优劣的主要标准之一。

《关河》主要有雁门郡、管城、东海郡、梁州、洛阳、广陵郡六个部分，分别以第一人称叙述角度写了杜若、杜彻（陈彻）、兰汀、杜善、陈寒碧、莫轻寒六个人物在乱世中的经历，最后的一章“残片·盒中对话”仅仅是对全文的补充交代，其实在我看来倒是画蛇添足，因为通读这部作品之后，每个读者通过在心中构建出来的一个并不清晰的故事框架中，都可以找到一个比较明确的答案。

颜歌叙述的这个故事还是很精巧的，她以晋代为主要的时间段，写了杜家这个家族的变迁，人物写得交错，却很是明晰，从中看出作者叙述的智慧。当然颜歌的叙述是有自己特有的色彩和角度的。颜歌在讲述的过程中，每一章分别以整个故事中的一个关键人物为重点来展开，以这个人物的经历为侧重点，来展示整个故事的发展，由此不同的叙事角度造成了阅读的离合之感，很是使读者能够感到一种阅读的障碍，而正是这种障碍造成的陌生感，让我们得到了一种别样的阅读快感。当然我们只有把六个人物的故事叠加在一起，才能展现整个故事的完整和由此带来的魅力。于是在读的过程中，首先要解决的是把故事从纷杂的情节中，从众多的人物中清理出来，而不是过多地纠缠在纷乱的历史纷争中，要横向地把人物之间的关系，纵向地把人物命运发展的脉络剥离出来，只有这样，故事的链条才会重新成为一个完整的链接。

诚如作者在题目中所写到的，《关河》是一部关于思念、背离及遗忘的传奇，其中的人物深陷在一种怎么也不能摆脱的交缠之中，包括情感的、血缘的、世俗的，相关的，甚至原本应该无关的交缠，人们在其中相互宿命般地靠近又远离，背弃、仇恨、杀戮、遗忘，关于其中的真相，无人知晓。知道真相的舌头都被紧紧锁在严密的盒子里，就是寻找这样的舌头也是几乎不可能的，结局就是死亡，没有办法逃脱，也是历史的一种宿命，历史靠什么展示自己的真实，更是一个无法解答的秘密。这似乎是颜歌深入去思考，倾力去展现的最主要的核心，当然更为细致的思索和书写在《关河》中还有很多，是需要我们静心空心去读的。

读完《关河》，我还是感觉到颜歌的才力，尤其是她能在自己理解的范围之内来探索创作的诸多可能性，即《关河》具有的多重解读的可能性，比如“关河”在作品中是具有隐喻性的，既是具体的，更是抽象的，无论是谁都是倾尽全力，用尽一生也不可跨越的，于是作品明显具有了一种象征的意义，而正是象征意蕴使得作品意义超越了具象自身，上升为一种新的精神境界，它是作品的内在生命，是最能表现出审美意义的因素。可以说，颜歌的《关河》是新鲜的，她在年轻一代的创作中，提供了一种写作的可能。

颜歌这篇小说和她的其他作品，比如《异兽志》创作的理念和手法，以及表现的内核和形态都是一致的，其中之一就是整个作品弥漫着一种凄美，充满了一种奇异的味道，也许规范的修辞语言真的会抹平作品中那奇特，怪诞的意象反而会营造一种新的审美享受，由此颜歌创造出一个梦魇般的意象。

第六节　“80后”写作的意义与困境

——以颜歌、张悦然为例

1999年伊始的“新概念作文大赛”是“80后”作家集体诞生的起始性事件，但“80后”作家写作在开始之初就同时被赋予了叛逆的大旗，连同它的市场化和明星化被扩大了。这种扩大化的原因当然不是文学的问题，而是与当时的社会问题有关，所以“80后”作家的写作依旧是借助文学的表象表达非文学的意愿的现象。《萌芽》主编赵长天就曾明确澄清“新概念作文大赛”只是对现行教育模式的纠偏，他说：“这点与‘70后’作家的文学诸多的争论有很大不同，‘80后’写作最初的初衷似乎在更大程度上是现行教育模式下被迫做出的一种逃离，一开始就不是为了文学，而是为了表达，甚至是有控诉的味道。”白烨也认为：“‘80后’的写作率先登陆市场，还没有登陆文坛。但‘80后’作家写作中蕴藏着中国当代文学发展的潜质，当‘80后’作家努力走向传统意义上的文学的时候，我们必须去关注、理解、研究，这是中国当代文学写作的需要，也是中国当代文学传承的需要。我始终认为，对于‘80后’写作，不管我们的观点和态度如何，我们还是有必要进入他们写作的话语空间，放在文学内部来认识，而不是在文学之外去讨论，否则都是在隔靴搔痒。因此既然我们要引入到文学的领域来，我们就要以文学的普适性的标准来加以衡量和研究，我们在关注‘80后’写作时，要警惕一种错误的态度或倾向，就是将‘80后’写作只是定义为青春话语的抒写。我们应该从‘80后’小说和中国当代文化之间存在着本质上的承继关系来分析，否则对于它文学意义的分析就变得没有丝毫的必要了。当然如果我们刻意地将‘80后’作家写作的叛逆性、市场化、明星化扩大，或者‘80后’作家自愿将自己排除在文学之外，拒绝文学领域的认定与讨论，就另当别论了。”这种分析和判断应该是合乎实际的。

“80后”作家作品大致可以分为两大类，一是叙说青春期焦虑，另一类就是奇幻小说。其中，周嘉宁的作品以细腻见长，蒋锋的真实和思索是突出的，马中才的作品比较流畅，还有步非烟、李海洋的武侠小说已经呈现成熟的景象，春树、刘卫东的作品铺展陈述，才气横溢。不论是哪一种，“80后”作家无疑都在努力写作，认真写作，他们的作品是他们个人化经验的传达，他们中的一些作品也具有探索的意义和实验的意义，这点还是应该有其存在的道理和意义的，因为至少文学在表现群体性经验时也需要个人化的表达方式。本文准备以颜歌、张悦然作品来进行文本分析，试图以一斑而窥全豹，因为无论这两位年轻作家的写作达到的水平，还是她们在“80后”写作的影响力以及这种影响力的来源，或者她们作品的出版渠道，或者其他，都是颇具代表性的。

对爱情和死亡的倾心与注目是“80后”作家写作的主要内容。一般而言，爱情和死亡是人类艺术的重要母体之一，这一主题在颜歌和张悦然的创作中自然地被继承下来，而且占据了相当大的比重，但这并不是简单、低级的重复，而是“80后”人群对于爱情和死亡的态度，于是从某种意义上说，她们的作品在形式上呈现出新的艺术风貌，在内容上体现了新的意义。当然她们写死亡，也有实际上来探讨生存问题和困惑的意义，尤其难得的是她们开始自觉地去思考写作的一些基本问题了，而不仅仅是沉浸在一种情绪的抒发中。我们知道写作确实需要情绪的鼓胀，但成熟的写作也应该是思考和理性的产物，也许这样的作品才更为成熟一些，其实她们也有所意识。颜歌就曾谈道：“情绪化的东西很多地方是一个很不好的地方”，“我自己认为《良辰》是我作为写作者的自觉意识觉醒以后的产物，在以前的作品中，我更多地站在一个倾诉者的角度，写一些东西可能只是为了表达一种情绪，并且，那时候年龄要更小一些，对于自己和自己的生活是比较茫然的，所以作品比较随性。”“但在这一部作品中，我对自己作为一个写作者的姿态有了一种自醒，比以前的作品更加成熟，更加能够被称得上是真正的作品。当然就我这个人来说，作品的本质内核可能依然是没有改变的，一个作家一生都在叙述同一个母题。”这种自觉对于“80后”的写作者来说，是很重要的。比如颜歌的《良辰》中写到的，养蜂人顾良城死了，《弥赛亚迷幻城市传奇》中的顾良城死了，《去年在马德里安》中的顾良城离开了，而且颜歌在《良辰》的一开始就触及了死亡。

“我第一次见到顾良城是在他父亲的葬礼上。在一个用公墓广告布拼凑起来的棚子里，各色宾客大声谈笑，他坐在我对面，略带尴尬地喝着一口茶，一只手毫无意识地摆弄着另一只手臂上的黑纱。与此同时，来自数万里以外的北风呼啸南下，把棚子吹得呼啦作响。”虽然作品的最后写“桃乐镇的春天小说有很多，童话是最后一个”，给了我们一丝温暖和光明的色彩，但很多人物的死亡，让我们看到颜歌对于死亡的关注。《异兽志》中也写了各种异兽的死亡，《悲伤兽》中的兽“乐云”“乐雨”死了，“那只小兽的，它已经死了，躺在一处阳台上，左臂长得很长，高高举起，手腕处七根倒刺分外明显，像树枝嶙峋着。它闭着眼睛，右臂在怀中，手痛苦得握紧，而左臂长得有右臂三倍多长，诡异地，高高举起，伸向天空——这张画画得很潦草，我怀疑大多不过是我的想象。”(《喜乐兽》) 即使是画中的，也依然触及着死亡。

在《十爱》中张悦然讲述十个关于爱的故事，也明显显现出一种死亡的忧伤气质，这使她的小说神秘而婉约。比如其中的《竖琴，白骨精》，虽然有《圣经》中上帝造人的痕迹，但她演绎得更加动人和凄美，为了爱，“她小心翼翼地取下左肩上的那枚锁骨递给丈夫。骨头和骨头之间有清脆的分离的声音，她立刻感到有劲猛的风钻进身体里，洞像陡然攒起的漩涡一样搅乱了她的整个身体。她摇摇摆摆地斜靠在冰冷的墙上。”“小白骨精开始盖三条棉被睡觉了。骨头一根一根被抽掉了，她的身体上全都是洞。怎么才初秋风已经这样凛冽了呢，把她的整个身体吹得像个风筝一样几乎飞起来了。”“从丈夫拿走倒数第三根骨头的时候，小白骨精开始策划自己的死亡。”“那根骨头真的美丽极了。小白骨精放在手把玩了很久，才把它插进身体里。血液涌了出来，白色鼓起的帆得以在红色海洋里去向远方了。软绵绵的身体被钉在了宽阔的大床上。所有从窗户中射进来的阳光都被吸在这根流光溢彩的骨头上。有大片的鸟覆盖了整个窗户，聚精会神地看着这根奇异的刺。”故事写得非常精致感人，但也让人感到一种心痛，爱太难了，太痛苦了，作品背后的意蕴所折射出来的是更多让人思考的东西。其中写到的小白骨精的柔弱和对爱的付出达到了令人吃惊的程度，“她并不在意她的骨头。虽然现在她已经不能撑起她的脖子了。一天的大多时候她都躺在这张宽阔的大床上。她用丈夫给她买来的木头器械活动，看起来像个笨拙的挂线木偶。可是，可是这有什么关系呢，小白骨精可以用整个昼日等待夜晚的到来。等待午夜之后丈夫红彤彤的脸庞，等待脚步和抚摸，等待乐符的天籁。她非常满足。”她把自己的什么都给了自己的丈夫，追求着传统爱情中对爱的无情付出，但结果如何呢，自己的爱被利用和伤害了，“丈夫喜欢用手掌缓缓抚过它，脸上有着比抚摸她更加满足的表情”。“骨头离开身体的那一刻，小白骨精听到哗啦一声，项坠携着那根链子掉进她身体里去了，冲着她心脏的方向。它们荡来荡去，荡来荡去，小白骨精的整个身体里溢满了金属的回声。更糟糕的是，项坠是个锋利的菱形，它把她的心脏划得满是伤痕，鲜血淋淋。可是项链是丈夫送的。丈夫无比温柔地给她带上，项坠和她的锁骨轻轻撞击，发出丁丁的声音。”而且丈夫是那么虚伪，“丈夫见小白骨精哭了，连忙说，亲爱的你不要难过啊，你失去了所有的骨头又怎么样呢，我永远爱你啊。宝贝你永远是最棒的。”丈夫是那么冠冕堂皇地享受着自己无私的爱情，奢侈地浪费着，直到耗尽了所有的一切，“丈夫沉醉了，那个秋天。”爱情是他精心打造出的光亮的成就，“你抬起头来看看我们的成就啊。”这种成就甚至可以把鸟都吸引进来，“他不懈的努力已经使那些骨头被打磨得有了象牙的光泽。丈夫用一寸长的小手指甲轻轻滑过竖琴，乐符一颗一颗从空气中升起来，宛如没有重量的水晶一样在三盏炽亮的油灯下夺目照人。”而小白骨精受到的却是致命的伤害，“很多个夜晚小白骨精都感到身体像一架旧钟表一样，以比时光慢去一半的速度缓缓延续下去，容许着整个回廊的风在身体里穿进穿出。她感到他给她买的杜鹃白色裙衫里面灌满了风，像一只帆一样飘扬起来。”她被所谓的爱抽空了，但她还是沉迷在其中，这也许就是中国女子的命运吧，即使在现在社会中也不能避免。“她失去了全部的两只锁骨。小白骨精是多么喜欢她的锁骨啊。”“她无时无刻不担心她自己飘起来，被风刮走了。”但一旦这种爱再不能给丈夫带来一种更为实用和光耀的时候，丈夫无比惋惜，后来只好把它作为一块狭瘦的牌位，插在了小白骨精的坟上。“我只是借用一下”，道出了小白骨精在他心中的地位。我想在其中作品的深层含义是有一种象征意义的。黑格尔说：“作为象征的形象而表现出来的都是一种由艺术创造出来的作品，一方面见出它自己的特性，另一方面显出个别事物的更深广的普遍意义而不只是展示这些个别事物本身。因此，这个阶段的象征形象仿佛是一种课题，要求我们去探索它背后的内在意义。”因此文学如果不只是着眼于个别、具体形象的创造，而是力求通过形象内涵的指向去表现深层的精神寓意，我个人认为《竖琴，白骨精》就是这样的作品。

“80 后”作家还是能在自己理解的范围之内来探索创作的诸多可能性，颜歌和张悦然也是其中的主要代表。《红鞋》以及《异兽志》的象征意蕴使得作品意义超越了具象自身，上升为一种新的精神境界，它是作品的内在生命，是最能表现出审美意义的因素。可以说，颜歌的《异兽志》是新鲜的，提供了一种写作的可能，这就是她将动物和人混合融会在一起写了。在她的作品中，人兽一体，人就是兽，兽就是人，从而充满了一种幻想的色彩，发生在兽身上的故事又完全可以看作是人的故事，她在《悲伤兽》中写“悲伤兽居住在永安城东北。锦绣河穿越城市中心，往东流，在洛定洲分为芙蓉河与孔雀河——悲伤兽居住在孔雀河南岸的那片小区。

小区很老了，墙壁爬满了壁虎，唤作乐业小区。原来是平乐纺织厂的职工宿舍，悲伤兽大半都是这个纺织厂的工人，很多年前，从南边来到永安城，住了下来。”

“永安城的大款们都以娶得雌兽为荣——雌兽可与人类通婚，产下小孩与常人无异，但雄兽不可，因此乐业小区中王老五成群，姑娘们都去了城南富人区，面容冰冷，足不沾地，整个小区越见萧条了。”但在人们的眼中，“所有的兽都有兽性。请千万小心。”最终善良美丽的悲伤兽“一条条泡在缸中，有着人的面孔，我记得那只雄的悲伤兽，他青色的小腹被划开，其上下有两排细密的牙齿，其中，是一片虚空。导师说：那是他真正的嘴。是他兽的嘴。”这是人间的悲剧，于是“此兽性真，终生只求一偶，但不笑，一笑则亡，故名，悲伤”。

我个人认为，颜歌这篇小说有些凄美，虽然明显有传统笔记小说的痕迹，但有创新，作品充满了一种奇异的味道。这里的悲伤兽分明就是纺织工人，悲伤兽的经历和生活无疑又是有现实的映射意味的，有更新的主题和现实的反映。内容的现实意义使颜歌的这部作品成为一篇优秀的小说。

《异兽志》其他的篇章也具有同样的魅力和特点。喜乐兽：寄居在幼童体内的神兽，神秘莫测；舍身兽：本身生命力旺盛而喜自残的兽种，被保护在舍身兽研究中心；穷途兽：性温顺怯懦，以吞食人类的绝望为生；荣华兽：只有雌兽，以栽种亡兽尸体而自行繁衍；千里兽：传说中因能知天命而亡了族。也许规范的修辞语言真的会抹平作品中那奇特，怪诞的意象反而会营造一种新的审美享受，由此颜歌创造出的一个非人非兽、亦人亦兽的怪诞的梦魇般意象，这是修辞的规范化而无从表达的，她的作品由此所造成的语言陌生化感觉很是具有一些艺术的审美在里面。

张悦然的作品也是在探索一种文本的构造，其中她作品的意象是突出和明显的，也有一种迷离甚至是魔幻的色彩，比如《红鞋》中讲述的是一个杀手和一个女孩的故事，其中红鞋作为一个意象和依托贯穿全文始终，其实“红鞋”本身就是一个饱满而凄怆的意象。红色包含很多原素，比如激情，比如血腥，比如生命的生机，既温暖又让人恐惧，而红鞋更是有一种性的意味在其中，这种色彩和意象充溢在故事的每一个角落，鼓鼓胀胀地似乎要长出鲜明的图画来，让人触目惊心，又留恋忘返。而文章开头那个小姑娘的行为，乃至以后的诸多想法和行为，简直是反逻辑和常理的，“他冲着女人开了一枪，血汩汩地从她额头涌出来。他停顿了几秒钟，确定了她的死亡。于是转身离开。忽然身后的地毯发出索索的声音。他握紧了枪，立刻回身，他就看到了她。四岁左右的小女孩，穿了一条浅枣子色的小连衣裙，露出像一截藕一样鲜嫩嫩的手臂。她学着鹅的样子，笨拙地从里面一间屋子走出来，嘴里还发着咯咯的笑声”。这笑声其实比那枪声更瘆人，所以最后那个杀手只能死，他没有别的出路。

张悦然的《水仙已乘鲤鱼去》也是一部不错的小说，讲述是一个叫璟的女孩的成长历程：小时候奇胖，母亲常冷嘲她的丑陋，十一岁，奶奶、父亲先后亡故，母亲曼改嫁，住进桃李街3号；罹患暴食症——常常突然无比饥饿，夜半跑去厨房狼吞虎咽吃下整个冰箱的食物；爱上继父，被母亲发现，被送往寄宿学校，开始制止暴食，三年后，出落成一个美少女回到桃李街3号，母亲早已又嫁他人；最好的朋友优弥因她之故被关进监狱，艰苦的生活使她变得自闭。很显然，作品里面充满着一种忧伤的情调，张悦然其中固然也注重情节，但更注重的是人物性格的刻画以及社会生活场景和心理活动的描绘。她试图再进一步深入到人物的精神世界，常常用某种情绪、气氛或意境来统摄全篇，努力追求生活现象背后潜伏的更深意义。文章呈现的一个意象就是水中的鲤鱼，“我常常梦到古城丽江的小河，水在哗哗哗哗地淌着，就像我这从未停息的奔腾的梦。我又梦到和你的父亲去河边放生鲤鱼。天色已晚，穿着纳西族艳丽衣服的妙龄女子守在盛满鲤鱼的木桶旁边手捧花朵形状的蜡烛。我们掏出钱给她，她便用木头小桶舀上两只鲤鱼。她举着蜡烛把我们送到水边。你的父亲是个高大的男子，他习惯性地站在我的左边。”“当我的手濯在水中，鲤鱼就要挣脱、游走的时候，我是多么不舍。”“我反复做着放生鲤鱼的梦，艳丽，缥缈，宛如春好的月夜不灭的花灯。那时我还未得知你已到来，只有先行的梦给着某种飘忽不定的暗示。”张悦然的《葵花走失在1890》中的“葵花”也很明显具有一种指涉作用的意象，是一种意义的概括和反映。

张悦然《十爱》中的《跳舞的人们都已长眠山下》，是一篇唯美且让人感伤甚至惊恐的小说，是具有很大张力的小说，小说的唯美有点像川端的《雪国》，情景的模糊，虚实的混杂，甚至精神的幻想超过了现实的真实，所以小说中的次次，本该是隐在文章背后的这个人物反倒是在我们眼前更明晰地存在着，新郎罗杰却隐在了现实的背后，文章的情境是静谧的、唯美的。“诗集”，“草莓的汁水”，“一束微微发黄的马蹄莲”，“摇摇摆摆的花茎和被玷污的白色花片”，“撒满耀眼阳光的窗台和放在窗台上的桃红色观赏仙人掌”，“她坐在阳台上用切水仙花根的刀子切开了自己的手腕。并不疼，她闭上眼睛的时候甚至以为手腕上的发热的感觉，是他携起了她的手”，等等，这些句子把一个感伤的爱情故事凄美化了。作品中的一切是梦幻和迷离的，产生了很强的艺术表现力。我们知道，文学作品有时会表现出比表层意义更为深远的意义，它隐含在作品的深层结构之中，它超越了作品所反映的特定的历史内容和作家的具体生活感受，深入到事物的内在特征之中，因而具有超越时代和历史的永恒魅力。深层意义是一种普遍性的意蕴，是作家力求达到的一种对社会、人生底蕴的永恒思考，其中象征意蕴就是最主要的表现之一。作品形象或意象所含有的象征意味，会突破作品形象的具体意义，这是文学作品的深层面，是作品的最高旨趣和精神价值。

“80后”作家作品的叙述特点在于把一般小说重事实的逻辑转成到重情绪的逻辑，把一般小说合逻辑的叙述转到反逻辑的展示，是主体心理和现实表现结合得较好的作品。现代主义文学的诸多流派认为客观现实是不真实的，只有主观世界才是“最高真实”；文学不应该去描写人的外在的客观生活，而应该表现“最高真实”的“内心生活”。在“80后”这些作家的作品中，比如颜歌的作品中，不是传统小说所描写的合乎逻辑的、可以被理解的、有意识的内心活动，而是紧紧抓在手中的就是主观真实中最基本的东西，给人的是一种恍惚的情境。

颜歌在她的《良辰》和《异兽志》中写了十个名字都叫顾良城的故事，他们身份各异——号丧者、剧作家、养蜂人、图书馆管理员、花圈制造者、汽车修理工、兽医等，大致属于底层生活者，在精神本原上又都是一个人。《异兽志》中写了悲伤兽、喜乐兽、舍身兽、穷途兽、荣华兽等九种异兽的经历和命运，很是迷蒙又很完整，清晰而又具有象征意味，之所以如此，是因为颜歌的作品，叙述视角转换的频率较快，叙述者时常出现在作品中，有时又隐含在其中，或者两者相互交叉。其中颜歌在《良辰》中写到：

“或者不单单是我，每一个试图去叙述一个故事的人都是一个隐私暴露狂，至少是一个含蓄的暴露狂。就如同此刻，我坐在这里，试图讲述一个叫作顾良城的男人的故事，而我早已经表示过，他是不存在的。那么谁是他，谁是这个男人。”“我心如死灰地明白我又一次地失败了。我想写个纯情的故事，可是却莫名其妙地弄成了这个样子。”

“另一方面，人人都明白，顾良城是一个不存在的男人。”

“和所有人知道的一样，我善于游离主题，善于堆砌丝毫似乎没有可信度的事实。”

“今年我端坐家中，等待着一个叫作顾良城的人给我写信。对他的名字，他说，不是顾良，也不是顾城，而是顾良城。”

读颜歌的《良辰》，我们需要将前面的叙述和后面的叙述叠加在一起，才能形成一个完整的叙述结构，顾良城这个人物形象才是完整的，否则我们在阅读的时候，就很容易将他切割和肢解了，由此也能见出颜歌写作的方向和文学理想。有人评价说：“颜歌毫无疑义是属于具有文学理想的一员。但在我看来，她以前的作品展露的只是她的写作才华，却甚少写作意义。”这话我同意前半句，后面说“甚少写作意义”，我觉得还是值得商榷，我的观点是颜歌作品中的形式意义和内容意义都是存在的。《良辰》是她的梦境，也是她对于生活和爱情的理解，虽然这种理解是个人化的，弱了些，但她所具有的“文学自觉”的写作态度，对于写作中自己的超越还是很认真的，虽然模仿的痕迹还在。从她的写作中，我们看到“80后”的写作还是体现出了一种希望，因此“80后”的写作也具有文学传承的意义。这样的写法在“80后”的作品中还有很多，由此我们可见，在“80后”作家的写作中，叙述方式是有意识地去进行精心设置的。她们的写作在具有探索性的叙事方式中，随机地拆解自己精心建构起的故事框架，从而使故事所提供的语言经验置于不确定的边缘。在这类小说中，语言本身常常是灰暗不明的，读者很难从中获得清晰可辨的故事和情节，读者只能根据隐含在文本中的作家的叙述逻辑，来重新整理出完整的情节和故事的骨架。

而在张悦然的作品中，比如《红鞋》就表现出人的一种无意识的恍惚和无逻辑性，《跳舞的人们都已长眠山下》也是如此，作者将小夕的一种幻觉现实化，将一种现实感觉化，达到了艺术效果。也正是由于这一特点，使得她的作品成了一个表现面比较广阔的作品。她们在努力开拓思路，减少思维定势的影响，从而对作品有立体的、多方位的观照和认识，使自己的作品获得了更为丰富的审美内涵。这在《红鞋》中是突出的。“他冲着女人开了一枪，血汩汩地从她额头涌出来”的时候，四岁左右的小女孩，仍是咯咯地笑，“女孩看见他在看着自己，于是转过身子，笑嘻嘻地向着他走过来。她笑得是这样地没心没肺，只是兀自拖沓着鞋子，企鹅般地摇晃前行”。为什么这样，是性格，还是其他？

“他再次来到孤儿院”，“孤儿院的孩子们，脸上有着一种特殊的惶恐，他们会格外小心翼翼地走路，会格外轻声地讲话，会把仅有的糖果好好地攥在手心里或者放在最深的口袋里，怎么也舍不得吃掉。他的眼神一个一个地掠过那些孩子的脸，他们有着一致的麻木不仁的表情，眼神里没有丝毫辉光，偶尔发出难得的笑声是咔咔的，一点也不清脆。”也许能见到其中的原因或部分的原因？女孩也被送到了这里，“她似乎对这些东西都只有冷淡的欢喜”，这就是结果，对于女孩来说，一切依旧都是敌人，但对于敌人，她的感觉又是反传统和常理的，连狗“她十分喜欢这个新敌人”，但又虐待它，践踏它，“在不久之后的一天，男人发现小狗死了。死在它的小窝里面，身子直挺挺的，小爪子翻起来向上。男人蹲下来看它，发现在它的前额上，有一枚深深嵌进去的钉子。血从伤口涌出来，宛如一朵开在它头顶的芍药花”。“女孩读初中了。十分迷恋恐怖电影。”“她亲吻了狗，狗的嘴里只有肉泥般柔软的石头，多么好。”“女人的身后站着她钝滞的儿子。男人看到那男孩满嘴都是血，还有淡色的组织液，粘稠地混在一起，像是个不断涌出臭水的阴沟。他张大了嘴，男人看到，他嘴里一颗牙齿也没有了，空洞洞的口腔和前些天他们在电视里看到的那只狗，一模一样。”“你的女儿她是人吗？她是不是人啊，还是妖精？”

一切让人那么惊异。是什么使女孩这样了？

“她和她死去的母亲越来越像了。她生着饱满的额头和脸颊，下巴却是尖尖的，是非常媚人的一类长相。眼睛是长而大的，瞳仁格外明亮，而她的嘴唇略厚，尤其是上嘴唇，像是两片依偎在一起的花瓣，妩媚动人。她喜欢把头发分成两半，束起来，挽在头顶，像是十八世纪的法国公主——这是她从电视里学来的，她已经很懂得如何让自己更加动人。而挽起头发恰恰就露出了她的锁骨。她的锁骨十分凸出，如果她耸一耸身子，锁骨的位置就会形成两个凹陷的长圆形小碗，洁白如莲花瓣的形状。她仍是瘦，手脚都细长，尤其是手指，他猜想也许是遗传了她母亲的艺术天分，天生有一双用来作画的手。他的目光又落在她的脚上。她的脚天生格外细长，透露了她注定的好身段，这样的人是一生都不会胖起来的。她已经不再穿着她妈妈的那双红鞋，可是仍旧喜欢着红色鞋子，他亦看到红色鞋子就买给她。所以她已经有很多双红色鞋子，小方口的，系着纤细的红色小丝带的，绣着波斯菊的，镂空梅花的，嵌着星星点点的小碎钻的。她格外喜欢夏天，她可以赤脚穿着红鞋，随时可以脱下来，把小脚放在阳光下面晒一晒。”她是那么的美，但一切都是表象和外在的，甚至连那个杀手也“努力不泄露出自己对她的迷恋”，但其中的危机、危险才是核心的。一切似乎都在解构，一切都在与现实的道理悖拗着，但在女孩身上都顺理成章，显得自然合理，为什么？但这是主要的吗？最终杀手把命还给她。文章最后，女孩面对杀人的血腥，依旧没有一丝的恐惧，将男人作为绝好的模特拍了一张相片，“她跨越，离去，然后渐行渐远”，但她的目标和方向在哪儿，谁也不知道。

因此“80后”作家写作的意义也就在于这种写作意识的探索和努力。“80后”作家也在慢慢往深处走，也在慢慢成熟起来，她们已经不仅仅在写她们的青春生活了，视野开始变得开阔，对于社会有了自己的视角和判断，用自己的语言显示了自己的才华，弥漫着一种青春的气息、现代气息，这也是颜歌和张悦然在“80后”作家中比较突出的重要原因。

作品就像一个坚硬的果实，我们要探取其内在的意义，就必须解剖这个果实，分清它的结构层次，层层深入，寻找出意义的底蕴。去分析“80后”作家作品的结构层次，就是探索意义分析应从哪里开始，从什么地方进入，依靠什么来获取意义。当然我们首先看到的依旧是这些文学作品的第一层面——语言符号层面的意义。我们都知道文学语言的多种含义，可大致分为表层含义和深层含义。一个作品除了要具有表层含义之外，还必须有深层含义，它使作品具有含蓄的，有弹性的，不确定的，带有特殊的情调和韵味的，为我们的阅读产生愉悦提供了某种可能性，从这个角度来看，“80后”作家的语言体现了自己的写作视角，比如张悦然，她的代表作《水仙已乘鲤鱼去》中写了一个叫“璟”的女孩的成长故事。其中就有很突出的表现，“在从青岛往武汉的火车上我无数次想到这个意思。想到我若是一条狗，我若有足够的腿，我必定会像任何一条狗那样跋扈张扬地抬起一条腿来骄傲地小便。而我之所以想到如此恶俗的意向，是因为整个车厢中弥漫着一种微妙的味道。从青岛大包小包带回的海鲜的腥味，汗臭，半个烂掉的水果的腐味，吃了一半的方便面的酸甜苦辣味，当然，最重要的，是冲不干净的厕所的味道。”这让人感到她的语言确实是新鲜的，有特色的。但是，文学语言的深层含义，是作者通过特定的语境所赋予的，它最终的来源还是生活。“80 后”作家既然是 80 年代出生并成长起来的，那么社会现实和社会心理结构必然会反映在他们的作品中的，而这个时期的社会心理是一种普遍流行的，低水平的，呈现在社会风俗、自发倾向和时代风尚之中。因此这样的社会心理为“80 后”的创作提供了另外的一种可能，因此“80 后”写作具有时代特色和年龄特色，是文学的本质规律所决定了的，带有一种时代和年龄符号的意义。

“80 后”写作的来源是社会教育的深层问题的觉醒和反思，直接的动力之一是《萌芽》的新概念作文大赛，当然诸如此类的文学征文比赛在当时的中国比比皆是，但它的影响力是把一部分中学生的一部分心理需求释放了出来，并借助其他的一些因素使他在中学生中产生了很大的共鸣，所以一开始就被社会赋予了一种反叛的含义，至少是一种反叛的心理暗示。于是在市场经济运作的时代里，“80 后”渐渐从个体书写到集体亮相，呈现出以青春伤痕与狂妄为基点，低龄写作为卖点，媒体包装、商业炒作为支点，局部以网络文学为亮点，冲击着文学、教育、出版以及经济、社会生活各大领域，引起社会各界的普遍关注。所以“80 后”的写作一开始就表现出一种社会学上的意义大于文学写作上的意义。我们顺着这个线索去考察“80 后”写作的文本，这种东西很明显地体现在他们的作品中。

黄发有认为，“当前的文学痼疾是过度膨胀的工具主义，‘怎么都行’的玩世主义，‘用过就扔’的垃圾主义。从当下迅速崛起的流行文化整体趋势来看，所谓‘低龄化写作’便是这痼疾之一，单纯的文字表演，模仿的横行，原创的贫困，自我重复的泛滥和精神的侏儒化，商业炒作的盛行。在实用功利主义作怪的时代里，‘80后’写作群体面临着他们前辈所没有遇到的困境，同时，他们试图建立自己的精神王国，对传统文学的安定与宁静构成威胁；以青春书写来解构，颠覆世俗的偏见，为青春正名，这是勇敢但不执着的一代；在招摇的青春里开始嚣叫与忧伤，开始反叛与拯救。”（转引自周宝娟、周明宝《对“80后”青年思想及其写作的社会学反思》）这话我只能部分同意，“80后”作家把自己的生活展现出来，并受到了欢迎，说明我们的文学忽略了对于这个领域应有的重视，“80后”作家的写作意义在于他们将一种生活按照他们理解的方式写出来了，这是一种弥补，而不是多余，我们的态度也不应该是大加贬低和只对准他们的问题，而是要好好引导，让他们明白在写作中的另外视野，另外的领域，另外的关注也需要他们慢慢去表现，去发现他们写作存在的理由和意义。

“80后”的作品，主要内容是他们割舍不掉的青春，社会背景所造就的他们天然就具有的后现代情结，使得他们的生活和写作有了反应试教育、反崇高的色彩。这是“80后”作家区别于时代作家的特点，我们不能强求他们做什么改变，也就是说他们创作的青春色彩本身就具有社会学的意义。陈晓明归结上世纪90年代为历史终结之后的虚空，他认为90年代是中国历史上具有重大意义的时期。人们的心理和情感，理解世界和处理自身命运的方式随着全球经济市场体系机制，大众网络传播方式都发生了根本性的变化。（陈晓明《自由的90年代：历史终结之后的虚空》，《山花》2000年第1期）在这样的社会背景和文化背景下，想象力的普遍丧失与文本的自我重复的个人化写作，喧哗与骚动，解构与颠覆，迷惘与忧伤，不只是“80后”写作的弱点和缺憾，而是整个文坛的弊病。个人逐渐疏离了社会，流向市场化时尚化潮流化的道路是不可避免的趋势，而且这种写作被丧失鉴赏力与判断力的大众夸饰性的消费变得更加扭曲。

“80后”的写作主要集中在玄幻、爱情、武侠这三个方面，但问题是他们写的其实在这种创作中营造一种巢穴一样的东西，让自己躲避到里面罢了，他们创作中所谓的青春生活是真实的还是臆造的，他们的爱情是真实的还是虚无的，确实值得研究，他们在作品中有意避开了一种东西，将自己沉闭于爱情和现代的假象里，营造着一个个写作的幻城。按照我上面列出的文学评价的标准，“80后”的创作还是有所欠缺的，所以“80后”写作的视角和发现生活的眼光有待改变，他们从生活中提取出来的应该是更真实的，而不是迷幻色彩的以致让自己的主观感觉扭曲的东西，从这个角度来说，《水仙已乘鲤鱼去》虽然写得细腻，但张力不够，生活的描摹更为细致。他们的作品没有太大回味的余地。文学接受的理论说中，其中有共鸣、净化、领悟、延留之说，而延留，是文学接手进入高潮阶段后的一种心理延续和留存状况，指文学作品在造成读者的共鸣、净化和领悟之后，继续留存于其脑际并使其不断地回味的状况。这些作家的作品似乎还没有达到。比如他们写作的爱情能不能放在更为开阔的背景中来进行，能不能把局部的写作变为社会化的写作，使自己的艺术更为圆润一点？使自己的写作从仅仅凭借才华和运气中解脱出来？我始终认为，文学的本质在于用审美进行拯救。私以为“80后”作家写作的价值失误，一是在于文学艺术上的粗糙，二是思想认识的不成熟或者是受年龄和时代影响的因素过大，三是丧失了对泛化意义上的宗教信仰和对泛化意义上的神的敬畏之心。他们几乎用偏激的思维方式，在冠以某种名目的借口下，掩饰着自己的弱点和不足，甚至出现了一种自以为是的叛逆和拒绝，不但从本能的层面对天地自然之道失去了关注的热情，而且缺乏纯粹文学的本体性建构意识，还忽略了对于文学本质存在的理性自觉，在自我封闭的前提下使得自己的作品中的自省意识和痛苦意识呈狭窄化的特点和倾向。他们应该将生活的本真从生命躯体中剥离出来，并表现出自己对描写对象乃至整个人类社会和宇宙的认识；应该要着重表现的不只是人类所经历的外部世界，而且是在外部世界所影响下的人本身的存在状态，从而把自己体悟到的表现出来。但这点在“80后”作家的作品中是缺失的，在他们的作品中，难以找到一种对于深层精神的探入与自省。因此，“80后”创作中即使有一种伤感在里面，也没有太多渗透到现实的存在中去，即使有疼痛，其中的疼痛又过于诗意化了。当然这些并不仅仅存在于“80后”的作家中，即使是“70后”“60后”，甚至再往前推，也是如此。总体来说，对于“80后”作家而言，一些作者，不是缺少才华，而是缺少境界。因此，“80后”的创作中有一种“为赋新词强说愁”的味道，他们写作中的一个最大的弱点就凸显出来。他们过多地依赖于自己的情绪和感触去进行创作，而由此在客观上使自己的写作更加单一，虽然他们也有鲜明的时代色彩和强烈的当代意识，但他们都有意无意地避开现实生活中激动人心的东西。更多的是一种对生活或者生命的直觉和感悟，并且没有太大的思考的质地，于是他们对于生命和生活本质的探求，必然只能停留在浅层次的阶段，从而影响了写作的力度和深度。他们在艺术品质、社会深度、人性角度、智慧性方面有待提高，他们的视野要进一步放宽，要以生命的深度去观察青春的经验。让我们看到他们融化在审美意识中的道德观念和由此而来的对道德的审视，看到他们潜藏着人类的自我意识和创作追求中的接近宗教的哲学，把他们的幻想、直观、感悟、体验和内省的思维能力真正高扬起来。

其实解决上面的难题还是一个老生常谈的话题，为何写作？为谁写作？这是一个根本性的东西。并不能因为自己的作品具有浓厚的商业化色彩和娱乐化特征，就不认可前辈作家的精英化写作立场，不能因为社会给予的相对自由自在的创作空间，就失去了一种责任，而未能受到出版商和书商的牵制。既然许多人已经形成了这样的观念，即“80后”的命名“本身不是处于文学建设的目的，而完全是出于营销目的和商业利益而由出版商、文学批评和媒体合力制造出来的一个商业符号”(《话说“80后”文学现象》,《浙江日报》,谭旭东2007年09月10日)。那么我们“80后”作家如果自己想从这种评价中走出来,确实还需要时日和自己的努力,无论是哪一代作家,最终都是要靠文本说话,而不是以一种自以为是的标准去进行自我评价和自我判断,生活和艺术的厚重才是唯一成长的渠道。而且真正的写作,年龄和时代也不会成为一种限制和障碍,比如如何处理爱情这一母题就是如此,我们看看前辈作家的创作就会很容易懂得这点,比如张爱玲的《倾城之恋》《沉香屑·第一炉香》《第二炉香》和《金锁记》等作品,就是在她二十三岁时写成的;比如奥斯汀写作《傲慢与偏见》时也是二十几岁,但以她们写作的广度和深度,无论如何也不会将这些作品归到青春文学中去,也不会归到20世纪“20后”,后者18世纪“70后”去的,所以“80后”这个提法对于这样一批作家而言,本身就说明我们只是肯定他们的写作是一种现象而已,而不是一种真正意义上的写作,当然这种称呼是否恰当还有待探讨,但对自己的反思还是必要的。我要说的意思是,任何一个作家不要总以年龄和时代作为自己写作的挡箭牌。所以“80后”作家关键还是一个定位问题,一个作家自己把自己定位在一个什么样的层面上,决定着自己写作的走向和将要取得的成就,因为任何一个作家都不会将自己对于青春的困惑作为终生的写作目标和追求,也不可能永远将这一主题持续下去,因为每个作家都要从青春走向青年,走向中年,走向老年,青春写作必将为更年轻的作者占有,否则就会被淘汰,所以“80后”的转型是必然的,也是必须的,也是到了必须转的时候了。所以青春写作必然在“80后”身上成为过去,思想和艺术的成熟必然会使“80后”的作品成为文学传承中不可或缺的链条。一个伟大作家不能总沉浸在一种个人的孤独和困惑中,他要表现的是人类的孤独和困惑,文学是来探讨人类的终极意义的,其他的追寻都是其中的一个局部。还有一点就是既然文学是人类说话的方式，那么文学就必然传承到“80后”作家的手中，他们也有必须承担的时刻。但大浪淘沙，由谁来承担，就需要靠成熟的作品来说话了，它不仅仅是在一部分人中认可就可以将这种责任承担起来的。而且文学上的承担是尤其沉重的，要依靠一个优秀作家内心所固有的或渐渐在写作的实践中所生成的精神观念、道德体系，还有从时代、个人中超拔出来的一种自省，对于人在黑暗、荒谬、虚无中，保持一种拯救的责任和态度，而不是闭溺其中。因此在其最宽泛的意义上说，“80后”的创作还是要更深地认识到这一点。

总之，“80后”作家要在创作中继续推进的话，依旧要从其内在和外在的原因入手去解决。作家们要更能深入地去思考中华民族源远流长的文化历史，更能去从容地体察丰富多彩的社会生活，更能汲取其正反方面的经验教训，从而使自己的写作技法日臻完美，写作视野更为宽阔，能从更丰富的层面去描摹风云的变幻、时代前进的足音，去抒写作家的主体审美体验，能更冷静、更透彻地去体验生活，反映生活，并通过自己的努力为中国文学的变革推进做出自己特有的时代性贡献。

第七节　凡一平小说的深层意蕴

——从《理发师》和《卧底》谈起

一般说来，历史进步是由文明的正值增长与文明的负值效应两条对抗线交织而成。前一条线导向人类乐观的建设性行为，后一条线导向人类悲观的批判性行为，甚至或是破坏性行为。所以人作为一种存在，在自己的行为和思考使自己心灵安宁的同时，与生俱来的是更多的威胁、痛苦和恐惧，以及由此带来的自我否定，其中导致的必然是越来越多的异化，以及对这种异化的忧虑及抗衡，因此作为一篇优秀的小说，它应该比哲学或科学更能给予人以思想的反思，给予某种生存悖论以巨大的明确性、说服力。

《理发师》和《卧底》是凡一平的重要作品，透过文本的表层结构，我们看到的是作者极强的叙事能力。因为作为小说，首要的问题就是把一个故事讲好，把一个故事讲得耐读有趣，这是一种文学能力，既是天赋，也是后天技术的训练，两者的奇妙结合，就会使自己诉说的故事出人意料，不可思议。在《理发师》和《卧底》中，凡一平的叙述并不追求变幻不定的叙述方式，也不追求文本叙述与小说诗意内涵的完美契合，他以平实的手法讲了一个平实的故事，但里面的张力是极大的，它解构了一种被控制的压抑，可以说，里面几乎所有的人物都处在一种控制和反控制之中，在《理发师》中，他是这样开头的，“理发师陆平给一个连的士兵剃了光头，只剩下一个人没剃——他软磨硬拖，死活就是不肯。连长谢东恼了，一声令下，几个光头朝一个有毛发的包抄过去，像抓一头猪似的把人擒住，绑架过来，将那人的头摁进水桶，把毛发弄湿，然后摁在凳子上。”这是被连长和理发师控制的李文斌。这是一个简洁而很有寓意的起笔，它一开始就指向了文本的中心意蕴，一开始故事里的一切就都在叙述者的制擎之下了，这样作家便可以尽情地对人物的内心进行全方位的立体透视了。到小说的最后，理发师被李文斌的反向控制，更是让人沉思，其他的人物，比如阎长官用权势控制了叶江川，叶江川利用宋颖仪的情色控制了阎长官，陆平用“我不干了”控制了宋丰年，宋丰年反过来又用“你在租界杀了人，而且是日本人”控制了陆平，等等。作家从一种平常的生活中洞察到了生活的本质，甚至在无意中集中了这种生活的倾向，在其中作家并没有尖锐地质疑什么，也没有疾言厉色地谴责什么，但他始终站在自己的位置上，深入到我们时代的征候中，让我们只能看到一种无奈和惶惑。

《理发师》中的陆平是一个带有作者理想的人物，他从一个理发师开始，到一个理发师结束，看似重复，其实已经是经历了生命的一个极大的轮回，同样的角色，但蕴涵肯定是不同的，他在与时代的背离和脱轨中，重新构建了一条通向自我的必要道路。他在似乎并无变化的角色中，完成了一次盛大的轮回，这对一个人是重要的，也是关键的，这种轮回对一个时代的意义也是如此，因为其中任何的超越，只有在这种情况下才能顺利完成。这正是此篇小说的意义所在。有如此的生命经历，他肯定能摆脱虚无和迷茫，拓宽生命，使自己的心更加安定，曾经环绕裹挟他的种种迷茫和困惑一定会成为他日后的精神钙片。

在反对一种控制中，陆平没有太多的主动，关键是他还没有太多主动的资本，当一个人只定位在生存的层面上时，你只能被动地接受，就像在对待宋颖仪这个美丽的女人时，在文本中几乎见不到他的主动行动，甚至是一种主动的意识，这不像其他的人，其他的人手中都握有至少可以被称为救命稻草的东西，比如情欲，比如权势，比如武力，比如卑鄙地出卖或者胁迫，陆平只能随着时代的洪流滚滚而下，直到又返回到自己的本色中去。他没有选择的机会和权利，他只能臣服，只能最多坚持自己理发师的角色不变，这应该是我们这个现存的社会中大多数人的命运和悲哀，他获得的不仅是最为单纯的生命，更是最为脆弱的生命。由此，这个人物带给了这篇小说极大的张力，它扩充放大了一种现世的无奈，我们只能退守，别无他途，或者幸运的话，被一个变态的女人爱上，因为在《理发师》中宋颖仪是没有理由爱上作为理发师的陆平的，他在不自觉中成了别人的一种转移的替代品，即使文章最后写道："阳光中，两个久别的人在互相走近。那地面上的身影移动在他们的前面，比相知的情人更早地重逢。"我也还是坚持认为如此。这同样是宋颖仪的无奈和悲哀，她在自己的经历和视野中寻找不到其他的人，便只能把焦点全部集中到陆平身上了。她随时准备扑向年轻新鲜的生命，但她走错了方向。所以，我一直认为女性的真正解放有赖于心灵的解放，如果一个女人在内心深处始终无力也无法摆脱一种困顿的阴影，那她就不可能心灵舒展，精神健康。所以她的等待只是一种茫然而已，只是影子的相距而已。陆平能始终做她的理发师，但她能始终做陆平的情妇吗？

陆平本色的坚持是小说要表达的一个重点，同时它也是一个有趣的重点，作者似乎要告诉人们，坚持本色的重要性和意义，但里面有一个明显的悖论，如果你的本色本来就不完整，你的坚持就应该被肯定吗？人在生活中碰壁受挫是必然的，每次受挫都选择向别处逃离，也是必然的。至于如何使抗争更有意义，那是很大的命题。我回答不了，但坚持往往并不是最好的方式。当陆平和高元、宋丰年两个人被关在监狱的一间牢房里的时候，“他们像挂在绳子上的三只蚂蚱，插翅难飞”。我觉得他肯定会有一种眼泪是从心里流出来。

其实这并不是作者的缺漏，恰恰是作者的高明，因为一部作品能有多种解读才能称得上是优秀作品。无疑凡一平的《理发师》是优秀的，他把这种人性的荒诞表现得更为具象化了，一个常常受制于人的人，幻想用一种坚持本色的方式在恶劣的境遇下生存，这仅仅是一种理想，凡一平几乎是用一种理想的悖论来告诉我们一个饶有意味的真理，即用幻想替代现实并非逃逸现实的最佳途径，幻想的力量后面是真实的无能。这是一种劣势的生存形态、心理形态与反抗形态。对现实的逃逸，结果是被现实罩牢。故事被作者以平实的形态呈现，但人生与人性的荒谬却尽在其中流露无遗。在这种书写的后面，是作者思想的灵动与锋芒毕露，在粗糙的日常事务的描写后面，是精细入微的观察与思考。

在《理发师》中，我私自认为最为精彩的有两段，其一：“陆平拿着剃刀的手停滞在头颅的上方，没有像先前一样手起刀落。那把锐利的剃刀对着一头漂亮的毛发畏缩起来，它仿佛感觉到一种罪过——这样出色的头发是不该杀害的，刀不能做它的刽子手，因为它就像是花卉，而不像是稗草。陆平的心思一下子绕不过弯来，他的迟疑使头发的生命得以延长。”这是作为理发师的陆平最内心的一种令人感动的弊病，其二：“消息传出去，监狱的操场上围满了人，他们与其说在看理发师自己给自己理发，不如说是在看魔术师的表演。

“理发师面对镜子，左右开弓，他一手拿梳，一手拿剪，明确无误地梳理自己的脑袋，像本分的农民清理自己的田地，像职业棋手和自己下棋，和许多人同时下棋，像孕妇自己分娩。

“操场上人如森林，但操场上静悄悄的，只有发剪运动的声音有节奏地滴答作响。每个人都屏住呼吸，像聆听催人的鼓点或钟声，像凝望和期待人间的奇观。

“雷鸣般的掌声和呼叫在理发师收手后骤然响起，环绕整个监狱，这样由犯人自发的欢呼在监狱的历史上绝无仅有——因为一个自我理发的犯人创造的奇迹，因为一个自新的发型，监狱成了一片愉快的海洋。”理发师陆平精致的手艺在那样的场景中让人只想落泪。

应该说《理发师》并不是一部十分纯粹的小说，它更适合于影视的具体操作，语言上也稍嫌粗疏，但这并不就是说凡一平的思想和表达是粗疏的，文字的细密，加之更深入的理性思考，在凡一平的其他作品中得到了很大的展现，比如《卧底》，我认为《卧底》才是凡一平优秀小说的代表，里面有一种不可言说的奇妙，读起来如同读的方方的《埋伏》一样，里面尽是焦虑、犹豫、爆发、对峙、反讽和黑色而悲伤的幽默，它的根源同样是一种生存悖论，作者用自己的智慧在其本质上，建立了另外一种心理深度，从而把小说的提升到了一个新的高度，《万有引力之虹》作者托马斯·品钦曾说：“一个人一生中所遭遇到的意外超过他所能予以承认并保持神志正常的速度。”这也是《卧底》的最大成功之处。18 世纪的柏克在《崇高与美》中，把人性划分成自我保存和社会交往两种倾向，但《卧底》中的“我”无疑在这两个方面都是失败的。文章在开始就写到，“就像是一条笨拙懦弱的猎狗，我被郭明果敢独断的指示吓得胆颤心惊。他决定派我去卧底，就是说他让我去干一种十分冒险和秘密的工作，而且这工作非我莫属。我恐惧和诧异地看着我的上级——这位喜欢诉讼、足球和驾驶的检察长，此刻他像一名专制的猎人，主宰着我的行为，乃至命运。他的嘴里嚼着口香糖，这是他谋划和酝酿时候的一种习惯，就像是毛泽东喜爱吸烟或林彪惯于咀嚼黄豆一样。但是郭明已经把指令说出来，口香糖却依然在嘴里面留着。显然他的谋划和酝酿还未成熟，就匆忙地决策和发号施令了。”可以说“我”去卧底的恐惧远远不如郭明在我的心中的坚实的卧姿令人恐惧。直到我的“嫂子声嘶力竭地指责我：‘都是因为你，到头来你害了你的哥哥！’”“我”才似乎明白是谁真正卧在人的深处。这是一份生存的荒诞，如果说作家着力的是对于个体生存心理的挖掘的话，那么这种反讽式的叙述方式则是一种精神和行为的指向，作者在揭示和逼问人性的黑暗与生存的废墟时，显示了一种冷峻深沉的深度和力量，“我扭头去看郭明，盯着他咀嚼的腮帮，像盯着凶猛动物的嘴脸。”“在口香糖未从郭明的嘴里吐出来之前，他的指令使我感到害怕。”因此作者对沉重与幽默、悲剧与荒诞做了一个绝好的阐释。

“我一往情深而又忍辱负重，指望她幡然悔悟和回心转意。但事实上我保持婚姻的希望是多么的幼稚、愚蠢和渺茫。半年来，她继续和那家伙来往，并坚持要和我离婚。而那家伙也不听我的警告（我通过电话警告过他），依然一如既往地引诱和收买我的妻子。他把绿帽戴到我的头上，我恨不得揍扁他。多少次我探听到那家伙的行踪并尾随其后，想蒙头狠狠地打他一次，但到了紧要关头，就是不敢下手。可是今天我一定要揍他，而且是明目张胆大打出手，因为我已决意把职业、名誉和婚姻豁了出去。”这种东西真的是太无奈和太刻骨了。

在《卧底》中我们似乎找不到自己的亲情被人利用的痛苦，有比这更厉害的吗？

“胖子和瘦子杀红了眼。他们在用语言杀人。我发觉他们每杀完一个人，就各喝下一杯酒。他们频频举杯，因为不断地有人被他们的语言杀死。他们陶醉在诛杀的快乐中。”

杀和醉酒也是一种发泄的方式。

而当田正中说“黄山永，请你来给我戴上手铐，我最后给你一个立功的机会”，“我无动于衷，或者说我麻木不仁。但是随着嫂子怆然的呼喊，我的日子和我的心计，都被打乱了。”心中美好的幻想就是如此和现实的粗粝世道相互碰撞，作为“我”除了感到一阵阵的苦楚，还会怎么样呢。“我”似乎站在了正义的一边，但却同时又失去了正义的根据和基石。在《卧底》中，情绪的静静的潜伏怎么也掩盖不住一种现实带来的动荡，如果一个人从善出发，反而得到了一种道义上的恶，那结果会是怎样呢？

总之，读凡一平的小说，我们直接而深切地感受到的是弥漫在其中的惶惑，对一种人生游戏深沉的失望感，他即使想用陆平这样一个人物来弥补，也无济于事，《卧底》的阴影是与之无法兼容的。这种被米兰·昆德拉称为“无把握的智慧”，这种对于现代人命运的解读应该是凡一平小说的真正意义所在。

第八节　如今的诗歌依旧要远离肉欲

当下这种诗歌创作的倾向，与艺术史上的一些在此方面的探索是截然不同的，比如西班牙毕加索创作于 1907 年的画作《女人》，这件作品是其对于多维空间的首次实验性探索，并由此促成了毕加索同年创作的《亚维农的少女》以及立体主义的诞生。对此，保罗·盖蒂博物馆馆长蒂莫西波茨（Timothy Potts）在其展出时曾评价："在未来的三个月中，我们将有机会真实体验到现代艺术史上具有里程碑意义的时刻之一。即使与印象派和后印象派的杰作放在一起，这件惊人的现代艺术作品仍保持着大将之风，它宣告了一种新的绘画方式的出现。"今天我们看来，毕加索的创作之所以为人接受并被奉为经典，主要原因是他的艺术创作虽然以肉身作为创作的内容，但不是以肉欲为其创作目的的。但是如今，有些写作者在自己无法也没有能力继续在艺术的道路上行进时，只好以展示肉欲这种低下的方式去博得人们一时的关注，他们已经远离了艺术的道路，这是我们需要抵制的。因为我们都知道，在艺术创作中，当人类的最后屏障和底线被洞穿之时，就需要众多正直的艺术家和读者，依据他们良好的价值系统做出自己的判断和选择。而且从人的社会性来说，人是讲究精神的，社会向前的趋向性，把每一个个体的精神存在聚合成为群体，而一个艺术家身在其中，他的美学观念也是其所在社会的社会美学的一部分，于是对于肉欲的宣扬，终究会在社会的评价系统中成为自己创作的一个污点。

众所周知，人类区别于别的动物的原因并不是长相，而是人类历经几千年所渐渐形成的价值系统。人类在进化过程中是以精神成长作为标志脱离动物界的，这意味着除了肉体的存在之外，人还有一种精神的存在，而确定人的特征以及人的意义的，很大程度上是后者而不是前者。尤其是在群体性当中，我们更会发觉，所有个体都要自觉维系其中的社会价值系统，比如判断善恶、美丑、真假的尺度和标准等等，恰恰是这个东西为人提供了一种精神支持，决定着人的艺术限度和创作起点。因此每个人只有对此有所担当，才能维系人类过有尊严生活的最后一道屏障，如果在创作中逾越了这个屏障，艺术就会很快走到生死之境的边缘，那时候再去做出调整，是需要更大的勇气和力量的。

当然，从某一个角度说，人类精神就根植于我们肉感的、本能的和直觉的肉体中，感觉和情绪的生命也是来源于肉体的生命，但是，我们只有去回护它，而不是去放纵它，我们的身体和精神才可以得救，如果写作成了下半身的冲动，诗歌的美感和意义何在？

我们知道，亚当与夏娃吃了苹果以后，便有了罪恶的开端，可怕的不是他们一下就拥有的智慧，而是他们获得智慧后的放纵，从那以后，人身上存在的灵与肉之间的对立，就把一些真正的诗人和真正的诗歌给毁灭了，因此，我们还是要用心中的光与力让自己诗歌的翅膀坚硬起来，飞翔起来，去到精神的天空中翱翔。

因此，如今的诗歌依旧要强化其中的精神气质，远离肉欲的迷离与迷乱。

图书在版编目（CIP）数据

散文的传统 / 王冰著．-- 北京：作家出版社，2019. 1（2023.2重印）
ISBN 978-7-5212-0390-5

Ⅰ. ①散… Ⅱ. ①王… Ⅲ. ①散文评论 – 中国 – 当代 – 文集 Ⅳ. ①I207.67-53

中国版本图书馆CIP数据核字（2019）第031965号

散文的传统

作　　者：王　冰
责任编辑：李宏伟　秦　悦
装帧设计：申晓声
出版发行：作家出版社有限公司
社　　址：北京农展馆南里10号　　**邮　　编**：100125
电话传真：86-10-65067186（发行中心及邮购部）
86-10-65004079（总编室）
E-mail:zuojia@zuojia.net.cn
http://www.zuojiachubanshe.com
印　　刷：固安兰星球彩色印刷有限公司
成品尺寸：152 × 230
字　　数：275千
印　　张：21.25
版　　次：2019年5月第1版
印　　次：2023年2月第2次印刷
ISBN 978-7-5212-0390-5
定　　价：56.00元